Ο ΦΌΝΟΣ

ΣΥΓΚΡΌΤΗΜΑ ΚΑΤΟΙΚΙΏΝ 50 ΣΥΝ - ΒΙΒΛΊΟ 1

JANIE OWENS

Μετάφραση

NIKOLETTA SAMOILI

ΈΝΑ

Τα τακούνια της Ρούμπι Μάλκοβιτς χτυπούσαν στο σκυρόδεμα που περιβάλλει την πισίνα του συγκροτήματος, βγάζοντας όλους από τη σιέστα τους στον ήλιο. Αρκετοί άνθρωποι σήκωσαν το κεφάλι τους από τις ξαπλώστρες τους για να δουν ποιος έκανε όλο το θόρυβο. Η Ρούμπι ήταν ενενήντα και ετών, φορούσε ένα θαλασσί μαγιό με ίδιου χρώματος παπούτσια. Ένα ψαθάκι με μια κορδέλα θαλασσί δεμένη γύρω από το στέμμα αναπήδησε πάνω από τα φωτεινά κόκκινα μαλλιά της.

«Θα καείς, γιε μου», είπε η Ρούμπι σε έναν άντρα που ήταν ξαπλωμένος μπρούμυτα στην ξαπλώστρα. «Η πλάτη σου έχει γίνει κόκκινη σαν την μαρμελάδα φράουλα που έφτιαχνα κάποτε.»

Ο άντρας κύλησε το κεφάλι του στο πλάι για να δει ποιος μιλάει. «Ωω, θεέ μου», μουρμούρισε, με σφιχτό στόμα, «πόσο χρονών είναι αυτή η γυναίκα;»

Η Ρούμπι πήρε μια πόζα και χαμογέλασε με

χείλη βαμμένα με έντονο κόκκινο κραγιόν. Κάθε μυτερή άρθρωση έπεσε απότομα προς τον νεαρό άντρα καθώς γύρισε για να πάρει την έγκρισή του. Κανείς δεν ήθελε να δει τι έδειχνε. Γύρισε το κεφάλι του προς την αντίθετη κατεύθυνση για να αποφύγει τη συζήτηση.

Απτόητη, η Ρούμπι έφυγε, κουνώντας το κοκαλιάρικο σώμα της για να το δουν όλοι. Το υπερβολικά μαυρισμένο δέρμα της ήταν τυλιγμένο σαν κρεπ χαρτί πάνω από τα οστά της, κι εκείνη, κουνιόταν σαν κουτάβι κάτω από μια κουβέρτα καθώς έσπευσε να βρει την δική της ξαπλώστρα,

«Γεια, Ρούμπι, έλα να κάτσεις δίπλα μου». Η Ρέητσελ Μπαρνς, σηκώνεται από την ξαπλώστρα της για να ισιώσει το μαξιλάρι στην κενή ξαπλώστρα δίπλα της.

«Σ' ευχαριστώ, καλή μου». Η Ρούμπι κάθισε, μετά έβαλε τα κοκαλιάρικα πόδια της πάνω στην ξαπλώστρα και ξάπλωσε για να απολαύσει τον ήλιο της Φλόριντα. «Είμαστε στον παράδεισο, ξέρεις».

«Ναι, Ρούμπι, έχεις απόλυτο δίκιο.»

Η Ρέητσελ είχε συνηθίσει την υπερβολική εντύπωση που είχε η Ρούμπι για τον εαυτό της. Ήταν μία από τις πρώτες που είχε γνωριστεί η Ρέητσελ, λόγω της ιδιοσυγκρασίας της και όλα αυτά, όταν εκείνη και ο άντρας της μετακόμισαν στα συγκροτήματα Μπριζγουέη, πριν έξι μήνες.

Το Μπριζγουέη ήταν ένα πολυώροφο συγκρότημα διαμερισμάτων σχεδιασμένο για άτομα άνω των πενήντα, τοποθετημένο στις όμορφες ακτές της Παραλίας Ντεητόνα. Κάθε πρωί η Ρέιτσελ ξυπνούσε από τον ήχο των κυμάτων του ωκεανού που έπεφταν πάνω στην άμμο. Με ένα φλιτζάνι καφέ στο ένα χέρι και μια εφημερίδα στο άλλο, καθόταν στο μπαλκόνι της καθημερινά και αναστέναζε από χαρά. Ναι, αυτό ήταν πραγματικά ο παράδεισος.

Το ζευγάρι αποφάσισε να ζήσει μετά τη σύνταξη στην παραλία αντί να μείνει στο σπίτι με τις τέσσερεις κρεβατοκάμαρες, αφού η μοναχοκόρη τους είχε πια φτιάξει τη δική της ζωή και έμενε αλλού. Είχαν αποφασίσει πως δυο άτομα στα πενήντα τους, δεν χρειάζονταν μεγάλο σπίτι, έτσι, μια πολυκατοικία θα ήταν η τέλεια επιλογή.

«Έχεις πάρει ρεπό από τη δουλειά;» ρώτησε η Ρούμπι.

Αναφερόταν στην θέση διαχείρισης της πολυκατοικίας που είχε αναλάβει η Ρέητσελ μετά την μετακόμιση εκείνης και του Τζο στο ευρύχωρο δωμάτιο που έμεναν. Ο άντρας της ήταν οικοδόμος και υδραυλικός, έτσι οι ιδιοκτήτες της πολυκατοικίας τον είχαν προσλάβει ως συντηρητή. Του άρεσε να απασχολείται, οπότε εκείνη την στιγμή του είχε φανεί ως μια καλή ιδέα. Ωστόσο, σπάνια είχε ρεπό μια μέρα ολόκληρη, επειδή τα προβλήματα της συντήρησης ήταν πάρα πολλά και ξεπηδούσαν συνέχεια.

«Έχω ρεπό, Ρούμπι».

«Και ο άντρας σου;»

«Όχι, δουλεύει στην τουαλέτα της Λορέτας αυτή τη στιγμή.»

Η Ρούμπι έριξε ένα δύσπιστο βλέμμα στην Ρέητσελ. «Τον αφήνεις να δουλεύει στο διαμέρισμα της Λορέτας; Εγώ δεν θα το έκανα. Δεν θα επέτρεπα σε κανέναν άντρα μου, και είχα αρκετούς, να πατήσουν το πόδι τους στο διαμέρισμά της».

«Η Λορέτα στον καιρό της, ήταν μια εξαιρετική ντετέκτιβ, Ρούμπι, όχι εγκληματίας», είπε η Ρέητσελ.

«Δεν θα ήμουν τόσο σίγουρη. Μπορεί να απέκτησε μερικές ρυτίδες και τα μαλλιά της να γκριζάρισαν, αλλά παραμένει η Λορέτα Κέγιες, η διάσημη ντετέκτιβ από τη Νεβάδα.»

«Εκείνες οι μέρες πέρασαν ανεπιστρεπτί, Ρούμπι. Τώρα ζει μια πολύ ήσυχη ζωή, και πολύ χαμηλού προφίλ.» Η Ρέητσελ χαμογέλασε στον εαυτό της. Αναρωτήθηκε αν η Ρούμπι ζήλευε ή απλώς ήταν κόσμια.

«Πάντως, να προσέχεις τον άντρα σου, φρόντισε να σιγουρευτείς ότι δεν περνάει τον χρόνο του εκεί.»

Ο Τζο να περνάει την ώρα του με την Λορέτα; Η Ρέητσελ δύσκολα πίστευε ότι συνέβαινε κάτι τέτοιο. Ο Τζο δεν ήταν ακριβώς και ο καυτός άντρας. Είχε κοιλίτσα και ήταν φαλακρός, αν και πίστευε ότι απλώς είχε αραιό τρίχωμα. Στην πραγματικότητα, ήταν κάτι παραπάνω από αυτό. Σχεδόν μπορούσες να διαβάσεις την εφημερίδα από την γυαλάδα που είχε η φαλάκρα του. Το πρόσωπό του ήτα συνηθισμένο και ευγενικό. Ήταν ήσυχος, ευγενικός και όλο τριγυρνούσε ώστε να κρατιέται απασχολημένος. Αυτός ο άντρας δεν ήταν γυναικάς. Εξάλλου, η Ρέητσελ θα το καταλάβαινε αμέσως αν ξεπερνούσε τα όρια, κι εκείνος το γνώριζε αυτό.

Η Ρέητσελ είχε τον τρόπο να γνωρίζει πότε ο Τζο θα φταρνιζόταν πριν καλά-καλά ακόμη η μύτη του τον γαργαλίσει. Πριν μερικά χρόνια, ήξερε πότε τραυματίστηκε με ένα τριβείο, β βγάζοντας ένα κομμάτι από το δέρμα του. Εκείνη την περίοδο ήταν στο Ορλάντο, όταν ξαφνικά της ήρθε μια διαίσθηση. Παράτησε αμέσως ό,τι έκανε και γύρισε σπίτι με το αμάξι. Βρήκε ένα σημείωμα στην τραπεζαρία που έγραφε ότι ο Τζο είχε πάει στα επείγοντα μόνος του. Όχι, ήταν αδύνατον ο Τζο να σκεφτεί καν να περάσει τα όρια και να τη βγάλει καθαρή. Εξάλλου, ήταν και θεοσεβούμενος.

«Απ' όσο ξέρω, η Λορέτα δεν ενδιαφέρεται πια για τους άντρες. Η γυναίκα είναι πολύ κακά στα εβδομήντα της.»

«Μάλλον εξήντα έξι».

Η Ρέητσελ κοίταξε την Ρούμπι με σοβαρό ύφος. «Δεν μου έχει πει ποτέ την ηλικία της.»

«Δεν θα την πει, αλλά εγώ ξέρω. Μην σε ξεγελούν τα λίφτινγκ, αυτή η γυναίκα είναι πολύ γριά.»

«Κι εσύ πώς τα ξέρεις όλα αυτά...»

«Απλώς, τα ξέρω. Και επί την ευκαιρία», είπε η Ρούμπι, αλλάζοντας το θέμα, «Πρέπει να πας να πάρεις ένα μπικίνι από τη Μέηση». Μετά από αυτή την επισήμανση, η Ρούμπι έκλεισε τα μάτια της.

Η Ρέητσελ παραλίγο να πνιγεί με την τελευταία γουλιά αναψυκτικού που έπινε, μετά, έβαλε το κουτί πάνω στο τσιμέντο. «Γιατί χρειάζομαι μπικίνι;»

«Έχεις φοβερό σώμα, κορίτσι μου, δείξε το».

«Όχι, Ρούμπι, δεν θέλω να σε συναγωνιστώ.»

«Σαχλαμάρες», είπε. «Είσαι νέα ακόμη, δείξε τα κάλλη σου.»

«Δεν θα έλεγα ότι στα πενήντα-δύο μου, είμαι ακόμη νέα». Της Ρέητσελ δεν την φαινόταν ότι ήταν πενήντα-δύο. Τα σκούρα μαλλιά της, αν και βαμμένα για να κρύβει τα γκρίζα, έπεφταν κατευθείαν στο πηγούνι της, και οι αφέλειες που έπεφταν στο μέτωπό της, και ανεδείκνυαν τα μπλε της μάτια, της έδιναν μια πιο νεανική εμφάνιση.

«Είσαι νέα αν συγκρίνεις ότι εγώ είμαι ενενήντα τρία.»

«Εντάξει, δεν έχω τι να σου πω.»

Η Ρούμπι ήταν φοβερός χαρακτήρας, όπως ήταν πολλοί από τους κατοίκους εδώ, όπως είχε ανακαλύψει η Ρέητσελ. Κανείς δεν γνώριζε πολλά για την Ρούμπι, εκτός του ότι είχε παντρευτεί και χωρίσει αρκετές φορές, σύμφωνα με τα λεγόμενά της. Οι φήμες διέδιδαν ότι ήταν μοντέλο. Θεωρώντας το πόσο αδύνατη είναι και το πώς περπατάει, η Ρέητσελ το πίστεψε.

Η Ρέητσελ σκέφτηκε πως η Ρούμπι άλλαξε επίτηδες το θέμα, για να υποχωρήσει.

«Γιατί δεν συμπαθείς την Λορέτα;»

«Ήταν ντετέκτιβ. Αυτό με αγχώνει.» Η Ρούμπι τράβηξε το καπέλο από το πρόσωπό της.

Η Ρέητσελ δεν ήθελα να το σταματήσει. «Δεν με καλύπτει η απάντησή σου. Κάτι άλλο πρέπει αν συμβαίνει.»

«Όχι.»

«Η Λορέτα πήρε σύνταξη πριν πάρα πολύ καιρό. Πηγαίνει συχνά στην εκκλησία. Γιατί σε ενοχλεί που ήταν ντετέκτιβ;» Η Ρέητσελ την πλησίασε και κοίταξε επίμονα την Ρούμπι.

«Σε είχε συλλάβει ποτέ;»

«Πώς τολμάς;» Ξέσπασε η Ρούμπι, καθισμένη και κοιτάζοντας την Ρέητσελ. «Τι θέλω και σου μιλάω; Πήγαινε κάπου αλλού να κάνεις ηλιοθεραπεία.»

«Ρούμπι,

«Ρούμπι, συγνώμη. Δεν ήθελα να σε προσβάλλω,» είπε η Ρέητσελ. «Βασικά αστειευόμουν. Είμαι σίγουρη ότι δεν έχεις συλληφθεί ποτέ.»

«Καλά, εντάξει.» Ήταν προφανές ότι η Ρούμπι δεν ήθελε να ομολογήσει τίποτα. Ξάπλωσε πάλι, να κάνει ηλιοθεραπεία, χωρίς να μιλήσει.

Η Ρέητσελ γύρισε στην θέση της. *Μυγιάγγιχτη η γριά.*

Δ΄ΥΟ

«ΛΟΙΠΌΝ, ΕΊΜΑΣΤΕ ΕΝΤΆΞΕΙ ΓΙΑ ΤΙΣ ΕΦΤΆ ΚΑΙ ΜΙΣΉ;» ρώτησε η Ένιδα Σάντσεζ καθώς στεκόταν στην πόρτα του γραφείου.

«Ναι, θα είμαι στο κλαμπ στην ώρα μου,» είπε η Ρέητσελ καθώς σημείωνε το ημερολόγιό της. «Το ίδιο και η Τία και η Ολίβια. Έχω ήδη μιλήσει μαζί τους και το επιβεβαίωσα.»

«Ωραία! Τότε, φεύγω για τη δουλειά. Τα λέμε.» Η Ένιδα Σάντσεζ, βγήκε από το γραφείο της πολυκατοικίας, κουνώντας τους στρογγυλούς γλουτούς της. Ευλογημένη όντας, με γενναιόδωρα φυσικά κάλλη, τα σγουρά μαύρα μαλλιά της πλαισίωναν το όμορφο πρόσωπο της καθώς κινούνταν.

Η Ρέητσελ και η Ένιδα συμπάθησαν η μία την άλλη αμέσως μόλις συναντήθηκαν στην πισίνα, αν και ήταν προφανές ότι δεν είχαν καν ένα κοινό. Η Ένιδα ήταν ιδιοκτήτρια ενός καταφυγίου ζωντανών ζώων και αγωνιζόταν ενεργά για τα δικαιώματα των ζώων. Εξαιτίας της αφοσίωσής της στα ζώα που την είχαν ανάγκη και τα παιδιά της, δεν είχε πολύ χρόνο για τον άντρα της. Συνεπώς, είχαν χωρίσει εδώ και αρκετά χρόνια πριν μετακομίσει στην πολυκατοικία.

Αν και ακόμα ασχολούνταν με το καταφύγιο, η Ένιδα κατάφερε πια να προσλάβει έναν άντρα για να διαχειρίζεται καθημερινά την εγκατάσταση, αφού της κληροδοτήθηκε ένα μεγάλο ποσό. Ο άντρας ζούσε στις εγκαταστάσεις που κάποτε έμενε η ίδια. Τώρα όμως, εκείνη απολαμβάνει τη ζωή στην παραλία και την μυρωδιά του αλατισμένου αέρα, μετά από τόσων χρόνων σκυλίσιας μυρωδιάς. Έκανε φίλους στο Μπριζγουέη, μίας εκ των οποίων ήταν και η Ρέητσελ, και χαιρόταν την ξεκούρασή της μετά από εργασία τόσων χρόνων. Η ζωή ήταν ωραία.

«Θεέ και κύριε, κάνει ζέστη εκεί έξω,» γκρίνιαξε η Λορέτα καθώς πέρασε δίπλα από την Ένιδα και συνέχισε προς το δροσερό από το αιρ-κοντίσιον γραφείο της Ρέητσελ με μια επιταγή στα χέρια. «Δεν θυμάμαι να ένιωσα ποτέ έτσι στη Νεβάδα. Έχει πολλή υγρασία.»

Η Λορέτα άγγιξε τα ελαστικά, γκρίζα μαλλιά της, τα οποία είχε χτενίσει σε στυλ μπουφάν κι ένα κότσο στο πίσω μέρος. Ένα λαμπερό χτενάκι ήταν τοποθετημένο στο κεφάλι, και το άρωμα της λακ αναδυόταν παντού στο γραφείο. Τόσο λεπτή όσο ένα καλάμι και πάντα με σοφιστικέ εμφάνιση, η γριά γυναίκα φορούσε ένα ροδακινί παντελόνι. Η Ρέητσελ δεν μπορούσε να μην σκεφτεί ότι η Λορέτα θα έπρεπε να ντύνεται πιο ελαφρά αφού παραπονιέται για την υγρασία.

«Σου έχω εδώ το νοίκι,» είπε η Λορέτα, τοποθετώντας την επιταγή πάνω στο γραφείο. «Ο άντρας σου έκανε θαυμάσια δουλειά με την τουαλέτα. Δεν τρέχει πια όλη νύχτα και έτσι μπορώ και κοιμάμαι. Αρκετά δυσκολεύομαι από μόνη μου να κοιμηθώ, δεν χρειάζεται να έχω και βοήθεια.»

«Χαίρομαι που κοιμάσαι πια χωρίς να σε ενοχλεί, Λορέτα.» Η Ρέητσελ έκοψε μια απόδειξη για τη γυναίκα. «Αν έχεις τίποτα άλλα προβλήματα, να μου το πεις σε παρακαλώ. Θα σου στείλω πάλι τον Τζο.»

«Σ' ευχαριστώ, καλή μου. Είσαι μια γλύκα.» Η Λορέτα προχώρησε προς το σαλόνι και μετά βγήκε και πάλι έξω στην ζέστη.

Χτύπησε το τηλέφωνο. Η Ρέητσελ το σήκωσε, περιμένοντας ότι θα ήταν ο Τζο.

«Βαρέθηκα πια τους τσακωμούς αυτών των διπλανών μου. Αν δεν μπορείς να τους κάνεις εσύ να σωπάσουν, θα καλέσω την αστυνομία.» Η Πηνελόπη Χάρντγουντ δεν δήλωσε καν το όνομά της, αλλά έδειξε αμέσως την δυσαρέσκειά της στην Ρέητσελ με τα λόγια της.

«Τι έγινε πάλι» Ρώτησε η Ρέητσελ, γνωρίζοντας σε ποια μιλάει.

«Ο Μαρκ φωνάζει στην Λόλα κι εκείνη ουρλιάζει σαν γάτα που της κόβουν την ουρά με πριόνι. Όλη νύχτα κάνουν αυτή τη δουλειά, και έχει πάει δέκα η ώρα το πρωί και δε λένε να σταματήσουν.»

. . .

«Προσπάθησες να χτυπήσεις τον τοίχο; Μερικές φορές οι άνθρωποι ντρέπονται όταν καταλαβαίνουν ότι τους ακούν οι γείτονες να τσακώνονται και σταματούν», είπε η Ρέητσελ, προσφέροντας την καλύτερη συμβουλή της.

«Χτύπησε μέχρι που μελάνιασαν τα χέρια μου. Αυτός ο απαίσιος άνθρωπος θα την σκοτώσει. Μόνο έτσι θα μπορέσω να βρω την ησυχία μου», είπε η Πηνελόπη, αναστενάζοντας βαθιά.

Η Πηνελόπη ήταν πολλά χρόνια ένοικος της πολυκατοικίας. Όντας διορίσει τον εαυτό της προσωπικό της πληροφοριοδότη της Ρέητσελ, η γριά γυναίκα κρατούσε ενήμερη την Ρέητσελ για οτιδήποτε συνέβαινε στην πολυκατοικία, αναφέροντας οποιαδήποτε ανάρμοστη συμπεριφορά των γειτόνων της. Φορώντας πάντα ένα πουλόβερ ακόμα κι αν έξω είχε 40 βαθμούς, η Πηνελόπη ήταν πάντα στο κατάλληλο μέρος όταν συνέβαινε κάτι. Όλοι γνώριζαν ότι μαρτυρούσε τα πάντα που έβλεπε ή άκουγε, στην Ρέητσελ.

«Θα ανέβω να τους μιλήσω. Εσύ μείνε στο διαμέρισμά σου, Πηνελόπη, εντάξει;»

«Εντάξει, θα μείνω μέσα.» Υποσχέθηκε. «Όμως πρέπει να κάνεις κάτι.»

«Έρχομαι», είπε η Ρέητσελ, κλείνοντας το τηλέφωνο και κλειδώνοντας το γραφείο της πριν φύγει.

Η Ρέητσελ ανέβηκε στον όγδοο όροφο με το ασανσέρ. Όταν βγήκε, άκουγε τη φασαρία. Ήχοι χτυπημάτων ακούγονταν μέχρι έξω τον διάδρομο, κάνοντας την Ρέητσελ να σκεφτεί ότι ο Μαρκ, χτυπούσε τη γυναίκα του πάνω στους τοίχους. Οι κραυγές της Λόλας γέμιζαν τον αέρα, ακολουθούμενοι από θορύβους, που θα έλεγε κανείς ότι πετάει αντικείμενα στον άντρα της. Η Ρέητσελ αναρωτιόταν γιατί κανείς δεν είχε καλέσει την αστυνομία. Φαίνεται, πως μόνο η Πηνελόπη ενδιαφερόταν για το τι συμβαίνει σε εκείνο το διαμέρισμα.

Η Ρέητσελ χτύπησε δυνατά την πόρτα με την γροθιά της. «Ανοίξτε! Η Ρέητσελ είμαι.»

Επικράτησε ησυχία για μια στιγμή, μετά, η πόρτα ανοίγει αργά. Η Λόλα στεκόταν πίσω από την πόρτα, τα καστανά της μαλλιά ήταν ανακατεμένα και μισοέπεφταν στο πρόσωπό της. Είχε μαυρισμένο το ένα μάτι και το άλλο βλέφαρο ήταν κλειστό. Η μύτη της ήταν κόκκινη από το ξεραμένο αίμα και τα χείλη της ήταν πρησμένα. Η Λόλα ήταν ένα τρομερό θέαμα.

«Γεια, Ρέητσελ», είπε η Λόλα, με φυσική φωνή, καθώς η εμφάνισή της δεν έδειχνε κάτι το αφύσικο.

«Λόλα, πρέπει να ξέρεις ότι οι δυο σας κάνετε πολύ θόρυβο. Είμαι έκπληκτη που κανείς δεν έχει καλέσει την αστυνομία ακόμα.» Η Ρέητσελ έκανε πίσω με τα χέρι στη μέση, κοιτάζοντας οργισμένη την μεσήλικη γυναίκα.

«Αχ, συγνώμη, δεν είχα καταλάβει ότι κάναμε τόσο θόρυβο», είπε, στην αρχή ντροπιασμένη, και μετά το πρόσωπό της άλλαξε έκφραση λέγοντας, «Ξέρεις πώς είναι αυτά, τα ζευγάρια καυγαδίζουν που και που.»

«Αυτό δεν ήταν καυγαδάκι, αλλά ο Τρίτος Παγκόσμιος Πόλεμος. Αλήθεια, πώς μπορείς να κάθεσαι εκεί και να μου το λες αυτό; Νομίζεις ότι οι γείτονές σου δεν ακούν; Οι περισσότεροι φορούν ακουστικά.»

«Εντάξει, δεν ξέρω, μάλλον τα πράγματα βγήκαν εκτός ελέγχου.»

«Πού είναι ο Μαρκ; Θέλω να δω τον Μαρκ αμέσως», απαίτησε η Ρέητσελ. Μερικές φορές ένιωθε ότι διοικούσε νηπιαγωγείο για ηλικιωμένους παραβάτες.

Τα μάτια της Λόλας άνοιξαν διάπλατα από το φόβο. Τα πρησμένα της χείλη άρχισαν να κινούνται χωρίς να βγαίνει ήχος.

«Μαρκ!» φώναξε η Ρέητσελ καθώς έσπρωχνε την Λόλα για να μπει στο χολ. «Βγες έξω να μιλήσουμε.»

Το διαμέρισμα ήταν χάλια. *Σάλτσα ζυμαρικών; Λουκάνικο;*

Ένας ψηλός άντρας βγήκε από την κρεβατοκάμαρα και στάθηκε όρθιος με μια ματιά απελπισίας στο πρόσωπό του.

«Οι γείτονες διαμαρτύρονται για τους καυγάδες που κάνετε εδώ. Αυτή τη φορά τα πράγματα έχουν ξεφύγει».

Η Ρέιτσελ πρόσεξε ότι ήταν λίγο ατημέλητος. Τα υπό φυσιολογικές συνθήκες, μαλλιά του που τα χτένιζε πάντα προς τα πίσω, κρέμονταν γύρω από τις πλευρές του λεπτού προσώπου του και το πουκάμισό του ήταν ανοιχτό, αποκαλύπτοντας το δέρμα. Γυμνά πόδια ξεπροβάλουν κάτω από το τζιν του.

«Λυπάμαι, δεν κατάλαβα ότι κάναμε τόσο θόρυβος ώστε οι άλλοι να μπορούν να μας ακούσουν τη συζήτησή μας», είπε ο Μαρκ.

Η Ρέητσελ δεν του επέτρεψε να πει καμιά δικαιολογία. «Συζήτηση; Άκουγα την φωνή σου μέσα από το ασανσέρ να ουρλιάζει στην Λόλα. Κι εκείνη στρίγγλιζε. Δεν γινόταν καμία συζήτηση.»

Σ' αυτό το σημείο, η ματιά της Ρέητσελ έπεσε στο σαλόνι και την τραπεζαρία. Σπασμένα γυαλικά και φαγητό ήταν παντού πεταμένα πάνω στο χαλί και σκούρες κηλίδες κάλυπταν τους τοίχους όπου και οι δύο θα πρέπει να κοπανούσαν ο ένας τον άλλον. Τα κοιλώματα στους τοίχους μαρτυρούσαν ότι είχαν πεταχτεί αντικείμενα. Σε έναν άλλον τοίχο είδε κόκκινα σημάδια, τα οποία η Ρέητσελ υπέθεσε ότι ήταν αίμα, ή ίσως σάλτσα τομάτας. Μία καρέκλα ήταν πεσμένα πλάγια και μερικά τραπέζια ήταν λοξά.

Κοιτώντας πιο προσεχτικά τον Μαρκ, η Ρέητσελ είδε ότι είχε ένα κόψιμο στο δεξί του μάτι, ένα ματωμένο, πρησμένο χείλος και το αριστερό του μάτι είχε αρχίσει να πρήζεται κι αυτό. Έσταζε ιδρώτα και λάδι κινητήρα. *Σπουδαία συζήτηση πρέπει να είχαν.*

«Έχω μείνει άφωνη. Κοιτάξτε πώς είστε!» φώναξε η Ρέητσελ. «Λόλα, είσαι, τι να σου πω!»

Η γυναίκα έτρεμε καθώς στηρίχτηκε στον τοίχο. Το πουκάμισό της ήταν μισοσχισμένο και ίσα-ίσα που κρατιόταν στους ώμους της. Φορούσε μία παντόφλα και το σορτσάκι της ήταν σχισμένο και σχεδόν βγαλμένο. Μια μεγάλη μελανιά είχε σχηματιστεί στον ένα της γλουτό και στο μπράτσο της μπορούσες να δεις ένα κόψιμο.

«Μη μου πείτε ότι δεν τσακωθήκατε γερά. Με το που σας βλέπω, καταλαβαίνω τι έχει συμβεί. Και οι γείτονες παραπονιούνται.» Η Ρέητσελ κοίταξε και τους δυο καθώς βημάτιζε, σκεφτόμενη τι θα κάνει με αυτούς τους δυο. «Κοιτάξτε τι κάνετε στο διαμέρισμα. Είναι χάλια!»

«Λυπούμαστε,» είπε ο Μαρκ, τρίβοντας νευρικά

το ένα του μπράτσο με το χέρι. Το τατουάζ με την καρδιά που είχε στο μπράτσο, φαινόταν σα να είχε ένα ακόμα βέλος. Αναμφίβολα, αυτό το κόψιμο, το έκανε η Λόλα.

«Ναι, συγνώμη», μουρμούρισε η Λόλα.

«Αυτό το διαμέρισμα ανήκει στους Μόργκαν. Έτσι και δουν σε τι κατάσταση είναι θα γίνουν έξαλλοι.» Η Ρέητσελ θύμωνε όλο και περισσότερο όσο μιλούσε. «Με αυτόν τον τρόπο διασκεδάζετε εσείς; Είναι κάποιος ειδικός τρόπος διασκέδασης για εσάς; Σοβαρά μιλάω, είναι;»

Ακολούθησε σιωπή, και μετά απάντησε ο Μαρκ.

«Ναι, ίσως. Μερικές φορές.» κουνούσε τα πόδια του νευρικά καθώς κοιτούσε κάτω. «Όμως αυτή τη φορά, να, εεε...»

«Ζήλεψε», παρενέβη η Λόλα. «Νομίζω ότι επηρεάστηκε από τις πολλές ταινίες που βλέπει και μετά ξέσπασε επειδή είδε το παιδί από το παντοπωλείο να μου μεταφέρει τις τσάντες στο αμάξι. Ήταν στο αμάξι και με περίμενε. Νόμιζε ότι το αγόρι μου την έπεφτε.»

Ο Μαρκ Ρότζερς ήταν ιδιοκτήτης ενός καταστήματος με μηχανές στην πόλη και πουλούσε και ανταλλακτικά. Η Ρέητσελ έστρεψε το βλέμμα της στον επαγγελματία ιδιοκτήτη ο οποίος θα υπέθετε κανείς ότι έχει μια κοινή λογική. Ίσως και ένα ίχνος αξιοπρέπειας.

«Αλήθεια; Ζήλεψες ένα αγόρι; Τον βοηθό του μανάβη;» Η Ρέητσελ είχε ακόμα τα χέρια της στους γοφούς της.

«Λιγάκι.»

Η Ρέητσελ άφησε έναν αναστεναγμό εκνευρισμού, απελευθερώνοντας τα χέρια της.

«Εσείς οι δυο χρειάζεστε σύμβουλο. Επειγόντως. Σας προτείνω να πάρετε κάποια επαγγελματική βοήθεια αλλιώς θα πρέπει να ενημερώσω τους ιδιοκτήτες του διαμερίσματος και το συμβούλιο της πολυκατοικίας. Και ίσως και την αστυνομία.»

«Μπορούμε να το κάνουμε αυτό», είπε με αγωνία η Λόλα.

«Κάντε το,» διέταξε η Ρέητσελ. «Αμέσως. Θέλω να δω αποδείξεις ότι βλέπετε σύμβουλο γάμου, αλλιώς, μάρτυς μου ο Θεός, θα σας παραδώσω εγώ η ίδια. Τελευταία προειδοποίηση.»

Κούνησαν και οι δυο το κεφάλι καταφατικά με ενθουσιασμό.

Η Ρέητσελ βγήκε από το διαμέρισμα και μπήκε στο ασανσέρ. Ανυπομονούσε να βρεθεί με τις φίλες της. Ήταν μια δύσκολη μέρα.

ΤΡΊΑ

«ΠΆΛΙ; ΔΕΝ ΚΑΤΑΛΑΒΑΊΝΩ ΓΙΑΤΊ ΔΕΝ ΠΕΤΆΕΙ ΑΥΤΌΝ ΤΟ ΗΛΊΘΙΟ ΈΞΩ ΜΕ ΤΙΣ ΚΛΩΤΣΙΈΣ», είπε η Τία. «Δεν θα ανεχόμουν τέτοια συμπεριφορά ούτε για ένα λεπτό.»

«Ίσως κατά βάθος, φταίει κι εκείνη,» πρότεινε η Ολίβια. «Εξάλλου, ποτέ δεν φταίει μόνο ένας, όπως λένε.»

«Έτσι και μου φέρονταν εμένα έτσι, θα τον έκλεινα στη φυλακή», είπε η Ένιδα.

«Άλλο έναν γύρο», είπε η Ρέητσελ στην μπαργούμαν, ανεμίζοντας το ποτήρι της στον αέρα.

Τα κορίτσια έπιναν παγωμένο τσάι, όπως το συνήθιζαν. Το κλαμπ του συγκροτήματος ήταν σπουδαίο μέρος για τα κορίτσια, και για τη ηλικία τους, αλλά και γιατί δεν ανησυχούσαν για το πώς θα γυρίσουν σπίτι. Η Ρέητσελ δεν έπινε, μόνο ίσως ένα ποτήρι κρασί σε κάποιο πάρτι, αλλά αυτό γινόταν σπάνια. Παρόλο που το μπαρ βρισκόταν σε βολική τοποθεσία, λίγα μέτρα μακριά, ούτε οι φίλες της έπιναν γιατί έπρεπε να δουλέψουν την επόμενη μέρα.

Η Ρέητσελ πρόσθεσε τρία πακέτα ζάχαρης στο τσάι της και πήρε ένα δωρεάν μπισκότο που προσφέρεται από το μπαρ από ένα πιάτο και μετά πήρε ένα άλλο. «Αν της ξανασηκώσει το χέρι, θα καλέσω την αστυνομία, παρόλα αυτά, φαινόταν σαν να είχε ρίξει κι εκείνη τις μπουνιές που της αναλογούσαν. Ίσως και οι δύο πρέπει να πάνε στη φυλακή.»

Η Τία πήρε το ποτήρι της. «Και οι δύο μάλλον θα έπρεπε να είχαν επισκεφτεί γιατρό».

«Μιλάς σαν γιατρός», είπε η Ολίβια.

Η Τία Πατέλ ήταν γυναικολόγος. Είχε μια αρκετά μεγάλη εμπειρία, αλλά αυτό το επίτευγμα δεν είχε γίνει χωρίς θυσία. Γεννημένη από πλούσιους γονείς στο Χαριντουάρ της Ινδίας, φοίτησε στο κολέγιο των Πολιτειών, επιδιώκοντας τελικά την ιθαγένεια. Παρά την ανεξάρτητη φύση της, η ινδική κουλτούρα ήταν σημαντική γι' αυτήν, οπότε η Τία τίμησε τις επιθυμίες των γονιών της και συμφώνησε σε έναν οργανωμένο γάμο. Όμως η αφοσίωσή της στο επάγγελμά της και στις γυναίκες που φρόντιζε για πολλά χρόνια έγινε ένα απαράδεκτο βάρος για τον παραδοσιακό Ινδο-Αμερικανό σύζυγό της. Χώρισαν μετά από είκοσι χρόνια χωρίς να έχουν κάνει παιδιά.

«Εδώ είμαστε κυρίες μου, γύρος τρίτος. Ελπίζω να μην σας κρατήσει ξύπνιες όλη νύχτα», αστειεύτηκε η σερβιτόρα καθώς απομακρυνόταν.

«Έχω να βαθμολογήσω γραπτά», είπε η Ολίβια.

Καθισμένη κομψά ντυμένη με μπλε κοστούμι, το σακάκι της Ολίβιας Τζόνσον άνοιξε για να αποκαλύψει ένα ωραίο σετ μαργαριταριών γύρω από το λαιμό της που έρχεται σε αντίθεση με το άψογο δέρμα του κακάου. Ζεστή και στοργική από τη φύση, την επιτομή της μητρότητας, η Ολίβια ήταν χήρα σε νεαρή ηλικία, αλλά κατάφερε να περάσει στο κολέγιο με τέσσερα παιδιά. Έγινε μια πολύ καλή καθηγήτρια κολεγίου στο Πανεπιστήμιο Μπέθουν Κούκμαν και ήταν πρότυπο για τα παιδιά της. Τώρα που τα παιδιά της μεγάλωσαν και έφυγαν, το να ζει σε ένα συγκρότημα φαίνεται να ήταν η τέλεια απόφαση.

«Ωραία, τι θα λέγατε εάν γινόμασταν μέλη σε μια διαδικτυακή υπηρεσία για ραντεβού;» Ρώτησε η Ολίβια, κοιτάζοντας ένα- ένα τα σοκαρισμένα πρόσωπα.

«Υπηρεσία ραντεβού; Εννοείς που βλέπεις ένα μάτσο φωτογραφίες αντρών, διαβάζεις ένα βιογραφικό και βγαίνεις;» ρώτησε η Ένιδα.

«Ακριβώς.»

«Δεν είναι για μένα αυτά» είπε η Ένιδα, σπρώχνοντας τα μακριά, μπλε μανίκια του μπλε πουκαμίσου της μέχρι τους καρπούς.

«Ούτε και για μένα, νομίζω. Ποιος ξέρει σε ποιον τρελάρα θα πέσεις;» είπε η Τία.

«Δεν είναι όλοι άντρες σε αυτά τα σάιτ τρελάρες,» είπε η Ολίβια. «Κι έχω να βγω ραντεβού, είκοσι δύο μήνες, μία εβδομάδα και τέσσερις μέρες.»

«Μετράς τις μέρες;» Η Ρέητσελ έσπασε. Πρόσθεσε άλλα τρία πακετάκια ζάχαρη στο νέο της ποτό και πήρε άλλο ένα μπισκότο. «Αλήθεια, πέρασε τόσος καιρός;»

«Ναι, τόσος καιρός. Θα ήθελα να μπει ένας άντρας στη ζωή μου». Η Ολίβια έγειρε το κεφάλι της στο πλάι. «Και γιατί να μην χρησιμοποιήσω την υπηρεσία ραντεβού; Όλες το κάνουν. Η Μπέκι στο διοικητικό του Πανεπιστημίου, έτσι γνώρισε έναν υπέροχο τύπο.»

«Καλά, αν θέλεις να το δοκιμάσεις, κάνε το,» είπε η Ένιδα. «Αν όμως την πατήσεις, μην έρθεις να μου κλαφτείς.»

Και οι τρεις γυναίκες επανέλαβαν σχεδόν τα ίδια λόγια με διαφορετικό τρόπο η καθεμία, κουνώντας τα κεφάλια τους στο πλάι.

Η Ολίβια τις κοιτούσε αγανακτισμένη. «Τι σπαστικές που είστε! Εγώ ζητούσα την υποστήριξή σας.»

«Απλώς ανησυχούμε για σένα, αυτό είναι όλο», είπε η Ρέητσελ, πιάνοντας το μπράτσο της Ολίβια. «Είσαι τόσο γλυκιά, που εύκολα κάποιος θα σου ραγίσει τη καρδιά.»

«Μα, αν δεν προσπαθήσω, δεν θα μάθω, έτσι δεν είναι; Μπορεί να γνωρίσω κάποιον πολύ ξεχωριστό. Μπορεί να ερωτευτούμε και ποιος ξέρει που θα...» και η φωνή της χαμήλωσε καθώς έπαιζε με τα μαργαριτάρια της.

«Ααα, ορίστε μας, είναι ήδη ερωτευμένη, και δεν έχει καν βγει το πρώτο ραντεβού,» είπε η Ένιδα.

«Η Ένιδα και η Ρέητσελ έχουν δίκιο. Οδεύεις προς το να πληγωθείς,» είπε η Τία. «Καμία μας δεν θέλει να σου συμβεί αυτό.» Φορούσε μία κομψή, μαύρη παντελόνα και ένα προσαρμοσμένο άσπρο πουκάμισο, τα ρούχα της αντανακλούσαν τη συντηρητική, προσεκτική φύση της.

· · ·

«Θα προσέχω. Πρώτα θα τσεκάρω καλά τους άντρες πριν επικοινωνήσω με κάποιον, έτσι θα αποκλείσω τους ψεύτικους και τους κακούς.»

«Έτσι ελπίζεις», είπε η Ρέητσελ.

«Ας προσπαθήσουμε να ξεκινήσουμε με μια θετική στάση εδώ, εντάξει; Δεν θα συμμετάσχω στον στρατό, ούτε θα πάω σε μια εχθρική χώρα. Θέλω απλώς να βγω μερικά ραντεβού.» Η Ολίβια έριξε ένα ελπιδοφόρο χαμόγελο στις φίλες της. «Ηρέμησε».

Οι κυρίες κοιτάχτηκαν μεταξύ τους και σηκώθηκαν από κοινού.

«Προχώρα το», είπε η Ένιδα.

«Ποια κερνάει αγοράζει τον επόμενο γύρο;» Ρώτησε η Ρέητσελ.

«Πόσα ήπιατε;» Ρώτησε η Ένιδα.

Η Ρέητσελ χαμογέλασε. «Έχασα το μέτρημα. Ει,, διψάω.»

«Δείχνεις ζαλισμένη», είπε η Τία, δίνοντάς της μια σκληρή ματιά. «Εντάξει, θα πιω άλλον έναν γύρο, και μετά θα φύγω. Έχω υπηρεσία αυτό το Σαββατοκύριακο.»

«Τία, γιατί δεν βγαίνεις ραντεβού κι εσύ; Είσαι ελκυστική γυναίκα. Έχεις υπέροχο δέρμα, πανέμορφα μαύρα μαλλιά, καλό βάρος, οι άντρες πρέπει να πέφτουν ξεροί», είπε η Ολίβια.

«Εργάζομαι πολλές ώρες. Δεν μου μένει πολύς χρόνος μετά τη δουλειά. Τις περισσότερες φορές, ο ύπνος είναι πολύ πιο σημαντικός από το να περάσω τον χρόνο μου με έναν άντρα,» είπε η Τία, ακουμπώντας τους αγκώνες της στο τραπέζι.

«Εσύ, τι δικαιολογία έχεις, Ένιδα;» Ρώτησε η Ρέητσελ.

«Το σκεφτόμουν. Έχω περισσότερο χρόνο τώρα που έχω έναν άντρα να μένει στο καταφύγιο. Ο Χόρχε, με έχει ξεφορτώσει πολύ», είπε η Ένιδα. «Ίσως, λοιπόν.»

«Γίνε μέλος σε μια υπηρεσία ραντεβού», πρότεινε η Ολίβια.

Η Ένιδα κοίταξε την Ολίβια. «Νομίζω ότι θα δοκιμάσω άλλες μεθόδους πρώτα.»

Η Ρέιτσελ κούνησε το κλειδί στην κλειδαριά της μπροστινής πόρτας της. Προσπαθούσε να είναι ήσυχη για χάρη του Τζο. Δεν ήθελε πραγματικά να τον ξυπνήσει γιατί ανέκαθεν σηκωνόταν νωρίς το πρωί. Και ήταν μεσάνυχτα. Ο Τζο θα δυσκολευόταν να ξανακοιμηθεί αν ξυπνούσε τώρα.

Ψάχνοντας τον τοίχο για το διακόπτη, η Ρέητσελ κατάφερε να ανάψει το φως, αλλά πριν, η φτέρνα της τράβηξε το χαλί από την πόρτα. Βρισκόταν εκεί για να σκουπίζουν τα χώματα που έφεραν από έξω, αλλά εκείνη τη στιγμή πιάστηκε το παπούτσι της. Έπεσε κάτω με τον πισινό και το κεφάλι της, χτύπησε στην πόρτα με θόρυβο. Η Ρέητσελ άρχισε να λέει διάφορα.

Κατέβηκε στην άκρη της και έπεσε πίσω, το κεφάλι της χτύπησε την πόρτα με χτύπημα. Η Ρέιτσελ άφησε μερικές λέξεις επιλογής. Αγωνίστηκε, και χρησιμοποιώντας τα γόνατά της, κατάφερε να σηκωθεί. Τότε είδε τον Τζο να την κοιτάζει επίμονα.

«Είσαι καλά;»

«Φυσικά και είμαι καλά.»

«Αναρωτιόμουν γιατί μου ακούστηκε σα να πάλευες», είπε ο Τζο ανέκφραστος.

«Τι; Προσπαθούσα να κάνω ησυχία.»

«Αν έκανες έτσι ησυχία, τότε πώς θα ήταν αν έκανες θόρυβο;» Είπε ο Τζο, πηγαίνοντας στην κρεβατοκάμαρα. «Φρόντισε να κάνεις πιο ήσυχα για να μπορέσω να ξανακοιμηθώ.»

Κρίμα την προσπάθεια να μπει απαρατήρητη.

ΤΈΣΣΕΡΑ

«ΤΙ; ΓΆΤΕΣ ΕΊΠΕΣ;» ρώτησε η Ρέητσερ αυτόν που τηλεφώνησε. «Πώς γίνεται να κάνουν θόρυβο οι γάτες;»

Η Ρέητσελ άκουσε την εξήγηση για το πώς οι γάτες μπορούν να προκαλέσουν θόρυβο όταν πηδάνε. Μερικές φορές προκαλούν δυνατούς θορύβους, σαν κάτι να είχε πέσει. Δεν ήταν η πρώτη φορά που είχε λάβει παράπονα για τα κατοικίδια ζώα που είχε η Ένιδα στο διαμέρισμά της. Ως ακτιβιστής ζώων και ιδιοκτήτρια καταφυγίου, η Ένιδα είχε την τάση να φέρνει στο σπίτι ζώα. Μερικές φορές αυτό υπερβαίνει τον αποδεκτό αριθμό στους κανόνες του συγκροτήματος. Και μερικές φορές οι γάτες δεν έπαιζαν όμορφα ή ήσυχα.

¨Θα επικοινωνήσω μαζί της σήμερα», είπε η Ρέητσελ. «Είμαι σίγουρη πως θα βελτιωθεί η κατάσταση, κυρία Ντόνελι.»

Δεν ήταν το πρωί που θα επέλεγε να ασχοληθεί

με αυτό το ζήτημα, γιατί ένιωθε ζέστη και ζάλη όταν ήταν όρθια. Ήξερε ότι η Ένιδα δεν ήταν ποτέ δεκτική στην κριτική σχετικά με τα ζώα της. Αλλά η Ρέητσελ έπρεπε να την ενημερώσει για ένα ακόμη παράπονο. Πήρε την Ένιδα στο κινητό κατά το μεσημεριανό της διάλειμμα, την πέτυχε να αγοράζει τροφές για κατοικίδια.

«Αυτή η γερο-ξεμωραμένη δεν έχει τίποτα άλλο να κάνει, παρά να παραπονιέται συνέχεια,» είπε η Ένιδα. «Αυτό που χρειάζεται, είναι να πάρει μια γάτα. Θα την κρατάει απασχολημένη και θα με αφήσει ήσυχη.»

«Πόσες γάτες έχεις εκεί πάνω τώρα, Ένιδα;» Ρώτησε η Ρέητσελ

«Εεεε... τέσσερις....»

Η Ρέητσελ γνώριζε πως αυτό σήμαινε ότι έχει μάλλον οκτώ.»

«Κάντες πάλι τέσσερις, Ένιδα. Σήμερα,» είπε η Ρέητσελ. «Και πόσα σκυλιά έχεις;»

«Μόνο ένα.»

Αυτό μάλλον ήταν αλήθεια. Τα σκυλιά ήταν πιο δύσκολο να τα κρύψεις από τις γάτες. Η Ρέητσελ ήξερα για Ρητρίβερ-Πουντλ. Ήταν μεγάλος, με κίτρινο τρίχωμα που έπεφτε σε μεγάλες μπάλες παντού. Το σκυλί ήταν πιο γέρικο, δεν γαύγιζε και αγαπούσε τους πάντες. Είναι το είδος του σκύλου που θα υποδεχόταν έναν κλέφτη γλείφοντάς τον από χαρά. Δεν ήταν αυτός το πρόβλημα.

«Εντάξει, φρόντισε σε παρακαλώ το θέμα με τις γάτες σου, Ένιδα.»

«Εντάξει.»

Η Ρέητσελ έκλεισε το ακουστικό και έκλεισε τα μάτια της. Δεν περίμενε πως θα περνούσε τόσα όταν συμφώνησε να αναλάβει την διαχείριση του συγκροτήματος. Ο καθένας εδώ μέσα φαίνεται να έχει χαρακτήρα, με ορισμένες εξαιρέσεις. Σκέφτηκε η Ρέητσελ.

Τότε, μπήκε στο γραφείο της η Ρούμπι.

Η γριά γυναίκα έβαλε τις γροθιές της και στις δυο πλευρές του κόκκινου σορτς που φορούσε. Εμφανώς ενοχλημένη, τράβηξε ένα λευκό τοπ που φορούσε μέχρι τους κοκαλιάρικους γλουτούς της. Η Ρέητσελ έμεινε έκπληκτη βλέποντας την «Ρούμπι να φοράει ρούχα αντί το συνηθισμένο μαγιό της.

«Τι συμβαίνει;» Ρώτησε η Ρέητσελ.

«Αυτή η Πηνελόπη Χάρντγουντ πάλι!»

«Τι έκανε τώρα;» Η Ρέητσελ δεν πίστευε πως η Πηνελόπη είχε στην ουσία κάνει κάτι. Πριν καλά-καλά η γυναίκα ανοίξει το στόμα της, η Ρέητσελ ήταν πεπεισμένη πως η Ρούμπι, και όχι η Πηνελόπη, ήταν το πρόβλημα.

«Λέει σε όλους εκεί έξω πως είμαι άθλια! Εγώ;»

«Ρούμπι, είμαι σίγουρη πως...»

«Αυτή η παλιόγρια ντύνεται λες και βρίσκεται στον βορά με 40 βαθμούς θερμοκρασία, και εγώ είμαι εκείνη που πρέπει να ντρέπομαι; Αλήθεια!» Αφού τελείωσε, πήρε μια ανάλογη πόζα, και τα μάτια της έβγαζαν φωτιές.

«Τι συμβαίνει με σας τις δυο; Γιατί δεν προσπαθείτε να τα πάτε καλά οι δυο σας;» είπε η Ρέητσελ. «Η Πηνελόπη είναι πολύ καλή γυναίκα, γλυκιά, ξεκούραστη. Δεν πειράζει ούτε μυρμήγκι.»

Τα φρύδια της Ρούμπι, ανασηκώθηκαν. «Παίρνεις το μέρος της, έτσι δεν είναι;»

«Δεν τίθεται τέτοιο θέμα, απλώς...»

«Πάντα παίρνεις το μέρες της, δεν πειράζει.» Η

Ρούμπι γύρισε να φύγει. «Είναι ανακατωσούρα και κουτσομπόλα. Μάλλον αυτοί οι τύποι σου αρέσουν.»

Η Ρούμπι έφυγε από το γραφείο, κλείνοντας δυνατά την πόρτα πίσω της.

Η Ρέητσελ έκλεισε τα μάτια της για δεύτερη φορά.

Το επόμενο πρόσωπο που μπήκε στο γραφείο της ήταν αναμενόμενο.

«Γεια, Πηνελόπη», είπε η Ρέητσελ, προφέροντας κάθε συλλαβή αργά.

Η Ρούμπι περιέγραψε πολύ σωστά τη γριά γυναίκα. Στεκόταν εκεί, μια γκριζομάλλα, ελαφρώς πλαδαρή γυναίκα μεγάλης ηλικίας, ντυμένη με ένα απλό φόρεμα και ένα από τα πολύ βαριά πουλόβερ της.

«Καλησπέρα, χρυσή μου. Ήθελα να σου μιλήσω για τον Άλφρεντ, τον ξέρεις τον Άλφρεντ...»

«Ναι, φυσικά, ο Άλφρεντ μένει στον όγδοο όροφο.»

«Να, δεν αισθάνεται τόσο καλά», είπε η Πηνελόπη. «Τον είδα να χαιρετάει στον διάδρομο και τον ρώτησα αν είναι καλά. Είπε πως ήταν και συνέχισε τον δρόμο του, αλλά δεν πιστεύω ότι έλεγε την αλήθεια».

Ο Άλφρεντ Θορν ήταν ένας πολύ ήσυχος άντρας με σχεδόν καθόλου μαλλιά στο κεφάλι του. Φορούσε συνήθως ένα ελαφρύ σακάκι, το οποίο του έδινε μια επίσημη εμφάνιση, τουλάχιστον για τη Φλόριντα. Δεδομένης της σωστής εμφάνισης και του τρόπου του, η Ρέητσελ υποψιαζόταν ότι η Πηνελόπη ήταν τσιμπημένη μαζί του.

«Αα, ναι, ο Άλφρεντ...» άρχισε να λέει η Ρέητσελ, αλλά την διέκοψε. Φαίενται πως ήταν η μέρα τέτοια.

«Μα φυσικά, αν η Ρούμπι δεν του κουνιόταν από την αρχή, μπορεί να μην είχε συμβεί τίποτα. Υποθέτω ότι φταίει κι εκείνη,» είπε η Πηνελόπη.

«Τι πράγμα; Ωω, Θεέ μου!» Η Ρέητσελ πήρε το κεφάλι της ανάμεσα στα χέρια της, καθώς οι αγκώνες της ακουμπούσαν πάνω στο γραφείο της. «Η Ρούμπι περπατάει σαν ένα ώριμο πρώην μοντέλο. Δεν κουνιόταν στον Άλφρεντ. Έχεις πάει ποτέ σε επίδειξη μόδας, Πηνελόπη;»

«Όχι.»

«Ίσως κάποια στιγμή να θέλεις να πας για να δεις πώς περπατάει μια επαγγελματίας μοντέλο. Έτσι ακριβώς περπατάει και η Ρούμπι από το ένα δωμάτιο στο άλλο», είπε η Ρέητσελ, κοιτώντας την γριά γυναίκα. Δεν περπατάει, γλιστράει.»

«Εγώ το αποκαλώ αυτό κάμψη. Και είναι ασυνήθιστη συμπεριφορά», επέμεινε η Πηνελόπη.

«Έτσι το βλέπεις εσύ», είπε η Ρέητσελ, προσπαθώντας να είναι υπομονετική με τη γυναίκα. «Μόνο εσύ. Όλοι οι άλλοι το βρίσκουν κάπως χαριτωμένο για μια ηλικιωμένη γυναίκα. Όμως τώρα η Ρούμπι νομίζει ότι την κουτσομπολεύεις.»

«Δεν κουτσομπολεύω εγώ. Ποτέ!» Είπε η γυναίκα, σηκώνοντας το πηγούνι της και σταυρώνοντας τα χέρια στο στήθος της.

«Τότε, πήγαινε να της ζητήσεις συγνώμη. Πες της ότι δεν την κουτσομπόλευες πίσω από την πλάτη της.»

Ακολούθησε ησυχία.

«Λοιπόν;

Άφησε τα χέρια της. «Εντάξει, θα το κάνω, για να ευχαριστήσω εσένα.»

«Όχι για μένα, αλλά για την Ρούμπι.»

Η Πηνελόπη άφησε έναν βαθύ αναστεναγμό. «Εντάξει.» Γύρισε προς την πόρτα. «Όμως, αν δεν κουνιόταν τόσο πολύ, ο Άλφρεντ δεν θα...»

«Πηνελόπη!» Η Ρέητσελ ήταν πεπεισμένη πως η ηλικιωμένη γυναίκα ζήλευε την Ρούμπι. Και έπρεπε να το ξεπεράσει.

«Καλά, εντάξει. Θα ζητήσω συγνώμη. Καλημέρα.» Έφυγε από το γραφείο, κλείνοντας ευγενικά την πόρτα.

Επιτηρώ νήπια,. Ηλικιωμένα νήπια!

«Πώς πήγε η μέρα σου;» Ρώτησε η Ρέητσελ καθώς έβαζε κουνουπιδόσουπα με την κουτάλα σε δυο μπολ.

«Τίποτα το σημαντικό. Να φέρω το ψωμί;» ρώτησε ο Τζο, περπατώντας πίσω της προς την κουζίνα.

«Αν θέλεις εσύ, εγώ δεν θέλω.»

Ο Τζο, πήρε το ψωμί και τη μαργαρίνη από το ψυγείο και τα πήγε και τα δυο στο τραπέζι της τραπεζαρίας. Η Ρέητσελ έφερε προσεχτικά τα δυο μπολ με τη σούπα στο τραπέζι, και μετά γύρισε στην κουζίνα για το παγωμένο τσάι της.

«Τελείωσες με το θέμα του νεροχύτη;» ρώτησε καθώς κάθισε κρατώντας το ποτό της, ήπιε μια γουλιά σούπα, και μετά πρόσθεσε μια μεγάλη ποσότητα ζάχαρης στο τσάι.

«Ναι, ο Άλφρεντ φαίνεται χαρούμενος τώρα.» Ο Τζο μύρισε τη σούπα του πριν πάρει μια θορυβώδη ρουφηξιά, και μετά έκανε μια γκριμάτσα επειδή τη βρήκε να καίει. «Είναι μοναδικός.»

«Μόνο αυτός; Όλο το μέρος είναι γεμάτο μοναδικούς ανθρώπους.»

«Ο Άλφρεντ είναι καλός άνθρωπος.»

«Ναι. Νομίζω πως η Πηνελόπη είναι τσιμπημένη μαζί του.»

«Αλήθεια; Μεγάλο ρομάντζο».

«Η Πηνελόπη μου είπε σήμερα πως νόμιζε ότι ήταν άρρωστος. Εσένα πώς σου φάνηκε;» Η Ρέητσελ ανακάτεψε τη σούπα για να την κρυώσει πριν τη δοκιμάσει.

«Καλά, μάλλον. Σπάνια σηκώνεται από την πολυθρόνα του», είπε ο Τζο. «Το μόνο κακό μ' αυτόν είναι ότι χρειάζεται άσκηση.»

Η Ρέητσελ συμφώνησε. «Η Ένιδα έχει πάλι πολλές γάτες. Μου παραπονέθηκαν ξανά σήμερα για τον θόρυβο που έκαναν.» Έφαγε μια κουταλιά σούπα.

«Σίγουρα θα μυρίζει άσχημα εκεί πάνω.» Ο Τζο πήρε μια φέτα ψωμί και αφαίρεσε το καπάκι από την μαργαρίνη.

«Ανατριχιάζω και μόνο που το σκέφτομαι. Έχω καιρό να πάω στο διαμέρισμά της. Συναντιόμαστε πάντα στο κλαμπ. Ή εδώ.» Η Ρέητσελ κοίταξε τον άντρα της με ερωτηματικό ύφος.

«Τι;» Ο Τζο σταμάτησε την κίνηση του κουταλιού στα μισά της διαδρομής του προς το στόμα του, επιστρέφοντας το ίδιο βλέμμα σε εκείνη.

«Δεν ξέρω. Είχα ένα περίεργο συναίσθημα.»

«Δεν έχει κάποιο πρόβλημα συντήρησης, οπότε δεν μπορώ να μπω στο διαμέρισμά της με αυτή την δικαιολογία για να δω σε τι κατάσταση είναι το διαμέρισμά της.»

«Το ξέρω. Μην ανησυχείς. Θα πάει μερικές γάτες στο καταφύγιο και η ειρήνη θα βασιλέψει», είπε η Ρέητσελ, τρώγοντας τη σούπα της.

Ο Τζο ρούφηξε πάλι τη σούπα του και η Ρέητσελ κούνησε το κεφάλι της ως απάντηση. Τι ενοχλητική συνήθεια που την είχε.

«Πώς ήταν το διαμέρισμα της Λορέτας όταν πήγες;»

«Αα, πολύ καθαρό και τακτοποιημένο. Ήταν τέλειο.»

«Έχει κοπέλα που τη βοηθά στο καθάρισμα. Τώρα που το θυμήθηκα, τι να έγινε άραγε με το θέμα των Ρότζερ και τους τσακωμούς τους;» Η Ρέητσελ άφησε το κουτάλι της στη σκέψη και πήρε τον ανεμιστήρα που ήταν πάνω στο τραπέζι. Άρχισε να τον γυρνάει στο πρόσωπό της. «Δεν πιστεύεις σε τι κατάσταση τους βρήκα. Σπασμένα γυαλιά παντού και βαθουλώματα στους τοίχους. Και λεκέδες αίματος επίσης. Και βρωμούσε.»

«Δεν μου αρέσει ο Μαρκ. Δεν τον εμπιστεύομαι.» Ο Τζο δίπλωσε το ψωμί του στα δύο πριν το δαγκώσει.

«Ούτε κι εγώ. Είναι κακός. Δεν ξέρω τι να πω για την Λόλα.» Η Ρέητσελ συνέχισε με το ανεμιστηράκι.

«Μήπως το ότι είναι ηλίθια;»

«Έχεις απόλυτο δίκιο. Πιστεύω ότι κι εκείνη έχει ίσο μερίδιο στους καυγάδες. Και ο Μάρκος ήταν δαρμένος. Μπορεί να τον προκάλεσε κι εκείνη για να του ρίξει μερικές γροθιές στο πρόσωπο. Ποιος ξέρει;»

Ο Τζο έριξε ένα ενοχλητικό βλέμμα στη γυναίκα του. «Γιατί χρησιμοποιείς τον ανεμιστήρα στο τραπέζι;»

«Ζεσταίνομαι. Δεν έπρεπε να φάω σούπα. Και 'πως φαίνεται, έχω θέμα με την ζέστη τελευταία.» Η Ρέητσελ τελείωσε την κουβέντα εκεί. Ας καταλάβει μόνος του τη συνέχεια. Ήταν πενήντα-δύο ετών.

«Έχεις εξάψεις;»

«Ναι», παραδέχτηκε απρόθυμα. «Δεν πειράζει, θα πιώ λίγο τσάι ακόμα.»

«Μμμ...θα προσπαθήσω να πάω στο διαμέρισμα των Ρότζερ αύριο για να δω αν καθάρισαν καθόλου», είπε ο Τζο, αλλάζοντας την κουβέντα.

«Καλή ιδέα. Οι Μόργκαν θα φρίξουν αν δουν το διαμέρισμά τους σε αυτή την κατάσταση.»

Η Ρέητσελ άφησε τον ανεμιστήρα και πήρε ξανά το κουτάλι της. «Ίσως πρέπει να τους ενημερώσω για την κατάσταση αν αυτό το τρελό ζευγάρι δεν συμμορφωθεί.»

Μια έκρηξη βροντής έπληξε ξαφνικά το τραπέζι.

«Πάλι τα ίδια» είπε ο Τζο. «Πάνω στην ώρα.»

«Θα κλείσω τον υπολογιστή», είπε η Ρέητσελ, και σηκώθηκε από την καρέκλα. Πήγε μέσω του διαδρόμου στην δεύτερη κρεβατοκάμαρα, εκεί που είχαν το γραφείο. Σχεδόν κάθε απόγευμα ξεσπούσε καταιγίδα ακριβώς εκείνη την ώρα. . Δεν σταμάτησε ποτέ να εκπλήσσει τη Ρέιτσελ πόσο ακριβής θα μπορούσε να είναι ο καιρός.

ΠΈΝΤΕ

Η ΡΈΗΤΣΕΛ ΈΠΕΣΕ ΓΡΉΓΟΡΑ ΓΙΑ ΑΛΛΑΓΉ. *Συνήθως περνούσε τις νύχτες της είτε προσπαθώντας να κοιμηθεί είτε προσπαθώντας να επιστρέψει. Δεν ήταν ασυνήθιστο να ξυπνήσει στις τρεις και να παραμείνει έτσι για δύο ώρες πριν ξανακοιμηθεί.* Όλοι οι ειδικοί την συμβούλευαν να σηκώνεται και να κάνει κάτι αντί να ξαπλώνει στο κρεβάτι. Επίσης, την συμβούλεψαν να μην *παρακολουθεί τηλεόραση ή να κοιτάζει την οθόνη του υπολογιστή, ούτε καν το τηλέφωνο. Λοιπόν, τι έπρεπε να κάνει στις 3 το πρωί, να βάλει ηλεκτρική;* Ο Τζο δεν θα εκτιμούσε αυτήν την αναταραχή στη μέση της νύχτας.

Αυτή την συγκεκριμένη νύχτα, η Ρέητσελ ξύπνησε στις τέσσερις. Στριφογύρισε για λίγο, και μετά έπεσε ξανά να κοιμηθεί. Είχε ένα από τα ειδικά όνειρα *που βλέπει, το είδος που όσο κι αν προσπαθούσε, δεν μπορούσε να ξεχάσει.* Ήταν γκρίζα, από το σώμα μιας γυναίκας ξεπηδούσε αίμα, γεμίζοντας τον τοίχο και ρέοντας προς τα κάτω. Τα έπιπλα ήταν ανορθωμένα. Προς το τέλος, η σκηνή γινόταν τόσο σκοτεινή που δεν έβλεπες λεπτομέρειες. Ξύπνησε απότομα. Μετά από αυτό, η Ρέητσελ σηκώθηκε από το κρεβάτι, αλλά δεν άλλαξε ρούχα, μήπως ξεχνούσε το όνειρο και ξανακοιμόταν. Το αίμα που είχε δει δεν ήταν κανονικό κόκκινο, μάλλον ένα λαμπερό νέον θα το έλεγε, και εκείνη η περίεργη σκιά ερχόταν συνέχεια στην μνήμη της καθώς πήγαινε προς την κουζίνα. Ενστικτωδώς ήξερε ότι το χρώμα νέον σηματοδοτούσε αίμα. Και φόνο.

Μετά από μερικά λεπτά, ο Τζο εμφανίστηκε στην πόρτα της κουζίνας, ντυμένος με τα συνηθισμένα του τζην και ένα μπλουζάκι. «Σηκώθηκες;»

«Ναι, είδα ένα άσχημο όνειρο. Από αυτά που βλέπω συνήθως.»

«Τι ήταν αυτή τη φορά;»

Η Ρέητσελ είπε στον άντρα της το όνειρό της ενώ εκείνος έφερνε τις κούπες για τους καφέδες.

«Ποια ήταν η γυναίκα;» ρώτησε.

«Δεν μπορούσα να δω το πρόσωπό της.»

«Πού συέβη;» Ο Τζο έβαλε λίγη στέβια στην κούπα του, κάνοντας μια παύση για να απολαύσει το άρωμα του καφέ.

«Δεν μπορούσα να δω καθαρά επειδή ήταν όλα σκοτεινά. Αλλά νομίζω πως ήταν στην πολυκατοικία.»

Τα μάτια του σηκώθηκαν να την κοιτάξουν. «Φόνος στην πολυκατοικία;»

«Σώπα, μην του δίνεις ενέργεια. Μην μιλάς γι' αυτό.»

Ο Τζο κάθισε ήσυχος δίπλα σε ένα στρογγυλό τραπεζάκι κοντά στον τοίχο, μελετώντας την γυναίκα του. «Έχεις καιρό να δεις αυτά τα προφητικά όνειρα.»

«Το ξέρω. Και όταν τα βλέπω, τότε σημαίνουν κακά μαντάτα». Η Ρέητσελ πρόσθεσε ζάχαρη στην κούπα της πριν καθίσει στο τραπέζι.

«Το έχω παρατηρήσει. Συνήθως, κάποιος πεθαίνει.»

Η Ρέητσελ κούνησε το κεφάλι της. «αναρωτιέμαι ποιος θα είναι αυτή τη φορά;»

«Μάλλον θα πρέπει να περιμένουμε για να δούμε.» Ο Τζο, έφερε την κούπα στα χείλη του.

«Είπες στην Πηνελόπη να μου ζητήσει συγνώμη;» Το πρόσωπο της Ρούμπι ήταν κατακόκκινο, όπως τα μαλλιά της. Φαινόταν λίγο ατημέλητη, επίσης, με το πλεκτό της.

«Γιατί, σου ζήτησε συγνώμη;» ρώτησε η Ρέητσελ με αθώο ύφος, και με τους αγκώνες της πάνω στο γραφείο.

«Ναι. Εσύ την ανάγκασες να το κάνει, έτσι δεν είναι;»

«Δεν είπα κάτι τέτοιο.»

Η Ρούμπι κοίταξε την Ρέητσελ. «μόνο έτσι θα ζητούσε συγνώμη, αν της το ζητούσες εσύ.»

«Δεν το ξέρεις αυτό. Η Πηνελόπη είναι μια γλυκιά, ευγενική γυναίκα...»

«Που χώνει τη μύτη της παντού», τη διέκοψε η Ρούμπι. «Είναι κατάσκοπός σου. Σου τα λέει όλα, τα περισσότερα χωρίς να έχουν κάποιο νόημα για κείνη και το μόνο που προκαλούν είναι μπελάδες. Είναι φλύαρη. Και ταραχοποιός.»

Μόλις τελείωσε η Ρούμπι τον λόγο της, η Πηνελόπη άνοιξε την πόρτα. Η Ρούπι την κοίταξε, και μετά σταύρωσε τα χέρια στο στήθος της.

«Βλέπεις; Τι σου έλεγα; Η Πηνελόπη έχει κάτι να σου πει!» Ανακοίνωσε η Ρούμπι, κουνώντας το ένας της χέρι, δείχνοντας την άλλη γυναίκα.

Η Πηνελόπη δεν έδωσε σημασία στην Ρούμπι, τακτοποίησε το μπλε πουλόβερ που φορούσε πάνω από το φόρεμά της και συγκεντρώθηκε στην Ρέητσελ. «Υπάρχει μια περίεργη μυρωδιά στον όροφό μου. Δεν είμαι σίγουρη από πού προέρχεται.»

Τουλάχιστον, δεν ήρθε να παραπονεθεί για την Ρούμπι, σκέφτηκε η Ρέητσελ. «Τι μυρωδιά είναι αυτή;» ρώτησε η Ρέητσελ.

«Δεν μπορώ να πω. Η όσφρησή μου δεν είναι πια όπως παλιά.» είπε η Πηνελόπη.

«Μήπως σου μυρίζουν καθαριστικά προϊόντα; Μπορεί η μυρωδιά να έρχεται από το διπλανό διαμέρισμα. Η Λόλα κι ο Μαρκ, θα καθαρίζουν τα χάλια που έχουν κάνει», απάντησε η Ρέητσελ.

«Δεν το νομίζω. Δεν είναι ευχάριστη μυρωδιά.» Η Πηνελόπη έριξε μια ματιά στην Ρούμπι, η οποία είχε αποφασίσει να μη μιλάει.

«Θα πω στον Τζο να ανέβει μήπως και μυρίσει κάτι, μόλις γυρίσει από το μαγαζί», είπε η Ρέητσελ.

«Σ' ευχαριστώ, γλυκιά μου.» Η Πηνελόπη γύρισε την προσοχή της στην Ρούμπι. «Τι γλυκιά που είναι. Μας φροντίζει πάντα τόσο καλά.»

«Ναι, η Ρέητσελ είναι πραγματικό διαμάντι», είπε η Ρούμπι ξερά.

«Καλημέρα και στις δυο.» Η Πηνελόπη βγήκε από το γραφείο.

«Λοιπόν, δεν ντρέπεσαι τώρα;» Ρώτησε η Ρέητσελ, παίρνοντας το μπουκάλι με το νερό και πίνοντας μια μεγάλη γουλιά.

«Όχι. Την επόμενη φορά θα έρθει εδώ και θα παραπονεθεί για το μαγιό μου.» Η Ρούμπι στεκόταν ακόμα με τα χέρια σταυρωμένα μπροστά της. «Είναι κακιά.»

Η Ρέητσελ αναστέναξε βαθιά. «Έχεις να πεις κάτι άλλο; Γιατί έχω δουλειά να κάνω», είπε, χτυπώντας μαλακά έναν πάκο χαρτιά.

«Όχι, τελείωσα» είπε εκείνη, ξεσταυρώνοντας τα κοκαλιάρικα χέρια της. «Μην δουλέψεις πολύ σκληρά.» Η Ρούμπι έφυγε ήσυχα.

Η Ρέητσελ άρχισε να επιτίθεται στο χαρτομάνι, όταν χτύπησε το τηλέφωνο. Ήταν η Τία.

«Η Ολίβια κι εγώ θα συναντηθούμε στις 5:30 για ποτό. Είσαι μέσα;»

«Φυσικά. Η Ένιδα;»

«Της άφησα μήνυμα στον τηλεφωνητή να έρθει να μας βρει.»

«Θαυμάσια. Τα λέμε λοιπόν.»

Καθώς θα πίνουν το παγωμένο τσάι τους, θα έχει την ευκαιρία να ρωτήσει την Ένιδα τι έγινε με τις γάτες της. Ίσως αυτή η απροσδιόριστη μυρωδιά ήταν από τα κουτιά απορριμμάτων τους; Εξάλλου, έμενε μόλις δυο πόρτες μακριά από την Πηνελόπη.

ΈΞΙ

«ΤΟ ΠΡΏΤΟ ΠΡΆΓΜΑ ΠΟΥ ΘΈΛΩ ΝΑ ΜΆΘΩ ΕΊΝΑΙ ΠΏΣ ΠΆΕΙ Η ΕΡΩΤΙΚΉ ΣΟΥ ΖΩΉ;» Ρώτησε η Ρέητσελ καθώς δεχόταν το τσάι της από την σερβιτόρα. Από την κουζίνα του κλαμπ έβγαινε μια θεϊκή μυρωδιά. Η μύτη της Ρέητσελ της έλεγε ερχόντουσαν τα περίφημα μπισκότα του κλαμπ.

Ένα μεγάλο πιάτο με τυλιγμένα από ασημόχαρτο σοκολατένιες τρούφες, χορηγία της Τία, βρέθηκε μπροστά στην Ρέητσελ. Αυτή η μυρωδιά ήταν ακόμα πιο δελεαστική από τα μπισκότα. Ήταν μια μεγάλη μέρα και χάρηκε που βρέθηκε με τις φίλες της – και τα μπισκότα – και τα σοκολατάκια.

«Ναι, γι' αυτό ήθελα να συναντηθούμε», είπε η Ολίβια με περιπαιχτικό χαμόγελο. «Έχω νέα.»

«Μίλα!» απαίτησε η Ρέητσελ.

«Βρήκα μερικά ραντεβού στο διαδίκτυο τα οποία, πραγματικά με εντυπωσίασαν», είπε η Ολίβια.

«Και, βγήκες;» Ρώτησε η Τία. Προφανώς, δεν είχε

προλάβει να αλλάξει ρούχα μετά τη δουλειά επειδή φορούσε ένα λευκό τζάκετ.

«Όχι ακόμα. Αλλά σκοπεύω να το κάνω.» Είπε η Ολίβια.

«Πότε; Με ποιον;» Ρώτησε η Ρέητσελ. «Πες λεπτομέρειες.»

«Αύριο βράδυ, για φαγητό. Θα βρεθούμε στην Ψησταριά Πομπέι», είπε η Ολίβια, αγγίζοντας την μαύρη, κοντή περούκα της. Η Ολίβια, φορούσε περούκες, για αλλαγή, ειδικά κατά τη διάρκεια του καλοκαιριού.

«Ααα, εκεί που σερβίρουν το υπέροχο Ινδικό φαγητό», είπε η Τία.

«Ακριβώς.»

«Πες μας γι᾽ αυτόν», είπε η Ρέητσελ, ακουμπώντας στην πλάτη της καρέκλας της και παίρνοντας το πρώτο μπισκότο.

«Είναι πολυφυλετικός, γιατρός», είπε η Ολίβια, κουνώντας το κεφάλι της προς την Τία, «και είναι διαζευγμένος. Τα παιδιά του είναι ενήλικα, έτσι δεν θα είναι πρόβλημα. Ζει στην παραλία της Νέας Σμύρνης και έχει το δικό του σπίτι.»

«Είναι χαριτωμένος;» Ρώτησε η Τία.

«Λοιπόν, αν ένας άντρας μπορεί να χαρακτηριστεί χαριτωμένος στα πενήντα οκτώ, υποθέτω ότι είναι χαριτωμένος», είπε η Ολίβια με χαμόγελο.

Η σιωπή έπεσε στο τραπέζι καθώς όλες σταμάτησαν για να πιούν το ποτό τους και να φανταστούν πώς ήταν ο καλός γιατρός.

«Πού είναι η Ένιδα;» Ρώτησε η Ρέητσελ. Το νούμερο ένα μπισκότο εξαφανίστηκε.

«Δεν ξέρω. Παρατήρησα ότι το αυτοκίνητό της

δεν ήταν στο πάρκινγκ », είπε η Ολίβια. «Ίσως εργάζεται ως αργά.»

«Είναι στο κατάστημα. Τα ελαστικά είχαν κάποιο πρόβλημα. Μάλλον πήγε να το πάρει.» Η Τία άφησε το ποτό της και έστρεψε την προσοχή της στην Ολίβια. «Μιλήσατε με αυτόν τον άντρα;»

«Ναι, μιλήσαμε, ανταλλάξαμε μήνυμα και ημέηλ. Είναι πραγματικά πολύ γοητευτικός. Ειδικά θεωρώντας ότι είναι γιατρός.» Η Ολίβια έριξε μια ματιά στην Τία.

«Τι σημαίνει αυτό;» ρώτησε η Τία.

«Είναι σοβαρός. Φαίνεται ότι νοιάζεται για τους ανθρώπους και δεν δουλεύει μόνο για τα χρήματα. Όπως μερικοί γιατροί, οι παρούσες εξαιρούνται.» Η Ολίβια χαμογέλασε πλατιά στην φίλη της.

«Μια χαρά ακούγεται. Όμως, μην παίρνουν τα μυαλά σου αέρα, να είσαι ο εαυτό σου», είπε η Ρέητσελ. Πήρε μερικές τρούφες και τις έβαλε στις τσέπες του σορτς της. Μετά, πήρε το δεύτερο μπισκότο.

«Τι; Γιατί να πάρουν τα μυαλά μου αέρα;» Η Ολίβια φαινόταν σοκαρισμένη με το σχόλιο.

«Ελπίζω να έχεις συνειδητοποιήσει πως τα πράγματα έχουν αλλάξει πολύ από τότε που βγαίναμε ραντεβού στο σχολείο και το κολέγιο, και όχι απαραίτητα προς το καλύτερο». Η Ρέητσελ κούνησε το καλαμάκι της ανάμεσα στα παγάκια, παρακολουθώντας το σύννεφο της ζάχαρης να ανεβαίνει και να πέφτει. «Έχεις βγει ποτέ ραντεβού από τότε που έχασες τον άντρα σου;»

Η Ολίβια κοίταξε την Ρέητσελ και άρχισε να λέει με ειρωνία. «Φυσικά και βγήκα. Βγήκα πολλά ραντεβού μόλις ο μικρότερός μου γιος αποφοίτησε από το κολέγιο. Όλα τα παιδιά είχαν φύγει από το σπίτι, κι έτσι ήμουν ελεύθερη να κάνω ό,τι ήθελα. Βγήκα με *πολλούς άντρες.* Όμως δεν υπήρξε κάτι σοβαρό.» Η Ολίβια κουνούσε το καλαμάκι της πάνω-κάτω μέσα στο φλιτζάνι της. «Ξεχνάς πως είπα ότι έχω να βγω ραντεβού τόσους μήνες.»

«Το είπε, πράγματι, αυτό», είπε η Τία, προσπαθώντας να δει σε τι κατάσταση είναι ο κότσος της.

«Εντάξει, συγνώμη. Απλώς δεν ήθελα να εκπλαγείς αν ο καλός γιατρός σου πρότεινε ένα ποτό αργά, στο υπέροχο σπίτι του», είπε η Ρέητσελ, πίνοντας μια ρουφηξιά από το τσάι της.

«Πριν από πάρα πολλά χρόνια έμεινα χήρα. Φυσικά, έχω βγει ραντεβού, και ξέρω τι γίνεται στον κόσμο γύρω μου. Δεν είμαι χαζή.» Η Ολίβια τράβηξε αγανακτισμένα το σακάκι της, καθισμένη λίγο πιο ευθεία. «Εσύ θα πάθαινες το μεγάλο σοκ αν είχες βγει ραντεβού.»

«Ναι, μάλλον», παραδέχτηκε η Ρέητσελ. «Δεν μπορώ να με φανταστώ να βγαίνω ραντεβού με κανέναν άλλον εκτός τον Τζο. Τον γλυκό, ευγενικό μου άντρα.»

«Κυρίες μου, ας παραγγείλουμε άλλον έναν γύρο», πρότεινε η Τια πριν ανάψουν παραπάνω τα αίματα.

Όμως η Ολίβια δεν είχε τελειώσει. «Δεν με γνωρίζεις αρκετά ώστε να ξέρεις την ιστορία των ραντεβού μου. Τελευταία έπεσε ξηρασία. Φαίνεται ότι δεν μπορώ να βρω τον σωστό άντρα ώστε να βγω μαζί του. Έτσι, είπα να δοκιμάσω άλλες επιλογές», εξήγησε. «Είμαι πολύ επιλεκτική σε σχέση με το ποιον θα περάσω τον χρόνο μου».

«Ολίβια, σου εύχομαι ό,τι καλύτερο με τον νέο σου άντρα. Όμως είσαι τόσο γλυκιά και αγνή, που δεν θέλω να πληγωθείς, αυτό είναι όλο», είπε η Ρέητσελ, σκύβοντας προς την φίλη της.

«Έχω κάνει το μάθημά μου. Όλα θα πάνε μια χαρά», είπε η Ολίβια.

«Θα πάρω άλλο ένα», είπε η Τία στην σερβιτόρα που περνούσε. «Θέλουν κι αυτές άλλο ένα.»

«Κι άλλο ένα πιάτο με μπισκότα», είπε η Ρέητσελ. Είχε φάει όλο το πρώτο πιάτο μόνη της.

Καθώς η σερβιτόρα πήγε να φέρει κι άλλα ποτά, η Ρέητσελ σκέφτηκε κάτι. «Λοιπόν, Τία, εσένα πώς είναι η ερωτική σου ζωή;»

Η Τία παραλίγο να πνιγεί στην τελευταία γουλιά. «Τι να πω, ακόμα ανύπαρκτη. Και δεν ψάχνω, όπως είπα και πριν.»

«Γιατί όχι;» ρώτησε η Ολίβια.

«Έχω πολλή δουλειά. Δεν έχω χρόνο για σχέση. Αν ήταν αυτός ο σκοπός μου, θα ήμουν ακόμη παντρεμένη,»

«Καταλαβαίνω», είπε η Ολίβια. «Εγώ όμως, είμαι έτοιμη για έναν άντρα στη ζωή μου. Θέλω όμως την στήριξη των φιλενάδων μου.»

«Την έχεις», είπε η Τία.

«Κι από μένα. Θα σε στηρίξω.» είπε η Ρέητσελ.

«Αυτό ήθελα να ακούσω». Η Ολίβια έριξε σε όλες ένα χαμόγελο.

Όταν έφτασαν τα ποτά, όλοι έκαναν μια πρόποση στην καινούργια σχέση της Ολίβια.

<h1 style="text-align:center">ΕΦΤΆ</h1>

Η ΡΈΗΤΣΕΛ ΣΎΡΘΗΚΕ ΣΤΟ ΚΡΕΒΆΤΙ ΔΊΠΛΑ ΣΤΟΝ ΤΖΟ. Ήταν αργά και ένιωσε κάπως μεθυσμένη.

Για να ειπωθεί η αλήθεια, ένιωσε αρκετά μεθυσμένη, αλλά δεν είχε πιει αλκοολούχο ποτό όλη τη νύχτα. Μόνο παγωμένο τσάι και γλυκά. Τότε, γιατί το κεφάλι της γυρίζει;

Προσπάθησε να βολευτεί ώστε να κάνει έναν καλό ύπνο, αλλά στην αρχή δυσκολεύτηκε πολύ. Τελικά, μπόρεσε να αποκοιμηθεί, παρασυρόμενη σε έναν ήσυχο ύπνο. Αλλά κάπου μετά τις 3 π.μ., είδε ένα όνειρο πως ήταν στο παζάρι. Οι άνθρωποι φώναζαν και σπρώχνονταν μέσα σε ένα μετρό. Φαίνεται ότι κάποιοι πιέζουν να βγουν, την ίδια στιγμή άλλοι επιβάτες προσπαθούσαν να μπουν μέσα από το σταθμό φόρτωσης. Ήταν μια τρομερή συντριβή που συνέβαινε μπροστά στα μάτια της, με τα χέρια και τα πόδια να χτυπούν παντού, ακόμη και μερικά να βγαίνουν έξω από την πόρτα αφού έκλεισε. Ένα ουρλιαχτό στο πρόσωπο ενός άντρα μεγάλωσε τόσο πολύ που κατάπιε ολόκληρη τη σκηνή. Η Ρέητσελ ξύπνησε απότομα.

Η καρδιά της Ρέητσελ χοροπηδούσε σαν τρελή στο στήθος της και ένιωθε ζεστή. Καθώς γύρισε το κεφάλι προς την πόρτα, παρατήρησε μια ομίχλη και μια μορφή αρχίζει να σχηματίζεται μέσα. Από λίγα σταγονίδια, η εικόνα επεκτάθηκε προς όλες τις κατευθύνσεις έως ότου τα στοιχεία πήραν το σχήμα μιας γυναίκας. Η Ρέητσελ συνειδητοποίησε ότι αυτό ήταν πνεύμα καθώς πλησίαζε πιο κοντά στο κρεβάτι, σταματώντας παράλληλα. Το πνεύμα είχε σγουρά μαύρα μαλλιά που κυματίζουν στους ώμους και τα χείλη που κινούνται σαν να προσπαθούσε να μιλήσει, αλλά δεν ακούστηκε κανένας ήχος. Ξαφνικά, αναγνώρισε ποιος ήταν.

«Ένιδα!» Η Ρέητσελ σηκώθηκε στο κρεβάτι, κοιτάζοντάς την. Όταν το πνεύμα μίλησε την δεύτερη φορά, την άκουσε.

«Ήθελα να σε αποχαιρετήσω.»

Από το σοκ και τον τρόμο, το στόμα της Ρέητσελ ήταν στεγνό και ορθάνοιχτο. Κοιτούσε την εικόνα της Ένιδας.

«Τι συνάβη;» κατάφερε να ψιθυρίσει.

«Σ' αγαπώ, φίλη μου».

«Μετά, το πνεύμα της Ένιδας εξαφανίστηκε.»

Ωω, Θεέ μου, ήταν το μόνο που μπόρεσε να σκεφτεί η Ρέητσελ. Συνειδητοποιώντας πως η Ένιδα είναι νεκρή, ξαφνικά, έδωσε μιαν άλλη εξήγηση για την οσμή στον διάδρομο που είχε αναφέρει η Πηνελόπη. Είχε ξεχάσει να ζητήσει από τον Τζο να ανέβει για να βρει την αιτία.

«Τζο!» Το χέρι της Ρέητσελ άγγιξε τον άντρα της,

χτυπώντας τον στα πλευρά καθώς ήταν ξαπλωμένος με γυρισμένη την πλάτη προς εκείνη.

Τα μάτια του Τζο άνοιξαν διάπλατα, κάθε άντρας που τον ξυπνάνε απότομα από έναν ήσυχο ύπνο θα είχε αντιδράσει με τον ίδιο τρόπο.

«Ξύπνα!» φώναξε η Ρέητσελ, σπρώχνοντάς τον.

«Τι συμβαίνει; Μπήκε κανένας κλέφτης;» Ο Τζο έτριψε τα μάτια του και γύρισε προς τη γυναίκα του. «Δεν μπορεί να περιμένει μέχρι το πρωί;»

«Όχι!» Τρελός ήταν ο άνθρωπος; «Η Ένιδα είναι νεκρή!»

Ο Τζο κοίταξε τη γυναίκα του μέσα στο μισοσκόταδο. Από την έκφρασή του, δεν φαινόταν εντυπωσιασμένος ή ανήσυχος από τα λόγια της.

«Ώστε, ονειρεύτηκες ότι πέθανε...θα μου τα πεις όλα το πρωί.»

«Όχι! Ήταν εδώ!»

Ο Τζο κοίταξε την Ρέητσελ, μετά γύρισε το κεφάλι του στην αντίθετη κατεύθυνση για να δει το ρολόι. «Είναι τρεις και μισή. Τελικά είναι πεθαμένη ή ήταν εδώ; Αποφάσισε και πέσε πάλι να κοιμηθείς. Εγώ αυτό θα κάνω.»

«Ξέχασα να σου πω να πας να δεις γιατί υπάρχει εκείνη η μυρωδιά στον διάδρομο του ορόφου της», είπε η Ρέητσελ, κουνώντας τον άντρα της ενώ εκείνος επιχειρούσε να κοιμηθεί ξανά. «Είναι η Ένιδα! Το ξέρω. Είναι νεκρή!»

Ο Τζο αναστέναξε βαριά καθώς έκλεινε τα μάτια του. «Καλά. Θα πάω το πρωί να δω για τη μυρωδιά. Αν είναι νεκρή, δεν πρόκειται να πάει πουθενά.»

«Δεν ονειρεύομαι και δεν αστειεύομαι. Και δεν θέλω να περιμένω μέχρι το πρωί», είπε εκείνη, δίνοντας έμφαση σε κάθε λέξη. «Πρέπει να πάμε στο διαμέρισμά της – τώρα αμέσως!» Άρχισε να του τραβάει το μπράτσο.

Ο Το άνοιξε τα μάτια του και σηκώθηκε από το κρεβάτι. «Το μόνο που μπορώ να πω είναι, να είναι νεκρή όταν ανέβουμε εκεί πάνω αλλιώς θα βρεθείς εσύ νεκρή επειδή με ξύπνησες.»

«Ξέρω ότι δεν το εννοείς αυτό.»

«Ελπίζω να μην είναι ένα ακόμα όνειρό σου αυτό.»

Η Ρέητσελ ξαφνικά, θυμήθηκε το όνειρό της για ένα νεκρό πρόσωπο και το αίμα νέον που έσταζε από τον τοίχο. «Τζο. Το όνειρο. Θυμάσαι το όνειρο που είχα δει;»

Ο Τζο σταμάτησε τη διαδρομή του προς στο μπάνιο και στάθηκε στην πόρτα. «Αα, ναι. Το νεκρό σώμα.»

«Την Ένιδα ονειρεύτηκα», είπε η Ρέητσελ.

«Ασε με να τελειώσω από δω και θα φορέσω το τζην μου.»

Η Ρέητσελ έβαλε μια ρόμπα πάνω από το νυχτικό της και φόρεσε ένα ζευγάρι παντόφλες. ΣΕ τρία λεπτά, είχαν βγει από την πόρτα και κατευθυνόντουσαν προς το γραφείο της. Με τρεμάμενα χέρια, η ρέητσελ ξεκλείδωσε την πόρτα του γραφείου, βρήκε τα κλειδιά για το διαμέρισμα της Ένιδας, και πήγε με τον Τζο στο ασανσέρ.

Όταν βγήκαν από το ασανσέρ η μυρωδιά στον διάδρομο δεν ήταν ευχάριστη, μύριζε κάτι σαν κυνοτροφείο ανακατεμένο με κάτι άλλο. Η Ρέητσελ έδωσε τα κλειδιά στον Τζο για να ξεκλειδώσει την πόρτα. Έκανε τον σταυρό της για το τι θα αντικρύσουν τα μάτια τους. Όταν άνοιξε η πόρτα, το διαμέρισμα ήταν θεοσκότεινο, δεν έβλεπαν τίποτα, μέχρι που ο Τζο άναψε τα φώτα. Αυτό που αντίκρυσαν τα μάτια τους ήταν τρομακτικό.

«Θεέ μου...» μουρμούρησε η Ρέητσελ τόσο μαλακά που ο Τζο σχεδόν δεν άκουσε τις λέξεις.

«Δεν είναι καλό αυτό. Θα καλέσω τις; πρώτες βοήθειες», είπε ο Τζο, τραβώντας το κινητό του από την τσέπη.

Το μόνο που μπορούσε να κάνει η Ρέητσελ ήταν να κοιτάζει επίμονα την σκηνή μπροστά της, με ανοιχτό το στόμα και τα χέρια της ενωμένα.. Τα έπιπλα ήταν αναποδογυρισμένα, οι λάμπες σπασμένες πάνω στο πάτωμα, και τα ζώα ξεκουράζονταν ήρεμα μέσα στα κουτιά τους στη μέση του σαλονιού. Η Ρέητσελ παρατήρησε αμέσως το αίμα που έσταζε από τον τοίχο στο πάτωμα. Ακριβώς όπως στο όνειρό της, αλλά δεν ήταν κόκκινο νέον. Κάτι τρομερό είχε συμβεί εδώ, αλλά πού ήταν η Ένιδα;»

«Δεν βλέπω την Ένιδα, Τζο».

Η ρέητσελ φώναξε το όνομά της, αλλά δεν πήρε απάντηση. Στην ουσία, φοβόταν να προχωρήσει μπροστά, τα γόνατά της έτρεμαν από τον φόβο για το τι θα δει.

Ο Τζο έδωσε πληροφορίες στον αποστολέα του τηλεφώνου καθώς πήγαινε προς την κοντινότερη κρεβατοκάμαρα. Έρχεται η αστυνομία», είπε, κοιτώντας την Ρέητσελ. «Θα ψάξω στο μπάνιο για την Ένιδα. Εσύ μείνε εδώ». Ξανάβαλε το κινητό του στην τσέπη.

Καθώς ο Τζο πήγε να ερευνήσει την κρεβατοκάμαρα, η Ρέητσελ πήρε ρηχές ανάσες, ίσιωσε τους ώμους της και περπατούσε προς τα κιβώτια. Αναρωτήθηκε για πόσο καιρό τα φτωχά πλασματάκια ήταν εκεί μέσα. Υπήρχαν τέσσερα κλουβιά για γάτες, αλλά μόνο τρεις γάτες ήταν μέσα στις κούτες. Η μεγάλη κούτα ήταν για το σκυλί. *Το φτωχό σκυλάκι, πρέπει να νιώθει άθλια*, ήταν η πρώτη σκέψη της Ρέητσελ καθώς πήγαινε να ανοίξει το κλουβί του σκύλου. Ρίχνοντας μια ματιά στο πλάι, η Ρέητσελ είδε τον Τζο να βγαίνει από την κρεβατοκάμαρα με τον σκύλο.

«Βρήκα το σκυλί», είπε ο Τζο. «Δεν φαίνεται να είναι φύλακας-σκυλί, έτσι;»

«Τότε, αναρωτιέμαι τι να είναι μέσα στο κλουβί του; Κάτι είναι εδώ μέσα», είπε η Ρέητσελ και τράβηξε το μάνταλο.

Ένα ματωμένο, γυμνό πόδι πετάχτηκε από το κλουβί. Η Ρέητσελ ούρλιαξε. Ο Τζο την πήρε μακριά με μια γρήγορη κίνηση, κρατώντας το κεφάλι της στο στήθος του για να μην μπορεί να δει το τρομακτικό θέαμα. Προσπαθώντας να σταματήσει το κλάμα της, κουνούσε τη γυναίκα του μέσα στα χέρια του και χάιδευε τα μαλλιά της.

«Έλα, πάμε στην κουζίνα», πρότεινε ο Τζο, τραβώντας την στην κουζίνα, περνώντας από το σαλόνι και την τραπεζαρία. «Κάθισε στην καρέκλα. Θα σου φέρω λίγο νερό.»

Η Ρέητσελ γύρισε μουδιασμένα να κοιτάξει τον Τζο. «Διψάω πολύ.»

Ο Τζο της έφερε ένα μεγάλο ποτήρι με νερό. «Εντάξει, κάθισε εκεί μέχρι να έρθει η αστυνομία. Θα πάω κάτω να τους συναντήσω και θα πάρω και το σκυλί μαζί μου». Ο Τζο, φόρεσε το λουρί στο σκυλί, αν και φαινόταν αρκετά υπάκουο ώστε να τον ακολουθήσει από μόνο του. Ο Τζο, έριξε πάλι μια ματιά στην Ρέητσελ καθώς έβγαινε από την πόρτα. Το κεφάλι της ήταν γερμένο προς τα πίσω στον τοίχο και το πρόσωπό της ήταν άσπρο από το σοκ.

Μέσα σε μερικά λεπτά, όλοι στην πολυκατοικία άκουσαν τις σειρήνες των περιπολικών και του ασθενοφόρου που έφτασαν. Δεν πέρασε πολύ ώρα, και μια ο μάδα από αστυνομικούς, με πράσινες στολές, μπήκαν στο διαμέρισμα. Οι δύο, έριξαν μια γρήγορη ματιά την Ρέητσελ, καθώς ορμούσαν, ενώ άλλοι τέσσερεις προχώρησαν μπροστά. Η Ρέητσελ ήταν ακόμα κολλημένα στην καρέκλα, τρομοκρατημένη από αυτό που είχε δει.

Άλλοι δύο μεγαλόσωμοι άντρες μπήκαν στην πολυκατοικία. Ο πρώτος, ήταν ένας όμορφος νεαρός. Στεκόταν κάτω από την πόρτα της κουζίνας, κρατούσε ψηλά το κεφάλι του, κοιτώντας την Ρέητσελ. Ο δεύτερος άντρας, συνέχισε προς το μέρος που ήταν οι άλλοι άντρες, γύρω από το πτώμα.

«Είμαι ο ντετέκτιβ Φρανς», δήλωσε στην Ρέητσελ, ενώ ακόμα περισσότεροι άντρες με τις πράσινες στολές γέμισαν το σαλόνι πίσω του. Τα σκούρα μαλλιά του και τα μαύρα φρύδια του, αποκάλυπταν δυο όμορφα, μπλε μάτια. «Θα χρειαστεί να μας δώσετε μια κατάθεση».

«Σας θυμάμαι εσάς», είπε η Ρέητσελ, δείχνοντάς τον με το δάχτυλο. «Σας έχω συναντήσει μερικές φορές. Βγαίνατε με τη φίλη μου, την Ναιτινγκέηλ, εκείνον τον καιρό. Πριν μετακομίσω εδώ.»

Χαμογέλασε στο άκουσμα του ονόματος. «Ναι, και σε μένα φαίνεστε γνωστή. Ρέητσελ, σωστά;»

«Ρέητσελ Μπαρνς.»

«Η Ναϊτινγκέηλ, είναι τώρα γυναίκα μου».

«Αυτό είναι υπέροχο», είπε, και μετά άρχισε να μιλάει.

«Είδα ένα όνειρο. Δεν ήξερα πως ήταν η Ένιδα εκείνη που είδα. Θυμάμαι όμως το αίμα στον τοίχο, ήταν ακριβώς όπως είναι τώρα», φώναξε, κουνώντας το χέρι της προς τα πίσω, χωρίς να κοιτάζει, προς τη γενική κατεύθυνση του αίματος στο σαλόνι. Έκλεισε τα μάτια της, για να χαλαρώσει λίγο. «Έχω αυτά τα όνειρα. Ώρες ώρες. όχι συχνά. Αλλά γίνονται πραγματικότητα.»

Ο ντετέκτιβ δεν φάνηκε να βρει τα σχόλιά της να είναι εκτός γραμμής. Η Ρέιτσελ κατάλαβε ότι πιθανότατα ήταν συνηθισμένος σε άτομα που κάνουν ασυνήθιστες δηλώσεις, οπότε αυτό δεν ήταν κάτι που δεν είχε ακούσει ποτέ πριν.

«Είδα το αίμα κι ένα πτώμα, αλλά μετά όλα σκοτείνιασαν. Δεν μπορούσα να δω ποιος ήταν...Το επόμενο βράδυ, απόψε, η Ένιδα ήρθε σε μένα και με αποχαιρέτησε. Ξύπνησα τον Τζο – τον άντρα μου – πήραμε τα κλειδιά από το γραφείο – είμαι η διαχειρίστρια της πολυκατοικίας». Η Ρέητσελ άφησε το κεφάλι της να πέσει μπροστά για να μην κοιτάζει τον ντετέκτιβ.

«Εντάξει», είπε εκείνος, «θα γυρίσω αμέσως.»

Ο Φρανς πήγε προς τους άλλους αστυνομικούς. Ο ένας είχε ξεκινήσει να βγάζει φωτογραφίες το πτώματος μέσα στην κούτα.

«Είναι νεκρή», είπε ένας άλλος, καθώς σηκωνόταν από το πτώμα που μόλις είχε ελέγξει τους παλμούς του. «Την σκεπάσαμε.»

Ο ντετέκτιβ παρατήρησε ότι το σώμα της Ένιδας είχε στοιβαχθεί στο κλουβί, σε μια άκαμπτη εμβρυϊκή θέση, με τα χέρια να γυρίζουν σε μια αφύσικη εμφάνιση γύρω από το κεφάλι της. Ο λαιμός της είχε τεμαχιστεί, οι αστυνομικοί του μετέφεραν, κάτι που εξήγησε το σπρέι αίματος στον τοίχο από τη λερωμένη αρτηρία. Κατά συνέπεια, τα ρούχα της βάφτηκαν βαριά, και οι σκούρες μπούκλες της ήταν γεμάτες με αποξηραμένο αίμα. Ο Φρανς επέστρεψε στην Ρέιτσελ.

«Εσείς την βρήκατε στην κούτα;»

«Ναι. Την άνοιξα επειδή νόμιζα πως ήταν το σκυλί μέσα και έπρεπε να βγει», είπε εκείνη.

«Το πόδι της Ένιδας πετάχτηκε σαν ελατήριο, μέσα στα αίματα. Ήταν απαίσιο.»

«Είμαι σίγουρος», είπε ο Φρανς καθώς ο Τζο ξανάμπαινε στο διαμέρισμα με το σκυλί. «Εσείς είστε ο Τζο; Μας συναντήσατε κάτω.»

«Μάλιστα, κύριε, Τζο Μπάρνς». Έδωσε το χέρι του στον αστυνόμο. «Αυτός είναι ο σκύλος της Ένιδας – της νεκρής, εκεί πέρα», είπε, δείχνοντας με το κεφάλι του προς την κατεύθυνση του πτώματος. «Τον έβγαλα για να κάνει την ανάγκη του. «Δεν ξέρω για πόση ώρα ήταν εδώ.»

«Καταλαβαίνω. Από τη μυρωδιά, θα έλεγα, αρκετά», είπε ο Φρανς. «Θα πρέπει να τον πάρουμε, μαζί με όλα τα άλλα ζώα, για αποδείξεις.»

«Αχ, όχι, δεν μπορείτε να πάρετε τα ζώα της Ένιδας!», φώναξε αμέσως η Ρέητσελ. Θα ήταν καταστροφικό για κείνη αν τα ζώα της πάνε στην μάντρα.»

«Λυπάμαι, αλλά πρέπει να τα πάρουμε. Μόλις το εργαστήριο τα ελέγξει για πιθανές αποδείξεις, θα πάνε στο Καταφύγιο ζώων. Μετά, μπορείτε να τα πάρετε από κει», είπε ο ντετέκτιβ.

«Ααα, όχι, όχι», κλαψούρισε η Ρέτσελ, κουνώντας το κεφάλι. «Τα πράγματα πάνε όλο και χειρότερα. Χειροτερότερα. Υπάρχει αυτή η λέξη;»

Ο Τζο κοίταξε τη γυναίκα του, που προφανώς άρχισε να τα χάνει μετά το γεγονός. «Δεν ξέρω, καλή μου. Μην ανησυχείς. Θα πάρουμε τα ζώα μόλις τα απελευθερώσουν, εντάξει;»

«Εντάξει», είπε, κουνώντας το κεφάλι της. Συμφωνούσε με τον Τζο.

«Συγνώμη», είπε ο ντετέκτιβ Φρανς, καθώς απομακρυνόταν με το τηλέφωνό του.

Το ζευγάρι παρακολουθούσε, καθώς κι άλλος κόσμος με διαφορετικές στολές μπήκε στο διαμέρισμα, κρατώντας ένα φορείο. Συνέχισαν προς το σημείο που ήταν το πτώμα. Όλοι όσοι φορούσαν στολές ήταν ψηλοί και μεγαλόσωμοι.

Εύσωμοι ήταν η πιο σωστή περιγραφή για τους άντρες. Ακόμα και οι γυναίκες ήταν ψηλές και εύσωμες. Η Ρέητσελ σκέφτηκε πως όλοι τους έμοιαζαν σα να έκαναν βάρη και έπαιρναν διπλή δόση στεροειδών. Όντας κοντή η ίδια, ένιωσε σαν ξαφνικά να είχε μεταφερθεί στον κόσμο των γιγάντων.

Όταν επέστρεψε ο ντετέκτιβ, είχε κάποιες οδηγίες για το ζευγάρι.

«Ζήτησα να έρθει μια γυναίκα, και θα είναι εδώ σύντομα», είπε. Εσείς οι δυο, πρέπει να πάτε στο διαμέρισμά σας και να βγάλετε τα ρούχα για να της τα παραδώσετε».

Η Ρέητσελ ανησύχησε. «Γιατί; Είμαστε ύποπτοι;»

«Όχι, αλλά τα ρούχα σας είναι αποδείξεις», είπε

εκείνος. «Και οι δυο σας βρεθήκατε στην σκηνή του εγκλήματος, άρα μπορεί να μαζέψατε κάποια σημαντικά στοιχεία που ίσως μας βοηθήσουν να πιάσουμε αυτόν που το έκανε».

Η Ρέητσελ κοίταξε τον άντρα της.

«Κανένα πρόβλημα», είπε ο Τζο. «Ευχαρίστως να κάνουμε οτιδήποτε για να βοηθήσουμε».

«Μέρφι!» Ο ντεντέκτιβ Φραν φώναξε προς το μέρος των αστυνομικών και μετά γύρισε ξανά.

«Ο υπαρχιφύλακας Μέρφι, θα σας συνοδεύσει στο διαμέρισμά σας».

Ο υπαρχιφύλακας Μέρφι, έφυγε από την ομάδα που βρισκόταν γύρω από τις κούτες. Ήταν ένας ψηλός, κοκκινομάλλης, με φακίδες νεαρός. Και χαριτωμένος, σκέφτηκε η Ρέητσελ, παρά τις συνθήκες.

«Πήγαινέ τους στο διαμέρισμά τους. Η Πέγκη έρχεται για να πάρει τα ρούχα», είπε ο ντετέκτιβ.

«Μάλιστα, κύριε», απάντησε εκείνος. «Ελάτε. Ποιος είναι ο αριθμός του διαμερίσματός σας;»

«Τετρακόσια τριάντα τέσσερα», είπε ο Τζο.

«Θα έρθω στο γραφείο σας, αργότερα, που θα ανοίξετε», είπε ο Φρανς στην Ρέητσελ. «Θα χρειαστεί να μείνουμε για λίγο ακόμα εδώ. Κανείς δεν μπορεί να μπει εδώ μέσα μέχρι να τελειώσουμε με την έρευνα και μέχρι να έρθει η ομάδα καθαρισμού για να καθαρίσει.»

«Καταλαβαίνουμε», είπε ο Τζο. «Έλα, Ρέητσελ, πάμε σπίτι».

Η Ρέητσελ ακολούθησε τον Τζο, κοιτώντας λυπημένα το σκυλί. «Σύντομα, μωρό μου», ψιθύρισε.

Κατέβηκαν ήσυχα με το ασανσέρ και με τον βοηθό.

Λίγο μετά αφότου μπήκαν στο διαμέρισμά τους, ήρθε μια γυναίκα κρατώντας χάρτινες σακούλες. Φορούσε μια πράσινη στολή όπως κι οι άλλοι.

«Είμαι η Μάργκαρετ Σκοτ. Μπορείτε να με φωνάζετε Πέγκυ», είπε. Με τα μαλλιά της τραβηγμένα προς τα πίσω σε μια αλογοουρά και λίγο μεηκάπ, έδινε την εντύπωση ότι ήταν φύλακας φυλακής.

Η Ρέητσελ σκέφτηκε πως το όνομα «Πέγκη» δεν της πήγαινε. Περισσότερο θα της ταίριαζε το «Άρνολντ», όπως τον Σβαρτσενέγκερ. Οι δικέφαλοι αυτής της γυναίκας ξεπηδούσαν μέσα από τα μανίκια της, και ο ώμοι της ήταν πολύ γυμνασμένοι.

«Εσείς» είπε η Πέγκη, δείχνοντας τον Τζο, «πηγαίνετε με τον Μέρφι. Εγώ θα αναλάβω την κυρία. Πρέπει να γδυθείτε και οι δυο και να μας δώσετε τα ρούχα σας».

Η Ρέητσελ ένιωσε αμέσως την καρδιά της να χτυπά δυνατά.

Ο Τζο οδήγησε τον Μέρφι στην κρεβατοκάμαρα μόλις η Πέγκυ του έδωσε μερικές χαρτοσακούλες.

«Πού θέλετε να πάμε»; Ρώτησε η Πέγκυ, κοιτώντας την Ρέητσελ καθώς στεκόταν ανήσυχη στην κουζίνα.

«Εεε, πρέπει να το κάνω;»

«Ναι, πρέπει.»

«Στο μπάνιο;»

«Μια χαρά είναι για μένα» απάντησε εκείνη. «Αρκεί να είναι αρκετά μεγάλο και για τις δυο μας.»

«Είναι εκεί πέρα», είπε η Ρέητσελ πηγαίνοντας προς το μπάνιο

Μόλις μπήκαν μέσα, η Ρέητσελ ένιωσε σα να χτύπησε την πόρτα δυνατά. Γιατί δεν έβγαζε απλώς τα ρούχα της να τα δώσει στην αξιωματικό; Η Ρέητσελ αναρωτήθηκε αν η αξιωματικός θα την έβλεπε να γδύνεται. Θα γυρνούσε από την άλλη, άραγε; Αλλά όχι, δεν θα γινόταν έτσι. Η αξιωματικός Σκοτ στεκόταν αυστηρά μπροστά από την Ρέητσελ, με τα χέρια της στους γλουτούς της, περιμένοντας την Ρέητσελ να κάνει την πρώτη κίνηση.

Αργά, η Ρέητσελ, πήρε την ρόμπα της στα χέρια της και την τράβηξε από το κεφάλι. Από κάτω, φορούσε ένα νυχτικό. «Χρειάζεστε και αυτό;»

«Δε νομίζω πως είναι ανάγκη», είπε η αξιωματικός Σκοτ. «Όμως, θα χρειαστώ τα παπούτσια σας».

Η Ρέητσελ της έδωσε την ρόμπα. Η αστυνόμος, το έβαλε σε μια από τις χαρτοσακούλες. Η Ρέητσελ έβγαλε τις παντόφλες, έσκυψε να τις μαζέψει και μετά τις έδωσε στην μεγαλόσωμη γυναίκα.

«Ορίστε, Πέγκυ» είπε η Ρέητσελ, ρίχνοντας τα παπούτσια της στην σακούλα.

Η Ρέητσελ τρομοκρατήθηκε, όταν η Σκοτ έβγαλε την κάμερα και της είπε να σταθεί με τα χέρια στο πλάι. Εκείνη έκανε ό,τι της είπε, ενώ η γυναίκα την φωτογράφισε, μπρος και πίσω, από το κεφάλι μέχρι την άκρη των δαχτύλων, με τις παλάμες προς τα πάνω, προς τα κάτω, και όλα τα ενδιάμεσα, έως ότου όλο το σώμα είχε καταγραφεί για τυχόν αποδείξεις.

Ένιωσε άσχημα με όλο αυτό.

«Θα σας ειδοποιήσουμε για το αν θα πάρετε πίσω τα ρούχα σας – ή όχι», είπε η αξιωματικός καθώς γυρνούσε προς την ανοιχτή πόρτα. Η

Ρέητσελ, άρπαξε γρήγορα ένα μπουρνούζι από την κρεμάστρα και το φόρεσε. Ήταν του Τζο, οπότε το γκρι μπουρνούζι, σερνόταν στο πάτωμα.

Όταν βγήκαν από το μπάνιο, ο Τζο με τον Μέρφι, είχαν επίσης τελειώσει. Ο άντρας της στεκόταν ξυπόλητος στη μέση του σαλονιού, φορώντας μία από τις ρόμπες, τη ροζ συγκεκριμένα. Ήταν η αγαπημένη της με βολάν και δαντέλα. Της φάνηκε πολύ αστείος με την ρόμπα της, που ίσα-ίσα έφτανε μέχρι κάτω από τα γόνατά του. Η Ρέητσελ κούνησε το κεφάλι της στο θέαμα.

«Δεν μπορούσες να βρεις μια καλύτερη ρόμπα;» ρώτησε.

«Τη δική μου τη φοράς!» είπε εκείνος. «Πού να φανταστώ ότι θα χρειαζόμουν μια ρόμπα άμεσα!»

«Εντάξει, λοιπόν», είπε ο υπαρχιφύλακας Μέρφι, «θα σας αφήσουμε τώρα για να κοιμηθείτε λιγάκι».

Ο Τζο και η Ρέητσελ κοίταξαν τον αστυνόμο λες και είχε πάρει μια εντελώς διαφορετική μορφή.

Ποιος να κοιμηθεί;

ΟΚΤΏ

ΑΦΟΎ ΟΛΌΟΚΛΗΡΗ Η ΠΟΛΥΚΑΤΟΙΚΊΑ ΞΎΠΝΗΣΕ ΑΠΌ ΤΙΣ ΣΕΙΡΉΝΕΣ ΤΗΣ ΑΣΤΥΝΟΜΊΑΣ, και του ασθενοφόρου, την επόμενη μέρα συζητούσαν όλοι για την ταλαιπωρία που υπέστην νωρίς το πρωί. Δεν χρειάστηκε πολύς χρόνος για να αναστατωθούν οι κάτοικοι, αλλά προσπαθώντας να μάθουν όλοι τι είχε συμβεί, είχε ξεσπάσει μεγάλη φασαρία. Όλοι πέρασαν από το γραφείο για να μάθουν λεπτομέρειες. Όσοι δεν μπόρεσαν να εμφανιστούν προσωπικά, τηλεφώνησαν. Ήταν ένα διαβολεμένο πρωινό για την Ρέητσελ Δεν ήταν και στην καλύτερη κατάσταση για να διαχειριστεί αυτό το θέμα.

Η Ρέητσελ είχε ένα τρομερό πονοκέφαλο. Έψαχνε μανιωδώς μέσα στο συρτάρι του γραφείο της για να βρει ένα παυσίπονο. Πραγματικά είχε ανάγκη από ένα σήμερα. Δεν ήξερα αν θα της έκανε καλό. Όταν σήκωσε το βλέμμα της, είδε την

Πηνελόπη να έρχεται. Η Ρέητζελ απλώς την κοίταξε επίμονα στα μάτια.

«Για όνομα, μικρή μου, δεν φαίνεσαι και τόσο καλά.»

«Δεν είμαι καλά. Βρήκα το πτώμα της». Μετά από αυτό που ξεστόμισε, έπεσε βαριά στην καρέκλα της.

«Το ξέρω. Κρυφοκοίταξα από την πόρτα μετά που άκουσα τις σειρήνες. Δεν ήταν δύσκολο να καταλάβω τι συνέβη». Η Πηνελόπη, κάθισε αργά σε μια άλλη καρέκλα.

«Η αστυνομία θα θέλει μάλλον να σου μιλήσει», είπε η Ρέητσελ, απλώνοντας το χέρι της στο μίνι ψυγείο πίσω της για να πάρει ένα μπουκάλι νερό.

«Τους μίλησα ήδη. Τους έδωσα την κατάθεσή μου».

Τα μάτια της Ρέητσελ την κοίταξαν γεμάτα ελπίδα. «Μήπως άκουσες ή είδες κάτι;» ρώτησε, αφού κατάπιε πρώτα ένα χάπι. Μόλις άρχισε να πίνει νερό, κατάλαβε ότι διψούσε και ήπιε το μισό μπουκάλι.

«Όχι, τίποτα. Κοιμόμουν πολύ ήσυχα μέχρι που άκουσα τις σειρήνες. Ακόμα κι εγώ ακούω τις σειρήνες. Ποιος νομίζεις να την δολοφόνησε»; Τα μάτια της γυναίκας ήταν υγρά και γεμάτα απορίες. «Είναι τρομακτικό που μία από τις γειτόνισσές μου δολοφονήθηκε».

«Ναι, είναι. Για όλους μας. Και για αν απαντήσω στην ερώτησή σου, δεν μπορώ να φανταστώ ποιο μπορεί να την δολοφόνησε». Η Ρέητσελ, επεξεργάζονταν ακόμα την διαδικασία, προσπαθώντας να είναι εγκάρδια με όλους τους ενοικιαστές. Καταλάβαινε πως είχαν θορυβηθεί.

Η πόρτα του γραφείου άνοιξε και μπήκε ο ντετέκτιβ Φρανς. Έγνεψε στις γυναίκες πριν μιλήσει.

«Θα ήθελα να σας μιλήσω, κυρία Μπαρνς».

«Ααα, θα σας αφήσω μόνους», είπε γρήγορα η Πηνελόπη, καταλαβαίνοντας ότι πρέπει να φύγει. Σηκώθηκε από την καρέκλα και πήγε προς την πόρτα. Η Ρέητσελ ήξερε πως η ηλικιωμένη γυναίκα ήθελε απελπισμένα να στήσει αφτί πίσω από την πόρτα. Ελπίζω να το σκεφτεί καλύτερα και να γυρίσει στο διαμέρισμά της.

«Καθίστε», είπε η Ρέητσελ «Θέλετε λίγο νερό ή καφέ;»

«Λίγο νερό, θα ήταν καλό», είπε εκείνος, και κάθισε σε μια καρέκλα απέναντι από το γραφείο της Ρέητσελ.

«Είναι το λιγότερο που μπορώ να κάνω». Η Ρέητσελ του έδωσε ένα ποτήρι νερό από το ψυγείο. «Λοιπόν, τι συμβαίνει;»

«Ο ιατροδικαστής έβγαλε πόρισμα ότι ο θάνατος της γυναίκας ήταν δολοφονία. Ο λαιμός της είχε κοπεί, αφού πρώτα την χτύπησαν βάναυσα», είπε, πίνοντας μερικές γουλιές νερό. «Ο δολοφόνος χρησιμοποίησε ένα αντικείμενο για την χτυπήσει πριν την σκοτώσει. Υποθέτουμε ότι το έκανε για να την αποδυναμώσει. Δεν βρήκαμε αυτό το αντικείμενο στην σκηνή του εγκλήματος. Η ώρα του εγκλήματος ήταν λιγότερη από είκοσι τέσσερεις ώρες πριν την ανακάλυψη του πτώματος».

«Έχετε κάποια ιδέα για το ποιος θα μπορούσε να κάνει ένα τόσο τρομερό πράγμα»; Η Ρέητσελ ήθελε να μάθει αν κινδύνευαν και οι άλλοι ένοικοι.

«Όχι ακόμα. Θα σας ρωτήσω κάτι», είπε,

σκύβοντας μπροστά. «Ξέρετε αν αυτή η γυναίκα, συνήθιζε να κλείνει τις γάτες της σε κλουβιά;»

«Δεν είμαι σίγουρη, αλλά νομίζω πως τις άφηνε ελεύθερες. Αγαπούσε τα ζώα, οπότε δε νομίζω πως θα ήθελε να περιορίζει τις γάτες της. Δεν υπήρχε κανένας λόγος», είπε η Ρέητσελ. «Επίσης, δεχόμουν πολλά παράπονα για τον θόρυβο που έκαναν οι γάτες, γι' αυτό αμφιβάλλω ότι τις είχε κλειδωμένες».

«Έβλεπε κάποιον;»

«Απ' όσο ξέρω όχι. Και είμαι σίγουρη πως θα το ήξερα αν το έκανε». Ήταν πολύ κοντινές φίλες. Θα το ήξερε. Τουλάχιστον, έτσι σκεφτόταν εκείνη. «Θα περάσω από το τμήμα σήμερα για να δώσω πλήρη κατάθεση. Το ίδιο και ο Τζο.»

«Είχε καθόλου εχθρούς;»

«Μερικοί σε κάποια άλλα καταφύγια, αυτά που σκοτώνουν τα ζώα, δεν συμφωνούσαν με τον ακτιβισμό της, αλλά δεν γνωρίζω να είχε εχθρούς». Ποιος θα μισούσε την Ένιδα τόσο ώστε να την σκοτώσει; Αυτό ήταν απίθανο για την Ρέητσελ.

«Τι είδους ακτιβισμό έκανε;»

«Αγωνιζόταν ώστε όλα τα καταφύγια ζώων να μην τα σκότωναν, όπως το δικό της. Βλέπετε, έχεις περισσότερο όφελος να τα σκοτώνεις, αλλά δεν είναι ανθρώπινο. Η Ένιδα ήταν ο τύπος που ήθελε να φροντίζει τα ζώα.»

«Μάλιστα». Ο ντετέκτιβ κάθισε πίσω στην καρέκλα και έκανε μια παύση για να σκεφτεί, τα μάτια του στριφογύριζαν στο ταβάνι. «Μήπως είχε κάποιο άγχος, μήπως συνέβαινε κάτι στη ζωή της;»

«Βασικά, τα πράγματα πήγαιναν πολύ καλά για κείνη. Είχε προσλάβει έναν άντρα για να διευθύνει το καταφύγιο πριν έναν χρόνο περίπου, κι έτσι είχε περισσότερο χρόνο ελεύθερο. Δεν φαντάζομαι να είχε κάποιος κάποιον συγκεκριμένο λόγο για να την σκοτώσει», είπε η Ρέητσελ, κοιτάζοντας τον ντετέκτιβ με ορθάνοιχτα μάτια. «Ήταν καλός άνθρωπος, και φίλη».

«Σας παρακαλώ, γράψτε μου το όνομα αυτού του άντρα στο καταφύγιο και πληροφορίες επικοινωνίας», είπε ο ντετέκτιβ, και σηκώθηκε. «Επίσης το όνομα και την διεύθυνση του καταφύγιου».

«Φυσικά».

«Θα σας ενημερώσω όσο μου επιτρέπεται για την πρόσοδο της έρευνας. Δεν μπορώ να είμαι συγκεκριμένος για το πότε θα έχω νέα. Αν θυμηθείτε οτιδήποτε άλλο μπορεί να φανεί χρήσιμο, τηλεφωνήστε μου».

«Εντάξει», είπε εκείνη, και έγραψε το όνομα του Χόρχε καθώς και τις υπόλοιπες πληροφορίες σε ένα κομμάτι χαρτί και του το έδωσε. «Πότε μπορούμε να πάρουμε τα ζώα;»

«Σύντομα. Ίσως και σε δυο μέρες, θα έλεγα.»

«Ωραία.»

Ο ντετέκτιβ έφυγε από το γραφείο της, αφήνοντας την Ρέητσελ να αναρωτιέται για τα χτεσινοβραδινά γεγονότα.

ΕΝΝΈΑ

ΠΆΝΩ ΠΟΥ Η ΡΈΗΤΣΕΛ ΣΚΈΦΤΗΚΕ ΌΤΙ ΌΛΟΙ
ΕΊΧΑΝ ΜΠΕΙ ΣΤΟ ΓΡΑΦΕΊΟ ΤΗΣ, έρχεται η Λορέτα.
Ήταν ντυμένη με τα συνηθισμένα της ρούχα, την
ολόσωμη λεμονί φόρμα της, αν και η θερμοκρασία
είχε φτάσει στους σαράντα βαθμούς.

«Ρέητσελ, καλή μου, φαίνεσαι κουρασμένη», είπε
η Λορέτα καθώς κάθισε απέναντι από την Ρέητσελ.

«Δεν κοιμήθηκα πολύ χτες βράδυ». Αυτή ήταν
μια ειλικρινής απάντηση.

«Το καταλαβαίνω». Η Λορέτα ήταν συμπονετική
προς την Ρέητσελ. «Η Ένιδα ήταν φίλη σου, έτσι δεν
είναι;»

«Ναι. Έχω στεναχωρηθεί πάρα πολύ με όλο
αυτό». Η Ρέητσελ βυθίστηκε ξανά στην καρέκλα
της. «Δεν μπορώ να φανταστώ ποιος μπορεί να
ήθελε τον θάνατό της».

«Υπάρχουν πολλοί ψυχασθενείς που
κυκλοφορούν ανάμεσά μας. Έχω συναντήσει πάρα

πολλούς στη ζωή μου. Ούτε αστυνομικός ντετέκτιβ δεν έχει συναντήσει τόσους, που είναι και η δουλειά του».

«Το φαντάζομαι. Πρέπει να γράψεις ένα βιβλίο.»

«Έγραψα, αλλά κανένας εκδότης δεν δέχτηκε να το εκδώσει επειδή αναγνώρισαν μερικούς από τους χαρακτήρες, παρά το γεγονός ότι άλλαξα τα ονόματά τους», είπε η Λορέτα, διπλώνοντας τα χέρια στα γόνατά της. «Φαίνεται πως τα νέα για τις έρευνές μου, έφταναν πολύ μακριά».

«Κι έτσι, τώρα είσαι εδώ και απολαμβάνεις τη ζωή σου», είπε η Ρέητσελ.

«Ναι. '

Όμως αυτός ο φόνος στην πολυκατοικία μας, με ενόχλησε», είπε η Λορέτα. «αναρωτιέμαι αν θα γίνει και καμία άλλη απόπειρα κατά της ζωής κάποιου άλλου».

«Φοβάσαι μήπως κάποιος από το παρελθόν έρθει για σένα»; Αυτή η σκέψη δεν είχε μπει στο μυαλό της Ρέητσελ έως τώρα. Το μόνο που της χρειαζόταν τώρα ήταν η δολοφονία μια κάποτε διακεκριμένης ντετέκτιβ στην πολυκατοικία. Ήδη φαντάζεται τις επικεφαλίδες.

«Ως μυστική ντετέκτιβ, αναμετρήθηκα με πολλούς, θα έλεγα, άνδρες επιρροής. Μερικοί από αυτούς πήγαν φυλακή. Όλα είναι πιθανά», είπε η Λορέτα, κοιτώντας τα χέρια της που μόλις είχε κάνει μανικιούρ. «Είναι δύσκολο να γνωρίζω ποιος μπορεί να αναζητά εκδίκηση όταν βγει από την φυλακή».

«Λορέτα, το κτήριο εδώ είναι ασφαλές. Στ' αλήθεια πιστεύω, πως αυτή είναι μια μεμονωμένη περίπτωση και δεν έχει καμία σχέση με σένα». Η Ρέητσελ κάθισε πιο κοντά στο γραφείο της. «Δεν βλέπω κάποια σύνδεση με την δολοφονία μίας ιδιοκτήτριας καταφύγιου ζώων και μιας πρώην ντετέκτιβ. Είναι απίθανο, αυτός που έπραξε αυτόν τον φόνο να ξαναγυρίσει. Πιστεύω πως είσαι ασφαλής εδώ».

«Αν είναι ασφαλής εδώ, τότε πώς μπήκε ο δολοφόνος;» Τα λόγια βγήκαν γρήγορα.

«Έχεις μεγάλο δίκιο. Δεν έχω την απάντηση γι' αυτό αυτή τη στιγμή.» Η Ρέητσελ δεν ένιωθε καλά και αυτές οι ερωτήσεις για τις οποίες δεν είχε απαντήσεις την έκαναν να νιώθει άβολα και κάπως ανασφαλή. «Θα δούμε τι συνέβη από τος αποφάσεις της αστυνομίας.»

«Έχεις δίκιο. Δεν υπάρχει λόγος να ανησυχούμε για κάτι που δεν έχουμε εμείς τον έλεγχο και που μπορεί κάλλιστα να είναι τυχαίο,» είπε η Λορέτα, και σηκώθηκε να φύγει. «Απλώς σκέφτηκα να περάσω για να μάθω τι ξέρεις.»

«Όχι πολλά για την ώρα. Λυπάμαι.»

«Αντίο, καλή μου», είπε καθώς έκλεινε την πόρτα πίσω της.

Επιτέλους, μόνη. Η Ρέητσελ ακούμπησε τα χέρια στο γραφείο της, χαμήλωσε το κεφάλι, και έβαλε τα κλάματα.

«Ναι, ξέρω ότι σου λείπει,» είπε η Ρέητσελ καθώς γονάτισε μπροστά από το σκυλί. Τα ζώα που κατάσχεσαν είχαν απελευθερωθεί τώρα, όπως τους είχαν πει, και τα έστειλαν στο ίδρυμα. Ο Τζο, πήρε το σκυλί και το έφερε σπίτι στην Ρέητσελ. Μετά, ο Χόρχε και ο Τζο διεκδίκησαν τις γάτες και τις πήραν ξανά στο καταφύγιο της Ένιδας.

Χάιδεψε τα αφτιά του σκύλου και κοίταξε τα υγρά, καστανά μάτια του, σα να έψαχνε έναν τρόπο για τον παρηγορήσει. «Πώς σε λένε;» Δεν θυμόταν καθόλου πώς τον φώναζε η Ένιδα.

Η Ρέητσελ έψαξε το κολάρο του μήπως βρει το όνομά του, και επιτέλους, το βρήκε πάνω στο καρτελάκι. «Ααα, Ρούφους! Ναι, σου πάει πάρα πολύ, αγόρι μου. Ρούφους...» είπε, βάζοντας το όνομά του καλά στο μυαλό της. «Λοιπόν, τώρα θα είσαι εδώ μαζί μας, γι’ αυτό θα πρέπει να το συνηθίσεις. Και να γνωρίσεις τον Τζο. Προβλέπω, ότι θα τον λατρέψεις. Κι εκείνος θα σε λατρέψει.»

Ακριβώς εκείνη την στιγμή, μπήκε ο Τζο στο διαμέρισμα, κρατώντας μία σακούλα με λαχανικά. Ο Ρούφους πήδηξε πάνω στον Τζο, βάζοντας τις μεγάλες τριχωτέ του πατούσες στο στήθος του άντρα, κάνοντάς τον να απομακρύνει την σακούλα. Η γλώσσα του Ρούφους βγήκε στο πλάι, σα να χαμογελούσε στο νέο του αφεντικό.

«Σε συμπαθεί,» είπε η Ρέητσελ.

«Ναι, το βλέπω. Ο σκύλος έχει καλό γούστο.» Ο Τζο άγγιξε ελαφρώς τον σκύλο.

«Πρέπει να τον εκπαιδεύσεις να μην πηδάει πάνω σου», είπε η Ρέητσελ. «Η Ένιδα είχε πολλά προσόντα, αλλά όχι στον τομέα της εκπαίδευσης. Δεν πρέπει να πηδάει πάνω στον κόσμο. Ειδικά που είναι τόσο μεγάλος.»

«Ναι, δεν είναι μικρό σκυλάκι.» Ο Τζο έδιωξε τον Ρούφους από πάνω του. «Κάτω... πώς τον λένε;»

«Ρούφους.»

«Ααα, μου αρέσει. Ρούφους.» Ο Τζο χτύπησε ελαφρά το ζώο στο κεφάλι. «Μπράβο Ρούφους.»

«Ο Ρούφους θέλει φαγητό.»

«Ναι, έφερα λίγο. Το άφησα στον διάδρομο. Θα βάλω τη σακούλα στον πάγκο και θα πάω να το φέρω.» Ο Τζο βγήκε έξω στον διάδρομο, που περνούσε μπροστά απ' όλα τα διαμερίσματα του ορόφου.

«Μπράβο Τζο.» χαμογέλασε η Ρέητσελ.

Δ΄ΕΚΑ

Ο ΡΟΎΦΟΥΣ ΚΆΘΙΣΕ ΉΣΥΧΑ, κοιτάζοντας κάθε μπουκιά από το τοστ που έβαζε ο Τζο στο στόμα του. Ο σκύλος έγλειψε τα χείλη του όταν είδε την μπουκιά ομελέτας να ακολουθεί, τα μάτια του στάθηκαν πάνω στον άντρα.

«Αυτό είναι δικό μου,» είπε ο Τζο στον σκύλο. «Όλο δικό μου.»

Ο Ρούφους, κούνησε την ουρά του, σα να έλεγε, «Και δικό μου.»

«Ωωω, κοιτάξτε τους δυο σας,» είπε η Ρέητσελ καθώς περνούσε από δίπλα τους για να πάει στην κουζίνα. «Μην γυρίζεις την πλάτη σου, αλλιώς ο Ρούφους θα καταβροχθίσει το πρωινό σου με τη μία.»

«Δεν έχω καμία πρόθεση να πάρω τα μάτια μου από αυτό το πιάτο,» είπε ο Τζο, παίρνοντας μια γερή δόση αβγού στο πιρούνι του. «Γιατί σηκώθηκες τόσο νωρίς;»

«Δεν μπορώ να κοιμηθώ. Βλέπω συνέχεις αίμα

στον τοίχο και μετά νιώθω άθλια», είπε εκείνη, τραβώντας την καράφα από τη μηχανή του καφέ και βάζοντάς το στο φλιτζάνι. «Η Ένιδα ήρθε στο όνειρό μου χτες βράδυ.»

«Πάλι; Τι έγινε;»

«Αυτή τη φορά φαινόταν τρομαγμένη, σα να ήταν μπερδεμένη με αυτό που συνέβη. Πρέπει να προσευχηθώ για κείνη.» Η Ρέητσελ κοίταξε τον άντρα της με ορθάνοιχτο βλέμμα.

«Είναι πολύ καλή ιδέα.» Ο Τζο έβαλε την τελευταία μπουκιά του τοστ στο στόμα του και τοποθέτησε το άδειο πιάτο στο πλακάκι του πατώματος. Ο Ρούφους έγλειψε ότι είχε απομείνει από το αβγό και τα ψίχουλα. «Ήταν θρησκευόμενη;»

«Φαινόταν να είναι πνευματική. Όσο για τη θρησκεία, δεν είμαι σίγουρη. Όταν ήταν νεότερη, ήταν καθολική.» Η Ρέητσελ κάθισε απέναντι από τον άντρα της, με το φλιτζάνι του καφέ στο χέρι.

«Τότε, θα πρέπει σίγουρα να πεις μερικές προσευχές, το ίδιο κι εγώ,» είπε ο Τζο. Όλως περιέργως, ο Τζο ήταν ο πιο θρησκευόμενος.

«Θα το κάνω.»

«Και δηλαδή, συνεχίζει να σε επισκέπτεται στα όνειρά σου;» Ο Τζο μάζεψε τα κλειδιά και το πορτοφόλι του καθώς μιλούσε.

«Ναι. Γι' αυτό νομίζω ότι χρειάζεται τις προσευχές μας.»

«Το άκουσες, Ρούφους; Η μαμά δέχεται επισκέψεις από την πρώτη σου μαμά.» Ο Τζο χάιδεψε το σκύλο όταν σήκωσε το κεφάλι από το πιάτο που έγλυφε.

«Δεν πρέπει να τον αφήνεις να γλύφει το πιάτο, Τζο.»

«Για ποιο λόγο; Αφού θα πλυθεί στο πλυντήριο πιάτων, σωστά;»

«Ναι, αλλά... άστο, δεν πειράζει.» Ήταν πολύ κουρασμένη για να το συζητήσει.

«Εντάξει, εγώ φεύγω,» είπε ο Τζο, περπατώντας προς την πόρτα. «Θα είμαι πάνω και θα προσπαθώ να μάθω τι έγινε με το καθάρισμα, μετά τον καυγά των Ρότζερς. Μετά, θα δω αν υπάρχει καμιά κίνηση στο διαμέρισμα της Ένιδας.»

«Γεια.» Η Ρέητσελ παρέμεινε καθισμένη στην καρέκλα, ελαφρώς μουδιασμένη από την τωρινή κατάσταση.

Ο Τάο μόλις είχε βγει από το ασανέρ όταν άκουσε έναν δυνατό χτύπο. Κοιτώντας στον διάδρομο, είδε τον Μαρκ Ρότζερς, να χτυπάει νευριασμένος την πόρτα του διαμερίσματός του, ξανά και ξανά. «Τι στην ευχή κάνεις;» ρώτησε ο Τζο καθώς πλησίαζε τον άντρα.

«Δεν κλείνει η πόρτα!» Ο Μαρκ συνέχισε να κλείνει την πόρτα μέχρι που τον έφτασε ο Τζο.

«Κόφτο! Αν συνεχίσεις να την χτυπάς έτσι, θα την σπάσεις.» ο Τζο μπήκε ανάμεσα στον Μαρκ και την πόρτα. «Κάνε στην άκρη.»

Ο Μαρκ έκανε ό,τι του είπε, κάνοντας τρία βήματα πίσω από τον Τζο και την πόρτα. Βρέθηκε απέναντι από το κιγκλίδωμα που τον εμπόδιζε να πέσει τόσους ορόφους κάτω.

«Ναι, την κατέστρεψες την πόρτα,» είπε ο Τζο εξετάζοντας την ζημιά. «Πρέπει να την φτιάξω, αλλιώς δεν θα κλειδώνει.»

«Μην ασχολείσαι,» είπε ο Μαρκ. «Δεν με νοιάζει αν κλειδώνει ή όχι.»

Ο Τζο γύρισε προς τον Μαρκ, και τότε είδε πως η εμφάνισή του δεν ήταν η κατάλληλη για κοινό. Τα μαλλιά του ήταν ανακατεμένα και φορούσε ένα μπλουζάκι πάνω από το σχισμένο τζιν του. Το ένα του μπράτσο είχε ένα μανίκι από τατουάζ, το άλλο μόνο μία καρδιά. Το μπράτσο με το μανίκι, είχε τατουάζ που ταίριαζαν σε ποδηλάτη, αφού ο ίδιος είχε κατάστημα ποδηλάτων. Τα πόδια του ήταν γυμνά.

«Ναι, αλλά, η γυναίκα σου, μάλλον θα ένιωθε πιο ασφαλής, αν κλείδωνε η πόρτα,» είπε ο Τζο. «Πάλι καυγαδίσατε οι δυο σας;»

«Ναι. Και λοιπόν; Εσύ με τη γυναίκα σου δεν μαλώνετε ποτέ;» Η έκφρασή του έδειχνε οργή και φαινόταν νευρικός, καθώς σκούπιζε την αιμόφυρτη μύτη του.

«Όχι έτσι.»

Ο Μαρκ δεν απάντησε.

«Πάω να φέρω τα εργαλεία μου. Η Λόλα είναι καλά;»

«Ναι, γιατί να μην είναι;» Ο Μαρκ γινόταν όλο και πιο ευερέθιστος όσο μιλούσαν.

«Αα, δεν ξέρω, από την εμφάνισή σου, υποθέτω ότι θα είναι κι εκείνη χτυπημένη.»

«Είναι τρελή η γυναίκα,» είπε ο Μαρκ, γυρνώντας για να φτύσει αίμα πάνω από το κιγκλίδωμα του διαδρόμου. «Νομίζω πως έχασα ένα δόντι εξαιτίας της.»

«Καλά, μην το φτύσεις πάνω σε κανέναν», είπε ο Τζο. «Θα γυρίσω σύντομα.»

· · ·

Καθώς πήγαινε για το ντουλάπι των εργαλείων, ο Τζο πέρασε από το διαμέρισμα της Ένιδας. Στην πόρτα είχε τοποθετηθεί η κίτρινη κορδέλα που μαρτυρούσε ότι εκεί ήταν σκηνή εγκλήματος. Προς το παρόν, δεν φαινόταν να είναι εκεί κάποιος αστυνομικός. Ήταν περίεργος για την έρευνα, όπως, αν είχαν βρει κάποιο στοιχείο.

Ο Τζο έφτασε στο ντουλάπι με τα εργαλεία του και το ξεκλείδωσε. Καθώς πήγε να γυρίσει το πόμολο, η άκρη του ματιού του έπιασε κάποιον να πλησιάζει. Ήταν η Ρούμπι, φορούσε ένα κατακόκκινο μαγιό, το οποίο έφερνε πολύ στο χρώμα των μαλλιών της.

«Γεια σου Τζο,» είπε η Ρούμπι, με ένα πλατύ χαμόγελο. «Βλέπω πως η Ρέητσελ σε βάζει να δουλεύεις σκληρά».

«Μπορείς να το πεις κι έτσι, Ρούμπι.»

«Γιατί δεν έρχεσαι στο διαμέρισμά μου για ένα φλιτζάνι τσάι;» Πρότεινε η Ρούμπι, σηκώνοντας την πεσμένη τιράντα στον κοκαλιάρικο ώμο της.

Αυτή η γυναίκα δεν έχει αρκετό κρέας στα κόκαλά της για να μπορούν τα ρούχα να της στέκονται στη θέση τους, σκέφτηκε ο Τζο.

«Δεν μπορώ. Πρέπει να φτιάξω μια χαλασμένη πόρτα», είπε ο Τζο. «Ευχαριστώ πάντως για την πρόσκληση.»

Η Ρούμπι χαμογέλασε πάλι πλατιά. «Μια άλλη φορά, Τζο.»

Ο Τζο συμπαθούσε την Ρούμπι. Ήταν σίγουρα μοναδική, αλλά αυτό ;ακριβώς εκτιμούσε σε εκείνη. Την παρακολουθούσε να φεύγει κουνώντας τους γλουτούς της. Ήταν πολύ αδύνατη. Κούνησε το κεφάλι του.

Ο Τζο επέστρεψε στο διαμέρισμα των Ρότζερς για να επισκευάσει την χαλασμένη πόρτα, χτυπώντας δυνατά ώστε να ακούσουν ότι ήταν εκεί.

«Επισκευάζω την πόρτα σας, για να ξέρετε,» φώναξε ο Τζο, καθώς έσπρωξε την ανοιχτή πόρτα. «Ο Χριστός κι η Παναγία!»

Αυτό που είδε, ήταν ένα διαμέρισμα που έμοιαζε λες κι είχε περάσει τυφώνας από μέσα του. Πολύφωτα πεσμένα, έπιπλα αναποδογυρισμένα, κάδρα με φωτογραφίες σχισμένες και βγαλμένες από τους τοίχους, και σε πολλές περιοχές του πατώματος υπήρχαν σπασμένα γυαλιά. Το διαμέρισμα μύριζε από το φαγητό που είχε μαγειρέψει η Λόλα εδώ και κάμποσες μέρες. Το περισσότερο ήταν κι αυτό πεταγμένο στο πάτωμα. Πετούσαν φαγητό ο ένας στον άλλον;

«Δεν θ' αρέσει αυτό στην Ρέητσε», μονολόγησε.

Αφού ασχολήθηκε για λίγο με την επισκευή, η Λόλα βγήκε από την κρεβατοκάμαρα. Φορούσε ένα σορτς κι ένα τοπ, όμως είχε το ένα μάτι μαυρισμένο και τα χείλη της ήταν πρησμένα.

Ααα, είχαν σίγουρα μεγάλο καυγά.

«Γεια σου, Λόλα,» είπε ο Τζο, κοιτώντας προς την κατεύθυνσή της καθώς τον πλησίαζε. «Είχατε κι άλλον καυγά, εεε;»

«Τίποτα το σπουδαίο, έναν πολύ μικρό», απάντησε εκείνη ανόητα.

«Ναι; Δεν θα ήθελα να δω τα αποτελέσματα ενός μεγάλου καυγά,» σημείωσε, γνέφοντας με το κεφάλι του προς το σαλόνι. «Πότε σκοπεύετε να καθαρίσετε αυτό το χάλι; Ή μήπως το αφήνετε για τον επόμενο καυγά;»

«Μπορεί.»

Ο Τζο σταμάτησε την δουλειά του και κοίταξε την Λόλα πιο προσεχτικά. Αν αφαιρέσεις τις μελανιές, η Λόλα θα ήταν μια ελκυστική γυναίκα. Είχε ένα μυώδες σώμα, που αποδεικνύει ότι κάποτε στη ζωή της ασχολούνταν με τον αθλητισμό. Ήξερε πως χρησιμοποιούσε συχνά το γήπεδο του τένις. Προφανώς, ήταν πολύ ικανή να δίνει μ που νιές στο πρόσωπο του Μαρκ.

«Γιατί το ανέχεσαι αυτό, Λόλα; Γιατί δεν αφήνεις τον Μαρκ;» Ο Τζο ανησυχούσε ειλικρινά για την κακοποίηση, που τον γυρνούσε πίσω στα παιδικά του χρόνια. Δεν ήταν καλή ανάμνηση αυτή.

«Να τον αφήσω; Δεν θα άφηνε ποτέ τον Μαρκ.» Τα μάτια της ορθάνοιξαν και οι ώμοι της ανασηκώθηκαν. «Είναι ο άντρας μου και τον αγαπάω.»

Ο Τζο, σήκωσε το χέρι του δείχνοντας το δωμάτιο. «Αυτό, δεν είναι ένδειξη αγάπης. Αλλά κακοποίησης.»

«Ο Μαρκ με λατρεύει. Απλώς, έχει πολλά νεύρα»

«Αα, ναι, το βλέπω ότι έχει νεύρα. Δεν υπάρχει αμφιβολία.» Ο Τζο επικεντρώθηκε ξανά στην πόρτα.

«Όταν γυρίσει σπίτι, θα με βοηθήσει να καθαρίσουμε.» Χαμογέλασε και έριξε κι ένα γελάκι. «μάλλον θα μου φέρει και τριαντάφυλλα.»

«Ναι, τριαντάφυλλα για την κηδεία σου, να λες καλύτερα.» Ο Τζο κούνησε με αηδία το κεφάλι του και γύρισε να την κοιτάξει.

Η Λόλα, γύρισε το κεφάλι. «Ο Μαρκ με αγαπάει»

είπε, με φωνή που ίσα-ίσα ακουγόταν. Όταν γύρισε ξανά, ο Τζο είδε δάκρυα στα μάτια της.

«Λόλα, δεν χρειάζεται να ανέχεσαι αυτή την κακοποίηση,» είπε ο Τζο, φεύγοντας από την πόρτα και πλησιάζοντάς την. «Υπάρχουν καταφύγια που μπορείς να πας για να προστατευτείς.»

Με μάτια πρησμένα στο έπακρον, η Λόλα, πέφτει πάνω στον Τζο και τον αγκαλιάζει.

Η απογοητευμένη γυναίκα προσκολλήθηκε σ 'αυτόν, λυγίζοντας στο στήθος του. Ο Τζο πάγωσε στη θέση του, το σώμα του έγινε τόσο ξύλινο όσο ένας στρατιώτης παιχνίδι.

«Έλα, Λόλα, όλα θα πάνε καλά», είπε εκείνος άβολα, χτυπώντας την ελαφρά στην πλάτη, ενώ προσπαθούσε να αποδεσμευτεί από την αγκαλιά της. «Έλα, στάσου όρθια, και σκούπισε τα μάτια σου. Όλα καλά».

«Όχι, δεν είναι.» Η Λόλα άνοιξε διάπλατα το στόμα της καθώς έβγαζε έναν ήχο απελπισίας.

«Θέλεις να καλέσω την Ρέητσελ; Θα έρθει εδώ στο λεπτό», πρότεινε. Αυτό, δεν μπορούσε να το χειριστεί ο Τζο. Και ήταν και άβολο.

«Όχι», φώναξε η Λόλα, και το πρόσωπό της έγινε άγριο όσο και το κλάμα της. Γύρισε προς την κρεβατοκάμαρα και πήγε μέσα, κλείνοντας την πόρτα πίσω της.

«Περίμενε να το μάθει αυτό η Ρέητσελ», μουρμούρισε στον εαυτό του.

Επισκεύασε γρήγορα την πόρτα και έφυγε, πριν η Λόλα αποφασίσει να βγει ξανά από την κρεβατοκάμαρα.

ΈΝΤΕΚΑ

Ο ΡΟΎΦΟΥΣ ΈΓΛΕΙΦΕ ΤΟ ΓΌΝΑΤΟ ΤΗΣ ΡΈΗΤΣΕΛ ΌΤΑΝ Ο ΤΖΟ ΜΠΉΚΕ ΣΤΟ ΓΡΑΦΕΊΟ ΤΗΣ. Αμέσως, το σκυλί σταμάτησε και πετάχτηκε πάνω στον Τζο.

«Κάτω, Ρούφους!» Ο Τζο απομάκρυνε τις πατούσες του σκύλου από το στήθος του και τον άφησε να πέσει στο πάτωμα. «Καλό σκυλί. Κάτω, μπράβο.»

«Θα χρειαστεί χρόνος για να ξεχάσει αυτή τη συνήθεια,» είπε η Ρέητσελ.

«Το βλέπω.»

«Τι έγινε με τους Ρότζερς, καθάρισαν το διαμέρισμα;»

«Όχι ακριβώς. Μόλις τελείωσα την επισκευή της εξώπορτας.»

Η Ρέητσελ, γύρισε, επικεντρώνοντας την προσοχή της στον Τζο. «Τι έπαθε η πόρτα;»

«Ο Μαρκ την έσπασε, αφού την κοπανούσε

δυνατά. Τον έπιασα στα πράσα και τον σταμάτησα πριν κάνει μεγαλύτερη ζημιά», είπε ο Τζο, και κάθισε σε μια καρέκλα απέναντι από την Ρέητσελ.

Η Ρέητσελ τον κοίταξε ερωτηματικά. «Δεν είναι λογικό αυτό.» Είχε διαλέξει να φορέσει μια τυρκουάζ μπλούζα, η οποία της τόνιζε τα μπλε μάτια της. Η Ρέητσελ ήξερε ότι στον άντρα της άρεσε να φοράει μπλε. Ήταν σίγουρη πως το πρόσεξε.

«Είναι, αν δεις το διαμέρισμα. Καυγάδισαν και το μέρος είναι πάλι διαλυμένο. Ή, είναι ακόμα. Βάζω στοίχημα ότι δεν καθαρίστηκε ποτέ μετά τον τελευταίο καυγά.» Σήκωσε τους ώμους.

«Δεν μπορώ να επιτρέψω να γίνεται άλλο αυτό. Αν δεν γίνει κάτι, αυτός ο άντρας θα την σκοτώσει.»

«Πάντως, μην περιμένεις να κάνει κάτι η Λόλα. Έχει ένα μαυρισμένο μάτι και πρησμένα χείλη.»

Έδειξε προς το μίνι ψυγείο για να δηλώσει ότι θέλει ένα μπουκάλι νερό. «Ο Μαρκ είχε ματωμένη μύτη. Θα πρέπει να τον χτύπησε γερά επειδή έφτυνε αίμα. Είπε ότι έχασε ένα δόντι.»

«Η κατάσταση έχει ξεφύγει από τον έλεγχο. Πρέπει να αφήσει αυτόν τον ηλίθιο και να πάει σε ένα καταφύγιο,» είπε η Ρέητσελ, δίνοντας ένα μπουκάλι νερό στον Τζο και ανοίγοντας άλλο ένα για κείνη.

«Ναι, αυτό της πρότεινα κι εγώ, αλλά εκείνη λέει ότι τον αγαπάει. Δεν πρόκειται να πάει πουθενά.» Ο Τζο ήπιε μια μεγάλη δόση νερού.

«Πρέπει να ενημερώσω τους Μόργκαν για τους νοικάρηδές τους. Πιθανόν, δεν έχουν ιδέα για το τι συμβαίνει εκεί.»

«Ό,τι νομίζεις εσύ καλύτερο.»

«Και λες ότι το διαμέρισμα είναι χάλια – ξανά;»

«Ή δεν καθαρίστηκε ποτέ. Τι να πω, είναι όμως χάλια.»

Η Ρέητσελ πήρε τον τηλεφωνικό κατάλογο. «Θα τηλεφωνήσω στους Μόργκαν. Αρκετά πια. Πρέπει να κάνουν έξωση στους νοικάρηδές τους.»

«Πέρασα κι από το διαμέρισμα της Ένιδας, αλλά δεν υπάρχει καμία κίνηση εκεί. Κανένας αστυνόμος εν όψη.»

«Ο Ντετέκτιβ Φρανς θα με ενημερώσει αν συμβεί κάτι.» Η Ρέητσελ κοίταξε τον άντρα της. Ήταν το στήριγμά της, πάντα ήρεμος και σταθερός όταν εκείνη ήταν στα πρόθυρα κατάπτωσης. «Καημένη Ένιδα.»

«Θα γίνει κηδεία;» Ρώτησε η Ολίβια, καθώς σκούπιζε τα μάτια της προσεχτικά με ένα χαρτομάντηλο για να μη χαλάσει τη μάσκαρα.

«Απ' όσο ξέρω, ναι. Δεν έχω μιλήσει κατευθείαν με την μεγαλύτερη κόρη της, αλλά ο ντετέκτιβ Φρανς έδωσε την άδεια στην οικογένεια να τα φροντίσει αυτά τα πράγματα,» είπε η Ρέητσελ, πίνοντας άλλη μια γουλιά από το παγωμένο τσάι της και παίρνοντας ένα μπισκότο. «Τα παιδιά της είναι σκορπισμένα τριγύρω και ο πρώην άντρας της έχει πεθάνει. Το μόνο παιδί στην Φλόριντα είναι η Μαργαρίτα, αλλά είναι στο Μαϊάμι. Είναι δύσκολο για κείνη να κανονίσει κάτι από εκεί.»

«Δεν μπορώ να καταλάβω ποιος την σκότωσε,» είπε η Τία, που το συνηθισμένο κίτρινο τοπ που φορούσε ερχόταν σε αντίθεση με το σκούρο δέρμα και τα μαύρα μαλλιά της. «Ήταν καλός άνθρωπος, αγαπούσε τα ζώα. Γιατί να της κάνει κάποιος κάτι τέτοιο;»

«Δεν έχω απάντηση. Το μόνο που ξέρω είναι, ότι υπάρχουν ψυχασθενείς εκεί έξω που τους αρέσει να κάνουν κακό σε ανθρώπους,» είπε η Ρέητσελ. «Αυτές τις τελευταίες μέρες για μένα ήταν σκέτη κόλαση. Είμαι εντελώς εξουθενωμένη.»

Η Ολίβια σήκωσε το ποτήρι της και γέλασε στη σερβιτόρα, την στιγμή που κοιτούσε από το μπαρ. «Εσύ βρήκες το πτώμα. Καταλαβαίνω γιατί είσαι αναστατωμένη.»

«Αναστατωμένη; Υπήρχε αίμα στον τοίχο. Έσταζε μέχρι κάτω. Ο μπάσταρδος, της έκοψε το λαιμό!» Είπε η Ρέητσελ. «Υπήρχε αίμα παντού. Ήταν ό,τι πιο τρομερό έχω δει ποτέ. Φυσικά και είμαι αναστατωμένη.» Το πρόσωπο της Ρέητσελ έγινε ίδιο με την κόκκινη μπλούζα που φορούσε.

Η Ολίβια και η Τία αντάλλαξαν ματιές ανησυχίας. Σε μια προσπάθεια να οδηγήσει την κουβέντα αλλού η Τία είπε, «Και το καταφύγιο; Ήταν της Ένιδας. Τι θα γίνει με αυτό;»

«Δεν ξέρω. Μάλλον θα έκανε διαθήκη και θα το κανόνισε, θέλω να πιστεύω.» είπε η Ρέητσελ. «Το καταφύγιο ήταν πολύ σημαντικό για κείνη ώστε να μην το έχει φροντίσει.»

Η Ολίβια, πήρε το δροσερό, παγωμένο τσάι της από την σερβιτόρα, ήπιε μια γουλιά και άφησε το ποτήρι κάτω. «Τι γνωρίζεις για τον άντρα που διαχειρίζεται το καταφύγιο;»

«Για να δούμε, τον λένε Χόρχε Μπενίτεζ. Είναι

σαράντα ετών, νομίζω. Φαίνεται καλό όμως,» είπε η Ρέητσελ, ψάχνοντας στην τσάντα της για το ανεμιστιράκι της. «Φροντίζει πολύ καλά το καταφύγιο. Η Ένιδα τον θεωρούσε σπουδαίο, αλλιώς δεν θα του εμπιστευόταν τα ζώα.»

«Πρέπει να είναι καλός άνθρωπος,» συμφώνησε η Ολίβια. «Μάλλον θα αναστατώθηκε με αυτή την κατάσταση.»

Μια σκιά έπεσε πάνω από το τραπέζι καθώς ένας άντρας τις πλησίασε. Οι τρεις γυναίκες σήκωσαν το βλέμμα και είδαν τον Άλφρεντ.

«Γεια σας, κυρίες μου,» είπε με μαλακή φωνή.

«Γεια σου, Άλφρεντ. Πώς είσαι;» Ρώτησε η Ρέητσελ, κάνοντας αέρα στον εαυτό της.

«Θαυμάσια, απλώς υπέροχα.» ο ηλικιωμένος άντρας έπαιζε τα δάχτυλα μέσα στην τσέπη του σα να έψαχνε κάτι. «Εσείς, κυρίες μου, φαίνεται ότι περνάτε όμορφα.»

«Ναι, πράγματι,» είπε η Ολίβια.

Ο Άλφρεντ τις κοίταζε μία-μία. Δεν ήταν ξεκάθαρο ακόμα για το τι γύρευε. Μήπως περίμενε να του πουν να καθίσει μαζί τους;

«Τρομερό γεγονός η δολοφονία εκείνης της γυναίκας,» είπε επιτέλους ο ‘Αλφρεντ. «Ελπίζω να μην έχουμε έναν κατά συρροή δολοφόνο στην περιοχή μας.»

«Δεν θ’ ανησυχούσα γι’ αυτό, Άλφρεντ,» είπε η Ρέητσελ. «Δεν έχουμε κάποια ένδειξη προς τα εκεί. Είμαι σίγουρη πως είσαι ασφαλής στο διαμέρισμά σου.»

Ο Άλφρεντ, γέλασε νευρικά και απάντησε. «Καλά, αφού το λες εσύ, σε πιστεύω.»

«Όλα θα πάνε καλά, Άλφρεντ,» τον διαβεβαίωσε η Τία.

«Εντάξει, κυρίες μου, να έχετε ένα όμορφο απόγευμα.» Ο Άλφρεντ απομακρύνθηκε από το τραπέζι, φανερά ικανοποιημένος για την ασφάλειά του.

«Γεια, Άλφρεντ,» του είπε η κάθε μία.

«Λοιπόν. Πάω στην τουαλέτα,» είπε η Ολίβια, και σηκώθηκε από την καρέκλα. Η Ρέητσελ και η Τία γελούσαν καθώς εκείνη πήγαινε προς τις τουαλέτες, βάζοντας τα δυνατά της να φανεί κυρία.

«Αναρωτιέμαι πώς να πήγε το ραντεβού της Ολίβια,» είπε η Τία.

«Θα την ρωτήσουμε όταν γυρίσει.» Η Ρέητσελ, ρούφηξε το τσάι της ήσυχα, καθισμένη στην καρέκλα. «Μου αρέσουν πολύ αυτές οι συναντήσεις που κάνουμε. Με βοηθάει να παίρνω δυνάμεις όταν είμαι με τις δυο σας.» Κάποτε είμασταν τρεις, σκέφτηκε η Ρέητσελ.

Η Ολίβια επέστρεψε στο τραπέζι.

Η Ρέητσελ, κοίταξε την Ολίβια στα μάτια. «Λοιπόν, θέλουμε και οι δυο να μάθουμε πώς πήγε το ραντεβού σου.»

«Μια χαρά.» Είπε η Ολίβια, προσαρμόζοντας την πλάτη της στην καρέκλα.

«Ααα, έλα, πες μας περισσότερα,» είπε η Ρέητσελ. «Δεν μπορείς να μας λες μόνο «μια χαρά»».

«Να, ήταν τζέντλεμαν...»

«Βα-ρε-τός,» είπε η Ρέητσελ.

«Δεν ήταν βαρετός. Έδειχνε σεβασμό.» Η Ολίβια, χαμογέλασε ελαφρά. «Και όμορφος, επίσης, ακριβώς όπως στη φωτογραφία. Φάνηκε να του άρεσα κι εμένα μου αρέσει εκείνος.»

«Θα ξαναβγείτε;» Ρώτησε η Τία.

«Ναι.»

«Πότε;» Ρώτησε η Ρέητσελ.

«Όταν γυρίσει από το ταξίδι του.»

«Η συνηθισμένη ιστορία,» είπε η Ρέητσελ, ανεμίζοντας το ανεμιστηράκι της.

«Όχι, ακριβώς. Έχει ένα ιατρικό συμβούλιο στο Σακραμέντο. Θα λείψει για μια εβδομάδα.» Η Ολίβια συνέχισε να χαμογελάει, εμφανώς ευτυχισμένη. «Όταν επιστρέψει, ο φίλος ο γιατρός θα μου τηλεφωνήσει και θα ξαναβγούμε για δείπνο. Ιταλικό αυτή τη φορά. Του αρέσει το ιταλικό φαγητό.»

Τα μάτια της Ρέητσελ ζάρωσαν καθώς χαμογέλασε στη φίλη της. Ελπίζω να σου πάνε όλα καλά. Αλήθεια.»

«Θα περιμένουμε και θα δούμε,» είπε η Ολίβια, και μετά, κατέβασε τα μάτια της, καθώς τα μάγουλά της κοκκίνησαν.

«Μια πρόποση για μια όμορφη σχέση!» Είπε η Τία, σηκώνοντας το ποτήρι της.

«Εις Υγείαν!»

Η Ρέητσελ μπήκε στο διαμέρισμα, νιώθοντας λιγάκι λυπημένη. Προσπαθούσε να κάνει ησυχία, γιατί παρόλο που είχε γυρίσει νωρίς, ήταν σίγουρη ότι ο Τζο ήδη κοιμόταν. Πάτησε προσεχτικά πάνω στο χαλί, που είχε σκοντάψει τις προάλλες, δεν ήθελε να πέσει πάλι και να ξυπνήσει τον άντρα της από τον βαθύ του ύπνο.

Όμως η Ρέητσελ δεν είχε σκεφτεί τον Ρούφους. Ο σκύλος είχε άλλες ιδέες.

Μια γιγάντια, κίτρινη μπάλα πήδησε πάνω της, θέλοντας να χαιρετήσει την Ρέητσελ. Εκείνη, έπεσε στο πάτωμα κάνοντας δυνατό θόρυβο, ακολουθούμενος από βογγητό. Σαλιάρικα φιλιά γέμιζαν κάθε της εκτεθειμένο δέρμα, και ειδικά, το πρόσωπό της, καθώς ο Ρούφους διασκέλιζε το σώμα της Ρέητσελ.

«Ωωω...άσε με ήσυχη, Ρούφους!» φώναξε, προσπαθώντας χωρίς επιτυχία, να σπρώξει τον σκύλο μακριά της. «Δεν μπορώ να ανασάνω! Βγάλε τη γλώσσα σου από τη μύτη μου!»

Η Ρέητσελ άκουγε τον Τζο να τρέχει για να την σώσει.

«Θα τον πάρω εγώ,» είπε ο Τζο, τραβώντας τον Ρούφους από το κολάρο του.

«Ααα, είμαι μούσκεμα!» Η Ρέητσελ κυλίστηκε και σηκώθηκε. «Αχ, τριχωτό, σαλιάρικο τέρας!» Κοιτούσε τον Ρούφους που κουνούσε την ουρά του και την κοίταζε με λατρεία.

«Λοιπόν, το διασκέδασες απόψε;» Ρώτησε ο Τζο.

«Αν εννοείς διασκέδαση, το να μιλάμε για τον θάνατο της Ένιδας και την επίθεση ενός τέρατος...»

Εκείνος χαμογέλασε. «Εντάξει, Ρούφους, μάλλον εσύ διασκέδασες απόψε. Πάμε πάλι στο κρεβάτι.» Ο Τζο οδήγησε τον σκύλο μακριά. «Η μαμά πρέπει να καθαριστεί.» Η Ρέητσελ ήταν σίγουρη πως τον άκουσε να γελάει μετά από αυτό το σχόλιο.

Μετά από ένα ντους, η Ρέητσελ, έπεσε στο κρεβάτι, έτοιμη να κοιμηθεί. Δεν θα συνέβαινε όμως αυτό. Έβγαλε τα ξεσπάσματα από πάνω της, ελπίζοντας ότι ο ανεμιστήρα του ταβανιού θα την δρόσιζε. Όμως, έτσι, κρύωσε, οπότε ξανατράβηξε τα σκεπάσματα πάνω της. Μετά από μερικά λεπτά, η

Ρέητσελ είχε ιδρώσει. Τελικά, ξεσκεπάστηκε κατά το ήμισυ, βγάζοντας το ένα χέρι και ένα πόδι εντελώς απ' έξω, ελπίζοντας ότι έτσι θα ήταν βολικό για το σώμα της. Και ήταν για λίγο, μέχρι που ξανακρύωσε. Αχ, *αυτές οι νύχτες...* Σιγά-σιγά, την πήρε ο ύπνος.

Δ΄ΩΔΕΚΑ

ΠΈΝΤΕ ΜΈΡΕΣ ΠΈΡΑΣΑΝ ΑΠΌ ΤΟΝ ΘΆΝΑΤΟ ΤΗΣ ΈΝΙΔΑΣ, όταν ο ντετέκτιβ Φρανς μπήκε στο γραφείο της Ρέητσελ, κάνοντάς την να εκπλαγεί.

Η Ρέητσελ σηκώθηκε για να τον χαιρετήσει πίσω από το γραφείο της. «Γεια σας, ντεντέκτιβ. Περάστε, καθίστε.» Μάλλον θα φαινόταν στον ντετέκτιβ σα να πήγαινε σε κηδεία επειδή φορούσε όλο μαύρα.

«Σας ευχαριστώ.» Κάθισε στην καρέκλα, και φαινόταν ότι είχε νέα να της πει. «Νομίζω ότι θα θέλατε να ξέετε πως η κόρη ης Ένιδας, ανέλαβε το πτώμα και πρόκειται να την αποτεφρώσει.»

«Αλήθεια;»

«Πιστεύω πως είχε να κάνει με τα οικονομικά. Και την διαθήκη της Ένιδας.»

«Ααα, ώστε είχε κάνει διαθήκη... σκέφτηκα ότι θα είχε κάνει,» είπε η Ρέητσελ, κουνώντας το κεφάλι. «Θα ήθελα κάποιος να φροντίσει το καταφύγιό της όταν θα πέθαινε.»

«Ναι, απ' ότι φαίνεται, όλα τα χρήματα που άφησε στην διαθήκη της καθώς και η ασφάλεια, πηγαίνουν στο καταφύγιο. Άφησε κάποια χρήματα για την κηδεία της, αλλά δεδομένου των εξόδων, η κόρη σκέφτηκε ότι ήταν καλύτερα να την αποτεφρώσει,» είπε ο Φρανς.

«Κατάλαβα.»

«Η κόρη της έχει τις πληροφορίες που χρειάζεται για να επικοινωνήσει μαζί σας. Σκέφτηκα ότι θα θέλατε να τις έχει, αφού ήσασταν η καλύτερη φίλη της μητέρας της.»

«Ναι, σας ευχαριστώ. Το μόνο που ήξερα ήταν το όνομά της, Μαργαρίτα, και πως ζούσε στο Μαϊάμι. Δεν την γνώρισα ποτέ,» είπε η Ρέητσελ. «Θα ήθελα σίγουρα να παρευρεθώ σε όποιο μνημόσυνο σχεδιάσει.»

«Δεν είπε τίποτα πάνω σε αυτό, αλλά αν θέλετε να της τηλεφωνήσετε, ορίστε το τηλέφωνο της Μαργαρίτας,» είπε ο Φρανς, δίνοντας ένα φύλλο χαρτί στην Ρέητσελ. «Και ευχαριστώ εσάς και τον Τζο για την κατάθεση που δώσατε. Πρέπει να καταλάβετε πως έπρεπε να σας πάρουμε τα αποτυπώματα, για να σας αποκλείσουμε από υπόπτους.»

«Δεν πειράζει. Καταλαβαίνουμε. Σας ευχαριστώ για τον αριθμό της Μαργαρίτας. Θα της τηλεφωνήσω οπωσδήποτε.» Η Ρέητσελ έβαλε το χαρτί στο πάνω συρτάρι τους γραφείου. «Κανένα νέο για την έρευνα;»

«Όχι πολλά. Σκεφτήκαμε πως γνώριζε τον δολοφόνο και πως η ίδια τον άφησε να μπει στο κτήριο επειδή δεν υπήρχαν ίχνη διάρρηξης στο διαμέρισμά της. Τα μόνα αποτυπώματα που βρήκαμε ήταν τα δικά της και τα δικά σας. Και κάποιες μουτζούρες πάνω στο μάνδαλο, που πιθανών να είναι δικά σας. Υποθέτουμε, πως ο επισκέπτης, θα ήταν φίλος, γιατί βρήκαμε δυο ποτήρια με κρασί, αλλά δεν βρήκαμε ίχνη Ντι-Εν-Ει ώστε να επιβεβαιώσουμε κάποια ταυτότητα, αφού τα ποτήρια ήταν σπασμένα και μολυσμένα από τα ζώα.»

«Μμμ...ώστε γνώριζε αυτό το άτομο...» Η Ρέητσελ το βρήκε ενδιαφέρον αυτό.

«Ξέρετε κάποιον που θα την είχε επισκεφτεί στο διαμέρισμά της; Εκτός από σας.»

«Όχι ακριβώς. Κι εγώ, είχα να ανέβω εκεί πάνω, μερικούς μήνες.» Η Ρέητσελ φερόταν κάπως ένοχα στον ντετέκτιβ. «Από τη στιγμή που είμαι η διαχειρίστρια, μερικές φορές αποφεύγω διάφορα. Η Ένιδα κρατούσε ζώα εκεί πάνω κι εγώ αγνοούσα τον αριθμό ή αν παραβίαζε τους κανόνες. Ήταν φίλη μου και δεν ήθελα να δημιουργήσω πρόβλημα μαζί της.»

«Καταλαβαίνω. Υπάρχει κάποιος στην πολυκατοικία που να είχανε φιλίες;»

«Εκτός από εμένα, είχε άλλες δυο φίλες, την Ολίβια Τζόνσον και την Τία Πατέλ. όμως καμιά από αυτές δεν την δολοφόνησε. Η Ολίβια είναι καθηγήτρια και η Τία είναι γιατρός.» Η Ρέητσελ άπλωσε το χέρι της στο μίνι ψυγείο πίσω της, άνοιξε την πόρτα και έβγαλε ένα μπουκάλι νερό. «Θα θέλατε λίγο νερό;»

«Ναι, παρακαλώ.» Εκείνος δέχτηκε το νερό και έστριψε το καπάκι. «Σας ευχαριστώ.»

«Και οι δυο γυναίκες λάτρευαν την Ένιδα.» Η Ρέητσελ έβγαλε ένα μπουκάλι και για την ίδια και με έκπληξη είδε πως ήταν το τελευταίο. «Παρόλα αυτά, ήξερε κάποιους που ζουν εδώ στο κτήριο. Όμως, πολλοί από αυτούς είναι ηλικιωμένοι, δεν θα μπορούσαν εκείνοι να διαπράξουν ένα τόσο τρομερό έγκλημα, όπως τη σκηνή που είδα.»

«Δεν είναι όμως *όλοι* εδώ ηλικιωμένοι, σωστά;» Ο Φρανς, έβαλε το μπουκάλι με το νερό στα χείλη του.

«Όχι, θα πρέπει να είσαι πάνω από πενήντα ετών για να μένεις εδώ,» απάντησε η Ρέητσελ.

«Μπορείτε να σκεφτείτε κάποιον νεότερο, που θα μπορούσε να διαπράξει ένα τέτοιο έγκλημα;»

«Ναι, μπορώ. Τον Μαρκ Ρότζερς.» Δεν δίστασε να δώσει πληροφορίες για το ζευγάρι που καυγάδιζε συνέχεια. «Είναι ιδιοκτήτης ενός καταστήματος με ποδήλατα και κακοποιεί τη γυναίκα του καθημερινά. Θα ενημερώσω τους ιδιοκτήτες που νοικιάζουν το διαμέρισμα στο ζευγάρι να τους κάνουν έξωση.»

«Θα ήθελα να το καθυστερήσετε αυτό προς το παρών μέχρι να τελειώσει η έρευνα. Σε ποιο διαμέρισμα μένει;» Ο Φρανς έβγαλε το σημειωματάριό του.

«Όγδοος όροφος, διαμέρισμα 809.»

«Ακριβώς δίπλα από το διαμέρισμα του θύματος; Ωραία, θα σας ενημερώσω αν μάθω τίποτα ενδιαφέρον από εκείνον που θα έπρεπε να σας ενδιαφέρει,» είπε, και σηκώθηκε.

«Θα το εκτιμούσα», είπε η Ρέητσελ.

«θα ανέβω τώρα να δω αν ο Μαρκ είναι σπίτι», είπε ο ντεντέκτιβ Φρανς.

«Ευχαριστώ για τις πληροφορίες.» Σηκώθηκε και η Ρέητσελ καθώς ο ντεντέκτιβ πήγαινε προς την πόρτα και βγήκε από το γραφείο. Πάτησε το κουμπί του ασανσέρ για κείνον για να μπει μέσα. Μετά, πήγε στο διαμέρισμά της για να πάρει κι άλλο νερό για το μίνι ψυγείο της.

Ο ντεντέκτιβ Φρανς έβγαλε το κινητό που χτυπούσε από την τσέπη του όσο ήταν μέσα στο ασανσέρ, και κατευθυνόταν για τον όγδοο όροφο. Απάντησε στην κλήση με ένα γρήγορα «Ναι.»

«Γεια σου, γλυκέ μου,» είπε μια γλυκιά φωνή. «λέω να μαγειρέψω μακαρόνια για απόψε και ίσως να φτιάξω κι ένα σπέσιαλ επιδόρπιο.»

Εκείνος γέλασε. «Εντάξει, μια χαρά ακούγεται. Θα είμαι σπίτι κατά τις έξι.»

«Ωραία! Τότε ξέρω πότε να φτιάξω τα κεφτεδάκια.»

«Σ' αγαπώ», είπε εκείνος.

«Σ' αγαπώ», είπε εκείνη.

Βγήκε από το ασανσέρ, συνέχισε προς τον διάδρομο και στάθηκε μπροστά από την πόρτα του διαμερίσματος 809. Πριν χτυπήσει, άκουσε μια γυναίκα να ουρλιάζει. Ακολούθησαν πνιγμένοι ή σιωπηλοί ήχοι, δεν ήταν σίγουρος. Με την αδρεναλίνη του να ανεβαίνει ξαφνικά, ο Φρανς δοκίμασε την πόρτα. Βρίσκοντάς την ξεκλείδωτη, την έσπρωξε προς τα μέσα καθώς φώναξε, "Αστυνομία!"

Η θεά ήταν ξεκάθαρη, μπαίνοντας στο διαμέρισμα, έβλεπε κατευθείαν στο μπαλκόνι. Ο Φρανς είδε τον Μαρκ να προσπαθεί να πνίξει τη γυναίκα του με τα χέρια. Εκείνη ήταν μισολυγισμένη προς τα πίσω πάνω από τα κάγκελα του μπαλκονιού. Κινήθηκε βιαστικά προς το μπαλκόνι, σκοντάφτοντας και πηδώντας πάνω από εμπόδια που υπήρχαν στο σαλόνι και την τραπεζαρία, μην όντας σίγουρος για το αν ο άντρας προσπαθούσε να πνίξει τη γυναίκα του ή να την πετάξει από τα κάγκελα.

Η Λόλα άρχισε να παλεύει με περισσότερη δύναμη μέσα στα χέρια του Μαρκ. Ήταν πλέον προφανές ότι ο Μαρκ προσπαθούσε να πετάξει τη γυναίκα του από τα κάγκελα, επειδή άφησε τον λαιμό της και άρπαξε με τα χέρια του το σορτς της, προσπαθώντας να την σηκώσει. Η Λόλα έμπηξε τα νύχια της στο πρόσωπό του και ούρλιαξε δυνατά, ο ήχος του ουρλιαχτού ακούστηκε σαν σειρήνα που έσκιζε τον αέρα.

Τώρα στο μπαλκόνι, ο Φρανς έβαλε το ένα του χέρι γύρω από τον λαιμό του Μαρκ, κάνοντάς τον να χάσει την ισορροπία του. Με το άλλο του χέρι, άρπαξε την Λόλα, την έφερε προς το μέρος του και μετά στο πλάι. Ήταν πια ασφαλής πάνω στο μπαλκόνι. Όταν ο Μαρκ ξαναβρήκε την στάση του, φαινόταν μπερδεμένος και δεν αντιστάθηκε στον ντεντέκτιβ καθώς εκείνος του είχε πάρει εντελώς τον έλεγχο σωματικά. Ο Φρανς, τράβηξε τα χέρια του Μαρκ πίσω και του έβαλε τις χειροπέδες.

«Εντάξει, η διασκέδαση τέλος. Θα πας φυλακή,» είπε ο Φρανς, κατευθύνοντας τον Μαρκ προς την εξώπορτα, πηδώντας πάλι πάνω από τα εμπόδια.

Έριξε μια ματιά στην Λόλα πίσω του, η οποία ήταν ακόμα πεσμένη στο πάτωμα του μπαλκονιού. Μόλις που ήταν έτοιμος να της πει κάτι, εκείνη άρχισε να του φωνάζει.

«Ωωω, όχι, τι συμβαίνει;» είπε κλαίγοντας η Λόλα. Σηκώθηκε από το πάτωμα του μπαλκονιού και με γρήγορους διασκελισμούς βρέθηκε δίπλα στους δυο άντρες καθώς έβγαινα από την πόρτα. «Δεν μπορείτε να τον πάρετε!»

Ο ντεντέκτιβ έριξε μια πλάγια ματιά στην Λόλα, καθώς συνέχισε να οδηγεί τον άντρα μπροστά. Εκείνη άρχισε να ουρλιάζει βρίζοντας και χτυπώντας τον Φρανς με τις γροθιές της. Τα περισσότερα χτυπήματα ήταν στα μπράτσα του, κι άλλα στην πλάτη του.

«Κυρία μου, αν δεν σταματήσετε, θα σας συλλάβω», είπε.

«Σταμάτα! Είναι ο άντρας μου!» Συνέχισε να χτυπάει τον ντεντέκτιβ.

«Είσαι τρελή, κυρά μου,» είπε ο Φρανς, πιέζοντας το κουμπί στο κολάρο τους καλώντας για ενισχύσεις, ενώ ταυτόχρονα κλωτσούσε τη Λόλα στο πόδι. Η Λόλα χτύπησε στον τοίχο. «Μείνε εκεί! Μην κουνηθείς!»

Όταν το κέντρο απάντησε, ο Φρανς ζήτησε ενισχύσεις για περίπτωση κακοποίησης και έκλεισε. Κοίταξε την Λόλα, που είχε παγώσει πάνω στον τοίχο, κυλώντας προς τα κάτω έως ότου έφτασε στα τακούνια της.

«Κάθισε» πρόσταξε τον Μαρκ, ρίχνοντάς τον σε μια σχισμένη, μπεζ πολυθρόνα που ήταν ποτισμένη με κηλίδες αίματος από τους προηγούμενους καυγάδες τους. «Μην κουνηθείς.»

Ο Φρανς γύρισε προς τη Λόλα, που τώρα ήταν πεσμένη στο πάτωμα. Έβγαλε ένα ζευγάρι χειροπέδες, πήρε το χέρι της Λόλας, τη σήκωσε και μετά έβαλε τις χειροπέδες στους καρπούς της.

«Ικανοποιήθηκες τώρα;» ρώτησε ο Φρανς.

Βλέποντας τη γυναίκα του δεμένη, έκανε τον Μαρκ να τρελαθεί. Πετάχτηκε από την καρέκλα και κλώτσησε τον Φρανς στην πλάτη. Ο ντεντέκτιβ στριφογύρισε και οι δυο άντρες έπεσαν στο πάτωμα, πάνω στο χαλί, ανάμεσα στα σπασμένα γυαλιά και το φαγητό. Καθ' όλη τη διάρκεια αυτή, η Λόλα ούρλιαζε, «Δολοφόνε». Αν δεν είχε φωνάξει ήδη για ενισχύσεις, οι γείτονες σίγουρα θα είχαν καλέσει την αστυνομία.

Ο Φρανς, κατάφερε τελικά, να ακινητοποιήσει τον Μαρκ, καθισμένος στο στήθος του. Κοίταξε τη Λόλα που στεκόταν προσοχή με την πλάτη πάνω στον τοίχο. Πέρασαν μόλις λίγα λεπτά, μέχρι να έρθουν οι ενισχύσεις. Έξι, μεγαλόσωμοι άντρες και μία απίστευτη γυναίκα μπήκαν στο διαμέρισμα, μαζεύοντας τον Φρανς και τον Μαρκ.

«Συλλάβετε αυτούς τους δυο.» Σηκώνεται από το σώμα του Μαρκ και τον δείχνει. «Εκείνον για απόπειρα δολοφονίας, οικογενειακή βία, και επίθεση σε αστυνομικό όργανο.» Δείχνοντας τώρα στην Λόλα, συνέχισε. «Εκείνη, για επίθεση σε αστυνομικό όργανο.»

Ο Φρανς βγήκε από το διαμέρισμα, ρυθμίζοντας τους ώμους του καθώς πήγαινε για το ασανσέρ.

Τότε συνειδητοποίησε ότι είχε πιάσει και ο ίδιος τη μυρωδιά του διαμερίσματος των Ρότζερ. Βγήκαν άλλοι δύο αστυνόμοι. Σκοπός του ήταν να δώσει μια γρήγορα αναφορά και να πάει σπίτι να κάνει ένα ντους και να φάει μακαρόνια.

Και γλυκό.

ΔΕΚΑΤΡΊΑ

Η ΠΗΝΕΛΌΠΗ ΉΤΑΝ Η ΠΡΏΤΗ ΠΟΥ ΜΠΉΚΕ ΣΤΟ ΓΡΑΦΕΊΟ ΤΗΣ ΡΈΗΤΣΕΛ ΤΟ ΕΠΌΜΕΝΟ ΠΡΩΊ, πριν καλά-καλά προλάβει η Ρέητσελ να καθίσει.

«Είδα την αστυνομία να παίρνει τον Μαρκ με χειροπέδες, και την Λόλα επίσης. Τι έγινε;»

Η Ρέητσελ, σκεφτόταν τι να πει στη γυναίκα. Δεν ήθελε όλη η πολυκατοικία να κουτσομπολεύει τον Μαρκ και την Λόλα.

«Είναι δύσκολο να πω ακόμα. Δεν έχω όλες τις λεπτομέρειες.» Η Ρέητσελ ήλπιζε πως η απάντησή της θα ικανοποιούσε τη γυναίκα.

«Άκουσα την Λόλα να φωνάζει λεα και κάποιος της έκοβε τα δάχτυλα», είπε η Πηνελόπη. «Ήταν τρομερό. Λες ο Μαρκ να της έκοβε τα δάχτυλα;»

«Πολύ αμφιβάλλω. Έλαβα πολλά τηλεφωνήματα για τον θόρυβο,» είπε η Ρέητσελ, πατώντας το κουμπί της καφεμηχανής, που ήταν πάνω στο μίνι ψυγείο. Της χρειαζόταν λίγη καφεΐνη τώρα.

«Αυτός δεν ήταν απλός θόρυβος. Η Λόλα ούρλιαζε με όλη τη δύναμη των πνευμόνων της. Ξέρεις πώς φωνάζουν τα παιδιά όταν παίζουν; Κάπως έτσι ήταν. Σου έπαιρνε τα αφτιά. Ξέρω πως ο Μαρκ προσπαθούσε να την σκοτώσει.» Είπε η Πηνελόπη με σιγουριά.

«Ας αφήσουμε την αστυνομία να το αποφασίσει αυτό. Ας μην αρχίσουμε να λέμε εδώ κι εκεί πράγματα που δεν είμαστε σίγουρες.» Η Ρέητσελ σήκωσε τα φρύδια της για να σηματοδοτήσει τη σοβαρότητα της κατάστασης.

«Μα φυσικά. Είδα τον Μαρκ στο μπαλκόνι,» είπε η Πηνελόπη, αποφασισμένη να καθίσει και να συνεχίσει την ιστορία της. «Κόντεψε να πνίξει την Λόλα όταν έφτασε ο ντεντέκτιβ. Ξέρω πως ο Μαρκ σκόπευε να πετάξει την Λόλα από το μπαλκόνι, αλλά ο ντεντέκτιβ του χάλασε τα σχέδια.»

Η Ρέητσελ κοίταξε την Πηνελόπη μην πιστεύοντας όσα άκουγε. Μα τι τρέχει με αυτόν τον άνθρωπο;

«Αν δεν είχες φτάσει ο ντεντέκτιβ, τώρα τα μυαλά της θα ήταν πεταμένα παντού στο πεζοδρόμιο», είπε η Πηνελόπη. «Έβαλε χειροπέδες στον Μαρκ, όπως στην τηλεόραση. Τα είδα όλα από το μπαλκόνι μου.»

Η Ρέητσελ ήταν σίγουρη πως η Πηνελόπη είχε δει όλο το σκηνικό με λεπτομέρειες, αφού μένει δίπλα στο ζευγάρι και με ευχαρίστηση ανέφερε τις δραστηριότητες των Ρότζερ. Έχοντας δει να βάζουν χειροπέδες στον Μαρκ, δυστυχώς, θα το μετέφερε παντού σαν κουτσομπόλα που ήταν.

«Η Λόλα έσκουζε συνέχεια. Την άκουγα μέσα από τους τοίχους. Όμως, εξεπλάγην όταν είδα να την παίρνουν κι εκείνη δεμένη από το διαμέρισμα. Κρυφοκοίταξα από το ματάκι της πόρτας μου», είπε με ειλικρίνεια. «Γιατί λες να το έκαναν αυτό;» Η Πηνελόπη καθόταν στην άκρη της καρέκλας, κοιτάζοντας επίμονα την Ρέητσελ για απαντήσεις.

«Δεν ξέρω, καλή μου.» Δεν θα παραδεχόταν ότι ο Φρανς της τα είχε πει όλα για τον καυγά.

«Στοίχημα ότι αυτός σκότωσε την Ένιδα. Είναι βίαιος άνθρωπος αυτός ο Μαρκ,» είπε η Πηνελόπη με ένα καταφατικό γνέψιμο. Έσφιξε το πουλόβερ γύρω από το στήθος της.

«Αχ, σε παρακαλώ, μην αρχίσεις να λες σε όλους πως υποπτεύεσαι ότι σκότωσε την Ένιδα,» είπε η Ρέητσελ. «Δεν έχουμε αποδείξεις γι' αυτό.»

«Δεν θα πω λέξη αν δεν το θέλεις,» είπε η Πηνελόπη. «Όμως νομίζω ότι το έκανε αυτός».

«Άλλο οι σκέψεις και άλλο τα γεγονότα. Δεν ξέρω καν να είχαν κάποια σχέση ο Μαρκ και η Ένιδα – ή με την Λόλα, επίσης. Αυτό, μόνο εσύ το σκέφτεσαι.» Η Ρέητσελ κοίταξε την ηλικιωμένη γυναίκα. «Σε παρακαλώ', μην πεις τίποτα.»

«Το υπόσχομαι, Ρέητσελ. Θα είμαι τάφος.» Η Πηνελόπη σηκώθηκε να φύγει. «Όμως ξέρω ότι αυτός το έκανε.»

Η Ρέητσελ κοίταξε με οργή τη γυναίκα που βγήκε από το γραφείο της, σφίγγοντας το πουλόβερ της περισσότερο γύρω από τους ώμους της.

«Ωω, Θεέ μου...» μουρμούρησε η Ρέητσελ. «Ωραία άρχισε η μέρα.» Η μυρωδιά του καφέ ήταν αναζωογονητική, και τον ευχαριστήθηκε πολύ όταν πρόσθεσε τα τρία πακετάκια ζάχαρης, ως συνήθως, και πήρε την πρώτη γουλιά, την ηρέμησε λιγάκι.

Προσπάθησε να ριχτεί στη δουλειά, αλλά την βασάνιζε η ιδέα ότι η Ένιδα ίσως να δολοφονήθηκε από τον Μαρκ. Ήταν πιθανό;

«Μην είσαι τόσο σοβαρή», άκουσε μια αντρική φωνή να λέει, διακόπτοντας τις σκέψεις της.

Η Ρέητσελ σήκωσε το κεφάλι και είδε τον Τζο στην πόρτα.

«Έχω πολλά στο μυαλό μου», απάντησε εκείνη.

«Και τώρα τι συμβαίνει; Εμφανίστηκαν κι άλλα πτώματα;» Ο Τζο κάθισε απέναντι από την Ρέητσελ

«Δεν είναι ακριβώς αυτή η κατάλληλη ερώτηση.»

«Εντάξει, δεν είμαι καλός σε αυτά. Λοιπόν, τι έγινε;»

«Πριν λίγο ήταν εδώ η Πηνελόπη. Πιστεύει ότι ο Μαρκ δολοφόνησε την Ένιδα.» Η Ρέητσελ κοίταξε ερευνητικά τον άντρα της. «Είναι πιθανό αυτό;»

Πριν μιλήσει, μια ρυτίδα σχηματίστηκε στα μάτια του. «Όλα είναι πιθανά. Εμένα μου ακούγεται κάπως τρελό, αλλά ποιος ξέρει;»

«Δεν το πιστεύω και θέλω να διαδίδει τέτοια φριχτά κουτσομπολιά στην πολυκατοικία. Δεν χρειάζεται να ρίχνουμε λάδι στη φωτιά στην ήδη υπάρχουσα κατάσταση.» Είπε η Ρέητσελ.

«Συμφωνώ με αυτό. Όμως, είναι δυνατό», είπε ο Τζο. «Ποια ήταν η σχέση ανάμεσα στον Μαρκ και την Ένιδα;»

«Δεν ξέρω να είχαν κάποια σχέση, Τζο. Απ' ότι γνωρίζω, στην ουσία ήταν ξένοι.»

«Μμμ...δεν ξέρω τι να πω.»

«Έχουν ακόμα την ταινία εγκλήματος στο διαμέρισμα της Ένιδας;»

«Ναι.» Ο Τζο, προσαρμόστηκε στην καρέκλα του, προσπαθώντας να νιώσει πιο βολικά στην καρέκλα που είχε επιλέξει η Ρέητσελ. Δεν ήταν καθόλου βολική. Αλλά ίσως ήθελα να κάνει τον κόσμο να φεύγει πιο γρήγορα. «Με τους Ρότζερ; Υπάρχουν νέα;»

«Η Λόλα βγήκε, απ' ότι άκουσα. Όμως δεν θέλει να ασκήσει μήνυση ενάντια στον Μαρκ. Υποστηρίζει ότι δεν προσπαθούσε να την σκοτώσει, αλλά ότι είχαν ένα από τους συνήθεις καυγάδες τους. Έλα τώρα.» Η Ρέητσελ κούνησε τα μάτια της.

«Λοιπόν, τι κατηγορίες θα τους απαγγελθούν;» ρώτησε ο Τζο.

«Η Λόλα, νομίζω ότι θα τη γλιτώσει με μια επίθεση σε αστυνομικό. Αν δεν καταθέσει, δεν νομίζω ότι απαγγελθούν κατηγορίες για τον Μαρκ. Φαίνεται πως έχουν πολλές τέτοιες παρόμοιες υποθέσεις», είπε η Ρέητσελ, σηκώνοντας τους ώμους. «τουλάχιστον, έτσι υπέρθεσε ο ντεντέκτιβ Φρανς ότι θα γίνει.»

«Δηλαδή, πάλι θα τη γλιτώσει για την κακοποίηση» είπε ο Τζο και σηκώθηκε από την καρέκλα. «Και ίσως να είναι ένοχος και για τον θάνατο της Ένιδας.»

«Σταμάτα να το λες αυτό! Δεν το ξέρουμε,» είπε η Ρέητσελ.

«Είναι κακός τύπος. Γι' αυτό, ίσως...»

«Δεν το ξέρουμε. Δεν έχουμε αποδείξεις,» επέμενε η Ρέητσελ.

Ο Τζο κοίταξε τη γυναίκα του με ένα βλέμμα

που μαρτυρούσε τις σκέψεις του. Η Ρέητσελ ήξερε ότι πίστευε πως ο Μαρκ ήταν ένοχος. Για κάτι.

Η πόρτα του γραφείου άνοιξε. Η Ρέητσελ κοίταξε και είδε την Ρούμπι και την Λορέτα, δίπλα-δίπλα. Και οι δυο γυναίκες, αν και οι δύο ήταν κοκαλιάρες, δεν χωρούσαν να μπουν από την πόρτα ταυτόχρονα. Η μία έπρεπε να δώσει την πρωτιά στην άλλη. Η Ρούμπι έκανε πίσω και έσπρωξε την Λορέτα μπροστά.

«Οι ηλικιωμένες πριν τις όμορφες,» είπε η Ρούμπι με ένα χαμόγελο.

Με μια ανάποδη ματιά στην Ρούμπι, η Λορέτα μπήκε στο γραφείο. «Καλημέρα, Ρέητσελ.» Κάθισε στην καρέκλα πριν προλάβει η Ρούμπι. Η Ρούμπι στεκόταν όρθια κοιτάζοντας την Λορέτα.

«Τι μπορώ να κάνω για σας κυρίες, σήμερα;» Η Ρέητσελ πραγματικά, δεν ήθελε να ακούσει την απάντηση.

«Είμαστε εδώ γιατί καταλαβαίνουμε ότι η Λόλα παραλίγο να δολοφονηθεί εχτές,» είπε η Ρούμπι.

«Και ανησυχούμε, μήπως υπάρχει κάποια επιδημία εχθρικότητας ανάμεσά μας», είπε η Λορέτα, διπλώνοντας τα ελκυστικά χέρια της πάνω στην πράσινη φόρμα της. Η Ρέητσελ δεν μπορούσε να μην αναρωτηθεί αν είχε ποτέ φορέσει φόρεμα.

«Τι;»

«Δολοφονείται κόσμος εδώ,» είπε η Ρούμπι.

«Για ένα λεπτό. Μόνο ένα άτομο δολοφονήθηκε,» είπε η Ρέητσελ, συνειδητοποιώντας αμέσως ότι αυτή η δήλωση δεν ήταν σωστή.

«Ένα είναι αρκετό,» είπε η Λορέτα.

«Ένας δολοφόνος κυκλοφορεί ελεύθερος,» είπε η Ρούμπι.

«Η Λόλα δεν δολοφονήθηκε,» είπε η Ρέητσελ, με φωνή αγανακτισμένη. «Μία δολοφονία. Μία δολοφονία έγινε. Και ο δολοφόνος δεν κυκλοφορεί στην πολυκατοθικία μας δολοφονώντας γυναίκες. Δεν είναι αλήθεια αυτό.»

«Και τι κάνεις γι' αυτή την κατάσταση;» Ρώτησε η Ρούμπι.

«Ναι, Ρέητσελ, τι βήματα έκανες για να έχουμε την ασφάλειά μας;» Ρώτησε η Λορέτα, κοιτώντας επίμονα την Ρέητσελ καθώς περίμενε με ανυπομονησία μία ικανοποιητική απάντηση.

Η Ρέητσελ εξεπλάγην που αυτές οι δυο γυναίκες της μιλούσαν έτσι. Και το πιο εκπληκτικό, φαίνεται πως ήταν ενωμένες οι δυο τους. Δεν συμπαθούσαν καν η μία την άλλη! Ειδικά η Ρούμπι, αντιπαθούσε την Λορέτα, για λόγους άγνωστους προς την Ρέητσελ.

«Σας διαβεβαιώνω και τις δυο, πως το κτήριο είναι ασφαλές. Νομίζω πως δεν θα πείραζε αν έλεγα πως το άτομο που δολοφόνησε την Ένιδα, μάλλον της ήταν γνωστό. Φαίνεται πως εκείνη του άνοιξε και μπήκε στο διαμέρισμά της. Δεν υπάρχει ένδειξη διάρρηξης,» είπε η Ρέητσελ, πιάνοντας ένα δίλιτρο μπουκάλι νερό. «Ήταν ένα μεμονωμένο γεγονός.»

«Μα κάποιος πέθανε», είπε η Λορέτα.

«Το ξέρω αυτό. Η Ένιδα ήταν φίλη μου,» είπε η Ρέητσελ, αρχίζοντας να σπάει. «Νομίζετε ότι δε νιώθω άσχημα γι' αυτό; Σκέφτηκε κανείς τα συναισθήματά μου; Εσείς οι δυο κάνετε λες και εγώ δεν ήμουν εντάξει στα καθήκοντά μου και λόγω της αμέλειάς μου, δολοφονήθηκε κάποιος. Όμως δεν είναι έτσι τα πράγματα.»

Οι δυο γυναίκες παρέμεινε σιωπηλές για λίγο πριν μιλήσει η Ρούμπι.

«Συγνώμη, Ρέητσελ.Δεν σκέφτηκα τα συναισθήματά σου γι' αυτή την κατάσταση. Κάνεις πολύ καλή δουλειά εδώ.» Η Ρούμπι χαμήλωσε το βλέμμα της. Η Ρέητσελ πρόσεξε ότι τα νύχια της είχαν ένα γυαλιστερό πράσινο χρώμα.

«Ο κόσμος είναι αγχωμένος από την δολοφονία και τώρα, έζησε και η Λόλα ένα περιστατικό, αν και δεν δολοφονήθηκε. Είμαστε όλοι αναστατωμένοι,» είπε η Λορέτα.

«Η εχθρότητα ανάμεσα στην Λόλα και τον Μαρκ είναι ευρέως γνωστή. Όλοι μου τηλεφωνούν για να μου αναφέρουν τους καυγάδες τους κάθε φορά. Γιατί σας εκπλήσσει το γεγονός ότι συνελήφθησαν; Αν ο Μαρκ είχε καταφέρει να την ρίξει από το μπαλκόνι, θα σας έκανε τόση έκπληξη;» Είπε η Ρέητσελ, πίνοντας τον καφέ της, σε μια προσπάθεια να πάρει τον έλεγχο των συναισθημάτων της.

«Προσπάθησε να την σπρώξει από το μπαλκόνι;» Είπε η Ρούμπι. «Θεέ μου, είναι τρομερό!»

Η Ρέητσελ συνειδητοποίησε ότι άφησε κάτι να της ξεφύγει. «Σταθείτε, μην αρχίσετε τώρα να διαδίδετε αυτή την πληροφορία. Δεν έπρεπε να πω τίποτα, και πραγματικά, δεν αλλάζει το γεγονός ότι ήρθατε και οι δυο εδώ για να μου τα ψάλλετε,» είπε η Ρέητσελ. «Σας παρακαλώ, μην επαναλάβετε ό,τι είπα εγώ.»

«Εγώ μπορώ να είμαι διακριτική,» είπε η Λορέτα. Η Ρέητσε πίστευε πως η Λορέτα, επειδή ήταν πρώην ντεντέκτιβ, ήξε να κρατάει το στόμα της κλειστό.

«Κι εγώ,» είπε η Ρούμπι. Η Ρέητσελ αμφέβαλλε ότι η Ρούμπι ήξερε να είναι διακριτική. Ήταν η μεγαλύτερη κουτσομπόλα στο κτήριο.

«Είναι πολύ σημαντικό, κυρίες μου. Μην πείτε τίποτα σε κανέναν,» είπε η Ρέητσελ. «Και παρακαλώ, μην ανησυχείτε για την ασφάλειά σας.»

Η Λορέτα σηκώθηκε, και φάνηκε η διαφορά ύψους με την Ρούμπι. Όχι ότι η Ρούμπι ήταν κοντή. «Νιώθω καλύτερα τώρα που μιλήσαμε μαζί σου, Ρέητσελ.»

«Κι εγώ», είπε η Ρούμπι.

Οι δυο γυναίκες κινήθηκαν προς την πόρτα, αλλά η Ρούμπι σταμάτησε να κάνει άλλη μια ερώτηση.

«Ο Μαρκ και η Λόλα θα επιστρέψουν εδώ για να μείνουν;»

Η Ρέητσελ δεν το είχε καν σκεφτεί αυτό.

«Δεν ξέρω, μάλλον.»

Οι δυο γυναίκες, αντάλλαξαν βλέμματα.

«Θεέ μου,» είπε η Ρούμπι καθώς έβγαινε πρώτη από την πόρτα.

ΔΈΚΑ ΤΈΣΣΕΡΑ

ΟΙ ΤΡΕΙΣ ΓΥΝΑΊΚΕΣ ΚΆΘΙΣΑΝ ΣΤΟ ΤΡΑΠΈΖΙ ΤΟΥ ΚΛΑΜΠ. Ήταν καλυμμένο με δίσκους γλυκών. Ο σεφ δοκιμάζει νέες συνταγές και είχε αποφασίσει ότι η Ρέιτσελ και οι φίλες της ήταν τα τέλεια άτομα για να δοκιμάσουν τα επιδόρπιά του. Η Ρέιτσελ έπιασε ένα εκλαίρ και πήρε μια τεράστια μπουκιά. Ήταν νόστιμο, αλλά δεν της ανέβασε το ηθικό.

«Ποια έχει περισσότερο άγχος από μένα;» ρώτησε η Ρέιτσελ, σηκώνοντας το ποτήρι με το παγωμένο τσάι της στον αέρα. «Στοιχηματίζω, καμμιά.»

«Πες μας τα νέα, λοιπόν,» είπε η Ολίβια, παίρνοντας μια τάρτα κεράσι και πίνοντας από το ποτήρι της.

«Τα τελευταία νέα που έμαθα από τον ντεντέκτιβ Φρανς, ήταν ότι δεν είχε άλλα στοιχεία.»

«Τι;» ρώτησε η Τία. «Δολοφονήθηκε μια γυναίκα στο διαμέρισμά της και δεν μπορούν να βρουν αποδείξεις; Αυτό είναι τρελό.»

«Δεν υπήρχαν άλλα δαχτυλικά αποτυπώματα παρά μόνο της Ένιδας, του Τζο και τα δικά μου. Ωστόσο, υπήρχαν δυο χρησιμοποιημένα ποτήρια κρασιού, π[ου σημαίνει πως είχε παρέα, αλλά τα ποτήρια ήταν σπασμένα και μολυσμένα από τα ζώα». Η Ρέιτσελ αηδίασε καθώς έριχνε κι άλλη ζάχαρη στο τσάι της και το ανακάτευε με το καλαμάκι. «Άρα, η Ένιδα γνώριζε το άτομο που την σκότωσε. Του – ή της – άνοιξε η ίδια για να μπει στο διαμέρισμα.»

«Αυτό σημαίνει ότι ήταν ένα μεμονωμένο περιστατικό», συμπέρανε η Ολίβια. «Δεν έχουμε έναν δολοφόνο κατά συρροή στην πολυκατοικία μας. Αυτό είναι καλά νέα.»

«Πολύ σωστά, ήταν μεμονωμένο. Μακάρι ο κόσμος να μην τριγυρνάει διαδίδοντας φήμες για κάποιον κατά συρροή δολοφόνο.» Η Ρέιτσελ κάθισε ίσια στην καρέκλα, καλύπτοντας τα μπράτσα και με τα δυο της χέρια. «Το τί πέρασα από κείνες τις δυο κουτσομπόλες που τριγυρνάνε και μιλάνε για κατά συρροή δολοφόνο!»

«Άκουσα τις φήμες», είπε η Τία, πιάνοντας ένα μπισκότο. «Άκουσα επίσης, ότι ο Μαρκ σκότωσε τη Λόλα, όμως εγώ την είδα στο πλυντήριο, οπότε ήξερα ότι δεν είναι αλήθεια.»

«Ναι, άκουσα κάτι για τον Μαρκ και την Λόλα, ότι είχαν έναν μεγάλο καυγά και πως εκείνος είναι ο δολοφόνος της Ένιδας», είπε η Ολίβια.

«Ωωω, Θεούλη μου! Δεν είναι αλήθεια!» Η Ρέιτσελ χτύπησε τα μπράτσα της καρέκλας από αγανάκτηση. «Ελπίζω πως όταν γεράσω περισσότερο, θα έχω κάτι καλύτερο να κάνω από το να κουτσομπολεύω.»

«Μα, δεν συνέλαβαν τον Μαρκ;» Ρώτησε η Τία.

«Ναι, αλλά τον άφησαν ελεύθερο, επειδή η πιστή, αγαπημένη, αφοσιωμένη του γυναικούλα, δεν κατέθετε εναντίον του.» Η Ρέιτσελ έριξε το σώμα της πίσω στην καρέκλα, ελευθερώνοντας το ένα χέρι για να πιάσει το ποτήρι της. «Μερικές γυναίκες είναι τόσο ηλίθιες.»

«Δεν καταλαβαίνεις την κακοποίηση, αλλιώς δεν θα το έλεγες αυτό,» είπε η Τία. «Δεν είναι ηλίθια, η Λόλα είναι ανασφαλής, φοβισμένη και έχει ανάγκες.»

«Καταλαβαίνω τα ελαττώματα του χαρακτήρα της και κατανοώ ότι γυναίκες σαν την Λόλα χρειάζονται βοήθεια. Και ότι δεν είναι ηλίθιες καταλαβαίνω. Απλά εύχομαι να είχε κάποια βοήθεια», είπε η Ρέιτσελ αγανακτισμένη με την όλη κατάσταση. «Ξέρω πραγματικά ότι η Λόλα δεν είναι ηλίθια. Όμως βαρέθηκα να ακούω για τους συνεχείς καυγάδες της με τον Μάρκ.» Έφαγε το εκλαίρ και πήρε μια τάρτα.

«Προσπάθησε κανένας να βοηθήσει την Λόλα;» Πρότεινε η Ολίβια.

«Σύμφωνα με τον ντεντέκτιβ Φρανς και τον άντρα μου, εκείνη δεν θέλει.»

«Γιατί;» ρώτησε η Τία μπερδεμένη.

«Όταν το ζευγάρι πήγε στην αστυνομία, η Λόλα ισχυρίστηκε ότι αγαπάει τον άντρα της και πως δεν χρειάζονται καμμιά συμβουλή. Η Ζωή τους είναι μια χαρά.» Η Ρέιτσελ, σήκωσε τους ώμους της, μετά από αυτή τη δήλωση. «Μάλλον, μερικοί άνθρωποι νιώθουν πως είναι φυσιολογικό να είναι ο σάκος του μποξ.»

«Η Λόλα δεν έχει αναπτύξει τις ικανότητες για

να δει ότι δεν χρειάζεται να ζει υπό αυτές τις συνθήκες,» είπε η Τία. «Μάλλον την κακομεταχειριζόντουσαν ως παιδί ή είχε δει να χτυπούν την μητέρα της. Είναι μια φυσιολογική συμπεριφορά για κείνην.»

«Καλά, έτσι και ο Τζο σήκωνε χέρι σε μένα, θα έβλεπε την δική μου φυσιολογική συμπεριφορά. Θα τον σκότωνα», είπε η Ρέιτσελ.

«Επειδή για σένα, δεν είναι φυσιολογική συμπεριφορά αυτή». Είπε η Τία. «Η Λόλα δεν έχει αυτή τη στιγμή τη δύναμη να αναγνωρίσει το ότι δεν της αξίζει να την χτυπούν.»

«Κρίμα, πολύ κρίμα,» είπε η Ολίβια, κουνώντας το κεφάλι. «Λοιπόν, είμαι έτοιμη για άλλο ένα παγωμένο τσάι, και ας πάρουμε κι άλλα από αυτά τα δείγματα. Ο Σεφ είναι πολύ καλός. Το λιγότερο που μπορούμε να κάνουμε είναι να τον βοηθήσουμε. Τι λέτε κορίτσια;»

«Όχι. Εγώ καλύτερα να γυρίσω σπίτι γιατί ο Τζο πιθανόν θα κοιμάται και δεν θέλω να τον ενοχλήσω», είπε η Ρέιτσελ στην σερβιτόρα όταν ήρθε στο τραπέζι. «Εξάλλου, οι τελευταίες μέρες ήταν δύσκολες. Χρειάζομαι ύπνο. Μπορείτε όμως να μου βάλετε μερικά από αυτά σε ένα κουτί;»

Η Ρέιτσελ μπήκε στο διαμέρισμα όσο πιο ήσυχα ήταν ανθρωπίνως δυνατό. Κάνοντας το χαλί στο πλάι με το πόδι της, ήταν έτοιμη για τον σκύλο. Όμως δεν έγινε τίποτα. Όλα ήταν ήσυχα. Σχεδόν πολύ ήσυχα.

Μπήκε σιγά-σιγά στην τραπεζαρία, ψάχνοντας για τον Ρούφους. Όμως δεν υπήρχε πουθενά το σκυλί. Δεν είχαν γυρίσει ακόμα σπίτι; Ήταν έντεκα η ώρα, είχε περάσει η ώρα που κοιμόταν ο Τζο, κατά πολύ. Ίσως είχε πάει τον Ρούφους βόλτα, για να κάνει την ανάγκη του; Η πόρτα της κρεβατοκάμαρας ήταν μισάνοιχτη, έτσι η Ρέιτσελ κρυφοκοίταξε μέσα. Ήταν πολύ σκοτεινά για να δει οτιδήποτε, και δεν μπορούσε να ανάψει το φως, γιατί αν κοιμόταν ο Τζο θα τον ξυπνούσε,.

Καθώς προσπάθησε να μπει, η Ρέιτσελ πάτησε το πόδι του Ρούφους. Ωωωχ!

Η Ρέιτσελ πετάχτηκε προς τα μπροστά και γύρισε. Γονάτισε για να παρηγορήσει τον Ρούφους, που ήταν περισσότερο προσβεβλημένος παρά πονεμένος. Του άρεσε πολύ η προσοχή που δεχόταν, έτσι, πήδηξε πάνω στην Ρέιτσελ, προσπαθώντας να την γλείψει στο πρόσωπο. Εκείνη, έχασε την ισορροπία της και χτύπησε στον τοίχο. Έπεσε στο πάτωμα, με τον Ρούφους να στέκεται από πάνω της, γλείφοντας καλά το πρόσωπό της. Τότε, το δωμάτιο φωτίστηκε.

«Όλα καλά εκεί πέρα;» Ρώτησε ο Τζο από την άκρη του κρεβατιού.

Η Ρέιτσελ προσπαθούσε να μιλήσει, έχοντας το στόμα γεμάτο τρίχες, και κρατώντας το κουτί με τα γλυκά πολύ γερά για να μην της πέσει.

Ο Τζο έκανε πως καταλάβαινε τι του έλεγε. «Φυσικά.» Χτύπησε τα γυμνά του πόδια στην άκρη του κρεβατιού και πήρε τον Ρούφους πάνω από την Ρέιτσελ.

«Δεν μπορεί να συνεχιστεί αυτό. Κάποιος θα χτυπήσει άσχημα. Μάλλον εσύ,» είπε ο Τζο.

Η Ρέιτσελ κοίταξε τον άντρα της. «Έτσι λες; Ίσως να έχω ήδη πληγωθεί».

«Μόνο η περηφάνια σου» είπε εκείνος με

χαμόγελο, δίνοντάς της το χέρι του για να την βοηθήσει να σηκωθεί.

«Πρέπει να μάθεις μερικούς τρόπους σε αυτό το σκυλί», είπε η Ρέιτσελ, τρίβοντας το πίσω μέρος του κεφαλιού της. « Αυτή τη φορά μου την έπεσε ύπουλα».

«Αύριο θα ψάξω για μαθήματα υπακοής σκύλων.» Ο Τζο πήγε πίσω στο κρεβάτι.

«Καλή ιδέα». Η Ρέιτσελ πήγε στην ντουλάπα της.

Έβγαλε την μπλούζα της, μετά το παντελόνι της.

'Ή, θα μπορούσες να σταματήσεις να πίνεις», σχολίασε ο Τζο από το κρεβάτι.

Γύρισε, έχοντας μια απειλητική έκφραση που θα γινόταν χειρότερη αν συνέχιζε το σχόλιο ο Τζο. «Ααα, δεν άκουσα καλά, έτσι;»

«Ναι, άκουσες. Και εννοούσα αυτό που είπα.» Ο Τζο ήταν σκεπασμένος με τις κουβέρτες, και μόνο η φαλάκρα του φαινόταν.

Η Ρέιτσελ δεν περίμενε ποτέ ότι θα είχε το θράσος να συνεχίσει το σχόλιό του. Την αιφνιδίασε.

«Νομίζεις ότι πίνω, έτσι;» Του είπε με τα μάτια μισόκλειστα.

«Είναι προφανές. Φυσικά και πίνεις. Μέχρι αργά, με τα κορίτσια», είπε ο Τζο, κρατώντας τα μάτια του κλειστά, καθώς γυρνούσε ανάσκελα και έβγαζε τα χέρια μέσα από τις κουβέρτες. «Δεν είναι θελκτικό.»

«Δεν είναι θελκτικό;» Η Ρέιτσελ δεν είχε ακούσει ποτέ τον Τζο να μιλάει έτσι. «Δεν είναι θελκτικό για μια γυναίκα; Δεν είναι θελκτικό για μία σύζυγο; Δεν είναι θελκτικό για μια διαχειρίστρια πολυκατοικίας; Τι;»

«Δεν είναι θελκτικό για σένα. Είσαι καλός άνθρωπος. Εκτός αν πίνεις πολύ,» είπε, και μετά, διέκοψε την συζήτησή του με ένα μεγάλο χασμουρητό. «Τότε, η συμπεριφορά σου γίνεται απρεπής.»

Η Ρέιτσελ στεκόταν όρθια με τις παντόφλες της στο χέρι. Βρισκόταν σε αμηχανία. Ο Τζο δεν της είχε μιλήσει ποτέ έτσι. Ποτέ. Δεν ήξερε πώς να απαντήσει.

«Λέω να σταματήσουμε αυτή τη συζήτηση» ήταν το μόνο που μπόρεσε να πει.

«Καμιά αντίρρηση. Καληνύχτα.» Ο Τζο της γύρισε την πλάτη.

Η Ρέιτσελ φόρεσε το νυχτικό της, βούρτσισε τα δόντια της και σύρθηκε στο κρεβάτι ήσυχα δίπλα στον Τζο. Ο ύπνος δεν ήρθε για λίγο γιατί δεν κατάλαβε τι συνέβαινε. Δεν έπινε αλκοόλ. Μόνο παγωμένο τσάι.

Μέχρι τη στιγμή που η Ρέιτσελ σηκώθηκε από το κρεβάτι το επόμενο πρωί, ο Τζο είχε ήδη φύγει για δουλειά. Από την κατάσταση της κουζίνας, δεν είχε φάει πρωινό. Η καφετιέρα δεν είχε χρησιμοποιηθεί και δεν υπήρχαν βρώμικα πιάτα στο νεροχύτη. Για να προσθέσει περισσότερο μυστήριο στην κατάσταση, δεν άκουσε ούτε είδε τον Τζο μέχρι μεσημέρι. Αυτό ήταν ασυνήθιστο.

Η Ρούμπι βγήκε από τις διπλές πόρτες καθώς περπατούσε προς την πισίνα. Από το πλεονεκτικό σημείο του, όπου εργαζόταν στον ελαττωματικό σωλήνα ποτίσματος, ο Τζο είχε μια οπίσθια όψη των κοκαλιάρικων γοφών της, καθώς περπατούσε σαν μοντέλο.

«Γεια, γλυκιέ μου», είπε η Ρούμπι καθώς περνούσε έναν γέρο ξαπλωμένο σε ξαπλώστρα. Έστρεψε λίγο το ζεστό ροζ ψαθάκι της και χαμογέλασε. Ο γέρος χτύπησε ένα περιοδικό πάνω από το πρόσωπό του ως απάντηση. Εκείνη συνέχισε να περπατάει.

Η Ρούμπι έδωσε ένα πλατύ χαμόγελο με τα κόκκινα χείλη της στον επόμενο ηλικιωμένο κύριο που συνάντησε, κουνώντας το ένα χέρι στο εκτεθειμένο ισχίο πάνω από το ζεστό ροζ μπικίνι της. Του έδωσε την καλύτερη στάση του μοντέλου. «Γεια σου φίλε», είπε η Ρούμπι χαρούμενα.

Ο άντρας κοίταξε την Ρούμπι, άφωνος, με το στόμα του να αγωνίζεται. Τα χείλη του έστριψαν σαν να έψαχναν κάτι να πουν, αλλά δεν έβγαιναν λέξεις, μάλλον λόγω της προφανής έκπληξής του για την ζωτικότητα της γυναίκας που στέκεται μπροστά του.

«Ααα, η γάτα σου δάγκωσε τη γλώσσα; Στοίχημα ότι δεν έχεις δει ποτέ καμιά σαν κι εμένα.»

«Όχι, κυρία μου, είστε σίγουρα, μοναδική», κατάφερε επιτέλους να πει. «Καλή σας μέρα.»

«Εσύ χάνεις,» είπε η Ρούμπι, και απομακρύνθηκε από εκείνον.

Η Ρέιτσελ γνώριζε ότι οι νεοεισερχόμενοι στο κτίριο είχαν περίοδο προσαρμογής όσον αφορούσε την Ρούμπι. Πουθενά κανένας από αυτούς δεν αντιμετώπισε τόσο τολμηρή προσωπικότητα. Χρειάστηκε περισσότερος χρόνος από άλλους για να γίνει η προσαρμογή, αν υπήρχε ποτέ. Οι γυναίκες βρήκαν την τόλμη της ιδιαίτερα δυσάρεστη, οπότε δεν προσπάθησαν ποτέ να γίνουν φίλες, ειδικά αν ήταν παντρεμένες, γιατί οι γυναίκες φοβόντουσαν ότι η Ρούμπι θα φλερτάρει με τους άντρες τους. Ωστόσο, αυτή δεν ήταν ποτέ η πρόθεσή της. Απλώς ήθελε προσοχή και φιλία. Κατά συνέπεια, οι γυναίκες έχασαν την ευκαιρία να γνωρίσουν την ευγενική καρδιά της Ρούμπι. Μπορεί να ήταν κρυμμένη κάτω από το κοκαλιάρικο στήθος και την τολμηρή συμπεριφορά της, αλλά υπήρχε. Είχε ένα μαλακό σημείο για παιδιά και σκύλους. Η Ρούμπι πρόσφερε γενναιόδωρα στο Halifax Humane Society και χρηματοδοτούσε παιδιά, ώστε να μπορούσαν να παρακολουθήσουν μαθήματα για την Αγία Γραφή στις διακοπές τους. Η καρδιά της ήταν τόσο μεγάλη όσο η περίεργη συμπεριφορά της.

Η Ρούμπι επιτέλους βολεύτηκε σε μια ξαπλώστρα, ακριβώς δίπλα στην Ρέιτσελ.

«Έχεις ρεπό;» Ρώτησε η Ρούμπι.

«Ναι, και μου αξίζει», είπε η Ρέιτσελ. Σηκώθηκε για να βάλει κι άλλο αντιηλιακό στο σώμα της, προσεχτικά, αποφεύγοντας να λερώσει το ολόλευκο μαγιό της.

«Έχεις πρόβλημα με τον ύπνο;»

«Τι;» Η Ρέιτσελ κάθισε πιο ίσια και κοίταξε την ηλικιωμένη γυναίκα. Ποτέ δεν ήξερε τι θα έβγαινε από το στόμα της.

«Η έλλειψη ύπνου θα σε κουράσει. Και στην ηλικία σου, ο ύπνος είναι πρόκληση. Ιδρώνεις τις νύχτες και μετά, παγώνεις από το κρύο. Τα έχω περάσει.» Η Ρούμπι, έφτιαξε το καπέλο της για να καλύπτει περισσότερο το κεφάλι της, και έτσι, να μην κάνει κι άλλες ρυτίδες.

. . .

Η Ρέιτσελ έσπρωξε τα γυαλιά της πιο κοντά στην μύτη της καθώς κοιτούσε την Ρούμπι. «Δεν το πιστεύω αυτό που μόλις είπες. Μήπως είσαι μέντιουμ;»

«Δεν έχει καμία σχέση το μέντιουμ. Είμαι ενενήντα ετών. Ξέρω απ' αυτά.»

«Ναι, μάλλον», είπε η Ρέιτσελ, ακουμπώντας στην ξαπλώστρα της. «Εξαιτίας της εμμηνόπαυσης οι ορμόνες μού κάνουν τη ζωή άθλια. Αλήθεια, σε είδα να φλερτάρεις με εκείνους τους άντρες.»

Η Ρούμπι χασκογέλασε. «Δεν φλέρταρα. Γιατί όλοι νομίζουν ότι φλερτάρω συνέχεια; Απλώς είμαι φιλική. Αγαπώ τους ανθρώπους, αυτό είναι όλο.»

«Δέχεται κανείς την φιλική προσφορά σου;»

«Φυσικά. Μερικές φορές. Τις περισσότερες, όχι. Παρεξηγούν την διάθεσή μου.» Η Ρούμπι αναστέναξε και χαλάρωσε το σώμα της στην ξαπλώστρα.

Η Ρέιτσελ σκέφτηκε ότι η εξομολόγηση της Ρούμπι ήταν λίγο θλιμμένη. Όλοι χρειάζονται φίλους. Όμως εκείνη γνώριζε, πως ειδικά οι γυναίκες, ζήλευαν αφόρητα την ηλικιωμένη γυναίκα.

«Να είσαι πιο δυνατή, Ρούμπι. Μην τα παρατάς. Εξάλλου, δεν χρειάζεσαι υπερφυσικούς φίλους», είπε, καλύπτοντας το μέτωπό της με μια πετσέτα. «Κι εγώ, είμαι φίλη σου. Να το θυμάσαι αυτό.»

«Σ' ευχαριστώ, Ρέιτσελ.»

Πρόσεξε ένα ζευγάρι να μπαίνει από τις διπλές πόρτες και να κατευθύνεται προς την πισίνα. Ήταν ο Μαρκ και η Λόλα. Η Ρέιτσελ αηδίασε όταν είδε πως κρατιόντουσαν από το χέρι.

«Να ένας άθλιος εκεί πέρα,» είπε η Ρούπι,

κοιτάζοντας κι εκείνη το ζευγάρι. «Δεν θα του έδινα ούτε λεπτό από τη ζωή μου.»

Ο Μαρκ και η Λόλα πρέπει να είχαν αισθανθεί την δυσαρέσκεια που προέρχονταν από τις δύο γυναίκες, επειδή το ζευγάρι καθόταν όσο το δυνατόν πιο μακριά, ενώ παραμένουν δίπλα στην πισίνα. Η Λόλα χαμογελούσε στον άντρα της σαν να ήταν ο καλύτερος άντρας στον κόσμο. Ήταν πολύ γοητευτικός μαζί της, αλλιώς έπαιζε μια πολύ καλή παράσταση για όλους.

«Θα τους αφήσεις να μείνουν εδώ;» Ρώτησε η Ρούμπι με έναν τόνο αποδοκιμασίας.

«Πρέπει να επικοινωνήσω με τους ιδιοκτήτες του διαμερίσματός τους. Εκείνοι πρέπει να τους κάνουν έξωση.»

«Καλά, αλλά μην περιμένεις μέχρι να αποφασίσει να την σκοτώσει ξανά.» Με αυτή την συμβουλή, η Ρούμπι γύρισε με την πλάτη προς τον ήλιο.

Αφού η Ρέιτσελ επέστρεψε στο διαμέρισμά της, έκανε ένα χαλαρωτικό ντους και φόρεσε άνετα ρούχα. Το φαρδύ πουκάμισό της ήταν το μόνο που ήθελε να φοράει αυτήν την ημέρα.

Πήγε στο γραφείο της και έψαξε για τα στοιχεία επικοινωνίας της Μαργαρίτα που της είχε δώσει ο ντετέκτιβ. Αφού βρήκε τον αριθμό τηλεφώνου της κόρης της Ένιδας, η Ρέιτσελ της τηλεφώνησε. Καθώς καθόταν σε μια καρέκλα, άκουσε μια γυναίκα να απαντά στο τηλέφωνο.

«Εμπρός;»

«Ναι, γεια σου, Μαργαρίτα», απάντησε. «Είμαι η Ρέιτσελ Μπαρνς, φίλη της μητέρας σου.»

«Αα, ναι, σας θυμάμαι,» είπε η Μαργαρίτα, μιλώντας αγγλικά και συνεχίζοντας την συζήτηση. «Σας είχε αναφέρει η μαμά.»

«Μαργαρίτα, λυπάμαι για τον θάνατο της μητέρας σου. Με αναστάτωσε πάρα πολύ,» είπε η Ρέιτσελ. «Σε παρακαλώ, δέξου τα συλλυπητήριά μου.»

«Ναι, όλους μας αναστάτωσε. Γκράτσιας», είπε με βαριά προφορά.

«Εσύ πώς τα πας;» Ρώτησε η Ρέιτσελ.

«Στεναχωρημένη και στο Μαϊάμι.»

Η Ρέιτσελ σκέφτηκε πως άκουσε τη φωνή της γυναίκας να σπάει καθώς μιλούσε.

«Υπάρχει κάτι που θα μπορούσα να κάνω για σένα; Για να βοηθήσω;»

«Όχι», είπε η Μαργαρίτα, αναστενάζοντας βαριά. «Κανόνισα για την αποτέφρωση γρήγορα. Έχω εδώ τις στάχτες της.»

«Πολύ ωραία. Θα κάνεις κάποιο μνημόσυνο για τη μητέρα σου;»

«Ίσως, δεν ξέρω. Ίσως όχι.»

«αν αποφασίσεις να κάνει, ειδοποίησέ με, σε παρακαλώ.» Η Ρέιτσελ αναρωτιόταν αν θα πήγαινε μέχρι το Μαϊάμι για να παρευρεθεί στο μνημόσυνο, αν αποφάσιζε να το κάνει η κόρη.

«Σι, θα το κάνω.»

Υπήρξε μια άβολη στιγμή σιωπής μέχρι να ξαναμιλήσει η Μαργαρίτα.

«Ξέρουν ποιος σκότωσε τη μητέρα μου;»

Η ερώτηση ξάφνιασε την Ρέιτσελ. Ήταν ένα τόσο τρυφερό ζήτημα γι᾽ αυτήν. Φυσικά, ήταν ακόμη πιο ευαίσθητο για την κόρη της Ένιδας. Ήταν φυσικό για τη νεαρή γυναίκα να θέλει πληροφορίες και να συλληφθεί ο δολοφόνος.

«Δυστυχώς, δεν το ξέρουν ακόμα,» είπε η Ρέιτσελ. «Δεν υπάρχουν ύποπτοι.»

«Και ο άντρας που την επισκέφτηκε;»

«Ποιος άντρας;» Η Ρέιτσελ δεν γνώριζε τίποτα για κάποιον άντρα που είχε επισκεφτεί την Ένιδα.

«Η μαμά μού είπε ότι ένας άντρας την επισκεπτόταν πολύ συχνά.»

«Δεν γνωρίζω τίποτα.»

«Δεν είπε ότι τον προσκαλούσε, αλλά ότι εκείνος πήγαινε,» είπε η Μαργαρίτα. «Δεν τον συμπαθούσε.»

«Μάλιστα. Ξέρεις ποιος ήταν; Σου είπε το όνομά του;»

«Όχι, δεν ξέρω. Κανένα όνομα.»

«Είπε αν έμενε στην πολυκατοικία;»

«Δεν είπε.»

«Εντάξει. Θα ενημερώσω την αστυνομία, ότι γνώριζες πως την επισκεπτόταν ένας άντρας», είπε η Ρέιτσελ. «Ίσως αυτό να βοηθήσει στην έρευνα.»

«Ναι, το ελπίζω.»

Οι δύο γυναίκες τερμάτισαν τη συνομιλία τους, υποσχόμενες να διατηρήσουν επαφή. Η Ρέιτσελ ήξερε ότι δεν θα συνέβαινε. Ήταν κάτι που έλεγε σε καταστάσεις όπως αυτή. Αλλά τουλάχιστον απέκτησε κάποιες πληροφορίες για να βοηθήσει στην έρευνα. Κάτι καλό προήλθε από τη συνομιλία τους. Ίσως οδηγεί στον δολοφόνο. Η Ρέιτσελ κάλεσε τον Ντετέκτιβ Φρανς αμέσως για να του πει τα νέα.

ΔΕΚΑΠΕΝΤΕ

«ΧΑΊΡΟΜΑΙ ΓΙΑ ΤΗΝ ΙΔΕΑ ΠΟΥ ΕΊΧΕΣ,» είπε η Ρέιτσελ καθώς οδηγούσε. «Απορώ με ον εαυτό μου, πώς δεν το σκέφτηκα».

«Ήσουν απασχολημένη», είπε η Ολίβια, καθώς βόλευε την ζώνη στους ώμους της. «Ξέρεις πού πηγαίνεις;»

«Ναι, έχω καιρό να πάω, αλλά θυμάμαι τον δρόμο. Το καταφύγιο είναι κοντά στην Παραλία Σμύρνη», είπε η Ρέιτσελ. «Πρακτικά, δεν είναι σε κατοικήσιμη περιοχή.»

«Ανησυχώ, μήπως οι καημένες οι γάτες δεν έχουν υιοθετηθεί. Η Ένιδα έπαιρνα πάντα σπίτι της τις πιο αξιολύπητες περιπτώσεις, αυτά που δεν υιοθετούνταν.» Η Ολίβια, τακτοποίησε τα γυαλιά της καθώς βολευόταν στην θέση. «Αγαπώ τις γάτες. Είναι οι αγαπημένες μου, αν και δεν έχω καμία.»

«Οι γάτες, μάλλον είναι ακόμα εκεί. Μην αναστατωθείς αν τις βρούμε. Τουλάχιστον, δεν θα τις έχουν σκοτώσει, όπως κάνουν σε άλλα καταφύγια,» είπε η Ρέιτσελ, στρίβοντας προς μία λιγότερο κατοικημένη περιοχή. «Πώς είναι η ερωτική σου ζωή;»

Το χαμόγελο της Ολίβιας έλαμψε το πρόσωπό της. Έπαιξε με τον κολιέ της λίγο πριν απαντήσει. «Αφού ρώτησες, πάει μια χαρά. Έχουμε βγει αρκετές φορές από τότε που γύρισε από το συμβούλιο.»

«Πολλές φορές; Έχει τόσο καιρό που γύρισε;»

Το γέλιο της Ολίβιας ως απάντηση, φάνηκε διασκεδαστικό στην Ρέιτσελ. «Βγαίνουμε κάθε βράδυ», είπε εκείνη, και ακούγονταν σα να ντρέπεται. Θα παχύνω με τόσο βραδινό που τρώω.»

«Κάθε βράδυ; Βλέπω, τα πράγματα προχωράνε πολύ γρήγορα.»

«Ναι, πράγματι. Είμαι πολύ ευτυχισμένη.»

Η Ρέιτσελ έβλεπε την χαρά ζωγραφισμένη στο πρόσωπο της Ολίβιας. Ένιωσε όμορφα που η φίλη της ήταν τόσο ευτυχισμένη.

«Έχει αλλεργία στις γάτες;» Ρώτησσ η Ρέιτσελ.

«Τι;» Η Ολίβια γύρισε αμέσως το κεφάλι της προς την κατεύθυνση της Ρέιτσελ.

«Σίγουρα θα μπεις στον πειρασμό να υιοθετήσεις μία από τις γάτες της Ένιδας μόλις τις δεις. Οπότε, είναι αλλεργικός;» Η Ρέιτσελ ρώτησε καθώς έκανε μια μανούβρα με το αυτοκίνητό της.

«Δεν ξέρω. Δεν έχουμε συζητήσει αυτό το θέμα. ΔΕ νομίζω πως έχει κατοικίδια επειδή εργάζεται πολλές ώρες», είπε η Ολίβια, μπερδεμένη.

«Αν είναι, τότε μπορεί να παίρνει φάρμακα», είπε η Ρέιτσελ.

«Μμμ, μάλλον». Η Ολίβια ακούμπησε πίσω στη θέση της, και χαλάρωσε.

Μετά από λίγη ώρα, η Ρέιτσελ έστριψε σε έναν δρόμο. «Αυτό είναι.»

Οδήγησαν σε έναν χωματόδρομο που οδηγούσε σε ένα ξύλινο κτίριο που απλώνεται κατά μήκος της εισόδου. Ήταν ένα παλιό, ένα διώροφο κτίριο, αλλά είχε πρόσφατα βαφτεί. Τα κουτιά χρωμάτων ήταν ακόμη κοντά, περιμένοντας να τα απομακρύνουν. Άκουσαν σκυλιά να γαβγίζουν στην άλλη πλευρά του κτηρίου.

«Μας χαιρετούν», είπε η Ολίβια καθώς έβγαινε από το αμάξι.

«Η περιοχή με τις γάτες είναι σε εκείνο το κτήριο εκεί», είπε η Ρέιτσελ, δείχνοντας προς εκείνη την κατεύθυνση. «Που να είναι άραγε ο Χόρχε;»

Σαν να την άκουσε, εκείνη την στιγμή, βγαίνει από το κτήριο ο Χόρχε.

«Καλώς ήρθατε!» Το πλατύ του χαμόγελο, ανέδειξε τα μεγάλα δόντια του και τα μάτια του ήτα ζαρωμένα από τα τόσο χρόνια που εργαζόταν έξω. Ήταν Πορτορικανός, κοντός και λίγο παχύς στη μέση. Ο Χόρχε έβγαλε το ψάθινο καπέλο του ευγενικά και έδωσε το χέρι του στις γυναίκες.

«Είμαι η Ρέιτσελ και από δω η Ολίβια,» είπε η Ρέιτσελ, καθώς έπιανε το χέρι του. «Δεν ξέρω αν με θυμάσαι;»

«Σας θυμάμαι». Το χαμόγελο του Χόρχε δεν χάθηκε. «Χάρηκα για τη γνωριμία», είπε στην Ολίβια.

«Ήρθαμε να δούμε τις γάτες που παρέλαβες από την μάντρα ζώων. Αυτές που ανήκαν στην Ένιδα.» Το πρόσωπο του Χόρχε έχασε τη χαρά του. Έπαιζε το καπέλο του στγα χέρια του και κατέβασε το κεφάλι, μετά γύρισε, κρατώντας ακόμα το κεφάλι γυρτό.

«Ακολουθήστε με», είπε.

Οι δυο γυναίκες αντάλλαξαν βλέμματα, βλέποντας και οι δυο τους την απελπισία του, αλλά ακολούθησαν σιωπηλά καθώς ο Χόρχε τους πήγαινε προς το γατοτροφείο.

«Είναι ακόμα εδώ», είπε μόλις μπήκαν στο κτήριο. «Δεν είναι νεαρές. Η λευκή δεν αρέσει πια στον κόσμο. Είναι εκεί πέρα», είπε, δείχνοντας ένα κλουβί.

«Ααα, είναι πανέμορφη», είπε η Ολίβια, καθώς προχωρούσε προς το κλουβί της γάτας. «Τι όμορφη γατούλα», είπε με θαυμασμό. Τα μπλε μάτια της την κοιτούσαν, και μετά η γάτα έτριψε το σώμα της πάνω στα κάγκελα.

«Αχ, Ρέιτσελ, με καλοπιάνει.»

«Τα αρσενικά είναι εδώ», είπε ο Χόρχε, δείχνοντας το μεγάλο κλουβί όπου υπήρχαν δυο γατιά και κοιτούσαν τους ανθρώπους που πλησίαζαν. «Είναι καλά γατιά.»

Ο Χόρχεδ γύρισε, φαινόταν ζοφερός. Η Ρέιτσελ μελέτησε τον άντρα, σημειώνοντας τη συναισθηματική του φύση. Προφανώς ενδιαφερόταν πολύ για την Ένιδα και τις γάτες της.

«Πες μου, Χόρχε, δεν ενδιαφέρθηκε κανείς για τα γατιά;» Ρώτησε η Ρέιτσελ, γνωρίζοντας την απάντηση.

«Κανένας».

«Δεν θέλει κανείς κανείς αυτά τα πανέμορφα μικρούλια;» Ρώτησε η Ολίβια.

«Κανένας.»

«Αυτό είναι απαράδεκτο», είπε η Ολίβια με

αυστηρό τρόπο. Σήκωσε τους ώμους της και κοίταξε την Ρέιτσελ. «Κάτι πρέπει να κάνουμε.»

«Τι προτείνεις;» Ρώτησε η Ρέιτσελ.

«Πόσες γάτες μου επιτρέπεται να έχω στο διαμέρισμά μου σύμφωνα με τον κανονισμό της πολυκατοικίας;» Η Ολίβια ήταν αποφασισμένη να διορθώσει ένα λάθος.

Η Ρέιτσελ κατάλαβε αμέσως πού πηγαίνει η κατάσταση. «Δύο».

«τότε, εσύ θα πάρεις ένα, κι εγώ δύο», είπε η Ολίβια.

Όταν η Ρέιτσελ άνοιξε διάπλατα τα μάτια της, η Ολίβια έγινε πιο πιεστική. «Πρέπει να το κάνουμε για την Ένιδα. Θα ήθελε να το κάνουμε. Δεν μπορούμε να αφήσουμε τα γατιά εδώ.»

«Μα υπάρχουν κι άλλα γατιά εδώ. Δεν μπορούμε να τα πάρουμε όλα σπίτι.» Η Ρέιτσελ άρχισε να ανησυχεί. Έπρεπε να σκεφτεί τον Τζο, και δεν ήταν με το μέρος της προς στιγμή.

«Μα φυσικά. Όμως, μπορούμε να πάρουμε σπίτι τουλάχιστον αυτά που είχε η Ένιδα. Ξέρεις ότι θα το ήθελε,» είπε η Ολίβια. «Δεν μπορούμε να τ' αφήσουμε εδώ.»

«Κι εγώ σε ξαναρωτάω, ο φίλος σου έχει αλλεργία στις γάτες;» Η Ρέιτσελ κοίταξε την φίλη της, καθώς σκέφτηκε ότι είχε μια ευκαιρία να της αλλάξει γνώμη.

«Δεν έχει σημασία. Αν έχει, μπορεί να πάρει χάπι.» Προφανώς, δεν υπήρχε περίπτωση να πείσει την Ολίβια να αλλάξει γνώμη.

«Εντάξει, λοιπόν, μάλλον πάρθηκε η απόφαση. Λοιπόν, ποιες δυο θέλεις;» ρώτησε η Ρέιτσελ.

«Θέλω τη λευκή και ένα από τα μαύρα αρσενικά.

Είναι σαν ντόμινο. Λευκό και μαύρο.» Στεκόταν με τα χέρια σταυρωμένα στο στήθος. «Εσύ πάρε το άλλο μαύρο.»

«Ευχαριστώ. Ο Τζο θα με σκοτώσει σίγουρα». Η Ρέιτσελ, παραδόθηκε. «Έγινε».

«Δεν φέραμε μεταφορικά κλουβιά μαζί μας», είπε η Ολίβια.

«Θα σας δώσω εγώ», είπε ο Χόρχε, κι ένα μικρό χαμόγελο φάνηκε στα χείλη του.

«Φυσικά, θα τα επιστρέψουμε», είπε η Ρέιτσελ.

«Εντάξει», είπε ο Χόρχε, χαμογελώντας πλατιά τώρα. «Χρειάζεστε κουτί απορριμμάτων;»

«Ααα, κουτί απορριμμάτων!» Αυτό δεν το είχε σκεφτεί η Ρέιτσελ.

«Θα αγοράσουμε δυο καθώς πάμε σπίτι», είπε η Ολίβια.

«Καλή σκέψη», είπε η Ρέιτσελ. «Και χώμα».

Ενώ περίμεναν τον Χόρχε να βρει τρεις μεταφορείς, η Ρέιτσελ σκέφτηκε τον άνθρωπο που διευθύνει την επιχείρηση διάσωσης. Φάνηκε να είναι μοναχός. Ποιος άλλος θα ζούσε πρόθυμα σε ένα καταφύγιο ζώων; Η Ένιδα προφανώς, αλλά της ανήκε το μέρος. Είχε την τύχη να ανακαλύψει τον Χόρχε. Αγαπούσε τα ζώα και ήταν ευγενικός με αυτά. Το καταφύγιο δεν θα μπορούσε να ήταν σε καλύτερα χέρια.

«Η Ένιδα θα είναι πολύ χαρούμενη,» είπε η Ολίβια όταν ο άντρας επέστρεψε με τους μεταφορείς.

Η Ρέιτσελ κι ο Χόρχε κοίταξαν περίεργα την Ολίβια.

«Ξέρετε τι εννοώ. Μας βλέπει από κει πάνω,

ξέρει.» Η Ολίβια ξεκίνησε με ένα πλατύ χαμόγελο στο πρόσωπο.

«Ει, ίσως πείσουμε την Τία να πάρει μία γάτα;» Πρότεινε η Ρέιτσελ. «Ίσως να το κάνει».

«Όχι από τις δικές μου,» είπε η Ολίβια.

Τώρα η Ρέιτσελ ένιωσε ένοχη. Τι να έκανε; Από τη μία, θα φανεί όχι και τόσο καλή φίλη για την Ένιδα όσο η Ολίβια, αν δεν πάρει μία γάτα, από την άλλη, ο Τζο θα γίνει έξαλλος. Μερικές φορές, δεν είναι εύκολες οι επιλογές ζωής... ο Τζο σίγουρα θα θύμωνε.

Αργότερα, η Ρέιτσελ μπήκε στο διαμέρισμά της, σπρώχνοντας ένα καροτσάκι με τη γάτα, ένα κουτί απορριμμάτων, χώμα και γατοτροφή. Ο Τζο δεν ήταν σπίτι, κι αυτό την ανακούφισε. Ήταν όμως ο Ρούφους.

Ο σκύλος πλησίασε αμέσως τον μεταφορέα με το νέο ζωάκι μέσα. Ο Ρούφους μύριζε άγρια γύρω από το κλουβί, διακινδυνεύοντας να λάβει μια μεγάλη νυχιά στο ρύγχος.

«Εντάξει, κόφ' το Ρούφους», είπε η Ρέιτσελ. «Συνήθισέ το. Ξέρεις αυτό τον γάτο, οπότε κάνε πίσω.»

Ένα γρύλισμα της γάτας ανάγκασε τον σκύλο να κάνει πίσω.

«Ατακτούλης», είπε η Ρέιτσελ. «Ή έξυπνος, δεν ξέρω τι». Άφησε τα δυο ζώα να γνωριστούν.

Η Ρέιτσελ σκέφτηκε ότι ο Τζο θα ήταν σπίτι σύντομα, οπότε άρχισε να ετοιμάζει το δείπνο αφού βρήκε θέση για το κουτί απορριμμάτων στο δεύτερο μπάνιο. Πεινούσε. Η σκέψη πέρασε από το μυαλό της ότι θα ήταν σοφό να κάνει κάτι ξεχωριστό για να ηρεμήσει τον Τζο για το θέμα της γάτας. Ξαφνικά, είχαν βρεθεί από κανένα ζώο, να έχουν δύο, και το ένα ήταν μια χούφτα. Έβγαλε μια μπριζόλα από τον καταψύκτη, τοποθετώντας τη στο φούρνο μικροκυμάτων για να ξεπαγώσει. Μια σαλάτα του Καίσαρα ακούγεται σαν μια καλή επιλογή για τη συνοδεία της μπριζόλας. Και κέικ σοκολάτας για επιδόρπιο, όχι ότι κανένας από αυτούς το χρειαζόταν.

Μετά από περίπου μία ώρα, η Ρέιτσελ επέτρεψε στη γάτα την ευκαιρία να εξερευνήσει το νέο της περιβάλλον. Έντονα, περπατούσε ακριβώς κάτω από τη μύτη του Ρούφους καθώς εξερευνούσε το κυρίως υπνοδωμάτιο. Η ουρά του σκύλου κουνιόταν καθώς μύριζε έντονα το μονοπάτι που δημιουργούσε. Το ταξίδι της γάτας στη συνέχεια οδήγησε στο μπάνιο, ακολουθούμενο από την κρεβατοκάμαρα και το δεύτερο μπάνιο. Πήρε μερικές καλές μυρωδιές στο κουτί απορριμμάτων, προφανώς το ενέκρινε. Μόλις εξερευνήθηκαν τα άλλα δωμάτια, η γάτα περπατούσε γύρω από το σαλόνι και την τραπεζαρία, ρουθουνίζοντας. Τελευταία ήταν η κουζίνα. Η μικρή μύτη της στριμώχτηκε με τις δελεαστικές μυρωδιές.

«Πρέπει να σου βρούμε ένα όνομα, έτσι;» Η Ρέιτσελ κοίταξε τη μαύρη γάτα. «Σταχτύ; Μαυρούλη; Όχι, πολύ προφανές. Πρέπει να το σκεφτώ. Ίσως ο Τζο σκεφτεί κάποιο καλό όνομα.»

Καθώς έριχνε μερικά κρουτόν στη σαλάτα, ο Τζο μπήκε στο διαμέρισμα.

«Ήρθα!»

«Εδώ, στην κουζίνα,» απάντησε η Ρέιτσελ.

Ο Τζο μπήκε στην κουζίνα και πλησίασε τη γυναίκα του. «Συγνώμη».

«Γιατί ζητάς συγνώμη;» Η Ρέισελ σταμάτησε να ρίχνει κρουτόν, το χέρι της έμεινε στον αέρα.

«Ήμουν αγενής χτες το βράδυ. Σε αποκάλεσα αλκοολική, και λυπάμαι γι' αυτό», της είπε, χαμηλώνοντας το βλέμμα του. «Και σου αξίζει να περνάς μερικές ώρες με τις φίλες σου.»

«Τζο, δεν χρειάζεται να ζητάς συγνώμη», είπε εκείνη, γυρνώντας να τον δει. «Έκανα λάθος. Εγώ έφταιγα, όχι εσύ. Έχεις δίκιο να νιώθεις έτσι, όμως εγώ...»

«Θα μπορούσα να ήμουν πιο ευγενικός». Την διέκοψε.

«Νομίζω πως είσαι πολύ ευγενικός, Τζο». Η Ρέιτσελ σήκωσε τα χέρια της στον αέρα. «Εγώ ήμουν αγενής, ή δεν σε κατανοώ. Και φαίνεται ότι αντιδράω άσχημα όταν βγαίνω με τα κορίτσια. Αυτό δεν μπορεί να συνεχιστεί. Δεν ξέρω γιατί γίνομαι τόσο πεισματάρα για τόσο μικρά πράγματα. Λυπάμαι.» Χρειαζόταν επίσης να ερευνήσει το γιατί ένιωθε μεθυσμένη αφού έπινε μόνο παγωμένο τσάι. Αυτό ήταν τρελό.

«Μα τι...» είπε ο Τζο, όταν ανακάλυψε μια γάτα να τρίβεται στο πόδι του. Μετά, ο Ρούφους, του επιτέθηκε, κυνηγώντας τη γάτα, κι αυτό καθυστέρησε τον χαιρετισμό του προς εκείνον. Αφού τον έριξε σχεδόν, ο Ρούφους πήδηξε πάνω του, κι έβαλε τις πατούσες του στο στήθος του. Η γάτα νιαούρισε δυνατά, σα να χαιρετούσε το νέο του αφεντικό, συνεχίζοντας να τρίβεται στο πόδι του Τζο. Και φυσικά, το σκυλί, άρχισε κι εκείνο να γαυγίζει ελαφρά.

«Κάτω, Ρούφους. Εσύ ποιος είσαι;» Κοίταξε στα πόδια του για να δει τον μαύρο γάτο να τρίβεται πάνω του. «Και από πού μας ήρθες;» Κοιτώντας την Ρέιτσελ, είπε, «Κάποια έχει να δώσει μερικές εξηγήσεις».

«Είναι μία από τις γάτες της Ένιδας. Η Ολίβια κι εγώ πήγαμε στο καταφύγιο σήμερα», είπε, σκουπίζοντας τα χέρια στην ποδιά της. «ήξερα πως η Ολίβια ήθελε να πάρει τουλάχιστον μία γάτα, αλλά ποτέ δεν πίστευα ότι θα με έπειθε να πάρω κι εγώ μία. Βασικά, εκείνη πήρε δύο.»

«Μάλιστα,» είπε εκείνος, κοιτώντας τον γάτο. «Πώς τον λένε;»

«Δεν ξέρω. Ήλπιζα να κάνεις εσύ κάποια πρόταση.»

«Ααα, οπότε δεν σκέφτηκες ότι θα είχα αντίρρηση;» Τώρα κοιτούσε πάλι εκείνη.

«Να, ήλπιζα ότι θα τα πήγαινες καλά μαζί του. Είναι αρσενικό. Δεν μπορούσα να τον αφήσω εκεί, όταν η Ολίβια πήρε τα δύο. Μια λευκή θηλυκιά κι έναν μαύρο αρσενικό.» Τον κοιτούσε αθώα, ελπίζοντας να τον ρίξει.

Ο Ρούφους γαύγισε άλλη μια φορά.

«Δεν βλέπω τον λόγο να μην τον κρατήσουμε. Φτάνει να μην παραβαίνουμε κάποιον κανόνα», είπε εκείνος.

«Όχι, κανέναν κανόνα. Αχ, τέλεια, Τζο!» Έκανε δυο βήματα και αγκάλιασε τον άντρα της. «Σ' ευχαριστώ που είσαι τόσο καλός και έχεις κατανόηση. Πρέπει να πάρω μαθήματα από σένα.»

Ο Τζο γέλασε και φίλησε τη γυναίκα του στα χείλη.

«Μπένι», είπε ο Τζο, όταν την άφησε.

«Τι Μπένι;»

«Θα τον ονομάσουμε Μπένι.»

«Ααα...Μπένι. Πολύ ωραίο ακούγεται», είπε εκείνη. «σου αρέσεις το όνομα, Μπένι;» ρώτησε το γάτο, που τώρα τριβόταν στα πόδια και των δυο.

«Νιάου», απάντησε ο γάτος.

«Έλα, Μπένι, ας σε ταΐσουμε τώρα», είπε η Ρέιτσελ, απομακρύνοντας από τον Τζο. «Κι εσένα, Ρούφους. Δεν μπορώ να σε αφήσω έτσι.»

Μετά από ένα υπέροχο δείπνο με μπριζόλες, η Ρέιτσελ διάβαζε στο κρεβάτι, στηριγμένη σε δύο μαξιλάρια. Ο Τζο ήταν δίπλα της παρακολουθώντας τηλεόραση, κάνοντας κλικ σε διαφορετικά κανάλια με το τηλεχειριστήριο. Δεν μπορούσε να βρει κάτι ενδιαφέρον. Πάνω που μόλις είχε αποφασίσει να δει ένα παλιό επεισόδιο νόμου και τάξης, ο Μπένι αποφάσισε να συμμετάσχει. Ανέβηκε εύκολα στο κρεβάτι και στη συνέχεια πήγε προς τη Ρέιτσελ.

«Νιάου.»

«Νιάου και σε σένα», είπε η Ρέιτσελ, χωρίς να πάρει τα μάτια της από τη σελίδα που διάβαζε. Ο Μπένι ήταν τρυφερός, τρίβονταν στο χέρι της, πείραζε το βιβλίο. Μετά, τριβόταν ι στα χέρια της έως ότου ανακάλυψε τα μαλλιά της. Ένα πόδι σηκώθηκε για να χτενίσει τα μαλλιά της με τα νύχια του.

«Αχ! Μπένι!»

Αμέσως, ο Ρούφους ήρθε για διάσωση. Και τα εκατό κιλά κίτρινης γούνας πήδηξαν στο κέντρο του κρεβατιού. Το βιβλίο της Ρέιτσελ έφυγε από τα χέρια της, και έπεσε στο πάτωμα. Ο Μπένι πήδηξε πάνω στο κεφαλάρι, που ήταν μια στενή λωρίδα ξύλου. Προσπαθώντας να είναι ισορροπημένη, η γάτα έψαχνε να ξεφύγει από τον Ρούφους. Αλλά ο σκύλος είχε άλλες ιδέες. Σήκωσε το ένα πόδι στον Μπένι, κάνοντας απαλούς θορύβους. Δεν σκόπευε να βλάψει τη γάτα, απλώς να επικοινωνήσει. Ή ναι παίξει. Ή οτιδήποτε. Ο Μπένι έκανε εξαίρεση σε αυτήν τη συμπεριφορά και γρύλλισε στο σκυλί, χτυπώντας στη μύτη του. Ο Ρούφους άφησε ένα κλαψούρισμα.

Ο Τζο αποφάσισε ότι έπρεπε να παρέμβει, ενώ η Ρέιτσελ προσπαθούσε να ξεφύγει.

«Ρούφους, άσε τη γάτα ήσυχη!» Είπε ο Τζο, προσπαθώντας να πιάσει το κολάρο του.

Η γάτα εκμεταλλεύτηκε αυτήν την ευκαιρία για να πηδήξει, αναπηδώντας πρώτα στο κεφάλι της Ρέιτσελ και μετά στο κομοδίνο. Καθώς ο Μπένι έτρεξε, χτύπησε τη λάμπα, και την έριξε στο πάτωμα. Η λάμπα έκανε ένα δυνατό χτύπημα πριν σπάσει. Ο Τζο προσπαθούσε να ξεδιπλώσει τον Ρούφο από το κρεβάτι στην άλλη πλευρά. Φυσικά, ο σκύλος δεν έφευγε ευγενικά. Ήταν αποφασισμένος να είναι το μόνο ζώο στο κρεβάτι. Ο Τζο τράβηξε το κολάρο του, τελικά έπεισε τον σκύλο να σηκωθεί από το κρεβάτι. Όχι όμως πριν η ουρά του που κουνιόταν, έριξε το ποτήρι με το νερό που είχε ο Τζο στο κομοδίνο του, στέλνοντάς το στο πάτωμα.

«Τζο! Οι γείτονες από κάτω, θα νομίζουν ότι τσακωνόμαστε», είπε η Ρέιτσελ.

«Φαίνεται πως είναι αλήθεια», είπε εκείνος, κοιτώντας το δωμάτιο.

Σπασμένα γυαλιά ήταν και στις δυο πλευρές του κρεβατιού και τα σκεπάσματα ήταν μισοσχισμένα, στο πάτωμα.

«Το λαμπατέρ μου!» Είπε η Ρέιτσελ, κοιτώντας την ζημιά.

«Θα φέρω τη σκούπα» είπε ο Τζο. «Μην πατήσεις στα γυαλιά με γυμνά πόδια»

Ενώ βρισκόταν στην ντουλάπα, παρατήρησε ότι τα ζώα είχαν ησυχάσει. Παραήταν ήσυχα. Με μια σκούπα και ένα φαράσι στο χέρι, πήγε να εξερευνήσει και βρήκε τα δύο ζώα στο υπνοδωμάτιο των επισκεπτών, ακουμπισμένα άνετα στο διπλό κρεβάτι. Ο Ρούφους χαλαρώνει, ενώ ο Μπένι ήγαν κουλουριασμένος ανάμεσα στα δύο μπροστινά πόδια του. Και οι δύο τον κοίταξαν αθώα.

«Να με πάρει.»

Ο Τζο επέστρεψε στην κρεβατοκάμαρά του και σκούπισε το σπασμένο γυαλί και μουρμούρισε, «αυτή είναι μια ένδειξη για το τι θα ακολουθήσει;»

ΔΕΚΑΈΞΙ

Η ΛΟΡΈΤΑ ΜΠΉΚΕ ΣΤΟ ΓΡΑΦΕΊΟ ΤΗΣ ΡΈΙΤΣΕΛ, στέκοντας για λίγο στην πόρτα σαν να παρουσιάζονταν σε κάποιον χορό, φαινόταν περίεργη, ως συνήθως, φορώντας ένα βαθύ μπλε παντελόνι. Κανείς δεν θα μπορούσε ποτέ να υποψιαστεί ότι ήταν κάποτε αστυνομικός ντετέκτιβ στη Νεβάδα επειδή η εμφάνισή της έδινε κάθε ένδειξη ότι ήταν μια αριστοκρατική, φοβισμένη γυναίκα του Θεού, πιθανώς στην κοινωνία.

«Καλημέρα, Λορέτα», είπε η Ρέιτσελ. «Φαίνεσαι θαυμάσια».

«Σ' ευχαριστώ, καλή μου. Εδώ έχω το νοίκι,» είπε, δίνοντάς της μια επιταγή.

«Θέλεις απόδειξη;»

«Όχι, η ίδια η επιταγή είναι η απόδειξη.»

«Λορέτα, μπορώ να σου κάνω μια προσωπική ερώτηση;»

«Εξαρτάται από την ερώτηση», είπε η Λορέτα χαμογελώντας. Πήγε προς την καρέκλα.

«Καταλαβαίνω. Είναι ευρέως γνωστό ότι κάποτε ήσουν μια εξαιρετική ντεντέκτιβ στη Νεβάδα», είπε η Ρέιτσελ.

Η Λορέτα κοίταξε σταθερά τη Ρέιτσελ, αδιάκοπη. «Αυτό είναι σωστό, παρόλο που εσύ και εγώ δεν έχουμε συζητήσει ποτέ το παρελθόν μου».

«Πώς ήταν να είσαι ντετέκτιβ;»

Το πρόσωπο της Λορέτας ξέσπασε σε ένα χαμόγελο και γέλασε. «Ω, θα έλεγα στην καλύτερη περίπτωση ότι ήταν μια περιπέτεια. Στη χειρότερη περίπτωση, ήταν επικίνδυνο. Γνώρισα πολλούς αξιοσημείωτους ανθρώπους με επιρροή. Όλα τα κοινωνικά στρώματα φιλτράρονται μέσα και έξω από τη Νεβάδα. Κάποιοι ήταν μη βίαιοι παραβάτες, ενώ άλλοι ήταν αρκετά επικίνδυνοι και σκληροί. Οι περισσότεροι είχαν μεγάλους τραπεζικούς λογαριασμούς.»

«Οι διάσημοι ήταν...;»

«Διάσημοι, πλούσιοι, πολιτικοί. Όλοι έρχονται στη Νεβάδα για να τζογάρουν, ξέρεις », είπε η Λορέτα. «Έπρεπε να είμαστε διακριτικοί και προσεκτικοί κατά τη διάρκεια ερευνών, διαφορετικά, θα μπορούσαμε να γίνουμε θύματα».

«Εννοείς, να σκοτωθείς;»

«Φυσικά.» Η Λορέτα το είπε αυτό με τόσο ηρεμία, σαν μια κατανοητή συνέπεια.

Η Ρέιτσελ κάθισε πίσω στην καρέκλα της για να σκεφτεί.

«Πλούσιοι, διάσημοι άντρες που συμμετέχουν σε παράνομες επιχειρήσεις δεν θέλουν οι γυναίκες τους να γνωρίζουν από πού προέρχονται τα χρήματα. Αυτά τα επαγγελματικά ταξίδια που έπρεπε να γίνουν ήταν συχνά για να διαπραγματευτούν συμφωνίες για ναρκωτικά, ξέπλυμα χρήματος, κλοπή μεγάλης κλίμακας, κι ό,τι άλλο θες. Η Λορέτα εύκολα αποκάλυψε αυτές τις πληροφορίες. «Και οι πολιτικοί, οι ψηφοφόροι τους σίγουρα δεν μπορούσαν να γνωρίζουν για τις δραστηριότητές τους, έτσι δεν είναι;»

«Ναι, μάλλον. Έτσι, έμαθες να είσαι προσεχτική.»

«Ναι, και γρήγορα.» Δίπλωσε τα ελκυστικά της χέρια στην αγκαλιά της, κοιτώντας σταθερά την Ρέιτσελ.

«Θα μπορούσες πραγματικά να γράψεις ένα βιβλίο, Λορέτα.» Τα μάτια της Ρέιτσελ ζάρωσαν στη σκέψη. «Θα ήταν ένα εγγυημένο μπεστ σέλερ.»

«Ναι, σίγουρα θα. Αλλά θα ήμουν νεκρή για αυτό.»

«Μπορώ να καταλάβω αυτή την πιθανότητα. Πες μου, γιατί η Ρούμπι φαίνεται να σε μισεί τόσο πολύ; Είναι ζηλιάρα; Ή μήπως αποδοκιμάζει το προηγούμενο επάγγελμά σου;» Η Ρέιτσελ κούνησε το κεφάλι της με απορία.

Η Λορέτα χαμήλωσε το βλέμμα της. Τώρα βρισκόταν σε αμηχανία.

«Δεν χρειάζεται να μου πεις. Δεν πειράζει, ξέχνα την ερώτηση», είπε η Ρέιτσελ. Αμέσως, άρπαξε τον ανεμιστήρα της από το γραφείο και άρχισε να δροσίζει το πρόσωπο της.

«Όχι, δεν με πειράζει να απαντήσω στην ερώτηση» είπε εκείνη, σηκώνοντας το βλέμμα της. «Όμως δεν θα ήθελα να πεις τίποτα σε κανέναν, εκτός ίσως από τον άντρα σου».

«Μα φυσικά. Δεν θα πω τίποτα σε κανέναν.» Είπε η Ρέιτσελ, απομακρύνοντας τον ανεμιστήρα.

«Η Ρούμπι κάποτε, δούλευε για μένα.»

«Σαν ντεντέκτιβ;»

«Όχι. Ήταν πληροφοριοδότης.»

«Η Ρούμπι, εμπιστευτικός πληροφοριοδότης;»

«Ναι. Και ήταν πολύ καλή σε αυτό », είπε η Λορέτα. «Ως μοντέλο μόδας, συνάντησε πολλούς πλούσιους και επιδραστικούς άντρες. Ήταν τόσο όμορφη όταν ήταν νέα, προσκεκλημένη πάντα στα καλύτερα πάρτι και τις εκδηλώσεις στη Νεβάδα.»

«Μάλιστα.»

«Η Ρούμπι είχε συνδέσεις που δεν θα μπορούσα ποτέ να ελπίζω να αποκτήσω. Είχε σχέσεις με την ελίτ γιατί ήταν κορυφαίο μοντέλο. Αυτό που άκουγε άνετα σε ένα πάρτι ήταν ανεκτίμητες πληροφορίες που κανείς άλλος δεν θα μπορούσε να κερδίσει στην αστυνομική δύναμη. Και αυτό που ανακάλυψε για μένα με παράνομο τρόπο ήταν ανεκτίμητο ».

Η Λορέτα κοίταξε σταθερά την Ρέιτσελ, πιθανώς κρίνοντας την αντίδρασή της στη συνομιλία που είχαν. Η Ρέιτσελ πίστευε ότι το χειριζόταν καλά, εκτός από τον έντονο αερισμό του εαυτού της.

«Η Ρούμπι ήταν μία από τους πληροφοριοδότες σου», τελικά η Ρέιτσελ μπόρεσε να πει. «Αυτό είναι αρκετά σοκαριστικό.»

«Και δεν θέλει κανένας να ξέρει για το παρελθόν της», είπε η Λορέτα. «Μετακόμισε στη Φλόριντα για να ξεφύγει από μένα και την πιθανή επίπτωση από τους εγκληματίες που μπορεί να θέλουν να με δουν νεκρή για τη σύλληψή τους. Δεν ήθελε κανένας από αυτούς να την αναζητήσει και να τη σκοτώσει μόλις απελευθερωθούν από τη φυλακή. Έτσι, όταν τυχαία μετακόμισα εδώ και ανακάλυψε ότι ήμουν η νέα κάτοικος, νόμιζε ότι το μυστικό της θα μαθευόταν.

Αλλά δεν έχω πει τίποτα σε κανέναν, εκτός από σένα.»

«Λοιπόν, αυτό εξηγεί πολλά», είπε η Ρέιτσελ.

«Η Ρούμπι δεν με μισεί πραγματικά, ανησυχεί απλώς μήπως αποκαλύψω το μυστικό της. Εάν μαθευτεί οτιδήποτε γι' αυτήν, ίσως κάποιος απατεώνας από το παρελθόν έρθει να την αναζητήσει. Ποιος ξέρει; Την έχω διαβεβαιώσει ότι δεν θα πω τίποτα σε κανέναν που μπορεί να αποδειχθεί επικίνδυνος, αλλά δεν με πιστεύει, οπότε ζει με το φόβο ότι θα εκτεθεί και φοβάται ότι θα την βρουν εγκληματίες», είπε η Λορέτα. «Κρατάει συνήθως απόσταση από μένα, πράγμα που είναι κρίμα. Ήμασταν κοντά.»

«Ουάου, είναι καταπληκτικά νέα. Δεν μπορώ να πιστέψω αυτά που άκουσα», είπε η Ρέιτσελ, βυθίζοντας πιο βαθιά στην καρέκλα της.

«Δεν μπορείς να το πεις στην Ρούμπι. Πρέπει να σου το πει η ίδια. Που ίσως να μην σου το πει και ποτέ.»

«Δεν θα πω μια λέξη, το υπόσχομαι.» Η Ρέιτσελ είχε μια άλλη ερώτηση τώρα. «Ήταν πληροφοριοδότης για πολύ καιρό; Θέλω να πω, δούλεψε για χρόνια ή, δεν ξέρω...»

«Δούλεψε για μένα για περίπου πέντε χρόνια και στη συνέχεια ασχολήθηκε με τη δουλειά της. Η Ρούμπι είναι λίγο μεγαλύτερη από εμένα, οπότε οι μέρες της ως μοντέλο ήταν περιορισμένες. Τελικά έπρεπε να εγκαταλείψει αυτόν τον τρόπο ζωής και να προχωρήσει, κάτι που έκανε. Δεν είμαι σίγουρη πού πήγε μετά ή όταν ήρθε στη Φλόριντα. Δεν την είχα δει για πολλά χρόνια, μέχρι που μετακόμισα εδώ.»

« Ήταν πάντα κοκκινομάλλα;»

Η Λορέτα έριξε το κεφάλι της πίσω και άφησε ένα γέλιο. «Ναι, είχε πάντα κόκκινα μαλλιά. Είναι προφανές ότι τα βάφει ακόμα. Στην ηλικία της, το μόνο χρώμα είναι το λευκό.

«Δεν ξέρουμε ποτέ ποιος ζει ανάμεσά μας, έτσι;»

«Σίγουρα όχι, Ρέιτσελ. Ποιος θα πίστευε ότι θα ζούσα στη Φλόριντα, στην παραλία, σε ένα συγκρότημα κατοικιών αφού έμενα στην έρημο; Σίγουρα όχι εγώ.» Η Λορέτα σηκώθηκε λίγο από την καρέκλα. «Καλύτερα να πηγαίνω τώρα. Ήταν ωραία η συζήτηση μαζί σου, αγαπητή μου.»

«Ω, ήταν χαρά μου που πέρασα αυτό τον χρόνο μαζί σου, Λορέτα.» Η Ρέιτσελ συνόδευσε τη γυναίκα στην πόρτα. «Να προσέχεις.»

Καθώς η Λορέτα πέρασε στη μέση της πόρτας, γύρισε εν μέρει προς την Ρέιτσελ. «Μπορείς να δοκιμάσεις να πάρεις κάποιο χάπι για αυτές τις εξάψεις, αγαπητή μου.»

«Εντάξει, ευχαριστώ για την συμβουλή.»

«Και μείωσε την καφεΐνη.»

«Ναι κυρία μου.»

Η Λορέτα έφυγε από το γραφείο.

Η Ρούμπι, εμπιστευτικός πληροφοριοδότης. Ουάου! Περιμένετε να το μάθει ο Τζο!

ΔΕΚΑΕΠΤΑ

«Η ΓΑΤΑ ΤΡΙΒΕΤΑΙ ΣΤΑ ΠΟΔΙΑ ΜΟΥ», είπε ο Τζο καθώς καθόταν στο τραπέζι, προσπαθώντας ναφάει το βραδινό του.

«Ίσως σε συμπαθεί», είπε η Ρέιτσελ καθώς έκοβε μια τομάτα. «Και τον λένε Μπένι».

Ο Τζο κοίταξε τον Μπένι και το πλούσιο τρίχωμά του. «Ίσως διώχνει τους ψύλλους του έτσι.»

«Δεν έχει ψύλλους. Απλώς, σε συμπαθεί», επέμενε η Ρέιτσελ.

«Γιατί δεν ξύνεται πάνω σου;»

Η Ρέιτσελ σήκωσε τα μάτια της από το πιάτο και άφησε τα ασημικά. «Δεν συμπαθείς τον γάτο;»

«Δεν είπα ακριβώς αυτό.»

«Κάτι τέτοιο είπες.» Η Ρέιτσελ πήρε το παγωμένο τσάι της και ήπιε μια γουλιά. «Τι να έκανα; Με έπιασε εξ απήνης. Εξάλλου, είναι όμορφος. Το σκυλί τον συμπαθεί.»

«Ο Ρούφους τους συμπαθεί όλους. Δεν είναι καλό παράδειγμα.»

«Ώστε, προτιμάς να πάω τον γάτο πίσω στο καταφύγιο;» τώρα τον κοιτούσε επίμονα, παρακολουθώντας τον να βάζει ένα χοιρινό παιδάκι στο στόμα. «Μμμ;»

«Όχι! Ο γάτος δεν μπορεί να γυρίσει στο καταφύγιο.» Ο Τζο ήταν αυστηρός πάνω σε αυτό. «Τέρμα το καταφύγιο για τον Μπένι.»

«Τότε, ποιο είναι το πρόβλημα;» Η Ρέιτσελ άρχισε πάλι να τρώει.

«Δεν ξέρω...είναι μαύρος. Είναι τρομακτικός. Πετάγεται από το πουθενά.»

«Όλες οι γάτες το κάνουν όταν υπάρχει ένα τεράστιο σκυλί στο σπίτι. Και από πότε έγινες προληπτικός με τις μαύρες γάτες;»

Ο Τζο την κοίταξε σαν να είχε βγάλει ξαφνικά πράσινα μαλλιά. «Δεν είμαι προκατειλημμένος με το χρώμα του!»

«Μερικοί άνθρωποι φοβούνται τις μαύρες γάτες. Αυτό είναι γελοίο, θα έλεγα», είπε η Ρέιτσελ, σηκώνοντας ξανά το ποτήρι της. «Η Ολίβια πήρε τη λευκή γάτα, αλλιώς θα μπορούσαμε να είχαμε αυτήν.»

«Δεν με νοιάζει τι χρώμα είναι η γάτα. Το μαύρο είναι όμορφο. Παίρνω πίσω αυτό που είπα. Η γάτα είναι μια χαρά, ο Μπένι μένει, τέλος της συζήτησης», είπε ο Τζο.

«Αλλά είπες ...»

«Ξέχνα αυτό που είπα, είναι εντάξει. Φάε το δείπνο σου.»

Η Ρέιτσελ έκανε τη συνηθισμένη κίνηση με τα μάτια της. Οι άντρες είναι τόσο περίεργοι.

Αργότερα εκείνο το βράδυ, η Ρέιτσελ κάθισε στο μπουντουάρ της στο μπάνιο, κοιτάζοντας το πηγούνι της. Έκανε τσακίσματα μέχρι να βρει τα τσιμπιδάκια της και άρχισε να μαζεύει τρίχες.

Ο Τζο μπήκε στο μπάνιο για να βουρτσίσει τα δόντια του, κοιτάζοντας προς τα πλάγια καθώς την πέρασε.

«Τι κάνεις;»

«Βγάζω τρίχες.»

«Εννοείς ότι έχεις μουστάκια;» Ο Τζο έγειρε το κεφάλι του στο πλάι καθώς κοίταξε τη Ρέιτσελ.

«Μουστάκια! Όχι, αυτά είναι απείθαρχες τρίχες», είπε, τραβώντας μια με μια μομφή. «Λοιπόν, είναι λίγο χονδροειδείς. Ίσως είναι μουστάκια.»

«Από πότε βγάζουν μουστάκια οι γυναίκες;»

«Από την εμμηνόπαυση, Τζο. Βγάζουμε τρίχες εκεί που δεν είχαμε ποτέ πριν, νιώθουμε εξάψεις, κρυώνουμε, έχουμε αλλαγές στη διάθεση, ό,τι μπορείς να φανταστείς.. Όλα χάρη στη μητέρα φύση.» έβγαλε μια άλλη τρίχα.

«Όλα χάρη στην ηλικία», είπε ο Τζο, προχωρώντας σε έναν από τους νεροχύτες. Η Ρέιτσελ σταμάτησε να βγάζει τρίχες και του έριξε μια αυστηρή ματιά.

«Ναι, Τζο. Ακριβώς όπως χάνεις εσύ τα μαλλιά σου από το κεφάλι και τα αποκτάς στα αυτιά σου», παρατήρησε με λίγο χαμόγελο

Ο Τζο τρίβει το κεφάλι με το χέρι του. Αυτό που κάποτε ήταν ένα χοντρό κεφάλι μαλλιών ήταν τώρα σαφώς λεπτό. Τα δεινά της γήρανσης.

«Λοιπόν, είσαι σίγουρος για τη νέα συντροφιά μας;» Ρώτησε η Ρέιτσελ.

«Ποια; Έχουμε τον Ρούφους και τη γάτα.» Ο Τζο

συμπίεσε την οδοντόκρεμα στη βούρτσα του και την έβαλε στο στόμα του.

«Τη γάτα, φυσικά. Είσαι εντάξει με το να τον αποκαλείς Μπένι;»

«Λοιπόν, καλό είναι και το Μαυρούλης» είπε ανάμεσα στο βούρτσισμα.

«Δεν μπορούμε να είμαστε λίγο πιο πρωτότυποι, ε;»

«Σουτ.» Μόνο που όταν είπε τη λέξη ακούστηκε κάπως.

«Όχι.»

«Κάρβουνο.»

Η Ρέιτσελ γύρισε προς το μέρος του. «Όχι. Σοβαρέψου.»

«Δεν ξέρω. Δεν έχω άλλα ονόματα. Διάλεξε εσύ», είπε, βουρτσίζοντας τα δόντια του.

«Σουάρτζ» του πέταξε εκείνη.

Ο Τζο γύρισε για να την κοιτάξει αφού έβαλε την οδοντόβουρτσα του πίσω στη θήκη.

«Τι είναι αυτό;»

«Είναι στα γερμανικά το μαύρο.»

«Σουάρτζ;»

«Ναι, το κοίταξα.»

«Τότε, αν έχεις ήδη αποφασίσει, γιατί με ρωτάς;»

«Σου έδωσα την ευκαιρία να συμμετάσχεις.»

«Σουάρτζ; Πραγματικά;»

«Ναι.»

Ο Τζο βγήκε έξω από το μπάνιο, φωνάζοντας στη σύζυγό του, «Σουάρτζ, ξε Σουάρτζ, πες το όπως θέλεις, δεν με νοιάζει. Αλλά προτιμώ τον Μπένι.»

Η Ρέιτσελ κάθισε στην καρέκλα της, βγάζοντας τρίχες και χαμογελούσε. «Τότε το Μπένι παραμένει», είπε.

. . .

Η Λόλα και ο Μαρκ έκανα σαν νιόπαντρο ζευγάρι κάθε φορά που ήταν στο κοινό. Στην πισίνα κρατούσαν τα χέρια τους, φιλιόντουσαν λίγο, και άπλωναν με αγάπη το αντηλιακό στις πλάτες του άλλου, όλη την ώρα με μεγάλα χαμόγελα στα πρόσωπά τους. Όλοι πίστευαν ότι ήταν φάρσα. Αλλά η Λόλα φαινόταν πολύ χαρούμενη. Ήταν η μόνη που πίστευε ότι οι ρομαντικές σκηνές παιζόντουσαν μπροστά σε όλους.

Η Ρέιτσελ είχε ακούσει φήμες ότι η Λόλα είπε στον κόσμο πόσο γλυκός ήταν ο Μαρκ για αυτήν, ότι συμφιλιώθηκαν και όλα ήταν καλά. Η Ρέιτσελ δεν το πίστεψε. Ο Μαρκ κέρδιζε χρόνο μέχρι να ξαναχτυπήσει, σαν μια γάτα που παίζει με το θήραμά της. Το καλό ήταν, ότι ο Τζο είχε προσέξει ότι το δοχείο σκουπιδιών τους ξεχειλίζει, κάτι που ήταν θετικό σημάδι ότι καθαρίζουν τα χάος τους.

Ο ντετέκτιβ Φρανς επισκέφθηκε το γραφείο της Ρέιτσελ. Ήταν αργά την Παρασκευή το απόγευμα και η Ρέιτσελ ήταν έτοιμη να φύγει νωρίς. Αλλά με την άφιξή του, αυτό δεν ήταν πιθανό.

«Ελπίζω να μη σας διακόπτω», είπε ο ντεντέκτιβ καθώς το κεφάλι του πρόβαλλε από την πόρτα.

«Ααα, όχι, περάστε!» Η Ρέιτσελ τον χαιρέτησε θερμά, παρά την αγωνία της να φύγει.

«Σκέφτηκα να σας κάνω μια ενημέρωση», είπε εκείνος, καθώς καθόταν στην καρέκλα. «Είχαμε μια ανώνυμη αναφορά για κάποιον άγνωστο που εθεάθη στην πολυκατοικία σας.»

«Τι; Ποιον; Εννοώ, πότε; Δεν καταλαβαίνω.»

«Λίγες μέρες μετά τη δολοφονία, ένας άντρας με

σκούρο παλτό και καπέλο προσπαθούσε να εισέλθει από τις πόρτες. Προφανώς, δεν τα κατάφερε», δήλωσε ο Φρανς. «Όποιος τον είδε, ένιωθε ότι δεν ανήκε εδώ γιατί, κατά τη γνώμη αυτού του ατόμου, φαινόταν ύποπτος. Ο άντρας δοκίμασε την πόρτα αρκετές φορές και συνέχισε να ψάχνει για άλλη είσοδο.

«Είναι περίεργο. Ποιος φοράει παλτό και καπέλο στην παραλία Ντεητόνα;»

«Προσπάθησε επίσης να καλέσει κάποιον από το θυροτηλέφωνο, για να του ανοίξουν, αλλά αυτό δεν λειτούργησε. Τι συμπέρασμα βγάζετε;» Ρώτησε ο Φρανς Γαλλία.

«Δεν έχω ιδέα», είπε η Ρέιτσελ. «Εάν είχαμε μια κάμερα ασφαλείας, θα μπορούσαμε να κερδίσουμε κάποιες απαντήσεις. Με τον φόνο και με ύποπτους ανθρώπους να τριγυρνούν, ίσως χρειαστεί να εγκαταστήσω μερικές κάμερες.»

«Αυτή θα ήταν η πρότασή μου.»

«Πρέπει να μοιραστώ κάτι μαζί σας», είπε η Ρέιτσελ, κουνώντας την καρέκλα της πιο κοντά στο γραφείο. «Είχα μια συνομιλία με μια πρώην αστυνομικό ντετέκτιβ από τη Νεβάδα. Μια υψηλόβαθμη ντετέκτιβ.»

Ο Φρανς φαινόταν έκπληκτος και έδειχνε ενδιαφέρον. «Αλήθεια; Υψηλό προφίλ; Πώς και συνομιλήσατε με κάποιαν σαν αυτή;»

«Μένει εδώ. Και αυτό δεν πρέπει να γίνει γνωστό.»

«Απίστευτο, ποτέ δεν ξέρεις, έτσι;» Χαμογέλασε στη Ρέιτσελ. «Διοικείτε πολύ καλά εδώ το μέρος, δεν νομίζετε;»

«Η Ρέιτσελ δεν κατάλαβε το χιούμορ. «Είναι μια

πολύ ωραία, αξιοσέβαστη γυναίκα. Πηγαίνει στην εκκλησία και σε όλα. Αλλά το παρελθόν της είναι σίγουρα ενδιαφέρον, ναι.» Η Ρέιτσελ έγειρε πιο κοντά στον Φρανς πάνω από το γραφείο της. «Σκέφτηκα ότι ίσως ... ποιος ξέρει ... ίσως κάποιος την έψαχνε; Όχι ότι της το είπα αυτό.»

«Ο ύποπτος άντρας.»

«Ακριβώς.»

«Αυτή τη στιγμή γνωρίζει κάποιον που θέλει να της κάνει κακό;» Ρώτησε ο Φρανσα. "Έχει λάβει απειλές;»

«Δεν νομίζω. Δεν έδειξε κάτι τέτοιο όταν μίλησα μαζί της. Και αυτό ήταν πρόσφατα», είπε.

«Δεν είναι πολλά τα στοιχεία. Αλλά θα το σημειώσω», είπε.

«Έγινε κάτι σχετικά με τον επισκέπτη στο διαμέρισμα της Ένιδας;»

«Τίποτα το οριστικό, αλλά πρέπει να το εξετάσουμε εάν έρθουν άλλες πληροφορίες»

«Φυσικά.»

«Κι εσείς, παρακαλώ, βάλτε κάμερες σε όλο το μέρος!» Είπε ο Φρανς καθώς σηκώθηκε να φύγει.

«Μάλιστα, κύριε! Αμέσως, κύριε!» Η Ρέιτσελ χαμογέλασε στον Φρανς. «Σοβαρά, θα το φροντίσω άμεσα!»

Αφού έφυγε ο ντετέκτιβ, η Ρέιτσελ τηλεφώνησε σε μια εταιρεία ασφαλείας που γνώριζε. Θα ερχόντουσαν το πρωί, της είπαν. Έτσι, θα είχε λιγότερο άγχος, μέσα στο άγχος της.

ΔΕΚΑΟΧΤΏ

«ΕΝΤΆΞΕΙ, Θ'ΈΛΩ ΜΙΑ ΣΟΚΟΛΆΤΑ. ΜΕΓΆΛΗ.» είπε η Ρέιτσελ αρκετά δυνατά. «Δεν γυρίζω σπίτι αν δεν πάρω τουλάχιστον μία.»

«Από πότε σου αρέσει η σοκολάτα;» Είπε η Ολίβια, ρίχνοντας ένα περίεργο βλέμμα στην Ρέιτσελ. «Εγώ θα πάρω ένα παγωμένο τσάι», είπε στην σερβιτόρα. Και μετά, δείχνοντας την Ρέιτσελ, «Κι αυτή το ίδιο.»

«Κάν' τα τρία,» πρόσθεσε η Τία. Γυρνώντας προς τις γυναίκες, είπε, «Ήταν μια δύσκολη μέρα. Έτσι και μου παραπονεθεί άλλη μια γυναίκα για την εμμηνόπαυση, θα ξεράσω.»

Σημείωση προς τον εαυτό μου, σκέφτηκε η Ρέιτσελ, μην γκρινιάξεις για τις εξάψεις.

«Αύριο θα εγκαταστήσω κάμερες ασφαλείας σε διάφορα μέρη γύρω από την πολυκατοικία», ανακοίνωσε η Ρέιτσελ.

«Καλή ιδέα, μετά τον φόνο,» είπε η Ολίβια.

«Έπρεπε να το είχες κάνει νωρίτερα» συμπλήρωσε η Τία.

«Έχεις δίκιο, έπρεπε. Αλλά δεν το έκανα.» Η Ρέιτσελ επέτρεψε στην σερβιτόρα να αφήσει το τσάι της και ένα πιάτο με κουλουράκια μπροστά της. Ακολούθησε με ένα μπολ τρούφα σοκολάτα. Η Ρέιτσελ πήρε μια χούφτα.

«Αν υπάρξει κι άλλο περιστατικό και κάποιος άλλος πάθει κακό, οι κάμερες θα παίξουν σημαντικό ρόλο», είπε η Ολίβια, παίρνοντας το ποτό της.

«Πράγματι, και είναι απαραίτητες» σχολίασε η Τία, παίρνοντας κι εκείνη το τσάι της.

Η Ρέιτσελ πήρε μια γουλιά από το ποτήρι της, γύρισε το καλαμάκι περίπου δύο φορές για να διαλύσει τη ζάχαρης που έριξε και είπε: «Ένας ύποπτος άντρας φάνηκε να μπαίνει στο κτίριο πρόσφατα».

Και οι δύο γυναίκες έστρεψαν τα μάτια τους στη Ρέιτσελ. «Τι;» Είπαν ταυτόχρονα.

Η Ρέιτσελ κούνησε το κεφάλι της. «Φοβάμαι πως είναι αλήθεια», είπε, πίνοντας μια μεγάλη γουλιά τσάι.

«Όμως, μπορεί να μην έχει σχέση με τον φόνο. Μπορεί να είναι εντελώς αθώος.»

«Ή, μπορεί να ξαναγυρίσει για να βρει το πραγματικό θύμα που έψαχνε, γιατί η Ένιδα δεν ήταν αυτό που ήθελε», είπε η Ολίβια.

«Αυτό πού το πας;» Είπε η Ρέιτσελ. «Γι' αυτό και η εγκατάσταση των καμερών.»

«Η ζωή είναι επικίνδυνη πια. Δεν μου αρέσει αυτό», είπε η Τία.

«Σου θύμισε την Ινδία;» Ρώτησε η Ολίβια.

«Τρομακτικά» είπε η Τία.

«Εεε, δεν είμαστε στην Ινδία,, ούτε στη Νέα Υόρκη ή το Ντιτρόιτ. Είμαστε στην ηλιόλουστη Παραλία της Ντεϊτόνα, κυρίες μου,» είπε η Ρέιτσελ, προσπαθώντας να ανεβάσει το ηθικό των φιλενάδων της. «Το έγκλημα, δεν είναι και τόσο μεγάλη δουλειά εδώ. Ναι, που και που έχουμε κάποιον περιστασιακό φόνο, αλλά αλλού, σε μια μεγαλύτερη πόλη, τα πράγματα είναι χειρότερα. Ελάτε, ανεβείτε λίγο!» Η Ρέιτσελ ήπιε δυο μεγάλες γουλιές τσάι και κατέβασε με μια χαψιά τις τρούφες.

Η σιωπή έπεσε πάνω από το τραπέζι των φίλων καθώς σκέφτονταν αυτήν τη νέα πραγματικότητα κινδύνου στην πολυκατοικία τους. Ακούστηκε μια δυνατή βροντή, διακόπτοντας τη σιωπή και ένα άγγιγμα όζον γέμισε τον αέρα.

«Πάλι τα ίδια», είπε η Τία. «Όταν κατέβηκα από το διαμέρισμά μου, είχε ζέστη και ήλιο. Τώρα έχουμε καταιγίδα.»

«Κάθε μέρα τα ίδια», είπε η Ολίβια. «Ο καιρός με εκπλήσσει.»

«Ναι, πώς μπορεί να βρέχει στη μία πλευρά του δρόμου και όχι στην άλλη», είπε η Ρέιτσελ. «Ή πώς ξεσπάει έτσι μια καταιγίδα και μετά βγαίνει ξανά ήλιος; Τρελός καιρός.» Σηκώθηκε.

«Πού πηγαίνεις;» Ρώτησε η Ολίβια.

«Να πάρω τη σοκολάτα που ζήτησα. Πρέπει να φάω κι άλλη. « Η Ρέιτσελ σηκώθηκε από το τραπέζι για να πάει στο μηχάνημα με τα γλυκά, δίπλα στις τουαλέτες. Γύρισε γρήγορα με δυο σοκολάτες.

«Νόμιζα πως ήθελες μόνο μία.» Είπε η Ολίβια. «Έφαγες και όλες τις τρούφες».

Η Ρέιτσελ κοίταξε το άδειο μπολ.

Μάλλον το έκανα.

«Είναι μικρές, οπότε πήρα δύο». Η Ρέιτσελ, άνοιξε γρήγορα τη μία σοκολάτα και πήρε μια δαγκωνιά.

«αν συνεχίζεις να τις τρως, θα πάρεις κιλά», είπε η Τία.

«Βασικά, απ' ότι φαίνεται, κάνουν το αντίθετο», είπε η Ρέιτσελ. Χάνω βάρος.»

Η Τία ανασήκωσε τα φρύδια της. «Να προσέχεις με αυτή την απώλεια βάρους. Μπορεί κάτι να σημαίνει.»

«Αμφιβάλλω.»

Βροντή! Αστραπή! Κεραυνός φώτισε το κλαμπ'.

Οι γυναίκες δεν σταμάτησαν να μιλάνε.

«Ολίβια, πώς πάει το ρομάντζο σου;» Ρώτησε η Τία.

Δεν χρειαζόταν να πει κάτι άλλο η Τία. Το χρώμα της Ολίβια άστραψε. Χαμογέλασε κιόλας δυνατά ως απάντηση.

«Αχ, η ζωή είναι υπέροχη!» Τα χέρια της κουνιόντουσαν στον αέρα τώρα. «Είμαι μια ευτυχισμένη γυναίκα. Ο φίλος μου είναι υπέροχος, τρυφερός και τζέντλεμαν.»

«Ωωωω, φαίνεται πως η φιλενάδα μας είναι ερωτευμένη.» είπε η Ρέιτσελ.

«Είσαι ερωτευμένη;» Ρώτησε η Τία.

«Ναι. Είμαι ερωτευμένη με τον Ρόναλντ.» Αν και δέρμα της ήταν ήδη κόκκινο, κοκκίνησε ακόμα περισσότερο.

«Γλυκειά μου, το πρόσωπό σου κοκκίνησε σαν τομάτα», είπε η Ρέιτσελ, χαμογελώντας.

«Εντάξει, μιλήσαμε στα σοβαρά», άρχισε να λέει

η Ολίβια, «και υπονόησε ότι θέλει μια πιο μόνιμη σχέση.»

«Δηλαδή, θα μείνετε μαζί;» Ρώτησε η Ρέιτσελ.

«Ναι.»

«Εσύ τι είπες;» Ρώτησε η Τία.

«Υποτίθεται ότι το σκέπτομαι.» Η Ολίβια έπαιξε με τον γιακά της, σίγουρο σημάδι ανησυχίας.

Έριξε τα μεγάλα καστανά μάτια της στη Ρέιτσελ και στη συνέχεια στην Τία και αναστέναξε. «Δεν θέλω ιδιαίτερα να ζήσω με τον Ρόναλντ ή με κάποιον άλλο άνδρα. Μου αρέσει να ζω μόνη μου. Αφού μεγάλωσα τέσσερα παιδιά χωρίς πατέρα, είμαι ενθουσιασμένη που μπορώ να κάνω ακριβώς ό,τι θέλω, όταν θέλω και μετά αποφασίζω να κάνω το αντίθετο. Ακριβώς επειδή μπορώ.

«Ααα.» Είπαν οι δυο γυναίκες ταυτόχρονα.

«Κι αν πρόκειται να ζήσω με έναν άντρα, αυτός θα είναι ο σύζυγός μου», είπε η Ολίβια, αναστενάζοντας ξανά. «Ναι, είμαι παλαιών αρχών, το ξέρω. Όμως αυτή είμαι.»

«Το έχεις πει αυτό στον Ρόναλντ;» Ρώτησε η Τία.

«Όχι ακόμα. Δεν είναι εύκολο θέμα», είπε η Ολίβια. «Είναι πολύ σύντομα για να μιλήσουμε για γάμο. Όμως, επειδή εργάζεται πολλές ώρες, θα μπορούμε να βλεπόμαστε πιο συχνά αν έμενα στο σπίτι του.

«Ναι, αυτό είναι αλήθεια», είπε η Ρέιτσελ, μασώντας την σοκολάτα της.

«Πάντως, εγώ θα σου έλεγα να μείνεις έτσι όπως είσαι, αφού είσαι ευτυχισμένη μόνη σου», είπε η Τία. «Εξάλλου, γιατί να μετακομίσεις εσύ; Γιατί να μην το κάνει εκείνος;»

«Έχει μεγάλο σπίτι, δεν θα μετακομίσει σε ένα

δυάρι πολυκατοικίας», είπε η Ολίβια. «Ούτε θέλω να το κάνει.»

«Το σπίτι νικά την πολυκατοικία», είπε η Ρέιτσελ, κάνοντας νόημα στην σερβιτόρα. «Το καταλαβαίνω αυτό. Ίσως κάποιος απ' τους δυο σας βρει κάποιο εναλλακτικό σχέδιο.»

«Δεν υπάρχει βιασύνη», είπε η Τία, κάνοντας επίσης νόημα στην σερβιτόρα να της φέρει ένα τσάι.

«Καμία, βιασύνη. Συμφωνώ.» Είπε η Ολίβια, κουνώντας αρνητικά το κεφάλι της για άλλο ποτό. «Κορίτσια, έχω να διορθώσω κάποια γραπτά πριν την έναρξη των μαθημάτων, γι' αυτό φεύγω.»

«Ωωω, τόσο σύντομα;» Ρώτησε η Τία.

«Θα μας λείψεις.» Είπε η Ρέιτσελ, θλιμμένα.

«Θα τα πούμε την επόμενη βδομάδα», είπε η Ολίβια, πιάνοντας την τσάντα της. «Πρέπει να φύγω».

«Γεια», φώναξαν οι γυναίκες στην Ολίβια.

Η Ολίβια βυθίστηκε στον καναπέ κάτω από μια κουβέρτα, που ήταν βολική για να κρατήσει τα πόδια της ζεστά. Για κάποιο λόγο, από την έναρξη της εμμηνόπαυσης, τα πόδια της ήταν πάντα κρύα. Έσφιξε επίσης το κάλυμμα γύρω από τα πόδια της. Νιώθοντας ικανοποιημένη, η Ολίβια άνοιξε τη Βίβλο που είχε στα χέρια της. Ίσως μπορούσε να βρει μερικές απαντήσεις εδώ. Δεν πέρασε πολύ ώρα και δύο γάτες ήρθαν και κάθισαν δίπλα της.

«Γει;α σας, γλυκούλες μου». Εκείνες απάντησαν με νιαουρίσματα. Ο άστατος καιρός έξω, δεν φάνηκε να τις ενοχλεί.

Η λευκή αγαπούσε να τρίβεται αδιάκοπα στην

κουβέρτα, αφήνοντας έτσι πολλά άσπρα μαλλιά πάνω της. Η μαύρη ήταν ικανοποιημένη με το να γέρνει προς την Ολίβια και να γουργουρίζει. Είχε αποφασίσει να ονομάσει την λευκή Περλ και τη μαύρη Έμπονι. Προσαρμόζονταν όμορφα, πιθανώς επειδή είχαν η μία την άλλην ως παρέα.

Η Ολίβια συνειδητοποίησε ότι οι φίλες της δεν κατάλαβαν τον δισταγμό της να μετακομίσει στον Ρόναλντ. Ήξερε ότι δεν κατάλαβαν γιατί δεν ήταν θρησκευόμενες. Η Τία ήταν ινδουίστρια, αλλά δεν φαίνεται να εξασκεί καμία θρησκεία τώρα. Η Ρέιτσελ, από την άλλη πλευρά, είχε μια χαλαρή σχέση με τον Θεό. Σπάνια ερχόταν στην εκκλησία, αν και ο Τζο το έκανε. Όταν παρευρέθηκε ήταν μετά από εντολή του Τζο επειδή ήταν διακοπές. Ήταν ένας από αυτούς τους παρευρισκόμενους το Πάσχα και τα Χριστούγεννα.

Η Ολίβια άνοιξε τη Βίβλο στους Ψαλμούς, αναζητώντας καθοδήγηση

ΔΕΚΑΕΝΝΙΆ

ΜΈΧΡΙ ΤΗ ΣΤΙΓΜΉ ΠΟΥ Η ΡΈΙΤΣΕΛ ΈΦΤΑΣΕ ΣΤΗΝ ΜΠΡΟΣΤΙΝΉ ΤΗΣ ΠΌΡΤΑ, είχε κατεβάσει δύο σοκολάτες, μισή ντουζίνα μπισκότα, δέκα τρούφες και πολλά παγωμένα τσάγια. Σίγουρα ένιωθε ανεβασμένη. Τα βήματά της ήταν δύσκολα και το χέρι της είχε δυσκολία να εντοπίσει την κλειδαρότρυπα. Είχε περάσει πια η ώρα του δείπνου, οπότε δεν ήξερε τι είχε φάει ο Τζο ή ακόμα κι αν είχε φάει. Ίσως κοιμόταν. Ήλπιζε να κοιμόταν. Δεν θα χαιρόταν μαζί της στην παρούσα κατάσταση. Επιπλέον, ένιωθε διακοσμητικά για κάποιο λόγο. Αυτό ήταν κάτι που δεν χρειάζεται να ξέρει.

Χτυπώντας τα κλειδιά για να μπει, η Ρέιτσελ ένιωσε έκπληξη όταν η πόρτα άνοιξε. Ενώ περίμενε μια επίθεση από τον Ρούφους, αναρωτήθηκε γιατί η μπροστινή πόρτα δεν ήταν κλειδωμένη. Έκλεισε την πόρτα, αλλά ακόμα δεν υπήρχε τίποτα να κινείται γύρω της. Κανένας ήχος. Ούτε από τον σκύλο. Η Ρέιτσελ δεν ήξερε αν είχε γλιτώσει από μια επίθεση ή τι είχε συμβεί; Γύρισε τον διακόπτη του φωτός και είδε - τίποτα. Το φως δεν άναψε. Αυτή η πραγματικότητα την ενόχλησε. Γιατί ο Τζο δεν άλλαξε τη λάμπα; Πώς θα έβρισκε το δρόμο της στο σκοτάδι ώστε να γλιτώσει την επίθεση από τον Ρούφους; Ήταν σίγουρα στο έλεος του σκύλου τώρα. Και γιατί δεν είχε κλείσει ο Τζο η μπροστινή πόρτα;

«Περίεργο. Ή είμαι τυχερή». Δεν ήταν σίγουρη.

Η Ρέιτσελ έκανε ένα βήμα μέσα στο σκοτάδι και σκόνταψε στο χαλί. Έπεσε στο πάτωμα και ένιωσε πόνο στο γόνατο. «Ωωω, γιατί είμαι τόσο άγαρμπη;» Μουρμούρισε.

Καθώς προσπαθούσε να σηκωθεί από το χαλί μέσα στο σκοτάδι, η Ρέιτσελ θυμήθηκε ξαφνικά, ότι δεν είχε χαλί στο διαμέρισμά της. Είχε ξύλινα πατώματα. Αυτό που άγγιζαν τα χέρια της ήταν σίγουρα χαλί. «Χριστός και Παναγία, πού είμαι;»

Νιώθοντας αποπροσανατολισμένης καθώς στεκόταν, η Ρέιτσελ γύρισε εκεί που νόμιζε ότι βρισκόταν η μπροστινή πόρτα, σπρώχνοντας τα χέρια της για να τη νιώσει. Έκανε αρκετά βήματα προτού συνειδητοποιήσει ότι δεν είχε περπατήσει τόσο αρχικά.

«Πού είσαι πόρτα;»

Η Ρέιτσελ άρχισε να κλαίει, ακόμη και να λυγίζει λίγο αφού σκόνταψε πάλι. Ταλαντεύονταν, κατάφερε να κρατηθεί όρθια.

«Εντάξει, το καταλαβαίνω. Είμαι ένα κακό κορίτσι απόψε. Αλλά σε παρακαλώ, βοήθησέ με να βρω την πόρτα!»

Η Ρέιτσελ άκουσε έναν θόρυβο που αναγνώρισε

ότι προερχόταν από το ασανσέρ, οπότε γύρισε προς αυτή την κατεύθυνση, κάνοντας προσεκτικά βήματα προς τον ήχο. Μόλις ένιωσε την πόρτα, έφτασε κάτω για το πόμολο και την άνοιξε. Μπαίνοντας στο διάδρομο, γύρισε για να κοιτάξει τον αριθμό του διαμερίσματος στην πόρτα. 810. Αυτό ήταν το διαμέρισμα της Ένιδας. Δεν ήταν καν στο σωστό πάτωμα. Κλειδώνοντας γρήγορα την πόρτα, επέστρεψε στο ασανσέρ. Η Ρέιτσελ πάτησε τον αριθμό του ορόφου της, αισθανόμενη σαν ανόητη. Δεν είχε καμία πρόθεση να πει σε κανέναν για αυτό.

Τελικά όταν έφτασε στο διαμέρισμά της στον τέταρτο όροφο, η Ρέιτσελ ανακουφίστηκε που δεν βρήκε κανέναν στο σπίτι. Ο Τζο και ο Ρούφος πρέπει να βγήκαν έξω για μια βόλτα έκτακτης ανάγκης επειδή το λουρί έλειπε από το άγκιστρο από την πόρτα. Η Ρέιτσελ έβαλε την τσάντα της στο τραπέζι της τραπεζαρίας, αλλά εκείνη έπεσε και το περιεχόμενο χύθηκε. Καθώς έσκυβε στα γόνατα, ανακάλυψε ότι το δεξί γόνατό της είχε τραυματιστεί. Κοιτάζοντας το γόνατό της, είδε ένα εξάνθημα και το αίμα να ξεχειλίζει.

«Χαζή. Πόσο ανόητη.»

Κάθισε δίπλα στο περιεχόμενο που είχε στην τσάντα της και άρχισε να μαζεύει τα αντικείμενα που είχαν πέσει. Κραγιόν, πούδρα, βιβλίο επιταγών, πορτοφόλι, όλα ήταν σε ένα σωρό. Άκουσε κλειδιά να κουδουνίζουν καθώς άρχισε να σηκώνεται με τα αντικείμενα της στο χέρι. Ξαφνικά αισθάνθηκε λιποθυμία, δεν μπορούσε να κρατήσει την ισορροπία της, οπότε έπεσε πίσω. Η μπροστινή πόρτα άνοιξε για να αποκαλύψει τον Τζο και τον σκύλο να μπαίνουν από την βόλτα τους. Η Ρέιτσελ, βρισκόταν καθισμένη στο πάτωμα με τα αντικείμενα της στο χέρι, κοιτάζοντας τον Τζο και τον σκύλο. Αφού απελευθερώθηκε από το λουρί, ο Ρούφους έτρεξε αμέσως στο σημείο όπου καθόταν η Ρέιτσελ. Τότε ο σκύλος έκανε ό, τι καλύτερο μπορούσε να κάνει: στράφηκε προς τη Ρέιτσελ, ρίχνοντάς την προς τα πίσω εύκολα από τη θέση της. Ο Ρούφους έπνιξε αμέσως τη Ρέιτσελ, γλείφοντας το πρόσωπο και το κεφάλι της. Διαμαρτυρήθηκε, αλλά δεν έκανε καλό. Προσπάθησε να σηκωθεί, αλλά ο σκύλος αποφάσισε να βάλει όλο το βάρος του στο σώμα της. Δεν θα μπορούσε να σηκωθεί τώρα. Ανάσαινε με δυσκολία.

«Σήκω! Σήκω από πάνω μου!» Ψιθύρισε ανασαίνοντας βαριά.

«Έλα εδώ, Ρούφους», είπε ο Τζο. «Καλό αγόρι.»

Το σκυλί σηκώθηκε και πήγε στον Τζο.

«Μπράβο αγόρι μου!» Είπε ο Τζο, χτυπώντας το ελαφρά στο κεφάλι.

Η Ρέιτσελ σήκωσε το κεφάλι της για να κοιτάξει και τους δύο. Ήξερε ότι τα μαλλιά της ήταν ανάκατα, τα μισά έπεφταν στο πρόσωπό της. Γκρίνιαξε καθώς μετακίνησε το σώμα της σε θέση γονατιστή, και τελικά στάθηκε, ταλαντευόμενη. Τα αντικείμενα από το πορτοφόλι της ήταν ακόμα στο πάτωμα, αλλά επέλεξε να μην τα μαζέψει. Προσπαθώντας να συγκεντρώσει κάποια αξιοπρέπεια, έβαλε τα χέρια της στους γοφούς της.

«Είσαι χάλια», παρατήρησε ο Τζο.

«Λοιπόν, τι περιμένεις μετά από επίθεση από τον γίγαντα;»

«Υποθέτω ότι δε θα ήσουν σε αυτή την κατάσταση αν δεν είχες πιει». Έκανε το σχόλιό του ήσυχα, χωρίς να υψώσει τη φωνή του.

«Δεν είμαι μεθυσμένη», διαφώνησε εκείνη.

«Πας πέρα-δώθε. Δεν μπορείς να σταθείς όρθια. Και φαίνεσαι μεθυσμένη», είπε εκείνος. «Το βλέπω στο πρόσωπό σου. Το μυρίζω. Σαν σάπιο φρούτο. Τζιν έπινες;»

Η Ρέιτσελ δεν απάντησε. Απλώς κουνιόταν λίγο ακόμα.

Ο Τζο έφυγε, κουνώντας το κεφάλι.

«Έφαγες;» Ρώτησε η Ρέιτσελ.

«Μη σε απασχολεί το αν έφαγα».

Ο Τζο μπήκε στην κρεβατοκάμαρα, ξάπλωσε στο κρεβάτι και άνοιξε την τηλεόραση. Μετά από λίγα λεπτά, η Ρέιτσελ μπήκε στο δωμάτιο, στέκεται στην πόρτα. Κοίταξε τον άντρα της που παρακολουθούσε ήσυχα τηλεόραση, αγνοώντας την παρουσία της. Δεν ήταν σίγουρη τι να κάνει, γι 'αυτό αποφάσισε να κάνει ντους. Ίσως ένα κρύο ντους να την αποσπάσει από την παρούσα κατάσταση. Δεν θα έβλαπτε.

Καθώς βρισκόταν στο ντους, η Ρέιτσελ άνοιξε το κρύο νερό. Η θερμοκρασία ήταν τόσο σοκαριστική για το σύστημά της όταν η ψυχρή έκρηξη έπληξε το σώμα της και έριξε το αφρόλουτρο της. Φτάνοντας κάτω για το τζελ, μούσκεψε ακούσια τα μαλλιά της. Σηκώθηκε γρήγορα, και πρόσθεσε λίγο ζεστό νερό. Όταν τελικά τελείωσε και βγήκε από το μπάνιο, παρατήρησε ότι τα φώτα ήταν σβηστά στο υπνοδωμάτιο και η οθόνη της τηλεόρασης ήταν σκοτεινή. Ήταν πολύ νωρίς για να πάει στο κρεβάτι, οπότε πήγε στο σαλόνι. Εκεί βρήκε μια κουβέρτα και το μαξιλάρι της να βρίσκεται στον καναπέ. Ο Τζο τα είχε βάλει εκεί. *Είναι πραγματικά τρελός*, σκέφτηκε. Μερικές φορές δεν το έδειχνε, και ποτέ δεν της φώναξε, αλλά υπήρχαν σημάδια όταν ο Τζο έφτανε στα άκρα. Αυτό ήταν ένα από αυτά. Δεν μπορούσε να θυμηθεί πότε το έκανε αυτό για να δείξει την πλήρη αποδοκιμασία του.

Η Ρέιτσελ έβαλε το μαξιλάρι στο ένα άκρο του καναπέ και χαλάρωσε την κουβέρτα. Ίσως να προσπαθούσε να κοιμηθεί. Εξάλλου, ήταν εξαντλημένη. Τον τελευταίο καιρό η ενέργειά της δεν ήταν μεγάλη, οπότε λίγος επιπλέον ύπνος δεν θα έβλαπτε. Τεντώθηκε στον καναπέ και τράβηξε την κουβέρτα πάνω στο σώμα της. Ακριβώς εκείνη τη στιγμή, ο Ρούφους έπεσε πάνω της και της έδωσε ένα ατημέλητο φιλί. Χρειάστηκε μόνο ένα γλείψιμο για να καλύψει ολόκληρο το πρόσωπό της με τη μεγάλη του γλώσσα. «Όχι. Φύγε», είπε, σπρώχνοντας το τριχωτό σώμα του. Αλλά ο Ρούφος δεν την άφησε ήσυχη. Χρειάστηκαν ώρες μέχρι να κοιμηθεί. Περιοδικά, ερχόταν στο σημείο που βρισκόταν, της έδινε ένα τρυφερό γλείψιμο με τη γλώσσα του, και επέστρεφε στο χώρο ανάπαυσης. Κατά συνέπεια, η Ρέιτσελ σχεδόν δεν κοιμήθηκε. Η Ρέιτσελ δεν συνειδητοποίησε ότι ο Τζο δεν κοιμόταν στην πραγματικότητα όταν ανακάλυψε ότι είχε τοποθετήσει το μαξιλάρι και την κουβέρτα στον καναπέ. Είχε ξαπλώσει, με την πλάτη του στραμμένη προς αυτήν, έτσι θα νόμιζε ότι κοιμόταν. Δεν ήθελε τότε να της μιλήσει. Ενώ ήξερε ότι δεν έπρεπε να κοιμηθούν θυμωμένοι, έπρεπε να λάβει θέση. Το ποτό της Ρέιτσελ, στο μυαλό του, ήταν εκτός λειτουργίας. Δεν μπορούσε πλέον να τηρήσει τη συμπεριφορά της. Όχι, έπρεπε να σχεδιάσει τη γραμμή και αυτή ήταν η ώρα.

Γύρω στις 2 π.μ., ξεκίνησε μια σκέψη για τη Ρέιτσελ: *Γιατί προσπαθώ να κοιμηθώ στον καναπέ; Έχουμε ένα πολύ καλό υπνοδωμάτιο επισκεπτών, με ένα άνετο κρεβάτι. Για όνομα του Θεού, δεν χρειάζεται να κοιμηθώ εδώ.*

Η Ρέιτσελ σηκώθηκε, με το μαξιλάρι στο χέρι, και κατευθύνθηκε προς την άλλη κρεβατοκάμαρα. Σύρθηκε μέσα στο μεγάλο κρεβάτι και τράβηξε τα καλύμματα μέχρι το λαιμό της. Ο Ρούφους την ακολούθησε στην κρεβατοκάμαρα. Κάθισε στο ύψος των ματιών, κοιτάζοντας την, μέχρι που αποφάσισε να ανέβει στο κρεβάτι μαζί της.

«Ω, όχι, όχι!» είπε, σπρώχνοντας το τριχωτό θηρίο από το κρεβάτι. «Δεν με κρατήσεις άλλο ξύπνια με τα φιλιά σου.»

Η Ρέιτσελ ξύπνησε το πρωί για να βρει τον Ρούφους να κοιμάται, με ένα μπροστινό πόδι στη μέση και το κεφάλι του να ακουμπά στον ώμο της.

ΕΊΚΟΣΙ

Η ΡΈΙΤΣΕΛ ΜΠΉΚΕ ΣΤΟ ΓΡΑΦΕΊΟ ΤΗΣ ΜΕ ΚΑΦΈ. Ο Τζο έφυγε όταν ξύπνησε. Πρέπει να ήταν πολύ ήσυχος για να μην τον άκουσε να τριγυρίζει. Μετά από όλα, ο ύπνος της είχε διακοπεί, χάρη στον Ρούφους. Ο καφές ήταν λοιπόν ό,τι έπρεπε για την ημέρα. Πολύς καφές. Αγνοώντας την προειδοποίηση της Λορέτας σχετικά με την καφεΐνη, η Ρέιτσελ ήξερε ότι την χρειαζόταν για να ξυπνήσει. Αλλά ήταν τόσο εξαντλημένη, ένιωσε σαν τα πόδια της να σέρνονται πίσω καθώς περπατούσε. Εάν το καθήκον δεν την καλούσε, η Ρέιτσελ θα είχε επιστρέψει στο κρεβάτι.

Υπήρχαν μηνύματα στο φωνητικό ταχυδρομείο. Κάποιος είπε ότι οι άνθρωποι ασφαλείας θα έφταναν νωρίτερα από ό, τι είχε κανονίσει την προηγούμενη μέρα. Νωρίτερα. Όχι αυτό που ήθελε να ακούσει. Ψάχνοντας στο συρτάρι του γραφείου της, βρήκε το αναλγητικό της. Τρία. Ήταν μια μέρα τριών χαπιών. Δεν άργησε πολύ να φτάσει το πλήρωμα ασφαλείας.

«Η Ρέιτσελ;» ρώτησε ο άντρας καθώς έμπαινε στο γραφείο.

«Ναι, είσαι από την Εϊς;» ρώτησε εκείνη, καθώς σηκώθηκε από την καρέκλα της.

«Μάλιστα, κυρία μου. Έλεγξα ήδη λίγο έξω καθώς ερχόμουν», είπε. «Φαίνεται εύκολη δουλειά.»

«Ααα, χαίρομαι που το ακούω», είπε εκείνη και κάθισε ξανά.

«Εδώ είναι όλα συζητήσαμε στο τηλέφωνο» είπε, δίνοντάς της χαρτιά. «Κοίταξέ τα και αν υπάρχει κάτι που θέλεις, πρόσθεσέ το.»

«Εντάξει, θα το κάνω.»

«Λοιπόν, θα ξεκινήσουμε τώρα.» Ο άντρας έγνεψε και βγήκε από το γραφείο της.

Η Ρέιτσελ μελέτησε τη σύμβαση με τα συνοδευτικά έγγραφα. Το μυαλό της άρχισε να παρασύρεται και πολύ σύντομα σκεφτόταν τον Τζο. Ο γλυκός, στοργικός, υπέροχος σύζυγός της. Ο τύπος που θα της έδινε τη ζωή, δεν έθεσε ερωτήσεις. Ο πιο αφοσιωμένος άνδρας που είχε γνωρίσει ποτέ. Την αγάπησε. Αυτήν! Λοιπόν, ίσως δεν την αγάπησε τόσο πολύ σήμερα το πρωί. Όχι μετά την χτεσινή παράσταση. Ήταν μεθυσμένη - και ένιωθε μεθυσμένη, για να μην αναφέρουμε, δύστροπη. Η Ρέιτσελ μπερδεύτηκε γιατί δεν είχε πιει καν ένα ποτήρι κρασί. Και ένιωθε αμηχανία και μετάνοια. Πώς μπορούσε να φαίνεται μεθυσμένη στον Τζο;

Θυμήθηκε πώς ο Τζο πάντα απολάμβανε ένα καλό γεύμα. Όπως λέει το παλιό ρητό: Ο δρόμος προς την καρδιά ενός άνδρα περνάει από το στομάχι του. Αυτό ήταν πολύ αλήθεια για τον Τζο.

Τον συνάντησε σε ένα μικρό καφενείο κοντά στο οποίο επέβλεπε μια ομάδα καθώς έχτιζαν μια τράπεζα. Ερχόταν κάθε μέρα στο καφέ για μεσημεριανό γεύμα. Έτυχε επίσης να είναι κι εκείνη τακτική στο καφενείο, καθώς ήταν κοντά στο γραφείο της. Ίσως όχι κάθε μέρα σαν τον Τζο, αλλά συχνά πήγαινε για μεσημεριανό. Παρατήρησε ότι ο Τζο ήταν πάντα εκεί, οπότε τελικά παρατήρησαν ο ένας τον άλλον. Ο Τζο ήταν αυτός που έκανε την πρώτη κίνηση μετά από μερικές εβδομάδες.

«Σε βλέπω εδώ όλη την ώρα», της είχε πει καθώς καθόταν στο τραπέζι. «Νομίζω ότι πρέπει να γνωριστούμε.»

Ήταν ευχαριστημένη με την ιδέα και χαμογέλασε, οπότε της συστήθηκε.

«Είμαι ο Τζο Μπερνς».

«Ρέιτσελ Μπράντι.»

«Έχω αυτό το εργοτάξιο απέναντι», είπε, βάζοντας τα χέρια του στο πίσω μέρος της καρέκλας καθώς μιλούσε. «Αυτό το μέρος είναι τόσο βολικό. Το φαγητό είναι επίσης καλό.»

«Εγώ εργάζομαι στο δικηγορικό γραφείο, στη γωνία», είπε, παρατηρώντας τον άντρα.

«Μπορώ;» Ρώτησε, σηκώνοντας τα χέρια του λίγο πάνω από την καρέκλα, δείχνοντας ότι θα ήθελε να καθίσει.

«Ναι, φυσικά. Παρακαλώ.»

Ο Τζο κάθισε απέναντι από τη Ρέιτσελ και η σχέση τους ξεκίνησε Πριν από σχεδόν τριάντα χρόνια. Ο Τζο ήταν είκοσι έξι, η Ρέιτσελ είκοσι τέσσερα.

«Πρέπει να μιλήσουμε,» είπε η Ρέιτσελ, όταν ο Τζο φάνηκε στην πόρτα.

. . .

Εκείνη καθόταν στην τραπεζαρία με ένα ποτήρι παγωμένο τσάι. Ο Ρούφους έκανε τους συνηθισμένους θορύβους, καθώς χαιρετούσε τον Τζο.

«Εντάξει,» είπε εκείνος, πηγαίνοντας προς το τραπέζι, δίνοντας ένα ελαφρύ χτύπημα στον Ρούφους. «Μίλα.»

«Φαινόμουν σα να είχα πιει εχτές βράδυ, αλλά νομίζω πως είναι λόγο της αύξησης του ζαχάρου ή της υπογλυκαιμίας ίσως. Ήταν μια δύσκολη μέρα. Μεγάλη βδομάδα. Παρασύρθηκα, έφαγα σοκολάτα και μπισκότα, δεν ξέρω...», εξήγησε σηκώνοντας τους ώμους. Δεν ανέφερε το λάθος που έκανε να μπει στο δωμάτιο της Ένιδας.

«Μμμ.» Ο Τζο, απλώς την κοιτούσε επίμονα, περιμένοντας κι άλλα.

«Δεν μου άρεσε που κοιμήθηκα στον καναπέ», είπε εκείνη και φαινόταν λιγάκι θλιμμένη. «Ήταν μοναχικά. Μόνο τον Ρούφους είχα, και με ξυπνούσε συνέχεια, γλείφοντάς με. Ο γάτος με απέφευγε. Μετά, πήγα στην άλλη κρεβατοκάμαρα.»

«Μμμ...»

«Τι να πω; Συγνώμη». Εκείνη τον περίμενε να ανταποκριθεί.

Ο Τζο παρέμεινε σιωπηλός. Ήταν ξεκάθαρο πως δεν θα της το έκανε εύκολο. Άραγε η σχέση τους περνούσε κρίση;

«Τουλάχιστον, δεν ανησυχούσες μήπως οδηγήσω εγώ», του είπε, με ένα μεγάλο χαμόγελο στο πρόσωπό της.

. . .

Ο Τζο ούτε που κουνήθηκε, και φυσικά, δεν έσκασε κανένα χαμόγελο. Δεν είδε τίποτα το διασκεδαστικό ή παρηγορητικό στο σχόλιό της. Απλώς την κοιτούσε ανέκφραστα. Η Ρέιτσελ ένιωσε άβολα. Τα πράγματα δεν πήγαιναν καλά.

«Νόμιζα ότι θα μιλούσαμε. Δεν έχεις τίποτα να πεις;» τον ρώτησε. «Δεν θα με συγχωρήσεις;»

Ο Τζο κάθισε αναπαυτικά στην καρέκλα του και σταύρωσε τα χέρια στο στήθος. «Τρεις λέξεις έχω να σου πω: σταμάτα να πίνεις.»

Η Ρέιτσελ, έκρυψε το πρόσωπό της στο στήθος της. Αυτό ήταν σκληρό. Δεν περίμενε να ακούσει κάτι τέτοιο. Ο Τζο πάντα την συγχωρούσε. Τι το διαφορετικό υπήρχε αυτή τη φορά; Δεν κατέστρεψε και κανένα αμάξι, δα. Δεν έκανε τίποτα τόσο σοβαρό.

«Τζο, δεν καταλαβαίνω...»

«Το ξέρω. Γι' αυτό άκου με», της είπε.

Ο Τζο έσκυψε μπροστά και ακούμπησε τα χέρια του στο τραπέζι. Την κοίταξε σοβαρά και άρχισε να μιλάει.

«Σ' αγαπώ, αλλά δεν μου αρέσει η συμπεριφορά σου», της είπε. Οι λέξεις, ήταν σα μαχαιρά για την Ρέιτσελ. «Δεν αντέχω να μεθάς. Η αλήθεια είναι, πως δεν μεθάς κάθε βράδυ, αλλά το κάνεις συχνά. Και αυτό το βρίσκω αποκρουστικό. Αν νομίζεις ότι θα ανεχτώ αυτή την συμπεριφορά, ένα θα σου πω, κάνεις λάθος.»

Η Ρέιτσελ έσκυψε στην καρέκλα με τα χέρια σταυρωμένα στο στήθος της, τα μάτια της άρχισαν να γεμίζουν με δάκρυα. Τα λόγια που άκουσε τρύπησαν στην καρδιά της σαν χιλιάδες σφαίρες να πυροβολούνται από ένα πιστόλι. Κάθε λέξη τρύπησε μια νέα τρυφερότητα.

"You cannot go on drinking like you're doing and expect me to remain your husband."

Το πρόσωπο της Ρέιτσελ αμέσως μεταμορφώθηκε όταν άκουσε αυτά τα λόγια. Έβαλε και τα δύο χέρια στο πρόσωπό της και άρχισε να κλαίει.

«Ξέρω ότι αυτό σε πονάει να το ακούσεις, και πρέπει να ξέρεις ότι με πονάει να σου το πω. Αλλά τελείωσα», είπε, γέρνοντας πίσω στην καρέκλα. «Δεν θα σε χωρίσω, αυτό είναι αντίθετο με τις θρησκευτικές μου πεποιθήσεις, αλλά δεν θα συνεχίσω να μένω μαζί σου αν δεν σταματήσεις να πίνεις».

Η Ρέιτσελ συνειδητοποίησε ότι η κατάσταση ήταν πολύ χειρότερη από ό, τι είχε φανταστεί. Ο Τζο απειλούσε να την αφήσει. Ο γλυκός Τζο. Πώς θα μπορούσε να της συμβαίνει αυτό το απαίσιο πράγμα; Το άγχος ήταν τόσο έντονο από αυτήν τη συζήτηση, η Ρέιτσελ πραγματικά πονούσε στο στήθος της. Αυτό το σφίξιμο εκεί προκάλεσε δυσκολία στην αναπνοή, με τον πόνο να ταξιδεύει ακόμη και στην πλάτη της. Ο πόνος στα πόδια της ήταν τόσος, λες και την προηγούμενη μέρα είχε τρέξει σε μαραθώνιο.

«Μα, Τζο, εγώ δεν...»

Σήκωσε το χέρι του για να την σταματήσει. «Δεν θέλω να μου πεις τίποτα. Θέλω να σκεφτείς αυτό που σου είπα. Θέλω να κοιμηθείς στον καναπέ, στην άλλη κρεβατοκάμαρα, δεν με ενδιαφέρει που. Και όταν τα σκεφτείς όλα αυτά », της είπε, τεντώνοντας τα χέρια του, «τότε, έλα να μου πεις τί λύση βρήκες.»

«Λύση;»

«Λύση. Οι συγνώμες δεν μετράνε. Όχι τώρα.»

Τα μάτια της Ρέιτσελ ορθάνοιξαν, στη σκέψη του τι να κάνει.

Ο Τζο σηκώθηκε και πήγε προς την πόρτα.

«Πάω έξω να φάω. Δεν χρειάζεται να μαγειρέψεις για μένα», της είπε, κλείνοντας την πόρτα πίσω του. Και με αυτό, ο Τζο έφυγε η Ρέιτσελ έμεινε να σκεφτεί την χειρότερη μέρα της ζωής της.

ΕΊΚΟΣΙ ΈΝΑ

Η Ρέιτσελ πέρασε εκείνο το βράδυ μαζεύοντας κάποια πράγματα από την κυρίως κρεβατοκάμαρα για να μπορέσει να νιώσει πιο άνετα στο υπνοδωμάτιο των ξένων. Ήταν θυμωμένη και ένιωθε ότι χρειαζόταν χρόνο, να μείνει μόνη με τις σκέψεις της, κάτι περισσότερο από μία ή δύο νύχτες. Ώρα να καταλάβει τι της συνέβαινε. Επίσης, ο Τζο χρειαζόταν χρόνο για να του λείψει την παρουσία της. Έφερε μερικά από τα προϊόντα περιποίησης και το μακιγιάζ της, τα έβαλε στο μπάνιο επισκεπτών. Τώρα ήταν έτοιμη να μείνει μακριά από τον Τζο, αν και στο ίδιο διαμέρισμα.

Όσα περισσότερα έφερνε, τόσα περισσότερα σκεφτόταν να φέρει. Και εξοργιζόταν ακόμα περισσότερο. Κάθε φορά που πήγαινε στην κρεβατοκάμαρα, ένιωσε την οργή να φουντώνει όλο και περισσότερο. Ένιωσε το πείσμα να την τυλίγει. Η περιφρόνηση έγινε η φίλη της. Ήξερε ότι υπήρχαν σοκολάτα και μπισκότα στα ντουλάπια καθώς και ένα σακούλι πακοτίνια ήταν στο ντουλάπι. Βιβλία! Θα χρειαζόταν κάποια βιβλία. Η Ρέιτσελ ορκίστηκε να δείξει στον Τζο πόσο μοναξιά θα ένιωθε χωρίς αυτήν. Τρεις ή τέσσερις νύχτες πρέπει να τον κάνουν να ανταποκριθεί κατάλληλα. Θα με παρακαλεί να επιστρέψω.

Αφού τελικά οργάνωσε τα πάντα, η Ρέιτσελ άλλαξε τα ρούχα της και επέλεξε ένα όμορφο νυχτικό για να φορέσει. Δεν της ταιριάζει καλά, πολύ μεγάλο, αλλά επέλεξε να μην το αλλάξει. Κάθισε στο κρεβάτι του δωματίου με τα πόδια της κάτω από τα καλύμματα, ένα μπουκάλι κοκ δύο λίτρων στο κομοδίνο, μια σοκολάτα στο χέρι. Τα πακοτίνια και τα μπισκότα στηρίζονταν στην άλλη πλευρά των γοφών της. Ωστόσο, *δεν έπινε*. Άλλωστε, ποιος ήταν αυτός για να την αμφισβητεί; Τη συγκεκριμένη στιγμή, η πόρτα της κρεβατοκάμαρας άνοιξε.

Ο Τζο στάθηκε στην πόρτα. Η Ρέιτσελ ήταν τόσο θυμωμένη εκείνη τη στιγμή, που του έριξε ένα δολοφονικό βλέμμα.

Δεν αντάλλάχθηκαν λέξεις. Δεν χρειαζόταν. Ο Τζο έφυγε από το δωμάτιο, κλείνοντας την πόρτα.

Η Ολίβια μπήκε στο δωμάτιο πλυντηρίου και άνοιξε την καρέκλα του γκαζόν. Πήρε ένα μικρό τεμάχιο ξύλου που είχε φέρει και το έβαλε μεταξύ της πόρτας και της μαρσπιέ, έτσι της επέτρεπε να κοιτάζει έξω. Καθισμένη στην καρέκλα, είχε την τέλεια θέα κάθε δραστηριότητας που συνέβαινε στο διαμέρισμα των Ρότζερς. Σκέφτηκε να ζητήσει από την Πηνελόπη να δώσει ιδιαίτερη προσοχή στους γείτονές της, αλλά συνειδητοποίησε ότι ήταν η φυσιολογική της συμπεριφορά. Ίσως μεταξύ των δύο, να παρατηρούσαν ύποπτη δραστηριότητα. Κάτι έπρεπε να γίνει. Η αστυνομία κινείται πολύ αργά.

Παρατήρησε τη Λόλα να βγαίνει από το διαμέρισμά τους και σχεδόν πανικοβλήθηκε όταν νόμιζε ότι η γυναίκα ερχόταν στο δωμάτιο πλυντηρίων. Αλλά γύρισε πίσω και επανήλθε στο διαμέρισμά της. Όταν η Λόλα βγήκε την επόμενη φορά, είχε το πορτοφόλι και τα γυαλιά ηλίου της. Εξαφανίστηκε πίσω από τις πόρτες του ασανσέρ.

Όταν η Ολίβια δεν μπορούσε πλέον να ακούσει το ασανσέρ, είδε τον Μαρκ να βγαίνει από το διαμέρισμα και να κοιτάζει από τη μία πλευρά στην άλλη, υποδηλώνοντας στην Ολίβια ότι δεν ήθελε να τον δει κανένας. Πήγε στο διαμέρισμα της Ένιδας και προσπάθησε ανεπιτυχώς να ανοίξει την πόρτα. Προφανώς ενοχλημένος, ο Μαρκ επέστρεψε στο διαμέρισμά του. Η Ολίβια ήταν μπερδεμένη. Γιατί ο Μαρκ ήθελε να μπει σε αυτό το διαμέρισμα; Όλα τα στοιχεία είχαν ληφθεί γύρω από τη δολοφονία. Φαντάστηκε ότι η ομάδα καθαρισμού είχε καθαρίσει το χάλι που υπήρχε εκεί πια. Τι ήλπιζε ότι θα μπορούσε να βρει;

Ενώ η Ολίβια σκεφτόταν τι είχε δει, η πόρτα ξαφνικά άνοιξε.

«Τι κάνεις;» Ρώτησε η Ρούμπι. «Περίεργο μέρος για να κάθεται κανείς.»

Η Ολίβια αιφνιδιάστηκε, δεν μπόρεσε να σκεφτεί μια λογική δικαιολογία.

«Ούτε τα φώτα δεν έχεις ανάψει», είπε η Ρούμπι, πατώντας τον διακόπτη. «Γιατί κάθεσαι εδώ στο σκοτάδι;»

«Να, εγώ...εεε...» προσπάθησε να πει η Ολίβια. «Λοιπόν, αν θέλεις να ξέρεις, διαλογιζόμουν.»

Η Ρούμπι την κοίταξε ύποπτα. «Διαλογιζόσουν; Στο δωμάτιο πλυντηρίων;»

«Γιατί όχι;»

«Επειδή κάνει θόρυβο εδώ μέσα με όλα τα μηχανήματα να δουλεύουν.»

«Δεν λειτουργεί κανένα τώρα, οπότε, έχει ησυχία. Πολλή ησυχία. Μέχρι που ήρθες εσύ.»

«Χα. Τι είναι αυτό το ξύλο;» Η Ρούμπι κοιτούσε το κομμάτι ξύλου που ήταν στο πάτωμα, το οποίο κρατούσε την πόρτα ανοιχτή.

«Χρειαζόμουν λίγο φως.»

«Μάλιστα.» Ήταν προφανές ότι η Ρούμπι δεν πίστευε λέξη από της έλεγε η Ολίβια. «Τέλος πάντων. Ήρθα για να πάρω την μπουγάδα μου.»

«Ααα, εντάξει. Ας φεύγω εγώ, να μην σε ενοχλώ», είπε η Ολίβια, καθώς σηκώθηκε γρήγορα και δίπλωσε την καρέκλα με μαλακή κίνηση. Καθώς η Ρούμπι έβαζε τα πλυμένα ρούχα της μέσα στο καλάθι, η Ολίβια, τράβηξε το ξύλο από την πόρτα και την άνοιξε διάπλατα. «Γεια σου, Ρούμπι.»

«Ναι, γεια.» Καθώς έβγαινε από το δωμάτιο πλυντηρίων, η Ολίβια είδε την ηλικιωμένη γυναίκα να κουνάει το κεφάλι της.

Η Ρέιτσελ κάθισε πίσω από το γραφείο της, και σκεφτόταν την τροπή που είχε πάρει ο γάμος της, όταν μπήκε ο ντεντέκτιβ Φρανς. Την χαιρέτησε.

«Καλημέρα», της είπε με ένα μεγάλο χαμόγελο. «Ελπίζω να είσαι καλά.».

«Όχι τόσο καλά όσο φαίνεσai εσύ. Είσαι πολύ

πιο χαρούμενος σήμερα από ότι συνήθως.» Είπε η Ρέιτσελ.

«Εεε, ναι, ίσως». Απάντησε εκείνος, χαμογελώντας ακόμα.

«Λοιπόν, θα μου πεις; Είμαι περίεργη», τον πίεσε η Ρέιτσελ. «Ή κουτσομπόλα, ό,τι θέλεις.»

«Καλά, αφού ρώτησες», ξεκίνησε εκείνος, «η γυναίκα μου είναι έγκυος». Κάθισε στην καρέκλα, και φαινόταν πολύ χαρούμενος με τα νέα.

«Αλήθεια; Μπράβο! Είναι υπέροχα νέα», του είπε με χαμόγελο. Η Ρέιτσελ θυμήθηκε αυτές τις μέρες του γάμου. Η εγκυμοσύνη ήταν σπουδαίο γεγονός. Αυτές οι μέρες ήταν συναρπαστικές, γεμάτες ελπίδα και ευτυχία. «Χαίρομαι για σένα.»

«Είμαστε πάρα πολύ ευτυχισμένοι. Είναι το πρώτο μας.» Το χαμόγελό του δεν έσβηνε.

«Πόσο μηνών είναι;»

«Οκτώ εβδομάδων», της απάντησε. «Και όχι, δεν θέλουμε να ξέρουμε τι φύλλο είναι».

«Κρίμα!»

Ο ντεντέκτιβ γέλασε. «Όλοι αυτή την αντίδραση έχουν.»

«είναι υπέροχα νέα, όμως δεν ήρθες εδώ γι' αυτό». Ανασήκωσε τα φρύδια της από περιέργεια.

«Εντάξει, ώρα για δουλειά», της είπε. «Άκου τι ανακάλυψα ως τώρα: η φίλη σου, γνώριζε αυτόν που της επιτέθηκε, γι' αυτό τον άφησε να μπει στο διαμέρισμα η ίδια, είτε ήταν ένας απλός φίλος της, ή κάποιος γείτονάς της.»

«Ναι, αυτό το έχουμε ήδη πει», είπε η Ρέιτσελ, περιμένοντας να ακούσει κάποιες πληροφορίες που δεν είχε ξανακούσει.

«Ναι, πράγματι, το είπαμε.»

«Μίλησες με τον Μαρκ;» τον ρώτησε.

«Ναι. Μιλήσαμε όταν αφέθηκε ελεύθερος.»

«Και πώς πήγε;»

Ο Φρανς σήκωσε τους ώμους. «Δύσκολο να πω. Ισχυρίστηκε ότι δεν είχε καμιά ιδιαίτερη σχέση με την Ένιδα. Βλεπόντουσαν στον διάδρομο, στο πλυντήριο. Ήξερε ποια ήταν. Δεν είχε ακούσει πως δολοφονήθηκε. Ήταν όλα πολύ χαλαρά.»

«Όμως, μπορεί να είναι ύποπτος;» Στην Ρέιτσελ, δεν άρεσαν αυτά που άκουγε. Πότε θα έβρισκαν πια το τέρας που σκότωσε την φίλη της;

«Δεν υπάρχει κάτι χειροπιαστό που θα μπορούσαμε να του προσάψουμε», είπε ο Φρανς. ʻΉταν αρκετά ήρεμος, αν σκεφτούμε ότι τον πιέσαμε. Ήταν πιστευτός.»

«Πού ήταν την ώρα που έγινε η δολοφονία;»

«Σπίτι. Μάλλον στο κρεβάτι. Η ώρα του θανάτου δεν έχει καθοριστεί ακριβώς.»

«Και δεν άκουσε *τίποτα*; Το διαμέρισμα της Ένιδας ήταν χάλια, σα να έγινε πάλη», είπε η Ρέιτσελ. «Τίποτα δεν άκουσε;»

«Ούτε τον παραμικρό ήχο.»

«Και φυσικά, η γυναίκα του λέει, πως ήταν μαζί του», είπε εκείνη.

«Απολύτως.»

«Μάλιστα». Η Ρέιτσελ ήταν αναστατωμένη. «Λοιπόν, και πού αφήνει την υπόθεση αυτό; Στα συρτάρια;»

«αν δεν βρεθούν νέα στοιχεία, η υπόθεση βρίσκεται σε αδιέξοδο», είπε ο

Φρανς. «Δεν μου αρέσει να το λέω αυτό. Τέτοιου

είδους νέα, πάντα ενοχλούν τον κόσμο. Όμως δεν έχουμε ούτε υπόπτους, ούτε στοιχεία.»

«Και ο Χόρχε, στο καταφύγιο; Του μίλησες;» Τον ρώτησε.

«Βοήθησε πολύ, μου μίλησε για την Ένιδα και το καταφύγιο», απάντησε ο Φρανς. «Μου φάνηκε έντιμος άνθρωπος, τρυφερός. Αγαπάει τα ζώα.» Σήκωσε τους ώμους. «Δεν είναι δολοφόνος.»

«Όχι, δεν είναι», συμφώνησε η Ρέιτσελ. «Όμως δεν μπόρεσε να σου δώσει καμιά ιδέα για το ποιος μπορεί να διέπραξε τον φόνο;»

«Όχι, τίποτα. Δεν γνώριζε την προσωπική της ζωή.»

«Μα φυσικά. Ούτε εγώ δεν γνώριζα και πολλά για την προσωπική της ζωή. Και ήμουν στενή της φίλη.» Η Ρέιτσελ ακούμπησε το χέρια της στην πλάτη της καρέκλας, κοιτάζοντας τον ντετέκτιβ με αμηχανία. Ήταν πολύ αποθαρρυντικό όλο αυτό για εκείνην. Ήθελα να αποδοθεί δικαιοσύνη, να βρεθεί ένας δολοφόνος. Γιατί δεν μπορούσε η αστυνομία να τον βρει;

Ο Φρανς σηκώθηκε με χαμηλωμένο το κεφάλι. «Λυπάμαι, δεν έχω άλλα νέα να σου πω ή κάτι ελπιδοφόρο.»

«Η Πηνελόπη; Ίσως εκείνη να άκουσε κάτι», ρώτησε ξαφνικά. «Της μίλησες;»

«Από τις πρώτες. Δεν άκουσε τίποτα», είπε εκείνος, κάνοντας μια κίνηση με τα χέρια του, δείχνοντας το κεφάλι του. «Φοράει ακουστικά βαρηκοΐας, ξέρεις.»

«Μα φυσικά. Δεν τα φορούσε.» Είπε η Ρέιτσελ. «Και βόμβα να της ρίξεις στην πόρτα της, δεν θα την ακούσει.»

«Θα σε ενημερώσω αν μάθω κάτι, αλλά μέχρι στιγμής, δεν έχω καμιά ελπίδα.» Είπε ο Φρανς, πηγαίνοντας προς την πόρτα.

«Κι κείνος ο μυστηριώδης άντρας, με το παλτό και το καπέλο; Ίσως είναι ο δολοφόνος.»

«Δεν έχουμε τίποτα για κείνον. Ούτε βίντεο, ούτε όνομα, απολύτως τίποτα», απάντησε. «Οι πληροφορίες που λάβαμε προήλθαν από ένα ανώνυμο τηλεφώνημα. Ίσως, ο μυστηριώδης άντρας, να μην υπήρξε ποτέ.»

«Και ο επισκέπτης; Δεν μπορούσατε να βρείτε ποιος ήταν;»

«Λυπάμαι.»

«Καταλαβαίνω. Δεν μπορείτε να δημιουργήσετε έναν δολοφόνο. Είμαι απλώς αναστατωμένη. Όμως ευχαριστώ που ήρθες.»

Ευχαριστώ για το τίποτα.

Η Ρέιτσελ ήξερε ότι δεν ήταν δικό του λάθος που η υπόθεση βρισκόταν σε αδιέξοδο. Ήξερε ότι ήταν καλός ντετέκτιβ. Ήταν απλώς απογοητευτικό να μην έχουμε απαντήσεις. Επιστρέφοντας σε αυτό που έκανε, έγραφε επιταγές, υπέγραψε το όνομά της δώδεκα φορές. Η επιταγή που έγραψε για το σύστημα ασφαλείας της πολυκατοικίας ήταν σίγουρα μια λογική τιμή. Γιατί κανείς δεν είχε δει την ανάγκη να το εγκαταστήσει πριν γίνει διαχειριστής, η Ρέιτσελ δεν κατάλαβε.

Η πόρτα άνοιξε για άλλη μια φορά και μπήκε μια γυναίκα που η Ρέιτσελ δεν ήξερε.

«Γεια. Εσύ θα είσαι η Ρέιτσελ;» Είπε, εκτείνοντας το χέρι της. «Τηλεφώνησα εχτές για να νοικιάσω ένα διαμέρισμα.»

Η γυναίκα ήταν πολύ ελκυστική, ξανθιά, με

μαλλιά ως τον ώμο και μια μορφή που θα δημιουργούσε φθόνο στην καρδιά κάθε γυναίκας. Τα νύχια της ήταν τόσο μεγάλα, η Ρέιτσελ αναρωτήθηκε πώς κατάφερνε να κάνει οτιδήποτε, όπως να δέσει ένα κορδόνι; Φορούσε μπότες, οπότε ίσως αυτό δεν ήταν ποτέ πρόβλημα;

«Ονομάζομαι Λουάν Ρίλεη.» Είχε μια βαριά προφορά του νότου, σα να είχε μεγαλώσει στα δάση του Μισισιπή, να είχε ζήσει στην Αλαμπάμα και να είχε καταλήξει στο Κεντάκι.

«Χαίρομαι για τη γνωριμία, Λουάν.»

Η Ρέιτσελ πήγε στον ντουλάπι με τα κλειδιά, και έβγαλε τα σωστά κλειδιά για το διαμέρισμα.

«Θα σου δείξω το διαμέρισμα, ακολούθησέ με», είπε η Ρέιτσελ.

«Αν είναι στο μισό τόσο καλό όσο το περιέγραψες, σίγουρα θα το νοικιάσω», είπε η Λουάν.

«Το ασανσέρ είναι ακριβώς απ' έξω», είπε η Ρέιτσελ, δείχνοντας προς τις πόρτες από τις οποίες είχε μπει η Λουάν. «Θα χρησιμοποιείς αυτό το στρογγυλό κλειδί για να ξεκλειδώνεις την πόρτα που οδηγεί στο ασανσέρ σ' εκείνον τον γυάλινο κύβο.» Η Ρέιτσελ την οδήγησε στο ασανσέρ, δείχνοντάς της αυτό που είχε πει νωρίτερα. «Εσύ θα αφήνεις όποιον επισκέπτη έρχεται να μπει στο ασανσέρ.»

Το διαμέρισμα της Ένιδα δεν ήταν αυτό που θα κοίταζε. Δεν ήταν κατάλληλο για προβολή ακόμα, πόσο μάλλον για πώληση ή ενοικίαση. Η Ρέιτσελ περίμενε από την κόρη της Ένιδας να το πουλήσει, μόλις τελειώσουν οι διαδικασίες. Η ομάδα καθαρισμού είχε κάνει επαγγελματικό καθαρισμό τις τελευταίες δύο ημέρες. Η Ρέιτσελ ανατριχιάστηκε όταν σκέφτηκε να καθαρίσει το αίμα στους τοίχους και τα δάπεδα.

Μετά τη βόλτα με το ασανσέρ, η Λουάν και η Ρέιτσελ μπήκαν στο διαμέρισμα που ήταν προς ενοικίαση. Το στόμα της Λουάν άνοιξε διάπλατα εκτιμώντας αυτό που είδε.

«Αχ, το λατρεύω!»

«Το ήξερα!»

«Αχ, μια γρήγορη ματιά θα του ρίξω μόνο», είπε η Λουάν, και έτρεξε από τον διάδρομο στην κρεβατοκάμαρα. Επέστεψε αμέσως και πήγε προς τον ξενώνα και το μπάνιο.

«Δεν θα μπορούσα να ζητήσω τίποτα καλύτερο», είπε, μπαίνοντας στην κουζίνα. «Είναι τέλειο. Αυτό που χρειάζομαι. Και λατρεύω τη θέα στην πισίνα.»

«Εντάξει, λοιπόν, ας κατέβουμε να υπογράψουμε το συμβόλαιο», είπε η Ρέιτσελ. «Οι Τσάπελς είναι σπουδαίοι άνθρωποι. Αν έχεις οποιοδήποτε θέμα, παρακαλώ να επικοινωνήσεις μαζί τους, όχι με μένα», είπε η Ρέιτσελ, βάζοντας το συμβόλαιο μπροστά στην Λουάν, μόλις γύρισαν στο γραφείο. «Τα στοιχεία τους είναι στην τελευταία σελίδα. Θα σου δώσω ένα αντίγραφο.»

«Σε σένα θα δώσω την επιταγή;»

«αυτή τη φορά, ναι. Τον επόμενο μήνα θα πληρώνεις τους Τσάπελς με το ταχυδρομείο.»

«ανυπομονώ να μετακομίσω.» Η Ρέιτσελ πρόσεξε ότι η Λουάν κατάφερε να υπογράψει το συμβόλαιο, παρά τα μακριά της νύχια.

«Πότε θα μετακομίσεις;»

«Αύριο το πρωί. Δεν μπορώ να περιμένω!» Η Λουάν χαμογελούσε συνέχεια καθώς έδινε την επιταγή στην Ρέιτσελ.

«Καλώς; Ήρθες». Η Ρέιτσελ πάντα το έλεγε αυτό στον κόσμο. Τους έκανε να νιώθουν ωραία.

«Αν δεν πειράζει που σε ρωτάω, τι δουλειά κάνεις;»

«Είμαι τραγουδίστρια κάντρι, γλυκιά μου. Δεν το κατάλαβες;»

Τώρα που το ανέφερε η Λουάν, ναι, ταιριάζει. Έμοιαζες με τη νεότερη έκδοση της Ντόλι Πάρτον, με το μεγάλο στήθος. Και τα μακριά νύχια.

ΕΊΚΟΔΙ Δ'ΥΟ

ΚΙ ΕΤΣΙ, τα κορίτσια μαζεύτηκαν πάλι στο αγαπημένο τους μέρος, το κλάμπ.

«Ναι, είναι πολύ όμορφη, με μεγάλο μπούστο, νότια, και έχει αφάνταστα μακριά νύχια», είπε η Ρέιτσελ, ρουφώντας μια γουλιά παγωμένο τσάι. Έριξε μια ματιά στα μπισκότα. Βρώμης σήμερα.

«Είναι μια μοναδική προσθήκη στην κοινωνία μας», είπε η Ολίβια, πίνοντας κι εκείνη.

Συνοφρυωμένη, η Τία είπε, «Τραγουδίστρια της Κάντρι; Όσα πάνε κι όσα έρθουν, δηλαδή. Πώς πληρώνει το νοίκι;»

«Αυτό δεν είναι το πρόβλημά μου», είπε η Ρέιτσελ. «Οι Τσάπελς της νοικιάζουν. Εκτός αυτού, μπορεί να τα πηγαίνει καλά οικονομικά. Δεν ξέρουμε.»

«Αναρωτιέμαι αν έχει κάνει δίσκους;» ρώτησε η Ολίβια.

Η Ρέιτσελ σηκώθηκε. «Δεν έχω ιδέα. Δεν την έχω ακούσει.»

«Μπορεί να κάνει άγρια πάρτι», είπε η Τία, αντικαθιστώντας το ποτήρι της στο τραπέζι. «αυτό, σου προκαλεί κάποια ανησυχία.»

«Τότε, θα καλέσω την αστυνομία», είπε η Ρέιτσελ, κάνοντας νόημα στην σερβιτόρα. «Ωστόσο, δεν είναι δικό μου πρόβλημα. Όχι ακόμα.»

Εδώ ήταν, πάλι με τα κορίτσια. Πίνοντας τσάι και τρώγοντας σοκολάτα και μπισκότα, *ντροπή μου!* Ο Τζο πιθανότατα θα κοιμόταν ούτως ή άλλως όταν γύριζε σπίτι. Θα μπορούσε να γλιστρήσει στο άλλο υπνοδωμάτιο χωρίς να το πάρει είδηση. Θα έπρεπε μόνο να αντιμετωπίσει τον Ρούφους. Εκτός αυτού, δεν τρώνε μαζί τώρα, όχι από τη συνάντησή τους, τη μεγάλη συζήτηση. Ο καθένας ζούσε λίγο πολύ όπως επέλεξε. Πέρασε μια εβδομάδα από την έναρξη της ξεχωριστής κατάστασης στο υπνοδωμάτιο.

Μέχρι τώρα, ο Τζο δεν την πεθύμησε τόσο ώστε να την παρακαλέσει να επιστρέψει στην κρεβατοκάμαρά τους. *Εκείνος χάνει,* σκέφτηκε η Ρέιτσελ.

«Λοιπόν, Ο-λί-βια-α». Η Ρέιτσελ τόνιζε με έμφαση την κάθε συλλαβή του ονόματός της. «Πώς πάει το μεγάλο ειδύλλιο;»

«Τα πάμε μια χαρά.»

«Μετακόμισες ή ακόμα;»

«Όχι. Κι ούτε πρόκειται.» Η Ολίβια φαινόταν μάλλον ανήσυχη. «Σου είπα ήδη ότι δεν θέλω. Με συγχωρείτε, αλλά έχω το δικαίωμα να πω όχι», είπε η Ολίβια. «Προτιμώ να ζήσω μόνη μου.»

«Πώς γίνεται αυτό αν είσαι παντρεμένη;» Ρώτησε η Ρέιτσελ.

«Αυτό είναι το θέμα. Παντρευόμαστε», είπε η Ολίβια.

«Εκείνος τι λέει για όλα αυτά;» Ρώτησε η Τία.

«Είχαμε μια συζήτηση και σκέφτεται όσα του είπα.» Η Ολίβια έγειρε το κεφάλι της στο πλάι.

«Αλλά είναι πολύ νωρίς για να συζητάμε για γάμο. Το είπες κι εσύ», είπε η Ρέιτσελ.

«Ναι, αλλά έχω θέσει τουλάχιστον τα όρια. Αν παντρευτούμε, τότε μετακομίζω. Διαφορετικά, μένω εκεί που ζω», είπε η Ολίβια. «Φαίνεται να καταλαβαίνει.»

Η Τία και η Ρέιτσελ αντάλλαξαν βλέμματα.

«Ας αλλάξουμε το θέμα», είπε η Ολίβια με ένα κούνημα του χεριού της. «Έκανα λίγη χαλάρωση σήμερα.»

«Χαλάρωση;» Ρώτησε η Τία, βάζοντας το ποτήρι της κάτω.

«Ναι. Κατασκόπευα το διαμέρισμα των Ρότζερς.»

Η Ρέιτσελ κάθισε πιο αναπαυτικά. «Λοιπόν, πες μας.»

Η Ολίβια είπε στα κορίτσια για την έρευνά της νωρίτερα. «Και τότε, μπαίνει η Ρούμπι μέσα ξαφνικά. Πέθανα από το φόβο μου. Δεν ήξερα τι να πω.»

«Και τι είπες;» Ρώτησε η Ρέιτσελ, με περιέργεια.

«Είπα ότι έκανα διαλογισμό.»

«Διαλογισμό; Στο δωμάτιο των πλυντηρίων;» Ρώτησε η Τία.

«Αυτό ακριβώς είπε και η Ρούμπι» απάντησε η Ολίβια. «Ήταν η καλύτερη εξήγηση που μπόρεσα να βρω εκείνη τη στιγμή.»

Η Ρέιτσελ χαμογέλασε. «Σίγουρα η Ρούμπι δεν σε πίστεψε.»

«Δεν το νομίζω.»

«Από πότε κάνεις διαλογισμό;» Είπε η Τία.

«Δεν κάνω.»

«Τότε γιατί το είπες αυτό;» ρώτησε η Τία.

«Επειδή δεν μπορούσα να σκεφτώ τίποτα άλλο», είπε η Ολίβια. «Δεν μπορούσα να πω, «κατασκοπεύω τους Ρότζερς»».

«Αναρωτιέμαι τι να ήθελε ο Μαρκ στο διαμέρισμα της Ένιδας;» Ρώτησε η Ρέιτσελ, κοιτώντας το ποτήρι της σα να περίμενε να της απαντήσει.

«Μάλλον θα έψαχνε για το δολοφονικό όπλο». Είπε η Τία. «Εκείνος το έκανε. Το ξέρω.»

«Δεν πρέπει να το λες αυτό. Δεν το ξέρουμε με σιγουριά», είπε η Ρέιτσελ, κοιτώντας την Τία. «Όλα τα στοιχεία έχουν απομακρυνθεί και το διαμέρισμα έχει καθαριστεί, άρα, δεν μπορώ να φανταστώ τι μπορεί να αναζητούσε εκεί.»

«Ούτε κι εγώ», είπε η Ολίβια.

Όταν ξανακοίταξαν τα ποτά τους, συνειδητοποίησαν ότι κάποιος στεκόταν δίπλα στο τραπέζι. Ήταν η Λουάν.

«Γεια χαρά!» Χαμογέλασε εγκάρδια στις γυναίκες που κάθονταν στο τραπέζι.

«Γεια, Λουάν, κάθισε μαζί μας», είπε η Ρέιτσελ.

Η Λουάν κάθισε κρατώντας ένα ποτήρι με μπύρα, βολέυηκε στην καρέκλα και σκάναρε ένα-ένα τα πρόσωπα.

Η Ρέιτσελ έκανε τις συστάσεις, και όλα τα κορίτσια την χαιρέτησαν.

«Σας είδα όλες εδώ και σκέφτηκα, ότι δεν θα σας πείραζε να ερχόμουν για ένα γεια!» Η Λουάν χαμογέλασε και έδειχνε κεφάτη. «Δεν ξέρω ακόμα κόσμο εδώ. Είμαι καινούργια.»

«Είσαι ευπρόσδεκτη στην παρέα; Μας όποτε θέλεις», είπε η Ολίβια, χτυπώντας την ελαφρά στο χέρι. «Μαζευόμαστε εδώ, και τα λέμε, τουλάχιστον μια φορά την εβδομάδα.»

«Μετακόμισες;» Ρώτησε η Ρέιτσελ.

«Γλυκιά μου, είμαι επισήμως εδώ. Και είμαι τόσο ενθουσιασμένη!» Τα γεμάτα χείλη της ακούμπησαν απαλά το στόμιο του ποτηριού καθώς πήρε μια ρουφηξιά μπύρα.

«Η Ρέιτσελ μας είπε πως είσαι τραγουδίστρια της κάντρι», είπε η Τία.

«Ναι, είναι η δουλειά μου. Τραγουδώ με μερικές μπάντες στην πόλη, κι έτσι είμαι πολύ απασχολημένη τα Σαββατοκύριακα», απάντησε η Λουάν.

«Παίζεις κιθάρα;» ρώτησε η Ρέιτσελ.

«Αγάπη μου, δεν θα έκανες αυτή την ερώτηση αν έβλεπες το διαμέρισμά μου. Έχω περίπου είκοσι πέντε κιθάρες κρεμασμένες στον τοίχο, συλλογή μου», είπε η Λουάν, κάμπτοντας τα δάχτυλα στο δεξί της χέρι.

«Αν δεν σε πειράζει που ρωτάω,» είπε η Τία, «πώς παίζεις με τόσο μακριά νύχια;»

Ο ΛουΑν γέλασε. «Ο κόσμος με ρωτάει πάντα, έως ότου το κάνω μπροστά τους», απάντησε, ανεμίζοντας τα νύχια της στον αέρα. «Βλέπετε, το δεξί χέρι παίζει τις χορδές, οπότε αντί για πένα, χρησιμοποιώ τα νύχια μου. Παίζω ελάχιστες χορδές με το αριστερό χέρι, κυρίως χρησιμοποιώντας το μήκος του δακτύλου μου. Δεν είμαι και η καλύτερη κιθαρίστας. Είμαι διάσημη για το τραγούδι μου.»

«Και έχεις είκοσι πέντε κιθάρες;» Ρώτησε η Ρέιτσελ.

«Έχουν διαφορετικά χρώματα και σχέδια» εξήγησε εκείνη. «Τις συνδυάζω με τα ρούχα μου. Φαίνονται πολύ όμορφα πάνω στη σκηνή.»

Όλα τα κορίτσια έγνεψαν καταφατικά, σα να καταλάβαιναν.

«Ταξιδεύεις πολύ;» Ρώτησε η Τία.

«Κάποτε ναι, όταν ήμουν πιο νέα. Ακόμα παίρνω τους δρόμους μερικές φορές» πρόσθεσε η Λουάν. «Κυρίως πηγαίνω στην Φλόριντα. Αλλιώς, μένω εδώ στην περιοχή.»

Η Ρέιτσελ εξέταζε την Λουάν καθώς μιλούσε. Σίγουρα ήταν αρκετά ευχάριστη, όμορφη και ζωηρή. Ήταν η αντικατάσταση της Ένιδας στις συγκεντρώσεις τους; Καμμιά δεν θα μπορούσε πραγματικά να αντικαταστήσει την Ένιδα. Αλλά ίσως ήταν νέα φίλη. Ο χρόνος θα έδειχνε.

Η Ρέιτσελ τα είχε προγραμματίσει όλα - μπήκε στο διαμέρισμα χωρίς να προκαλέσει φασαρία. Σίγουρα δεν ήθελε να ξυπνήσει τον Τζο. Ούτε ήθελε να προκαλέσει άλλη μια μάχη στο πάτωμα με τον Ρούφους. Όσο πιο ήσυχα γίνεται, ξεκλείδωσε την πόρτα, έβαλε τα κλειδιά της στην τσέπη της, άνοιξε την πόρτα, έσπρωξε το χαλί στο πλάι με το πόδι της, έκλεισε την πόρτα πίσω της και κοίταξε γύρω για να δει τον σκύλο. Τίποτα. Μέχρι εδώ καλά.

Έχοντας το φαγητό στα χέρια, περπάτησε προς

την κρεβατοκάμαρα. Περνώντας από την τραπεζαρία και το στενό διάδρομο, δεν αντιμετώπισε τα τριχωτά θηρία. Τι τύχη! Ο Ρούφους πρέπει να κοιμάται στο δωμάτιο του Τζο. Χαρούμενος χορός! Έβαλε το φαγητό της στον πάγκο που χώριζε το μπάνιο από την κρεβατοκάμαρα και στη συνέχεια έστριψε δεξιά στην κρεβατοκάμαρα. Άναψε το φως και τότε άκουσε ένα γαβ. Ο Ρούφους την περίμενε στο κρεβάτι, σε κατάσταση αναμονής. Κοιτάχτηκαν. Τα μάτια του συνάντησαν τα δικά της. Χωρίς κίνηση. Σιωπή. Ηρεμία. Κανείς δεν τολμούσε να κινηθεί. Και μετά ξεκίνησε. Ο Ρούφους πήδηξε από το κρεβάτι, πετώντας στον αέρα, έως ότου τα μπροστινά πόδια του προσγειώθηκαν στους ώμους της, ωθώντας την προς τα πίσω. Ο Ρούφους έπεσε πάνω της, γλείφοντας με ανυπομονησία το πρόσωπό της, ενώ την πατούσε στους ώμους με τα μεγάλα τριχωτά πόδια του.

«Μμμμ! Όχι! Ρουφ! Ωωωω!»

Τίποτα δεν βοήθησε, ανεξάρτητα από το τι προσπάθησε να πει. Ο Ρούφους είχε την πρόθεση να γεμίσει σάλια τη μαμά του. Ο Τζο δεν τη βοήθησε αυτή τη φορά. Είτε δεν την άκουσε, κάτι που ήταν πιθανό αφού βρισκόταν στην απέναντι πλευρά του διαμερίσματος, ή απλά δεν επέλεξε να την βοηθήσει. Ό,τι κι αν είναι, η Ρέιτσελ έπρεπε να κάνει το καλύτερο δυνατό για να αποδεσμευτεί από το προσωπικό της φρουρό.

Αφού πάλευε με τον Ρούφους και προσπάθησε να συγκρατήσει τον ενθουσιασμό του, η Ρέιτσελ τελικά μπόρεσε να συρθεί κάτω από το σκυλί. Σκουπίζοντας τα ρούχα της με τα χέρια της για να ξεκολλήσει όλα τα μαλλιά που είχε πάνω της, κοίταξε τον Ρούφους.

«Εσύ», του είπε, δείχνοντάς τον με το δάχτυλο. «Είσαι κακό σκυλί.»

Ο Ρούφους έσκυψε το κεφάλι. Η Ρέιτσελ άρχισε να ετοιμάζεται για το κρεβάτι.

Μέχρι να πέσει στο κρεβάτι, είχε έρθει και ο Μπένι. Καθόταν δίπλα στο μαξιλάρι της, και έτριβε το κεφάλι του. Η Ρέιτσελ άπλωσε το χέρι για να τον χαϊδέψει.

«Τι καλό γατάκι», είπε τρυφερά. «Δεν μοιάζεις με τον μεγάλο, τριχωτό αδερφό σου εκεί πέρα.»

Ο Ρούφους κάθισε στη γωνία, ρίχνοντας θλιμμένες ματιές προς την κατεύθυνσή της.

Η Ρέιτσελ, έπεσε στο κρεβάτι, με τον Μπένι να είναι δίπλα της. Μόλις βολεύτηκε και πήγε να την πάρει ο ύπνος, ο Ρούφους σκαρφάλωσε στο κάτω μέρος του κρεβατιού για να κοιμηθεί.

ΕΊΚΟΣΙ ΤΡΊΑ

Η ΡΟΎΜΠΙ ΜΠΉΚΕ ΣΤΟ ΓΡΑΦΕΊΟ ΤΗΣ ΡΈΙΤΣΕΛ, νωρίς το πρωί. Η Ρέιτσελ μόλις είχε καθίσει να πιει τον καφέ της.

«Εγώ, δεν είμαι σαν την Πηνελόπη», είπε η Ρούμπι.

Αυτό ήταν σίγουρα αλήθεια, σκέφτηκε η Ρέιτσελ. Τι πρόβλημα είχε τόσο νωρίς;

«Όμως ο θόρυβος που έρχεται από το διαμέρισμά της δίπλα, μου χαλάει την ηρεμία και την γαλήνη μου.» Η Ρούμπι στεκόταν μπροστά στην Ρέιτσελ, με σταυρωμένα τα χέρια, τα οποία ήταν καλυμμένα από ένα ασυνήθιστο μπλουζάκι.

«Σε ποιο απ' όλα αναφέρεσαι; Μένεις ανάμεσα σε δυο διαμερίσματα..»

«Σε εκείνο που μόλις μετακόμισε εκείνη η μικρή χαζοβιόλα.» Η Ρούμπι ήταν πολύ θυμωμένη.

«Χαζοβιόλα;» Το να αποκαλεί η Ρούμπι κάποια χαζοβιόλα, ήταν τουλάχιστον κωμικό. «Ποια είναι αυτή, Ρούμπι;»

«Μην κάνεις πως δεν ξέρεις. Μάλλον είναι κι αυτή φίλη σου», διαμαρτυρήθηκε η Ρούμπι.

«Εννοείς εκείνη την όμορφη ξανθιά; Δεν θα την αποκαλούσα χαζοβιόλα», είπε η Ρέιτσελ.

«Έτσι όπως περπατάει κορδωτά στον διάδρομο, εγώ θα έλεγα πως είναι χαζοβιόλα», είπε η Ρούμπι.

«Φαίνεται η ζήλεια σου».

Η Ρούμπι πήρε αμυντική στάση, α χέρια της τώρα ήταν στους γοφούς. «Δεν ζηλεύω! Γιατί να ζηλεύω;»

Η Ρέιτσελ αποφάσισε να οδηγήσει την κουβέντα αλλού. «Εντάξει, τι πρόβλημα σου προκαλεί;»

«Παίζει κιθάρα όλες τις ώρες. Κάθε πρωί νωρίς». Η Ρούμπι αποφάσισε να καθίσει. «Και τραγουδάει. Σκούζει θα έλεγα καλύτερα.»

Η Λουάν θα τρελαινόταν αν μάθαινε πως η γειτόνισσά της έλεγε ότι το τραγούδι της έμοιαζε με σκούξιμο.

«Εντάξει, θα της μιλήσω, όμως...» άρχισε η Ρέιτσελ, «έχει δικαίωμα να παίζει κιθάρα – και να τραγουδάει τις ώρες που επιτρέπεται. Απλώς, θα πρέπει να προσαρμοστείς σε αυτό.»

«Γιατί θα πρέπει εγώ να προσαρμοστώ;»

«Επειδή έχει δικαιώματα όπως κι εσύ.. Ο υπερβολικός θόρυβος είναι ένα θέμα, το κανονικό τραγούδι, το οποίο τυχαίνει να είναι η καριέρα της, παρεμπιπτόντως, είναι εντάξει."

Η Ρούμπι κοίταξε τη Ρέιτσελ. Ήξερε τι σκεφτόταν. Προφανώς, η γριά άρχισε να παίρνει ένα μικρό δείγμα για το πώς ήταν οι δικοί της τρόποι. Η Ρούμπι σηκώθηκε και πήγε στην πόρτα, γυρίζοντας για λίγο.

«Εντάξει, πες της να κάνει ησυχία κατά τις

βραδινές ώρες, όποτε πιστεύεις ότι είναι αυτές,» είπε η Ρούμπι και έφυγε.

Η επόμενη κίνηση της Ρέιτσελ ήταν να καλέσει την Λούαν. Όταν η Λουάν απάντησε στο τηλέφωνο, η Ρέιτσελ της εξήγησε για το παράπονο.

«Ίσως θα μπορούσες να περιορίσεις τις ώρες που παίζεις και τραγουδάς;» Η Ρέιτσελ πρότεινε. «Τίποτα μετά τις δέκα η ώρα, τίποτα πριν από τις δέκα το πρωί. Πώς ακούγεται;»

«Μπορώ να το κάνω αυτό», απάντησε ο Λούαν. «Γλυκιά μου, δεν είχα καταλάβει ότι οι τοίχοι ήταν τόσο λεπτοί που κάποιος μπορούσε να με ακούσει.»

«Και κάτι άλλο. Προσπάθησε να τα πας καλά με την Ρούμπι. Είναι πραγματικά αξιαγάπητη, απλώς λίγο κακότροπη κατά καιρούς.»

«Την έχω συναντήσει στον διάδρομο και την χαιρέτησα», είπε η Λουάν. «Εκείνη γκρίνιαξε και έγνεψε. Δεν είναι καθόλου φιλική, γλυκιά μου.»

«Νομίζω ότι σε ζηλεύει.»

«Αλήθεια; Θεέ μου!»

«Η Ρούμπι είναι μοναδική. Μάλλον θα το έχεις καταλάβει ως τώρα.» Είπε η Ρέιτσελ γελώντας.

«Εε, ναι, πώς να μην το καταλάβεις,» είπε η Λουάν. «Μου θυμίζει μια κυρία, στην πόλη μου.»

«Μην της το πεις αυτό ποτέ!»

«Ααα, όχι, μην ανησυχείς» της είπε. «Θα προσπαθήσω να είμαι πολύ ευγενική μαζί της, να την κερδίσω.»

«Το εκτιμώ αυτό», είπε η Ρέιτσελ. «Καλή σου μέρα.»

Λοιπόν, αν όλα τα παράπονα μπορούσαν να λυθούν τόσο εύκολα, η Ρέιτσελ θα ήταν ευτυχισμένη.

. . .

Ο Τζο ήταν στο πάρκινγκ κάνοντας λίγο καθαρισμό. Τα παιδιά είχαν απορρίψει την παρτίδα χθες το βράδυ, οπότε βρισκόταν σε αυτόνομο κάδο απορριμμάτων. Η Ρέιτσελ δεν του είχε ζητήσει να κάνει συντήρηση, οπότε έκανε μικρές δουλειές που ήταν στη λίστα όταν είχε ελεύθερο χρόνο. Καθώς έπαιρνε μια σακούλα, κοίταξε και είδε τη νέο μισθώτρια να διασχίζει το χώρο στάθμευσης. Δεν είχε συναντήσει τη γυναίκα, αλλά είχε δει το μεταφορικό φορτηγό να ξεφορτώνει τα έπιπλα και την είδε να ξεφορτώνει ένα αμάξι.

«Γεια σου», φώναξε, κουνώντας το χέρι.

«Γεια!» Απάντησε εκείνη με χαμόγελο.

Ο Τζο την πλησίασε. Εκείνη σταμάτησε να πηγαίνει προς το αμάξι.

«Είμαι ο Τζο Μπαρνς» της είπε. «Είμαι ο συντηρητής της πολυκατοικίας.»

«Ααα, είσαι ο άντρας της Ρέιτσελ;» Τον ρώτησε, χαμογελώντας του.

«Ναι.»

«Χαίρομαι για τη γνωριμία,. Είμαι η Λουάν», του συστήθηκε.

Έδωσαν τα χέρια και η Λουάν συνέχισε προς το αμάξι της. Ο Τζο, δεν μπόρεσε να μην θαυμάσει αυτό που έβλεπε.

Ο Τζο συνέχισε να ψάχνει για σκουπίδια. Ήλπιζε ότι η Ρέιτσελ δεν τον τιμωρούσε μην προσφέροντάς του εργασίες συντήρησης. Ίσως δεν υπήρχαν. Αλλά το υποπτευόταν. Μέχρι τώρα, περνούσαν τον μεγαλύτερο χρόνο χωρίς να μιλήσουν, και δεν είχαν κοιμηθεί ποτέ σε ξεχωριστά δωμάτια. Ο καθένας έμενε απομονωμένος στο υπνοδωμάτιό του, και βρίσκονταν μόνο στην κουζίνα όταν χρειάζονταν φαγητό. Ωστόσο, ο Τζο έτρωγε έξω, οπότε δεν συχνάζει καθόλου σε αυτήν την περιοχή του διαμερίσματος.

Συγκεντρώνοντας τη μεγάλη πλαστική σακούλα, ο Τζο ένιωσε λυπημένος. Του έλειπε η γυναίκα του, το χαμόγελό της, το χιούμορ της, ο σαρκασμός της. Προσευχόταν κάθε βράδυ για να βρει τη λογική της. Γιατί δεν μπορούσε να δει ότι υπήρχε πρόβλημα με το να πίνει; Γιατί δεν ζήτησε βοήθεια; Ο Τζο θα τη βοηθούσε ευχαρίστως. Καταλάβαινε την έλξη, την εξάρτηση. Είχε δει τι έκανε το ποτό μέσα στην οικογένειά του. Στο μυαλό του, έρχονταν οι αναμνήσεις που είχε από τον πατέρα του τα Σαββατοκύριακα. Ο τρόπος που μύριζε, σαν φρουτώδη σκουπίδια, όταν ανακάτευε τζιν με χυμούς φρούτων. Όπως μυρίζει η Ρέιτσελ πολλές φορές. Πώς η μητέρα του κλειδώθηκε στην κρεβατοκάμαρα για να αποφύγει τον άντρα της. Ήξερε πώς είναι ο αλκοολισμός. Το είχε δει από κοντά. Και είδε τα ίδια χαρακτηριστικά στη γυναίκα του.

ΕΊΚΟΣΙ ΤΈΣΣΕΡΑ

Η ΡΈΙΤΣΕΛ ΉΤΑΝ ΣΤΗΝ ΚΡΕΒΑΤΟΚΆΜΑΡΆ ΤΗΣ ΚΑΙ ΔΊΠΛΩΝΕ ΡΟΎΧΑ ΌΤΑΝ ΆΚΟΥΣΕ ΈΝΑ ΧΤΎΠΗΜΑ ΣΤΗΝ ΠΌΡΤΑ. Ο Τζο ζήτησε να μπει και είπε ναι.

Η ανησυχία ήταν στο πρόσωπο του Τζο. Αυτό ήταν εύκολο να το δει. «Τι;» ρώτησε.

«Μπορούμε να μιλήσουμε; Εδώ έξω;» ρώτησε κινούμενος προς την ουδέτερη περιοχή.

«Εντάξει.» Σταμάτησε να διπλώνει ρούχα και βγήκε από την κρεβατοκάμαρα.

Κάθισαν στις καρέκλες στις απέναντι πλευρές του τραπεζιού. Η Ρέιτσελ είχε τα χέρια της σταυρωμένα και ο Τζο κάθισε στην καρέκλα. Τον κοίταξε για να δείξει ότι πρέπει να αρχίσει να μιλά. Σε τελική ανάλυση, αυτή ήταν η ιδέα του.

«Εντάξει, καλά. Αυτό δεν πηγαίνει πουθενά, έτσι δεν είναι;» ρώτησε.

Η Ρέιτσελ καθόταν ακίνητη, χωρίς να αντιδρά.

«Δεν σταμάτησες να πίνεις.» Η Ρέιτσελ άλλαξε

θέσεις ενοχλημένη. «Δεν έχεις ζητήσει βοήθεια. Δεν ξέρω τι να κάνω γι' αυτό.»

Η Ρέιτσελ σήκωσε τους ώμους της. «Δεν πίνω.»

«Δεν είναι απάντηση. Ή λύση.»

«Λοιπόν, δεν έχω λύσεις», είπε.

«Σου αρέσει να ζούμε ξεχωριστές ζωές;»

«Όχι ιδιαίτερα, αλλά αυτή ήταν η ιδέα σου», απάντησε, κουνώντας το κεφάλι της.

«Δεν πίστευα ότι θα συνέχιζε τόσο πολύ.»

«Ούτε κι εγώ.»

«τότε, πώς θα βγούμε από αυτή την άσχημη κατάσταση; Θα σταματήσεις να πίνεις;» Ο Τζο την κοίταξε, γυρίζοντας τις παλάμες του προς τα πάνω. «αυτή είναι η πρότασή μου.»

Η Ρέιτσελ, έστρεψε τα χείλη προς το πλάι.

«Κι αν δεν μου αρέσει η πρότασή σου;» Ήταν αρνητική, και λίγο πεισματάρα.

Όμως είχε κι εκείνη τα δίκια της. Εξάλλου, εκείνη ξέρει πως δεν είναι μεθύστακας.

«Ρέιτσελ, ο άντρας σου έχει θέμα με το ποτό. Έπρεπε να σε απασχολεί. Το γεγονός ότι δεν συμβαίνει όμως, δημιουργεί το πραγματικό πρόβλημα.» Ο Τζο κοίταξε τα γόνατά του, σα να έψαχνε να βρει τα σωστά λόγια να πει. «Ρέιτσελ...» είπε, παρακαλώντας την με τα μάτια του καθώς την κοιτούσε.

«Τζο, δεν πίνω. Ποτέ δεν έπινα. Προσπαθούσα να σου το πω, όμως ήσουν τόσο σίγουρος ότι πίνω που δεν με άκουγες.» Η Ρέιτσελ τον κοιτούσε κατάματα. «Κι εγώ από πείσμα, αντιστεκόμουν στις προσπάθειές σου να με ελέγχεις.»

«Ήσουν εμπόλεμη. Παραπατούσες συνέχεια σα να είσαι μεθυσμένη. Η αναπνοή σου σε προδίδει. Έχεις αλλάξει πάρα πολύ.» Καθόταν εκεί, αφήνοντας τις λέξεις να βγουν.

«Δεν ξέρω αν είναι αλήθεια αυτό. Επειδή το λες εσύ, δε σημαίνει πως είναι κι έτσι». Του είπε. «Παρόλα αυτά, θα συμφωνήσω, ότι μερικές φορές παραπατάω.»

«Βλέπω τα σημάδια. Αναγνωρίζω έναν αλκοολικό όταν τον βλέπω», είπε εκείνος σκύβοντας με τους αγκώνες του προς το μέρος της. «Άσε που χάνεις και βάρος. Είναι σημάδι ότι δεν τρως.»

«Πώς βλέπεις αυτά τα σημάδια; Αφού δεν είμαι αλκοολική», είπε η Ρέιτσελ, χτυπώντας το τραπέζι με το χέρι της. «Και τρώω συνέχεια. Δεν ξέρω γιατί αδυνατίζω.»

«Όλοι αυτό λένε. Άρνηση, άρνηση.»

«Δεν με ακούς, Τζο». Η Ρέιτσελ έσφιξε τα δόντια της καθώς κοιτούσε τον άντρα της.

«Σε ακούω».

«Με άκουσες που σου είπα ότι δεν πίνω;»

«Ναι.«

«Και δεν με πιστεύεις;»

«Πολύ σωστά. Βλέπω τα σημάδια.»

Η Ρέιτσελ κούνησε το κεφάλι της και αναστέναξε με έξαψη. «Τζο, κοίτα προσεκτικά το πρόσωπό μου. Ξέρεις ότι δεν λέω ψέματα πολύ καλά, οπότε κοίταξέ με καλά», είπε, κοιτάζοντας τον άντρα της. «Κοίτα τα μάτια μου. Δεν είμαι αλκοολική. Έχω πρόβλημα, αλλά δεν πίνω."

«Για τι πράγμα μιλάς; Τι πρόβλημα;»

«Νιώθω λιποθυμία τελευταία. Μερικές φορές

νιώθω ζάλη. Πίνω πολύ νερό. Και χάνω βάρος παρά το γεγονός ότι τρώω σαν τρελή.» Έσπρωξε μια τούφα μαλλιών πίσω από το αυτί της, χαρούμενη που έβλεπε τον Τζο να προσέχει πραγματικά τα λόγια της.

«Παρατήρησα τα περιτυλίγματα καραμελών και τα κουτιά μπισκότων στα σκουπίδια», είπε.

«Όχι μόνο γλυκά, Τζο, τα πάντα. Και νιώθω ασυνήθιστα κουρασμένη. Όλη την ώρα. Αλλά το μόνο πράγμα που δεν είμαι είναι μεθυσμένη», είπε. «Πίνω παγωμένο τσάι όταν είμαι με τα κορίτσια στο κλαμπ. Ρώτησε τον μπάρμαν. Ρώτα τα κορίτσια. Και τρώω μπάρες σοκολάτας και μπισκότα.

Ο Τζο ακούμπησε στην καρέκλα του, έχοντας μια έκφραση ανησυχίας στο πρόσωπό του. «Τι σου συμβαίνει;»

«Δεν ξέρω.»

«Πήγες στον γιατρό;»

«Όχι.»

«Γιατί;»

«Δεν συμπαθώ τους γιατρούς.»

«Μια φίλη σου είναι γιατρός.»

Η Ρέιτσελ κούνησε το χέρι της δείχνοντας απόρριψη. «Τέλος πάντων.»

«Ρέιτσελ, σε πιστεύω», είπε ο Τζο, σκύβοντας προς το μέρος της. «Αύριο θα κλείσεις ραντεβού με τον γιατρό.»

Εκείνη, σταύρωσε τα χέρια της αργά γύρω από το στήθος της, σήκωσε το κεφάλι, και απάντησε, «Ίσως.»

. . .

Η Λουάν αγωνιζόταν με το καλάθι της με τα άπλυτα ρούχα καθώς κατευθύνθηκε προς το δωμάτιο πλυντηρίων στο τέλος του διαδρόμου. Ήξερε ότι δεν θα έπρεπε να περίμενε τόσο πολύ να κάνει το πλύσιμο της, αλλά μετακόμισε στο νέος της διαμέρισμα, αποσυσκευάζοντας, κοινωνικοποιώντας με τους γείτονες και όλα αυτά της είχαν ματαιώσει τα σχέδιά της. Άκουσε μια φωνή να την φωνάζει, και από το ξάφνιασμα της έπεσε το καλάθι.

«Χρειάζεσαι βοήθεια;» Ρώτησε ο Μαρκ καθώς έβγαινε από την πόρτα του. «Έλα, θα τα ρίξεις όλα.»

Ο Μαρκ άρπαξε το καλάθι πριν πέσει, και το τοποθέτησε στα μπράτσα του. «Θα σου έπεφταν όλα, μέχρι κάτω την είσοδο», της είπε. «Κάτι από όλα αυτά θα έπεφτε από τα κάγκελα σε κανενός το κεφάλι.»

«Ωωωω, αυτό θα ήταν μεγάλη ντροπή», απάντησε η Λουάν, γελώντας. «Σ' ευχαριστώ για τη βοήθεια.»

«Κανένα πρόβλημα», είπε ο Μαρκ, περπατώντας προς ένα πιο ασφαλές σημείο. «Οι όμορφες γυναίκες δεν πρέπει να κουβαλάνε την μπουγάδα τους. Όχι όσο υπάρχουν άντρες έτοιμοι να τις βοηθήσουν.»

Αυτά ήταν όλα όσα μπόρεσε να ακούσει η Λόλα από τη συζήτηση μέσα από το διαμέρισμά τους με την εξώπορτα ανοιχτή. *Περίεργο, εμένα δε με βοηθάει ποτέ με την μπουγάδα, σκέφτηκε. Δεν είμαι πιο μεγαλόσωμη από την Λουάν. Είμαι όμως το ίδιο όμορφη; Η Λόλα δεν περνούσε τον εαυτό της* ιδιαίτερα όμορφο, και σίγουρα δεν συγκρίνονταν με την Λουάν.

Η Λόλα έβγαλε το κεφάλι της έξω από τη θωρακισμένη πόρτα, κοιτάζοντας προς τα κάτω στο τέλος του πεζόδρομου. Είχαν σταματήσει στην είσοδο του πλυντηρίου και μιλούσαν. Ο Μάρκ κινούνταν συνέχεια. Δεν τον είχε δει έτσι εδώ και αρκετό καιρό. Η Λουάν στεκόταν εκεί, αποδεχόμενη τα κομπλιμέντα που ήταν σίγουρη ότι της έκανε ο Μαρκ. Και χαμογελούσε. Η Λόλα ήξερε πολύ καλά πώς ένα χαμόγελο θα μπορούσε να δελεάσει έναν άντρα. *Καλύτερα να μην απλώσει τα χέρια της πάνω στον Μαρκ μου.*

Μέχρι τώρα ο Μαρκ είχε τοποθετήσει το καλάθι στο πάτωμα ανάμεσα σε κείνον και την Λουάν, ώστε να μπορούν να συνεχίσουν άνετα τη συζήτησή τους. Η Λόλα έβγαζε καπνούς. Τι έπρεπε να συζητήσουν; Δεν γνώριζαν ο ένας τον άλλον. Τότε η Λόλα θυμήθηκε ότι ήταν η ιδέα του Μάρκ να καλέσει τη νέα γειτόνισσα για ένα ποτό. Συμπεριλάμβανε και άλλους γείτονες, αλλά ο πρωταρχικός σκοπός ήταν να γνωριστεί με την Λουάν. Αυτή η σκέψη δεν εξουδετέρωσε τον θυμό της Λόλας.

Ο Μαρκ έσκυψε για να πιάσει το καλάθι και η Λούαν άνοιξε την πόρτα στο δωμάτιο πλυντηρίων για αυτόν. Μπήκαν και οι δύο. Η πόρτα έκλεισε. Η καρδιά της Λόλας έχασε τον ρυθμό της. Και τότε ο Μαρκ βγήκε μόνος του. Η Λόλα γύρισε στο διαμέρισμά τους προτού ο Μαρκ την δει να παρατηρεί τον δημόσιο φλερτ του.

. . .

Η Ρέιτσελ είχε φτάσει σχεδόν στο δρόμο που οδηγούσε στο καταφύγιο. Ούτε εκείνη ούτε η Ολίβια επέστρεψαν τους μεταφορείς γάτας, οπότε σήμερα φάνηκε πως ήταν καλή στιγμή. Είχε ρεπό την μισή μέρα σήμερα, οπότε ήταν ελεύθερη να δραπετεύσει στην εξοχή και να επισκεφτεί τα ζώα.

Καθώς σιγά-σιγά έφτασε στην περιοχή του καταφυγίου, παρατήρησε ότι υπήρχαν κάποια αυτοκίνητα. *Τέλεια! Δυνητικοί γονείς.*

Η Ρέιτσελ πάρκαρε το αυτοκίνητό της και πήρε τους μεταφορείς από το πίσω κάθισμα. Καθώς περπατούσε προς τα κτίρια, είδε ένα ζευγάρι να φεύγει με ένα σκύλο με λουρί. Το μεγάλο σκυλί δεν ήταν ιδιαίτερα συνεργάσιμο καθώς αγωνιζόταν να ξεφύγει από το λουρί. Προφανώς, δεν είχε ακόμα ενηλικιωθεί, κρίνοντας από τα παιχνίδια του.

«Έχετε δουλειά βλέπω!» Είπε στο ζευγάρι καθώς περνούσαν από κοντά της.

«Ναι, μάλλον θα είναι πρόκληση για μας», απάντησε ο άντρας.

«Θα τα καταφέρεις», είπε η γυναίκα. «Χρειάζεται εκπαίδευση υπακοής.»

«Είναι αλήθεια», συμφώνησε η Ρέιτσελ. «Καλή τύχη.»

Μπροστά της είδε τον Χόρχε.

«Γεια χαρά», του είπε. «Σου έφερα τους μεταφορείς, επιτέλους».

«Δώσε τα σε μένα», της είπε, πιάνοντας τους μεταφορείς. «Σ' ευχαριστώ που το έκανες.»

«Θα είχα έρθει νωρίτερα, αλλά ήμουν απασχολημένη», είπε, περπατώντας μαζί του.

«Συμβαίνουν αυτά.»

«Πώς είσαι, Χόρχε;» Η Ρέιτσελ τον

παρακολουθούσε καθώς τοποθετούσε τους μεταφορείς στα ράφια. Κρατούσε μόνος του το καταφύγιο, εδώ και αρκετούς μήνες. Αναρωτιόταν, έβλεπε ποτέ κανέναν άλλον εκτός από δυνητικούς γονείς; Έφευγε ποτέ από αυτή τη γη για να κάνει ό,τι κι ένας κανονικός άντρας;

Ο Χόρχε γύρισε, και κοίταξε την Ρέιτσελ. Η έκφρασή του ήταν θλιμμένη, σκέφτηκε η Ρέιτσσελ. Δεν το περίμενε αυτό.

«Καλά τις περισσότερες μέρες, άλλες όχι και τόσο.»

Η Ρέιτσελ ανησυχούσε.

«Τι συμβαίνει; Έχει προβλήματα το καταφύγιο;» Η καρδιά της Ένιδας θα ράγιζε αν το καταφύγιο είχε οικονομικά προβλήματα. Αυτό ήτα το μωρό της. Τα ζώα ήταν το παν για κείνην.

«Όχι, το καταφύγιο είναι μια χαρά. Επιβιώνουμε καλά», απάντησε εκείνος, κοιτώντας τις μπότες του. «Η Ένιδα άφησε χρήματα για την συντήρησή του. Είμαστε εντάξει.»

«Τότε τι συμβαίνει;»

«Εγώ». Ο Χόρχε την κοίταξε κατευθείαν στα μάτια. «Μου λείπει η Ένιδα. Έφυγε. Είμαι θλιμμένος.»

Η Ρέιτσελ δεν ήξερε τι να πει. Δούλευαν μαζί, εντάξει. Μάντευε πως ήταν πιθανόν, φίλοι. Όμως η Ένιδα ήταν το αφεντικό του. Εκείνος ήταν υπάλληλος. Είχαν έρθει ακόμα πιο κοντά;

Ο Χόρχε συνέχισε να μιλάει. Καθώς το έκανε, το σώμα του άλλαζε στάσεις. «Είμασταν μαζί, κάθε μέρα. Μερικές φορές μέναμε μέχρι αργά το βράδυ. Εφτά μέρες την εβδομάδα», της είπε, σημειώνοντας τις τελευταίες λέξεις με έναν αναστεναγμό.

«Και ήσασταν φίλοι. Καταλαβαίνω ότι σου λείπει.»

«Κάτι παραπάνω.»

«Κάτι παραπάνω;» Τι σήμαινε αυτό το «παραπάνω;»

«Αγαπούσα την Ένιδα.»

Το άκουσε κι αυτό. Ο Χόρχε αγαπούσε την Ένιδα. Η Ρέιτσελ ξαφνιάστηκε. Φυσικά, το ερώτημα τώρα ήταν: η Ένιδα αγαπούσε τον Χόρχε; Δεν τον ανέφερε ποτέ στις συζητήσεις τους. Βασικά, κανέναν άντρα δεν ανέφερε. Η Ρέιτσελ δεν ήξερε αν έβγαινε ραντεβού ή όχι. Δεν ήταν θέμα συνομιλίας. Ωστόσο, έβγαιναν με τον Χόρχε; Ο άντρας δεν θα μπορούσε να βγάζει περισσότερα από τον ελάχιστο μισθό. Πώς θα μπορούσε βγάλει την Ένιδα ραντεβού; Ή μήπως, οι δραστηριότητες του καταφύγιου, ήταν το ραντεβού τους, και δέθηκαν από την αγάπη τους για τα ζώα;

«Δεν το ήξερα, Χόρχε» του είπε μαλακά, με συμπάθεια.

«Μάλλον κανείς δεν το ήξερε. Δεν ξέρω αν εκείνη με αγαπούσε» είπε. «Εγώ όμως την αγαπούσα.» Κοίταξε το ταβάνι και η Ρέιτσελ είδε τα υγρά μάτια του.

«Μπορώ να κάνω κάτι;» Η Ρέιτσελ δεν είχε ιδέα για το τι μπορεί να ήταν αυτό το «κάτι», αλλά έπρεπε να ρωτήσει. Ένιωθε άσχημα για τον Χόρχε.

«Όχι, τίποτα. Είμαι καλά» της είπε. «Όπως είπα, μερικές μέρες είναι καλές και άλλες όχι.»

«Χόρχε, αν χρειαστείς κάτι, πες μου σε παρακαλώ.»

«Εντάξει, αλλά δεν χρειάζομαι τίποτα.» Προσπάθησε να μισο-χαμογελάσει.

«Εντάξει. Πάω να ρίξω μια ματιά στα ζώα, πριν γυρίσω σπίτι», είπε η Ρέιτσελ, τελειώνοντας εκεί την συζήτηση.

«Παρακαλώ. Σε λατρεύουν». Και με αυτό, ο Χόρχε απομακρύνθηκε από την Ρέιτσελ.

Καημενούλη. Του έχει ραγίσει η καρδιά.

ΕΊΚΟΣΙ ΠΈΝΤΕ

«ΈΧΩ ΜΕΊΝΕΙ ΆΦΩΝΗ», είπε η Ολίβια.

«Κι εγώ» είπε η Τία.

Και οι δυο γυναίκες κοίταζαν την Ρέιτσελ απέναντί τους, με έκπληξη, κρατώντας το ποτό στο χέρι τους.

«Το ξέρω. Δεν μου είχε πει ποτέ αν ενδιαφερόταν για κάποιον άντρα, πόσο μάλλον για τον Χόρχε», είπε η Ρέιτσελ.

«Είναι καλός άνθρωπος, ευγενικός με τα ζώα», είπε η Ολίβια. «Όμως, πώς μπορούσε από οικονομικής απόψεως, να την βγάζει ραντεβού;» Η Ολίβια ήτγαν ντυμένη με ''ένα πανάκριβο, πράσινο, ταγιέρ. Τα χρήματα, δεν ήταν ποτέ πρόβλημα για κείνη.

«Αυτό σκέφτηκα κι εγώ», είπε η Ρέιτσελ.

«Ίσως να πλήρωνε η Ένιδα», πρότεινε η Τία. «Ζούμε σε μοντέρνους καιρούς. Οι γυναίκες βγάζουν τους άντρες. Οι γυναίκες πληρώνουν. Μερικές φορές. Σίγουρα όχι εγώ.»

«Ούτε εγώ», είπε η Ολίβια.

«Ίσως να μην έβγαιναν», πρότεινε η Ρέιτσελ. «Ίσως ήταν μια σχέση κοινών ενδιαφερόντων; Δεν ξέρω.»

«Την ερωτεύτηκε», είπε η Ολίβια.

«Ναι», συμφώνησε η Τία, κουνώντας λυπημένα το κεφάλι της.

«Λοιπόν, το θέμα είναι, ότι του ράγισε η καρδιά», είπε η Ρέιτσελ, τρίβοντας και τα δυο της χέρια στους γοφούς της. «Νιώθω άσχημα για κείνον.»

«Μια και μιλάμε για ερωτική ζωή, την οποία εγώ δεν έχω, πώς πάει η δική σου σχέση ως τώρα;» Ρώτησε η Τία την Ολίβια, στρέφοντας την προσοχή της στην γυναίκα δίπλα της. «Σε περίπτωση που δεν το γνωρίζεις, ζω εντελώς μέσα από σένα.»

«Να, λέμε να πάμε διακοπές μαζί», είπε η Ολίβια. «Μια κρουαζιέρα στην Κόστα Ρίκα. Σε ξεχωριστές καμπίνες, φυσικά.»

«Ααα, πολύ ωραία», απάντησε η Τία, φτιάχνοντας το κοκαλάκι που έπιαναν τα μακριά της μαλλιά. «Κι εγώ ήθελα να πάω εκεί.»

«Θα είναι πανάκριβο το ταξίδι αν πληρώσει και για τα δυο δωμάτια», είπε η Ρέιτσελ.

«Μπορεί να πληρώσει», είπε η Ολίβια.

«Χαίρομαι που το ακούω αυτό, Ολίβια. Πραγματικά ελπίζω αυτή η σχέση να σου πάει καλά», είπε η Ρέιτσελ. «Σου αξίζει να σε προσέχουν.»

Η Ρέιτσελ κοίταξε προς το μπαρ και κούνησε το χέρι της. «Άλλο ένα, παρακαλώ», φώναξε. Ο μπάρμαν, έγνεψε. Αμέσως μετά από αυτό, έπεσε ένας δυνατός κεραυνός. Ξαφνικά, το κλαμπ βυθίστηκε στο σκοτάδι.

«Αα, θαυμάσια, κόπηκε το ρεύμα», είπε η Ρέιτσελ.

«Ίσως να έρθει ξανά γρήγορα», πρότεινε η Τία.

«Ίσως και όχι. Ξέρετε ότι θα είμαστε χωρίς ρεύμα για ώρες», είπε η Ολίβια.

«Όχι ακριβώς», είπε η Ρέιτσελ. Τα φώτα επείγουσας ανάγκης άναψαν για να μπορεί ο κόσμος να βλέπει πού πηγαίνει. «Βρισκόμαστε σε ένα κύριο δίκτυο τροφοδοσίας, οπότε θα λάβουμε ρεύμα πριν από κάποιους άλλους.»

Η σερβιτόρα ήρθε στο τραπέζι τους με το τσάι της Ρέιτσελ. Αφού γύρισε να φύγει, η Ολίβια άπλωσε το χέρι της και έπιασε το μπράτσο της Ρέιτσελ.

«Καλή μου, πόσο καιρό εσύ κι ο Τζο είστε σε διάσταση;»

«Ίσως εβδομάδες. Έχασα τον λογαριασμό.»

«Δεν μπορείτε να τα βρείτε οι δυο σας;»

«Μιλήσαμε χτες βράδυ. Προσπάθησα να του πω ότι δεν πίνω και πως πιστεύω ότι κάτι μου συμβαίνει.» Έκανε μια γκριμάτσα με τα χείλη της.

«Τι σου είπε;» Ρώτησε η Τία.

«Να δω έναν γιατρό. Όμως δεν θέλω.»

«Ωωω», έκαναν ταυτόχρονα οι δυο γυναίκες.

Η σιωπή έπεσε πάνω στο τραπέζι σαν μια κουβέρτα, πνίγοντας την συζήτηση. Κάθισαν στον αμυδρό φωτισμό για λίγα λεπτά, δεν έλεγαν τίποτα. Η σερβιτόρα επέστρεψε στο τραπέζι τους και κοίταξε ερωτηματικά την Τία και την Ολίβια. Και οι δύο κουνώντας τα χέρια τους για να δείξουν όχι, δεν ήθελαν άλλο ποτό. Εκέινη την ώρα περίπου, πλησίασε στο τραπέζι η Λουάν.

«Γεια χαρά», είπε. «Καθόμουν εκεί με τον Μαρκ και τη Λόλα. Όμως η Λόλα ήθελε να φύγουν λόγω της διακοπής του ρεύματος, οπότε έφυγε και ο Μαρκ». Η Λουάν τράβηξε την τέταρτη καρέκλα. Φαινόταν υπέροχη, φορούσε ένα κόκκινο τοπ που πρόβαλε τα ξανθά της μαλλιά.

«Ώστε, τώρα είστε φίλοι με τον Μαρκ και την Λόλα»; Ρώτησε η Τία.

«Μου φαίρονται πολύ ωραία. Με κάλεσαν στο διαμέρισμά τους για ποτό μαζί με άλλους γείτονες. Ο Μαρκ κουβάλησε το καλάθι με τα άπλυτά μου στο πλυντήριο τις προάλλες», είπε. «Είναι πολύ καλός».

«Ναι, σίγουρα», είπε η Ρέιτσελ. «Να τον προσέχεις.»

«Αχ, καλή μου, απλώς είναι ευγενικός», είπε η Λουάν, κουνώντας το χέρι απορριπτικά. «Δε σημαίνει τίποτα αυτό.»

Η Ολίβια και η Τία αντάλλαξαν βλέμματα.

«Λοιπόν, τραγουδάς πουθενά;» Ρώτησε η Ρέιτσελ.

«Ναι, το Σαββατοκύριακο. Πρέπει αν έρθετε όλες.» Η Λουάν τους χαμογέλασε πλατιά.

Η Τία και η Ολίβια κοιτάχτηκαν, αλλά δεν είπαν τίποτα. Η Ρέιτσελ ήπιε μια γουλιά από το τσάι της χωρίς να απαντήσει, σκεφτόμενη την επιστροφή στο σπίτι της.

Σπάζοντας τη σιωπή, η Ολίβια ρώτησε, «Βγαίνεις με κανέναν;»

«Όχι, ακριβώς. Μετά το διαζύγιό μου, είμαι

μόνη», είπε η Λουάν. Σήκωσε το χέρι της στον μπάρμαν. «Όμως, τώρα ίσως μου έρθει η όρεξη».

Μια σερβιτόρα ήρθε στη Λουάν. «θα ήθελα άλλο ένα από το ίδιο.»

«Ο τελευταίος γάμος, μου τα πήρε όλα, οπότε τώρα το πάω πιο αργά», συνέχισε. «Η δουλειά μου είναι δύσκολη για παντρεμένες».

«Το φαντάζομαι», είπε η Τία. «Αν δε σε πειράζει που ρωτάω, πόσους γάμους έχεις κάνει;»

Η Λουάν γέλασε. «Ααχ, νιώθω να ντρέπομαι λιγάκι, αλλά είναι και αστείο. Θα γελάσετε, ξέρεις;» Ως συνήθως, έσπρωξε τα μαλλιά της από το πρόσωπο. «Βλέπετε, κορίτσια, όλες στην πόλη μου παντρεύονται νέες. Τον πρώτο γάμο μου τον έκανα στα δεκαεφτά μου.»

«Πολύ νέα», δήλωσε η Τία. Οι υπόλοιπες συμφώνησαν με ένα μουγκρητό.

«Όμως εκείνος με πρωτόβαλε να τραγουδάω σε ένα γκρουπ, και ξεκίνησα την καριέρα μου. Κι έτσι, συνέχισα. Αυτό δεν είναι καλό για έναν γάμο», είπε, παίρνοντας την μπύρα της από την σερβιτόρα και πίνοντας μια γρήγορη γουλιά. «Βασικά, βαρέθηκε μόνος στο σπίτι, τα έφτιαξε με μια κοπέλα κι εγώ με τον κιθαρίστα. Τέλος ο γάμος.»

Και οι τρεις έγνεψαν σα να είχαν περάσει τον γάμο μαζί της.

«Ο κιθαρίστας και εγώ τα πηγαίναμε καλά για λίγο, μέχρι που έπιασα το άρωμα μιας άλλης γυναίκας. Και έτσι, πάει κι αυτός. Έμεινα στο επάγγελμα, συνάντησα έναν μάνατζερ μουσικής και τον παντρεύτηκα, αν και ήταν είκοσι πέντε χρόνια, μεγαλύτερός μου. Αλλά τι ήξερα; Ήμουν μόνο είκοσι δύο ετών τότε.

Η Λουάν έγειρε την κούπα, παίρνοντας αρκετές γουλιές πριν συνεχίσει την ιστορία της. Τα υπόλοιπα κορίτσια κράτησαν την ανάσα τους, περιμένοντας να συνεχίσει.

«Αυτός ο γάμος διήρκεσε έως ότου ο σύζυγός μου πίστευε ότι μία άλλη νεαρή τραγουδίτρια είχε προοπτικές για φήμη και περιουσία. Την εκπροσώπησε, ταξίδεψε με την κοπέλα για να συνεχίσει την καριέρα της. Εγώ είτε ήμουν αναπληρωματική τραγουδίστρια για πολλά γνωστά γκρουπ κάντρι ή απλώς καθόμουν στο σπίτι και τον περίμενα. Δεν τελείωσε καλά, κορίτσια.»

«Το φανταζόμουν», είπε η Ρέιτσελ.

«Όχι, ήταν άθλιος. Μου πήρε χρήματα. Το μόνο που ήθελε ήταν χρήματα, όχι εμένα», είπε. «Έτσι, συνέχισα να ταξιδεύω, σαν την κυλιόμενη πέτρα, που πάντα βρισκόταν σε ένα νέο μέρος.»

«Και, παντρεύτηκες ξανά»; Ρώτησε η Ολίβια.

«Για πολλά χρόνια, όχι. Πρέπει να με καταλάβετε, ήμουν τρομαγμένη. Όμως έκανα μερικές σχέσεις. Πάντα με τους δικούς μου όρους.» Η Λουάν αναστέναξε μόλις τελείωσε τη δήλωσή της.

«Μα είπες ότι το τελευταίο διαζύγιο σε πλήγωσε πραγματικά». Είπε η Τία.

«Ναι, είναι αλήθεια». Η Λουάν κράτησε την κούπα της ανάμεσα στα χέρια καθώς αναπολούσε σιωπηλά.

«Πώς έγινε αυτός ο γάμος;» Ρώτησε η Ρέιτσελ.

«Λοιπόν, ξέρετε όλες πώς είναι. Εκεί που από τη μια λες: «Δεν θέλω καμιά σχέση με τους αλήτες, απλά να με αφήσουν ήσυχη. Είμαι καλά ή καλύτερα μόνη μου», τότε κάποιος έρχεται απροσδόκητα» Έβαλε κάτω την κούπα. «Λοιπόν, αυτό συνέβη. Ήταν γοητευτικός, γλυκός, όμορφος και πραγματικά ερωτεύτηκα για τα καλά αυτό το αγόρι. Παντρευτήκαμε σε έξι μήνες. Και αυτό έμοιαζε σα να είχα και φύλακα. Ταξιδεύαμε παντού μαζί σαν ντουέτο, παίζοντας κιθάρες και τραγουδούσαμε.»

«Ωραίο ακούγεται» είπε η Ολίβια.

«Ναι, και ήταν. Είμασταν δεμένο ζευγάρι, δεν υπήρχε ανταγωνισμός ανάμεσά μας, ούτε άλλοι πειρασμοί. Είμασταν μια τελειότητα.» Η Λουάν έσκυψε το κεφάλι της για λίγο, προσπαθώντας να συνέλθει. Προφανώς, το θέμα ήταν ακόμα νωπό. «Και είχαμε χρήματα. Ήταν σπουδαία», είπε, σηκώνοντας πάλι το κεφάλι της, χαμογελώντας πικρά.

«Και τι έγινε;» Ρώτησε η Ρέιτσελ.

«Ήθελε παιδιά. Δεν μπορούσα να του τα δώσω.» Είπε η Λουάν σηκώνοντας τους ώμους. «Δεν ήθελε να υιοθετήσουμε, και πραγματικά, δεν ήξερα κανένα γραφείο που θα μας έδινε να υιοθετήσουμε κάποιο παιδί, με τη ζωή που κάναμε. Έτσι, συνεχίσαμε για χρόνια το ντουέτο μας, και μετά, απλώς κουραστήκαμε να τριγυρνάμε. Όταν σταματήσαμε, δεν είχαμε πια τίποτα να μοιραστούμε. Η ζωή μας ήταν ο δρόμος. Είμασταν δυο ξένοι, που ζούσαν στο ίδιο σπίτι, τραγουδώντας μόνο τα Σαββατοκύριακα. Δεν ήταν το ίδιο πια.»

«Τι συνέβη;» ρώτησε η Ολίβια.

«Τίποτα. Και τα πάντα. Κάναμε διαφορετικές ζωές, ηθελημένα και οι δύο. Στο τέλος, μας φαινόταν γελοίο να συνεχίζουμε να είμαστε αντρόγυνο. Είχαμε πολλά να ζήσουμε ακόμα, αλλά όχι μαζί», είπε η Λουάν, αναστενάζοντας βαριά και χτυπώντας τα ροζ νύχια της πάνω στην κούπα της. «αυτό έγινε πριν δυο χρόνια περίπου.»

Οι γυναίκες παρέμειναν σιωπηλές αφού η Λουάνα τελείωσε την προσωπική της ιστορία, λυπημένες για όσα είχε περάσει η νέα τους φίλη.

Τότε, τα φώτα άναψαν ξανά. Η διακοπή ρεύματος είχε τελειώσει, όπως και ο γάμος της Λουάνα.

Ε'ΊΚΟΣΙ ΈΞΙ

Η ΡΈΙΤΣΕΛ ΠΈΡΑΣΕ ΠΆΡΑ ΠΟΛΎ ΉΣΥΧΑ ΑΠ'Ο ΤΟΝ ΔΙΆΔΡΟΜΟ ΣΤΗΝ ΚΡΕΒΑΤΟΚΆΜΑΡΆ ΤΗΣ. Δεν υπήρχε κανένα σημάδι από τον Ρούφους όταν μπήκε. Ήξερε εκείνη την ώρα ότι ο Ρούφους πιθανότατα να μην την περίμενε να γυρίσει σπίτι και πήγε στο κρεβάτι με τον Τζο. Όλα εντάξει. Πήγαινε στην κρεβατοκάμαρά της με ομαλότητα. Και τότε συνέβη.

Κλατς! Κλουτς!

Το πόδι της Ρέιτσελ βρήκε το μοναδικό παιχνίδι που ήταν στον διάδρομο. Έβγαλε έναν διαπεραστικό ήχο, που έκανε την Ρέιτσελ να αναπηδήσει και στη συνέχεια να ρίξει την τσάντα της. Με κομμένη την ανάσα, έσκυψε για να πάρει την τσάντα της. Και τότε είναι που η αυτού μεγαλειότης του αποφάσισε να κάνει την είσοδο του. Ο Ρούφους είδε την υπέροχη κυρά του να σκύβει, έτσι, φυσικά, πήδηξε πάνω της, με τα πόδια του στο πίσω άκρο της. Η Ρέιτσελ έπεσε με θόρυβο κάτω.

Το θέαμα της κυράς του στο πάτωμα ενθάρρυνε τον Ρούφους να την δρασκελίσει, πράγμα που λάτρευε να κάνει, και να της γλείψει το πίσω μέρος του κεφαλιού. Η Ρέιτσελ διαμαρτυρήθηκε χωρίς ανταπόκριση. Τελικά, κατάφερε να καθίσει σε μια στάση γιόγκα.

«Ρούφους, άσε με ήσυχη» τον μάλωσε. «Πίσω, Σήκω, κάνε κάτι!»

Ο Ρούφους επιτέλους πήρε το μήνυμα και απομακρύνθηκε, κοιτώντας την λυπημένος. Η Ρέιτσελ λύγισε τα γόνατα και τελικά κατάφερε να σηκωθεί. Γύρισε απότομα για να κοιτάξει το σκυλί, και ζαλίστηκε, έχασε την ισορροπία της και έπεσε ακριβώς στην γωνία του τοίχου που οδηγούσε προς την κρεβατοκάμαρα. Δάκρυα κύλισαν στα μάτια της εξαιτίας του πόνου που ένιωσε όταν χτύπησε το πρόσωπό της στο πάτωμα. Με το ένα χέρι να κρατάει το μάγουλό της, η Ρέιτσελ σύρθηκε προς την κρεβατοκάμαρα και κάθισε στο κρεβάτι.

«Εσύ.»

Ο Ρούφους στεκόταν μπροστά της, λυπημένος.

«Γιατί με βασανίζεις;»

Το σκυλί, κοίταξε λυπημένα την κυρά του, και σήκωσε το ένα του πόδι.

Η Ρέιτσελ δεν άντεχε άλλο, κι έτσι, κύλισε με την πλάτη της στο κρεβάτι και έπεσε για ύπνο, χωρίς καν να αλλάξει ρούχα.

Ο Τζο είχε ένα χαλαρό πρωί, έπινε καφέ και διάβαζε την εφημερίδα στο τραπέζι της τραπεζαρίας. Η Ρέιτσελ ήρθε προσεκτικά περπατώντας στο διάδρομο, προφανώς ακόμα μισο-κοιμισμένη. Χωρίς να πει ούτε λέξη, πήγε στην κουζίνα για λίγο καφέ. Όταν επέστρεψε, παρατήρησε ότι ο Τζο είχε ένα περίεργο βλέμμα στο πρόσωπό του.

«Τι; Δεν θέλεις να καθίσω εδώ;»

«Δε με νοιάζει», της είπε, κοιτώντας την εφημερίδα.

«Τότε γιατί με κοιτάζεις περίεργα;» Η Ρέιτσελ τράβηξε την καρέκλα και κάθισε.

«Δεν ξέρω αν πρέπει να σου πω. Δεν φαίνεται να έχεις και τόσο καλή διάθεση.»

Η Ρέιτσελ γούρλωσε τα μάτια της. «Τι τρέχει; Τα μαλλιά μου είναι χάλια;»

«Πώς είναι η άλλη τύπισσα;» την ρώτησε, κατεβάζοντας την εφημερίδα και αφήνοντάς την απαλά πάνω στο τραπέζι.

«Τι θέλεις να πεις; Ποια τύπισσα;»

«Εκείνη με την οποία τσακώθηκες», είπε ο Τζο, αλλάζοντας σελίδα στην εφημερίδα.

«Τσακώθηκα; Δεν τσακώθηκα. Είσαι τρελός». Η Ρέιτσελ ρούφηξε τον καφέ της από την κούπα που κρατούσε, με τους αγκώνες ακουμπισμένους στο τραπέζι.

Η Ρέιτσελ θυμήθηκε πως χτες βράδυ είχε παλέψει με τον Ρούφους...ξανά. Μετά λιποθύμησε στο κρεβάτι. Γιατί εκείνος μιλούσε για καυγά;

«Βούρτσισες τα δόντια σου;» την ρώτησε.

«Όχι.»

«Δηλαδή δεν κοιτάχτηκες στον καθρέφτη;»

«Όχι.»

«Ίσως πρέπει», πρότεινε ο Τζο.

Δίνοντας στον Τζο ένα απορημένο βλέμμα,

άφησε την κούπα της στο τραπέζι και σηκώθηκε για να πάει να κοιταχτεί στον καθρέφτη.

«Ωω, θεέ μου!»

Ο Τζο, φόρεσε ένα βλέμμα ικανοποίησης καθώς την περίμενε να γυρίσει στο τραπέζι.

Στέκεται όρθια μπροστά του και δηλώνει το προφανές, δυνατά, «Έχω ένα μαυρισμένο μάτι!»

«Μα φυσικά.»

«Και νομίζω ότι κλείνει. Και αναρωτιόμουν γιατί έβλεπα κάπως περίεργα από αυτό το μάτι.»

«Αχά.»

Η Ρέιτσελ κοίταξε τον Τζο. Εκείνος την κοιτούσε, σκεφτόταν αν θα έκανε περαιτέρω σχόλια.

Χαμήλωσε τα μάτια του, και άρχισε να ξεφυλλίζει την εφημερίδα.

«Δεν μπορώ να πάω στη δουλειά έτσι». Κάθισε ξανά στο τραπέζι και άρχισε να πίνει καφέ. «αν θέλεις να ξέρεις, εσύ φταις γι' αυτό.»

Ο Τζο κοίταξε την Ρέιτσελ με σηκωμένο το φρύδι. «Ορίστε; Πώς γίνεται να φταίω εγώ για το μαυρισμένο μάτι σου; Δεν σε χτύπησα. Έχω να σε δω από χτες το απόγευμα.» Πέταξε ένα τμήμα της εφημερίδας στο πάτωμα.

«Αυτό, αυτό το χαζό σου το σκυλί, ο Ρούφους. Μου επιτέθηκε. Με έσπρωξε και χτύπησα στον τοίχο χτες βράδυ.»

«Αμφιβάλλω.»

«Δεν τον έχεις εκπαιδεύσει», τον μάλωσε. «Ο Ρούφους δεν υποφέρεται.»

Ο Ρούφους, άκουσε το όνομά του και αποφάσισε να μπει στο δωμάτιο.

«Εσύ», είπε, δείχνοντάς τον, «είσαι καταστροφή.»

«Ωωω, καημένε Ρούφους», είπε ο Τζο, τραβώντας

το σκυλί προς το μέρος του για να το χαϊδέψει. «Η μαμά δεν σε αγαπάει πια.»

«Ααα! Εσείς οι δυο είστε ίδιοι!»

Η Ρέιτσελ έφυγε από το δωμάτιο, διέσχισε τον διάδρομο και πήγε στο μπάνιο. Πρώτα, πρέπει να βουρτσίσει τα δόντια της, να πλύνει το πρόσωπό της, και μετά να σκεφτεί πώς θα καλύψει το μαύρο μάτι.

ΕΊΚΟΣΙ ΕΦΤΆ

ΉΤΑΝ ΜΙΑ ΑΣΥΝΉΘΙΣΤΑ ΚΟΥΡΑΣΤΙΚΉ ΜΈΡΑ ΣΤΟ ΓΡΑΦΕΊΟ ΤΗΣ Ή ΉΤΑΝ Η ΦΑΝΤΑΣΊΑ ΤΗΣ; Δεν είχε πλησιάσει καν η ημερομηνία που πληρώνονταν τα ενοίκια, τότε γιατί μπαινόβγαινε τόσος κόσμος; Όλοι την κοιτούσαν με μια έκπληκτη έκφραση στο πρόσωπό τους, προφανώς φοβόντουσαν να ρωτήσουν γιατί φορούσε γυαλιά ηλίου.

Τι να πω, δεν μπορούσα να καλύψω το μαύρο μάτι, γι' αυτό. Έχει μεταμορφωθεί σε έναν τεράστιο μωβ-μπλε καμβά πόνου.

Φόρεσε επίτηδες κόκκινο κραγιόν για να αποσπάει την προσοχή από το προφανές. Ως τώρα, δεν πετύχαινε και τόσο καλά. Η μελανιά είχε βγει μέχρι έξω από τα γυαλιά. Κάθε ώρα φαινόταν να απλώνεται. Αν δουν το πρόσωπό της, χωρίς τα γυαλιά, θα νομίζουν ότι την είχε χτυπήσει ο Τζο. Αυτό θα ήταν άδικο για τον Τζο. Δεν έφταιγε εκείνος, αν και νωρίτερα τον είχε κατηγορήσει για το μαύρο μάτι.

Και τότε, μπήκε η Ρούμπι στο γραφείο. «Γιατί φοράς γυαλιά ηλίου μέσα στο γραφείο;» Ήταν τα πρώτα της λόγια. Μετά από ένα δευτερόλεπτο, δεν κρατήθηκε. «Για όνομα του Θεού, παιδί μου, σε χτύπησε ο άντρας σου; Τα γυαλιά ηλίου, πάντα υποδεικνύουν ένα μαυρισμένο μάτι.»

«Όχι, Ρούμπι, ο Τζο δεν...»

«Ωωω, έλα στη μανούλα. Θα σε φροντίσω εγώ, καλή μου», και πριν το καταλάβει, η Ρέιτσελ βρέθηκε στην αγκαλιά της Ρούμπι.»

«Σταμάτα! Είμαι καλά, Ρούμπι, αλήθεια», είπε η Ρέιτσελ για να αποφύγει την τρυφερότητά της. Προσπάθησε να βγει από την αγκαλιά της.

«Κυρία μου, έχεις μαυρισμένο μάτι». Η Ρούμπι είχε ανακοινώσει το προφανές.

«Ευχαριστώ που μου το θυμίζεις.»

«Πώς μαύρισε το μάτι σου»; Η Ρούμπι έκανε πίσω, με τα χέρια της στους γοφούς της. «Δεν το αποκτάς έτσι, από το πουθενά.»

«Ρούμπι, κάθισε στην καρέκλα και ηρέμησε», την παρακάλεσε η Ρέιτσελ.

Η Ρούμπι κάθισε απέναντι από την Ρέιτσελ, περιμένοντας μια εξήγηση.

«Είναι πολύ απλό», προσπάθησε να εξηγήσει η Ρέιτσελ, γνωρίζοντας πως οι εξηγήσεις της θα κυκλοφορούσαν σε ολόκληρο το κτήριο. «Με έριξε κάτω ο σκύλος. Έπεσα στον τοίχο. Τέλος.»

Η Ρούμπι έμεινε να την κοιτάζει. «Δεν έχει καμία σχέση ο Τζο;»

«Δεν είχε καμία σχέση. Κοιμόταν.»

Έπεσε σιωπή, καθώς η Ρούμπι επεξεργαζόταν

την εξήγηση αυτή. Αυτό θα ικανοποιούσε την Ρούμπι, καθώς και ολόκληρη την πολυκατοικία, σκέφτηκε η Ρέιτσελ.

«Εντάξει, το δέχομαι. Όμως ξέρω πως οι άντρες μπορεί να γίνουν πολύ βίαιοι.»

«Ξέρεις τον Τζο, δεν είναι βίαιος.»

«Είναι αλήθεια.» Η Ρούμπι συμφώνησε με αυτή τη δήλωση.

«Δε θα με χτυπούσε ποτέ. Με αγαπάει», είπε η Ρέιτσελ, σπρώχνοντας τα γυαλιά πιο κοντά στο πρόσωπό της.

Η Ρούμπι την κοίταξε μάτια γεμάτα συμπόνοια. «Συγνώμη., Δεν ήθελα να κατηγορήσω τον Τζο.»

«Το ξέρω. Δεν πειράζει.»

«Εντάξει. Σε αφήνω με το μαυρισμένο σου μάτι», της είπε, και σηκώθηκε.

«Ρούμπι, γιατί ήρθες εδώ;»

«Δεν θυμάμαι πια. Χα!» γέλασε η Ρούμπι.

«Να προσέχεις, Ρούμπι!»

«Κι εσύ!»

Η Ρέιτσελ αναστέναξε ανακουφισμένη καθώς έφευγε η ηλικιωμένη γυναίκα. Όμως, δεν ησύχασε για πολύ. Τώρα, μπήκε η Λορέτα, ως συνήθως. Πάντα η μία έρχεται πριν την άλλη.

«Γεια σου, Ρέητσελ.»

«Γεια, Λορέτα.»

«Σου πάνε πολύ τα γυαλιά. Ποιος σε χτύπησε;»

Τι, πάλι;

«Κανείς δε με χτύπησε.» Αυτή η επίθεση ερωτήσεων της έσπασαν τα νεύρα.

«Λοιπόν, καλή μου, απ' ότι ξέρω, οι γυναίκες δεν

φοράνε γυαλιά ηλίου στο γραφείου, εκτός αν θέλουν να καλύψουν ένα μαυρισμένο μάτι». Η Λορέτα κάθισε στην καρέκλα απέναντι από την Ρέιτσελ, τακτοποιώντας το πράσινο της ελιάς παντελόνι της. Μετά, κοίταξε την Ρέιτσελ στο πρόσωπο, περιμένοντας.

Πόσες ακόμα θα έρθουν στο γραφείο μου σήμερα για να με ανακρίνουν για το μαυρισμένο μάτι μου;

«Εντάξει, με έπιασες, Λορέτα», είπε η Ρέιτσελ. «Μου επιτέθηκαν.»

«Δεν σε πιστεύω. Την αλήθεια». Η Λορέτα, προφανώς, δεν θα έφευγε από το γραφείο της αν δεν μάθαινε την αλήθεια.

Η Ρέιτσελ βυθίστηκε στην καρέκλα της με έναν αναστεναγμό. Ένιωθε άνετα να μιλάει με την Λορέτα.

Έίχα βρει με τα κορίτσια. Ξέρεις, την Ολίβια και την Τία. Μετά, ήρθε και η Λουάν. Όταν ήρθε η ώρα να φύγω, σηκώθηκα και ένιωσα μια ζαλάδα», παραδέχτηκε. «Ζαλίστηκα πολύ, ίσως και να λιποθύμησα, δεν ξέρω...»

«Και μετά τι έγινε;» Αυτό ήταν πιθανώς μια ήπια παραδοχή σε σύγκριση με άλλες ομολογίες που είχε ακούσει η Λορέτα όλα αυτά τα χρόνια.

«Πήγα σπίτι. Μου επιτέθηκε ο Ρούφους...»

«Ποιος είναι ο Ρούφους;»

«Αα, όχι, δεν είναι άνθρωπος. Ο σκύλος μας είναι.»

«Ααα, εντάξει, συνέχισε.»

«Έχει το ιδίωμα να πηδάει πάνω μου στα ξαφνικά όταν γυρίζω σπίτι αργά, και μου προκαλεί πρόβλημα», είπε. «πηδάει πάνω μου και πέφτω. Με γεμίζει σάλια παντού. Όμως το αγαπώ το κοπρόσκυλο.»

«Μα φυσικά. Και να φανταστώ πως έκανε τα συνηθισμένα.»

«Ναι, ήρθε κρυφά από πίσω μου, αφού πάτησα ένα από τα παιχνίδια του και το άκουσε. Μου έπεσε η τσάντα, έσκυψα να την πιάσω, και μπαμ! Πήδηξε πάνω μου και με έριξε κάτω. Όταν σηκώθηκα, γύρισα πολύ γρήγορα, ένιωσα λιποθυμία και χτύπησα στον τοίχο. Δεν ήξερα καν ότι είχα μαυρισμένο μάτι μέχρι που το πρόσεξε ο Τζο το πρωί.» Η Ρέιτσελ σήκωσε τους ώμους.

«κα'λη μου, πόσο συχνά βγαίνεις με τα κορίτσια για ποτό;» Η Λορέτα δίπλωσε τα χέρια της πάνω στην τσάντα της καθώς βολευόταν στη καρέκλα.

«Δυο με τρις φορές την εβδομάδα. Όμως πίνω μόνο παγωμένο τσάι. Και τρώω σοκολάτα. Και μπισκότα.» Χαμογέλασε για να υποδείξει ότι δεν έπινε αλκοόλ, αφού η Λορέτα μάλλον αυτό υπονόησε.

«Μπράβο, καλό κορίτσι. Τι λέει ο Τζο για αυτό; Δεν είσαι σπίτι μαζί του αυτές τις βραδιές;» Η Λορέτα σήκωσε τα φρύδια.

«Όχι, δεν είμαι.» Η Ρέιτσελ δεν ήθελε να πει ψέματα στην Λορέτα. Η συζήτηση μαζί της ήταν σαν να μιλούσε σε ανιχνευτή ψεύδους. Τα είχε ακούσει όλα, τα είχε δει όλα, και αναμφίβολα, μπορούσε να μυριστεί ένα ψέμα.

«Δεν διαμαρτυρήθηκε;»

«Να...» Η Ρέιτσελ κοίταξε το ταβάνι πριν απαντήσει. Ήξερα πως η Λορέτα ήταν ένα πρόσωπο στο οποίο μπορούσε να μιλήσει χωρίς φόβο μήπως τα μεταφέρει σε όλον τον κόσμο στην πολυκατοικία. «Ναι, διαμαρτύρεται. Μάλιστα, με μαλώνει συχνά. Βασικά, κοιμόμαστε σε ξεχωριστές κρεβατοκάμαρες.»

«Αυτό δεν είναι καλό.»

«Το ξέρω. Ίσως είμαστε έτσι κανέναν μήνα, και περισσότερο.»

Η Λορέτα κούνησε το κεφάλι της δείχνοντας κατανόηση, περιμένοντας σιωπηλά για περισσότερα.

«Όλα ξεκίνησαν όταν μου ζήτησε να σταματήσω να πίνω. Νόμιζε πως γύριζα σπίτι μεθυσμένη, αλλά το μόνο που έπινα ήταν παγωμένη τσάι, τίποτα αλκοολούχο. Έτσι, ένιωσα να επαναστατώ, πώς τολμούσε να μου λέει τι να κάνω;» Η Ρέιτσελ ξεσταύρωσε και ξανασταύρωσε τα πόδια της, για να βολευτεί.

«Συνέχισε», είπε η Λορέτα.

«Αφού κοιμηθήκαμε χωριστά για λίγο, μετά με ρώτησε αν μου αρέσει αυτή η κατάσταση. Πίστεψέ με, σε κανέναν δεν αρέσει.» Η Ρέιτσελ κούνησε το κεφάλι για να δώσει έμφαση.

«Και βέβαια όχι.»

«Μετά, κάναμε μια συζήτηση προχτές βράδυ. Μου ζήτησε να σταματήσω να πίνω», είπε η Ρέιτσελ, ξύνοντας το κεφάλι της. «Έτσι, του εξήγησα ότι δεν πίνω, όμως δεν με πίστεψε.»

«Κι εσύ, παρεξηγήθηκες;»

«Ναι. Προσπάθησα να του εξηγήσω τι μου συμβαίνει.»

«Τι σου συμβαίνει; Πες μου.»

«Να, ζαλίζομαι όταν στέκομαι όρθια, και μερικές φορές νιώθω λιποθυμία. Επίσης τρώω ό,τι βρω και πίνω πολύ νερό.» Έκανε μια παύση για να ανασάνει. «Λαχταράω την σοκολάτα και την τρώω σαν τρελή. Μου έχει γίνει εθισμός, τελευταία. Προφανώς, σε εκείνον φέρομαι σαν μεθυσμένη, αλλά δεν είμαι, Λορέτα. Ειλικρινά.»

«Η σοκολάτα θ σε κάνει να παχύνεις, Ρέιτσελ»

«Λορέτα, χάνω βάρος, δεν παίρνω.»

Σιωπή έπεσε στο δωμάτιο. Η κάθε μια σκεφτόταν όλα όσα είχαν ειπωθεί.

Τελικά, η Λορέτα είπε. «Διψάς καθόλου;»

«Ναι. Διψάω. Συνέχεια. Και πίνω πολύ παγωμένο τσάι.»

«Με ζάχαρη;»

«Φυσικά. Με πολλή ζάχαρη.»

Η Λορέτα έσκυψε προς το μέρος της και κοίταξε την Ρέιτσελ στα μάτια. «Πότε πήγες για τελευταία φορά στον γιατρό;»

«Δεν έχω ιδέα.»

«Γιατί δεν πας να δεις έναν και να μάθεις τι σου συμβαίνει;»

«Μισώ τους γιατρούς.»

«Αυτός δεν είναι καλός λόγος για να αποφεύγεις τα τσεκάπ.» Η Λορέτα της έριξε ένα αυστηρό βλέμμα. «Δεν μπορώ να ξέρω τι σου συμβαίνει, αλλά ένα είναι ξεκάθαρο σε μένα: σίγουρα κάτι τρέχει με τον οργανισμό σου.»

Η Ρέιτσελ έσκυψε το κεφάλι.

«Ρέιτσελ;»

Σήκωσε το κεφάλι και κοίταξε την ηλικιωμένη γυναίκα. «Ναι;»

«Πήγαινε στο γιατρό.»

«Μάλιστα κυρία μου.»

«Άστα αυτά σε μένα. *Πήγαινε στο γιατρό.*»

«Εντάξει,. Θα πάω. Το υπόσχομαι.»

«Θα σου πω μια ιστορία, Ρέιτσελ. Θέλω να με ακούσεις προσεχτικά, εντάξει;»

«Εντάξει.» Η Ρέιτσελ, βολεύτηκε στην καρέκλα της.

«Τραυματίστηκα στο καθήκον μου, το οποίο με ανάγκασε σε πρόωρη συνταξιοδότηση. Αφού έφυγα από την αστυνομική δύναμη, ένιωσα ότι η ζωή μου είχε τελειώσει. Ήμουν τόσο παθιασμένη στην επίλυση υποθέσεων - και ήμουν πάντα αυτή που ανέθεταν τις πιο δύσκολες περιπτώσεις - που ένιωσα ένα κενό, μια τεράστια τρύπα στη ζωή μου. Δεν ήμουν παντρεμένη, δεν είχα παιδιά, ήμουν μόνη.» Η Λορέτα αναστέναξε, γέρνει πίσω στην καρέκλα της.

«Έπρεπε να δημιουργήσω έναν νέο κόσμο για τον εαυτό μου. Και ήταν πολύ δύσκολο. Ήμουν συνηθισμένη σε μια συνθετική ζωή τάξης και κανόνων. Ξαφνικά, είχα τόσο ελεύθερο χρόνο, δεν ήξερα τι να κάνω με τον εαυτό μου.»

«Καταλαβαίνω ότι θα ήταν δύσκολο.»

«Δεν τα παράτησα όμως. Στην πορεία, έγινα σύμβουλος για άλλα γραφεία και α'ρχισα να διδάσκω μαθήματα σε ένα κολέγιο. Η ζωή συνεχιζόταν. Όμως ένας σημαντικός παράγοντα με έκανε να φτάσω εκεί.»

«Ποιος;»

«Αρχισα να πηγαίνω στην εκκλησία. Συχνά. Δεν έχανα ούτε μια Κυριακή», είπε η Λορέτα.

«Αυτή η εμπειρία με βοήθησε να ξαναβρώ τη ζωή μου.»

«Πολύ καλό.»

«Ήταν κάτι παραπάνω από καλό. Άρχισα να πηγαίνω σε μαθήματα της Βίβλου και έμαθα για την αξία του Λόγου. Ήταν εκπληκτικό το πόσο ολοκληρωμένη άρχισα να νιώθω μέσα μου.»

Η Ρέιτσελ συνέχισε να γνέφει συμφωνώντας, αν και δεν καταλάβαινε ακριβώς τι έλεγε η ηλικιωμένη γυναίκα.

«Πότε πήγες για τελευταία φορά στην εκκλησία;»

«Τι;» Η Ρέιτσελ αιφνιδιάστηκε από την ερώτηση. Η εκκλησία ήταν το τελευταίο πράγμα που σκεφτόταν. Ναι, ο Τζο πήγαινε, αλλά σπάνια πήγαινε μαζί του. «Εγώ πάω στην εκκλησία. Ο Τζο πάει.»

«Ξέρω ότι οΤζο πηγαίνει. Τον έχω δει στην εκκλησία.»

«Πηγαίνετε στην ίδια εκκλησία;»

«Ναι., Συχνά καθόμαστε μαζί.»

«Ααα.» Η Ρέιτσελ μάθαινε πολλά σήμερα.

«Δεν κάνω προσηλυτισμό, αλλά η εκκλησία θα σου κάνει καλό. Και αυτό μόνο θα πω, όσον αφορά το θέμα «, είπε η Λορέτα, και σηκώθηκε να φύγει. «Σκέψου ό,τι σου είπα. Σε παρακαλώ.»

Η Ρέιτσελ κάθισε ήσυχα στην καρέκλα της, με το στόμα της ελαφρώς ανοιχτό. Δεν μπορούσε να σκεφτεί τίποτα να πει στη Λορέτα προτού βγει από την πόρτα με μια υπενθύμιση για να πάει στο γιατρό. Ανοίγοντας το συρτάρι του γραφείου, η Ρέιτσελ έβγαλε έναν ανεμιστήρα και άρχισε να τον περιστρέφει στο πρόσωπό της. Ζεσταινόταν τόσο πολύ. Και διψούσε.

ΕΊΚΟΣΙ ΟΚΤΏ

ΕΚΕΊΝΟ ΤΟ ΑΠΌΓΕΥΜΑ, ο ντετέκτιβ Φρανς, επισκέφτηκε ξαφνικά την πολυκατοικία της Ρέιτσελ. Ο Τζο άνοιξε την πόρτα γιατί η Ρέιτσελ ήταν στην κρεβατοκάμαρά της. Εκείνη ήρθε όταν την φώναξε ο Τζο.

Έδωσε το χέρι της στον άντρα. «Γεια σου, Επιθεωρητά. Ξαφνιάζομαι που σε βλέπω εδώ.»

«Δεν ήθελα να σε ενοχλήσω, αλλά πρέπει να σου μιλήσω. Και στους δυο σας.»

«Πέρασε από δω», είπε ο Τζο, πηγαίνοντάς τον στο σαλόνι. Εκείνος κάθισε σε μια καρέκλα, ενώ ο επιθεωρητής και η Ρέιτσελ κάθισαν στον καναπέ.

«Μάλλον αυτό που θα σας πω το έχετε ξανακούσει. Μέχρι τώρα, δεν έχουμε βρει πολλά στοιχεία για την υπόθεσή σας. Παρακολουθούσαμε το καταφύγιο ζώων του θύματος για τυχόν στοιχεία που ίσως μας βοηθούσαν να βρούμε ποιος την σκότωσε. Προσφάτως, έμαθα μερικά νέα.»

«Λοιπόν, πες μας. Αυτό είναι σπουδαίο», είπε ο Τζο.

Η Ρέιτσελ έγνεψε συμφωνώντας.

«Μάθαμε ότι ο διαχειριστής εκεί. Και τώρα ιδιοκτήτης του καταφύγιου, σύμφωνα με την επιθυμία του θύματος, είχε σχέση κάποτε με το θύμα, έβγαιναν. Δεν ήταν μόνο εργοδότρια και υπάλληλος.»

«Ναι. Το ήξερα αυτό. Μου το είπε ο Χόρχε, ότι είχε αισθήματα για την Ένιδα», είπε η Ρέιτσελ.

«Το γνώριζες; Εγώ, όχι», είπε οΤζο.

«Μάλλον θα στο είπα και το ξέχασες», είπε η Ρέιτσελ.

«Δεν το νομίζω. Θα το θυμόμουν». Απάντησε ο Τζο.

«Καλά, τέλος πάντων, εγώ το ήξερα». Η Ρέιτσελ δεν ήθελε να διαφωνήσει μπροστά στον επιθεωρητή.

«Είναι ενδιαφέρον που το ήξερες, κι ότι στο είπε ο ίδιος», είπε ο επιθεωρητής Φρανς.

«Γιατί; Ο Χόρχε είναι πολύ καλός άνθρωπος. Τόσο ευγενικός.»

«Κάποιος που είναι ευγενικός με τα ζώα, δεν είναι απαραίτητα ευγενικός και με τους ανθρώπους», είπε ο Τζο.

Η Ρέιτσελ του έριξε μια ματιά και αγνόησε το σχόλιο.

«Μη μου πεις ότι υποπτεύεσαι τον Χόρχε;» Ρώτησε η Ρέιτσελ. «Είναι τρελό.»

«Δεν έχουμε αρκετές πληροφορίες ώστε να τον κατηγορήσουμε για οτιδήποτε. Τουλάχιστον όχι ακόμα», είπε ο Φρανς. «Γι' αυτό είμαι εδώ. Ξέρεις κάτι από το παρελθόν του; Αν είχε κάποιο θέμα επιθετικότητας; Κάποια ύποπτη συμπεριφορά;»

«Όχι, τίποτα. Ήταν πάντα πολύ ευγενικός και καλός. Δεν γνωρίζω τίποτα για το παρελθόν του». Είπε η Ρέιτσελ.

«Ούτε κι εγώ», είπε οΤζο.

«Κάποιος σκότωσε αυτή τη γυναίκα. Πρέπει να μάθουμε ποιος, και δεν υπάρχουν στοιχεία», είπε ο Φρανς.

«Αλήθεια, δεν νομίζω πως ο Χόρχε είναι ύποπτος», είπε η Ρέιτσελ. «Δεν το πιστεύω.»

«Πρέπει να κοιτάξουμε όλες τις πιθανότητες», είπε ο επιθεωρητής, και σηκώθηκε να φύγει.

«Καταλαβαίνω, αλλά δεν είναι αυτός», είπε η Ρέιτσελ με σιγουριά. «Δεν μπορώ να πιστέψω ότι είναι αυτός.»

«Παρακαλώ, να μας κρατάς ενήμερους», είπε ο Τζο, συνοδεύοντας τον επιθεωρητή προς την πόρτα.

«Φυσικά».

Ο Τζο, γύρισε αφού έκλεισε την πόρτα, και γύρισε προς το σαλόνι.

«Γιατί δεν μου είπες ότι ο Χόρχε και η Ένιδα ήταν ζευγάρι;»

«Για να μην σου το είπα, μάλλον σκέφτηκα ότι δεν είναι αρκετά σημαντικό.»

«Νομίζω πως είναι σημαντικό», είπε εκείνος, ακόμα όρθιος.

«Δεν ήξερα ότι θα το θεωρούσες». Τι άλλο να πει;

«Κάποιος σκότωσε την φτωχή γυναίκα, και μάλιστα στην πολυκατοικία μας.»

«Και θέλεις να το χρεώσεις σε έναν αθώο για να αποδοθεί δικαιοσύνη;» Έκανε μια κίνηση με τα χέρια της δείχνοντας έλλειψη κατανόησης.

«Δεν είπα αυτό.»

«Εγώ αυτό άκουσα.»

«τότε, ίσως πρέπει να πας να κοιτάξεις τα αφτιά σου.»

«Εντάξει, νομίζω πως τελείωσα από δω», είπε η Ρέιτσελ, και σηκώθηκε από τον καναπέ. «Πάω στο δωμάτιό μου τώρα για να μην ακούσω τίποτα άλλο.»

Η Ρέιτσελ πέρασε μπροστά από τον Τζο, αρκετά κοντά ώστε εκείνος να μυρίσει την φρουτένια μυρωδιά του κορμιού της.

«Ρέιτσελ, συγνώμη». Πραγματικά φαινόταν μετανιωμένος. Ο Τζο δεν συνήθιζε να λέει κακίες.

«Εντάξει.»

Συνέχισε να περπατάει μέχρι που έφτασε στον διάδρομο, μετά γύρισε να τον κοιτάξει.

«Πρέπει να φτιάξουμε αυτό το χάλι ανάμεσά μας. Επιδράει στα πάντα.»

«Συμφωνώ.» Ο Τζο έκανε ό,τι καλύτερο μπορούσε για να την πείσει να πάει στον γιατρό. Όμως, η τελική απόφαση ήταν τα χέρια της Ρέιτσελ.

«Πάρεμε στην εκκλησία την Κυριακή». Ήταν μια απλή δήλωση, αλλά ε''ιχε όλα τα προνόμια να είναι ένα σημείο καμπής.

«Εντάξει. Φεύγουμε στις 9:15».

«θα είμαι έτοιμη». Η Ρέιτσελ γύρισε και μπήκε στην κρεβατοκάμαρά της. Ο Τζο δεν μπορούσε να κουνηθεί από την έκπληξη. Τι είχε συμβεί μόλις τώρα;

Τα κορίτσια συσσωρεύτηκαν στο αυτοκίνητο της Ολίβια έχοντας κατά νου μια αποστολή. Ήθελαν να δουν την Λουάν να παίζει στο σαλούν Γκρέι Γκοτ.

Είχαν υποσχεθεί να παρακολουθήσουν μια από τις συναυλίες της, και τώρα φαινόταν η τέλεια στιγμή για να πάνε. Η τοποθεσία ήταν κάπως κοντά στην κύρια Λεωφόρο όπου όλοι οι μοτοσυκλετιστές έκαναν παρέα κάθε χρόνο στην ετήσια συγκέντρωσή τους, την Εβδομάδα μοτοσυκλέτας, ένα πολύ δημοφιλές γεγονός που συγκέντρωνε χιλιάδες από όλες τις Ηνωμένες Πολιτείες. Όλα τα τετράγωνα γύρω από την Κεντρική Λεωφόρο ήταν κεντρικά πάρτι. Μόλις φτάνουν στο σαλούν, σταθμεύουν το αυτοκίνητο και παρατάσσονται έξω από το Γρέη Γκοατ.

«Εγώ είμαι η οδηγός, εντάξει;» Ανακοίνωσε η Ολίβια. «Δεν θα πιω τίποτα. Δεν θέλω να πάθουν τίποτα κακό οι φιλενάδες μου.»

«Ούτε κι εγώ πίνω, οπότε, είμαι η εναλλακτική σας» είπε η Ρέιτσελ.

«Κανένα πρόβλημα για μένα», είπε η Τία. «Δεν χρειάζεται να πιω.»

Μπήκαν στο σαλούν, το οποίο ήταν γεμάτο καπνούς. Έκανε πολύ θόρυβο, σε ξεκούφαινε ο θόρυβος. Η Ρέιτσελ κάλεσε τα κορίτσια να την ακολουθήσουν γιατί δεν θα την είχαν ακούσει ποτέ αν προσπαθούσε να μιλήσει. Βρήκαν ένα τραπέζι στον τοίχο. Οτιδήποτε πλησίον της σκηνής ήταν ήδη γεμάτο. Όταν η σερβιτόρα ήρθε στο τραπέζι, η Ρέιτσελ έδειξε μια γυναίκα κοντά που φάνηκε να έχει ένα ποτήρι σόδα και έβαλε τρία δάχτυλα. Κούνησε καταφατικά το κεφάλι της.

Όταν η σερβιτόρα επέστρεψε, η Λουάν έβγαινε στη σκηνή για να τραγουδήσει. Τα κορίτσια πίστευαν ότι έμοιαζε με αστέρι της κάντρι, ντυμένη με άσπρα τζιν, σχισμένα στα γόνατα, με τιρκουάζ τοπ. Πολλά τυρκουάζ κοσμήματα στολίζουν το λαιμό και τα δάχτυλά της και φοράει κρεμαστά σκουλαρίκια στα αυτιά της. Τα μαλλιά της Λουάν ήταν πιο φουσκωμένα από το συνηθισμένο και το μακιγιάζ της ήταν βαρύτερο. Η φίλη τους ήταν υπέροχη.

«Νάτο το κορίτσι μας!» Φώναξε η Ρέητσελ.

Τότε, η Λουάν άρχισε να τραγουδάει, παίζοντας μια πανέμορφη τυρκουάζ κιθάρα, προφανώς από την συλλογή της. Τα κορίτσια κοιταζόντουσαν με ορθάνοιχτα μάτια. Τα στόματά τους ήταν επίσης ανοιχτά. Η Λουάν τραγουδούσε *υπέροχα!*

Λάτρεψαν όλα τα τραγούδια της Λουάν, και εκτίμησαν περισσότερο το ταλέντο της και την φίλη τους. Όμως οι εκπλήξεις δεν είχαν τελειώσει. Η Λουάν προσεκτικά, τοποθέτησε την τυρκουάζ κιθάρα της στο σταντ και κατέβηκε από την σκηνή, βοηθούμενη από έναν άντρα από το κοινό. Κι αυτός, δεν ήταν άλλος από τον Μαρκ Ρότζερς.

«Τον άτομο»! Είπε η Ρέιτσελ. Επιτέλους, μπορούσε να ακουστεί, αφού η μπάντα είχε διάλειμμα.

Η Ολίβια σοκαρίστηκε και έμεινε άφωνη.

«Εγώ γιατί δεν εκπλήσσομαι;» Ρώτησε η Τία.

«Είναι απαίσιος. Όμως τι σκαρώνει η Λουάν»; Ρώτησε η Ρέιτσελ.

«Ωω, θεέ μου, ελπίζω να μην βγαίνουν», είπε η Ολίβια, κερδίζοντας επιτέλους την φωνή της. «Ίσως είναι αθώο από την μεριά της;»

Και οι δυο γυναίκες κοίταξαν την Ολίβια σα να φορούσε τιάρα. Πάντα έβλεπε την θετική πλευρά των πραγμάτων. Μερικές φορές ήταν απλώς πολύ αφελής.

«Να της πούμε ότι είμαστε εδώ;» Ρώτησε η Τία.

«Πρέπει, για να ξέρει πως ήρθαμε να την δούμε», είπε η Ολίβια.

«Και τότε, θα μάθει και ο Μαρκ ότι είμαστε εδώ», είπε η Ρέιτσελ. «Το θέλουμε αυτό; Μας νοιάζει;»

Η απόφαση δεν ήταν στα χέρια τους. Το ζευγάρι πέρασε από δίπλα τους, πηγαίνοντας προς το μπαρ. Θα ήταν αγενές να μην πουν κάτι στην Λουάν. Όσο για τον Μαρκ, απλώς έπρεπε να πάρει τα κομμάτια του.

«Λουάν, κορίτσι μας!» φώναξε η Ρέιτσελ, κουνώντας το χέρι και έχοντας μισοσηκωθεί.

Η Λουάν γύρισε και πήρε αμέσως μια έκφραση χαράς.

«Κορίτσια! Ήρθατε. Πόσο χαίρομαι που σας βλέπω». Η Λουάν περνούσε ανάμεσα από τον κόσμο και κατευθυνόταν προς το τραπέζι τους. Αγκάλιασε την Ρέιτσελ πρώτα, αφού ήταν πιο κοντά και όρθια πια. Μετά την Τία και τέλος, την οδηγό.

«Έλεγα ότι δεν θα ερχόσασταν ποτέ να με δείτε. Με κάνατε τόσο χαρούμενη». Η Λουάν χοροπηδούσε συνέχεια.

«Σου υποσχεθήκαμε πως θα ερχόμασταν. Και να 'μαστε», είπε η Ρέιτσελ, ανοίγοντας τα χέρια της.

Ο Μαρκ στεκόταν στο μπαρ, χωρίς να κινείται. Ίσως νόμιζε πως δεν τον είχαν προσέξει;

«Μπορώ να καθίσω μαζί σας;» Ρώτησε η Λουάν.

«Μα φυσικά!» είπαν όλες μαζί.

Η Λουάν κάθισεσε μια καρέκλα.

«Δεν θέλω να φανώ αγενής, Λουάν, αλλά τι κάνει αυτός ο κόπανος μαζί σου»; Ρώτησε η Ρέιτσελ, δείχνοντας με το δάχτυλο προς την κατεύθυνση του Μαρκ.

«Αα, αυτός; Ο Μαρκ; Μη λες ανοησίες», είπε. «Είναι απλά από κείνα τα καλόπαιδα που τριγυρνάνε σαν μύγες γύρω από το μέλι. Έρχονται πάντα μαζί μου. Δεν μπορώ να τους ξεφορτωθώ.»

Τα κορίτσια κοίταξαν την Ολίβια. Μάλλον είχε δίκιο. Ήταν αθώα. Τουλάχιστον από την πλευρά της Λουάν. Του Μαρκ; Δεν θα το έλεγαν.

«Λατρεύουμε τα ρούχα σου, και τα κοσμήματά σου», είπε η Τία.

«Ναι, είσαι πολύ όμορφη», είπε η Ολίβια.

«Πράγματι. Είσαι καταπληκτική, Λουάν. Λατρεύω τη φωνή σου», είπε η Ρέιτσελ.

«Ωωω, ελάτε τώρα, κορίτσια, με κάνετε και ντρέπομαι», είπε η Λουάν. «Απλώς κάνω αυτό που μπορώ, αυτό είναι όλο.»

«Είναι και μετριόφρων», σημείωσε η Ρέιτσελ.

Γέλασαν όλες.

Η σερβιτόρα ήρθε, ρωτώντας την Λουάν αν ήθελε κάτι από το μπαρ.

«Όχι, γλυκιά μου, έχω το μπουκάλι με το νερό μου στην σκηνή. Σε ευχαριστώ.»

Οι άλλες κυρίες διέταξαν έναν άλλο γύρο σόδας. Η Λουάν επέστρεψε στη σκηνή για ένα άλλο τραγούδι, για το οποίο παρέμεναν τα κορίτσια. Ο Μαρκ εξαφανίστηκε, όχι ότι τις ένοιαζε. Τα κορίτσια απλά ανακουφίστηκαν που η Λουάν δεν τα είχε με παντρεμένο άνδρα. Συνολικά, ήταν μια υπέροχη βραδιά. Και έφτασαν πίσω στο σπίτι με ασφάλεια. Η Ρέιτσελ έφτασε ακόμη και στο δωμάτιό της χωρίς κανένα συμβάν.

ΕΊΚΟΣΙ ΕΝΝΙΆ

ΤΟ ΞΥΠΝΗΤΉΡΙ ΧΤΎΠΗΣΕ ΑΚΡΙΒΏΣ ΣΤΗΝ ΡΥΘΜΙΖΌΜΕΝΗ ΏΡΑ. Είχε έναν ήχο πολύ ενοχλητικό. Η Ρέιτσελ γκρίνιαξε καθώς γυρνούσε στο κρεβάτι. Καθισμένη στο πλάι, υπενθύμισε στον εαυτό της ότι σηκώνεται νωρίς το πρωί της Κυριακής για να πάει στην εκκλησία με τον Τζο. Δεν ήταν πρώτη φορά, αλλά ήταν σημαντικό. Εξάλλου, δική της πρόταση ήταν.

Είχε κάνει ντους το προηγούμενο βράδυ, οπότε ήταν καλό να πάει. Αφού βούρτσισε τα δόντια της, μπήκε στην κουζίνα με τις μαλακές παντόφλες της. Ο Τζο είχε ήδη φτιάξει καφέ. Τι τύπος! Έβαλε ένα φλιτζάνι για τον εαυτό της, προσθέτοντας την απαραίτητη ζάχαρη και κρέμα. Άκουγε τον Τζο στο ντους, οπότε επέστρεψε στην κρεβατοκάμαρά της για να ετοιμαστεί, με το φλιτζάνι στο χέρι.

Περίπου μια ώρα αργότερα, η Ρέιτσελ περίμενε στην πόρτα. Είχε ήδη φάει ένα βραστό αυγό, είχε πιει τον καφέ της, οπότε ήταν έτοιμη για ό, τι ήταν στη διάθεσή της αυτήν την Κυριακή το πρωί. Ο Τζο εμφανίστηκε, όμορφα ντυμένος με σακάκι και ένα καλό πουκάμισο. Εδώ ήταν Φλόριντα, κανείς δεν ντύνονταν καλά για την εκκλησία. Ο Τζο ήταν στην πραγματικότητα καλύτερα ντυμένος από ό, τι οι περισσότεροι που θα εμφανίζονταν, λαμβάνοντας υπόψη ότι εμφανίζονταν συνήθως με τζιν και μπλουζάκια. Ίσως ακόμη και σορτς. Πιθανώς ο πάστορας θα ήταν ο καλύτερος ντυμένος στο πλήθος, αλλά ακόμη και οι υπουργοί σε πολλές εκκλησίες ήταν πιο απλοί από ό, τι η Ρέιτσελ θυμόταν από τα νιάτα της.

«Καλημέρα», είπε ο Τζο όταν την είδε. «Είσαι πολύ όμορφη.»

Η Ρέιτσελ δεν σχεδίαζε να είναι ένας από τους πιο απλούς ανθρώπους στην εκκλησία. Σε τελική ανάλυση, είχε σεβασμό για την εκκλησία και είχε καταβάλει προσπάθεια να φορέσει ένα ροζ φόρεμα και τακούνια. Εντάξει, ήταν σανδάλια, αλλά είχαν φτέρνα. Ήξερε ότι έμοιαζε σα να πηγαίνει στην εκκλησία. Και ήθελε να εντυπωσιάσει τον Τζο με την προσπάθειά της. Αυτό ήταν σημαντικό. Δεν ήταν σίγουρη γιατί, αλλά σήμερα την ένοιαζε.

«Σ' ευχαριστώ. Κι εσύ είσαι όμορφος»

Και οι δύο είχαν πολύ ευχάριστη διάθεση. Ο καθένας ήθελε να ευχαριστήσει τον άλλο. Η κατάσταση ανάμεσά τους κατά την οδήγηση προς στην εκκλησία ήταν απλή και φιλική. Όταν ο Τζο ανέφερε στον πάστορα καθώς μπήκε ότι η γυναίκα του είχε έρθει μαζί σήμερα, ο πάστορας ήταν πολύ ευγενικός προς αυτήν. Αλλά όχι πιεστικός. Η Ρέιτσελ το εκτιμούσε αυτό.

Μετά από λίγο ήρθε και η Λορέτα . Τόσο η

Ρέιτσελ όσο και ο Τζο πρότειναν να καθίσει μαζί τους, αλλά κούνησε το χέρι της αρνητικά. Η Λορέτα κατά πάσα πιθανότητα αναγνώρισε ότι έπρεπε να καθίσουν μόνοι ως σύζυγοι.

Η Ρέιτσελ δεν ήξερε τι να περιμένει από την λειτουργία. Θυμήθηκε από την παιδική της ηλικία τους βαρύς ύμνους που συνοδεύονταν από μουσική οργάνων, τις αναγνώσεις και ένα δυνατό κήρυγμα. Αλλά δεν είχε παρευρεθεί στη συγκεκριμένη εκκλησία με τον Τζο. Την έφερνε πάντα στην παραδοσιακή λειτουργία σε άλλες εκκλησίες. Προφανώς, είχε σκεφτεί καλύτερα αυτήν την προσέγγιση, λέγοντάς της ότι αυτή ήταν η σύγχρονη λειτουργία και ήταν διαφορετική από αυτήν που είχε βιώσει στο παρελθόν. Είχε δηλώσει ότι νόμιζε ότι θα της άρεσε πραγματικά.

Η μουσική ξέσπασε, με ντραμς, κιθάρες και πλήκτρα. Περίπου δέκα άντρες και γυναίκες στέκονταν στην πλατφόρμα παίζοντας μουσική ή τραγουδώντας. Ήταν έκπληκτη για αυτό που άκουσε. Ήταν πολύ διαφορετικά από ό,τι θυμόταν. Η μουσική ήταν αισιόδοξη και συγκινητική, κάνοντας την να θέλει να κουνιέται. Αυτή η λειτουργία ήταν συναρπαστική. Έφερε ανατριχίλα στα χέρια της και διεύρυνε τα μάτια της με έκπληξη. Άρχισε να χειροκροτά. Η Ρέιτσελ κουνιόταν στο ρυθμό καθώς στεκόταν όρθια. Κοιτάζοντας τον Τζο, χαμογέλασε δείχνοντάς του την εκτίμησή της.

Όταν ήρθε η ώρα για το κήρυγμα, δεν υπήρχε φωτιά και θειάφι. Αντίθετα, ήταν ανυψωτικό και είχε ένα θετικό μήνυμα. Ενθαρρύνθηκε να προσευχηθεί και να ζητήσει κατεύθυνση από το Άγιο Πνεύμα. Η Βίβλος τόνισε ότι κρατάει απαντήσεις και πώς μπορούσε να βιώσει τον Λόγο γενικά για να την οδηγήσει. Τίποτα δεν την αναστάτωσε ούτε την έκανε να νιώσει άβολα. Χαμογέλασε στον Τζο. Χαμογέλασε, τελεία. Ήταν χαρούμενη που βρισκόταν σε αυτό το μέρος λατρείας.

Ο Τζο και η Ρέιτσελ έφυγαν από την εκκλησία και γύρισαν στο σπίτι. Όλη την ώρα, η Ρέιτσελ ένιωθε σαν το σώμα της να τραγουδά. Και συνέχισε να χαμογελά. Ένιωσε τόσο *χαρούμενη*. Ποτέ δεν ένιωθε έτσι μετά την εκκλησία. Τι είχε γίνει; Δεν ήξερε. Το μόνο που γνώριζε ήταν ότι ήταν ευτυχισμένη.

Την Δευτέρα το πρωί, ο Μαρκ Ρότζερς μπήκε στο γραφείο της Ρέιτσελ.

«Έχω το νοίκι» της είπε, βάζοντας την επιταγή πάνω στο γραφείο της.

«Κάθισε, Μαρκ, θα ήθελα να σου μιλήσω». Του έδειξε την καρέκλα μπροστά από το γραφείο. Φαινόταν νευρικός καθώς καθόταν.

Η Ρέιτσελ δίπλωσε τα χέρια της μπροστά και ακούμπησε τους αγκώνες της πάνω στο γραφείο. Αυτή ήταν η τέλεια ευκαιρία για να τον ρωτήσει κάτι που την απασχολούσε.

Έχω μια ερώτηση για σένα, Μαρκ» του είπε, με τα μάτια της καρφωμένα στα δικά του. «Κάποιος σε είδε να προσπαθείς να μπεις στο διαμέρισμα της Ένιδας. Τι ήλπιζες ότι θα βρεις;»

Για ένα δευτερόλεπτο, ο Μαρκ έμοιαζε με ένα παιδί που μόλις το είχαν πιάσει να κλέβει καραμέλες από κάποιο μαγαζί. Ανακτώντας την ψυχραιμία του, προσπάθησε να αρνηθεί το γεγονός. «Δεν ξέρω για τί πράγμα μιλάς.»

«Δεν το πιστεύω, Μαρκ. Σε είδε κάποιος που εμπιστεύομαι». Η Ρέιτσελ δεν θα άφηνε αυτόν τον άντρα να ξεφύγει. Δεν ήταν αστυνόμος, οπότε δεν χρειαζόταν να είναι ευγενική ή να σέβεται τα δικαιώματά του.

Ο Μαρκ έξυσε το πίσω μέρος του λαιμού του, κερδίζοντας χρόνο. Στο τέλος, μίλησε. «Ήμουν ανόητος. Χα. Νόμιζα ότι θα έβρισκα το ημερολόγιό της», της είπε, κουνώντας το κεφάλι του και γουρλώνοντας τα μάτια του.

«Το ημερολόγιό της; Πώς ήξερες ότι κρατάει ημερολόγιο»; Ακόμα και η Ρέιτσελ δεν ήξερε πως η φίλη της κρατούσε ημερολόγιο.

«Το είχα δει μια φορά που με είχε καλέσει», είπε. «Καθόμουν στο τραπέζι. Πάνω στο εξώφυλλο ήταν γραμμένη η λέξη «Ημερολόγιο»».

«Τι έκανες στο διαμέρισμα της Ένιδας; Η Λόλα ήταν μαζί σου;»

«Όχι, δεν ήρθε.»

«Και ήσασταν μόνοι εκεί;» Αυτός ήταν ο επισκέπτης που είχε αναφέρει η κόρη της, ο ανεπιθύμητος.

«Εεε, ναι, μόνο εγώ». Ο Μαρκ σήκωσε τους ώμους. «Και λοιπόν;»

«Γιατί ήσουν εκεί;».

«Να, μου άρεσε», είπε, περνώντας νευρικά το χέρι του μέσα στα μαλλιά του.

«Είσαι παντρεμένος, Μαρκ. Δε νομίζεις πως ήταν ανάρμοστο να επισκέπτεσαι μια γυναίκα μόνη;» Η Ρέιτσελ έκανε ό,τι μπορούσε για να μην τον βρίσει.

«Ναι, ίσως.»

Η Ρέιτσελ εξοργίστηκε. «Ίσως; Μήπως ίσως να μην ήσουν εκεί;»

«Μάλλον». Πάλι σήκωσε τους ώμους.

«Γιατί ήθελες το ημερολόγιό της; Τι έγραφε που δεν ήθελες να δει κανένας;»

«Ότι την επισκέφτηκα.»

«Πώς ξέρεις ότι θα έγραφε στο ημερολόγιο για την επίσκεψή σου;»

«Δεν το ήξερα», είπε. «Αλλά αν έγραφε, δεν ήθελα να το μάθει η Λόλα.»

Αυτή ήταν μια αληθοφανής απάντηση. Ήταν όμως η αλήθεια;

«Μάλιστα. Και αν έβρισκες το ημερολόγιο, τι θα το έκανες;» Τον ρώτησε.

«Θα το πετούσα, φυσικά». Χαμογέλασε σε αυτή την ιδέα.

Η Ρέιτσελ κάθισε πίσω στην καρέκλα της, κοιτώντας τον Μαρκ. Κούνησε το κεφάλι της αργά.

«Εσύ σκότωσες την Ένιδα;» *Εεει, περιμένεις να σου απαντήσει στην ερώτηση τώρα;*

Ο Μαρκ ξαφνιάστηκε με την ερώτηση. «Όχι!»

«Έλα τώρα, Μαρκ. Εσύ σκότωσες την Ένιδα;»

«Μα όχι! Δεν το έκανα εγώ.» Η έκφρασή του έδειχνε ειλικρίνεια. Όμως μερικοί άνθρωποι είναι καλοί ηθοποιοί.

«Εντάξει, σε πιστεύω». Η Ρέιτσελ, βασικά, δεν τον πίστευε, αλλά δεν ήθελε να του το πει.

«Τελείωσα με τις ερωτήσεις. Μπορείς να φύγεις τώρα.»

Ο Μαρκ στάθηκε στα λεπτά πόδια του, προσπαθώντας να φανεί φυσιολογικός καθώς βγήκε από το γραφείο προς το χώρο στάθμευσης. Μόλις ο Μαρκ είχε απομακρυνθεί, η Ρέιτσελ πήρε ένα κλειδί από την κλειδοθήκη και κατευθύνθηκε προς το ασανσέρ. Όταν έφτασε στον όγδοο όροφο, πήγε κατευθείαν στο παλιό διαμέρισμα της Ένιδας. Παίρνοντας μια γρήγορη αναπνοή, ξεκλείδωσε την πόρτα και μπήκε στην πρώην σκηνή φόνου.

ΤΡΙΆΝΤΑ

ΘΥΜΉΘΗΚΕ ΤΟ ΑΊΜΑ ΣΤΟΥΣ ΤΟΊΧΟΥΣ, το σπασμένο γυαλί, κανένα από τα οποία δεν υπήρχε τώρα. Η μαύρη σκόνη παραμένει στα έπιπλα όπου οι εγκληματολογική ομάδα είχε αναζητήσει δακτυλικά αποτυπώματα. Ένα μεγάλο μέρος του χαλιού είχε τραβηχτεί και αφαιρεθεί, και αφαιρέθηκε επίσης ένα τμήμα του τοίχου από όπου είχε αφαιρεθεί κάποτε ο ανεμιστήρας που έσταζε αίμα. Υποψιάστηκε ότι η Μαργαρίτα επρόκειτο να εγκαταλείψει το ακίνητο, καθώς δεν είχε καταβάλει καμία προσπάθεια να φτιάξει το διαμέρισμα προς πώληση ή να διεκδικήσει κάποιο από τα αντικείμενα της μητέρας της. *Πολύ καταθλιπτικό.*

Η Ρέιτσελ στάθηκε στο κέντρο του καθιστικού. «Τι συνέβη, Ένιδα; Ποιος σε σκότωσε;»

Περπάτησε, δεν ήταν σίγουρη από πού να αρχίσει να ψάχνει το ημερολόγιο της Ένιδας. Η Ρέιτσελ μπήκε στην κρεβατοκάμαρα, αυτή που ήξερε ότι χρησιμοποιούσε η Ένιδα. Τίποτα δεν έμοιαζε διαφορετικό εκεί, απλά ένα τυπικό υπνοδωμάτιο που προφανώς ανήκε σε μια γυναίκα. Όλες οι εγκαταστάσεις φώναζαν γυναίκα. Έστρεφε το βλέμμα της γύρω από το δωμάτιο, ψάχνοντας για οτιδήποτε. Κάποιο στοιχείο θα υπάρχει. Ωστόσο, δεν θα είχε βρει η αστυνομία έγκυρα αποδεικτικά στοιχεία; Δεν είχαν επιτρέψει την πρόσβαση στο διαμέρισμα για δύο εβδομάδες. Σίγουρα, είχαν βρει όλα τα σημαντικά. Εάν το ημερολόγιο ήταν απλά στο τραπέζι, θα το κατάσχεσαν. Ακόμα κι αν η αστυνομία είχε το ημερολόγιο, ο Ντετέκτιβ Φρανς δεν ήταν υποχρεωμένος να της το πει. Ίσως αυτή ήταν μια μάταιη αναζήτηση.

Διασχίζοντας το σαλόνι και την τραπεζαρία, η Ρέιτσελ περπάτησε στο διάδρομο προς το άλλο υπνοδωμάτιο. Το δωμάτιο εμφανίστηκε παρθένο, όπως και το μπάνιο και ο πάγκος. Η Ρέιτσελ σκέφτηκε να διαλύσει το κρεβάτι, αλλά γιατί η Ένιδα θα έκρυβε το ημερολόγιό της σε τόσο άβολο μέρος; Η πιο πιθανή τοποθεσία θα ήταν η κρεβατοκάμαρά της.

Επέστρεψε στο υπνοδωμάτιο της Ένιδας.

«Πού θα έκρυβε κανείς ένα ημερολόγιο;»

Η Ρέιτσελ μπήκε ξανά στην κρεβατοκάμαρα. Πήγε προς τα κομοδίνο και άνοιξε το συρτάρι. Ήταν άδειο.

«Φυσικά.»

Συνέχισε να τριγυρνάει, ακόμη και να ανοίγει προσωπικά συρτάρια όπου αποθηκεύονταν τα νυχτικά και τα εσώρουχα της Ένιδας. Ψάχνοντας τις στοίβες των ενδυμάτων, δεν βρήκε τίποτα ασυνήθιστο, ωστόσο, ντρεπόταν λιγάκι που το έκανε το κάνει αυτό.

«Συγγνώμη, Ένιδα.»

Τι γίνεται με το κρεβάτι; Ήταν εκεί, τακτοποιημένο, χωρίς να φαίνεται ότι κάποιος είχε καθίσει πάνω από τη δολοφονία. Η Ρέιτσελ πλησίασε πιο κοντά στο κρεβάτι, έσκισε το πάπλωμα και ανέβασε τα μαξιλάρια, αλλά τίποτα δεν ήταν από κάτω. Έσπρωξε τα χέρια της ανάμεσα στο στρώμα και τα κλινοσκεπάσματα, κάτω από το κρεβάτι, αλλά δεν βρήκε τίποτα. Πήγε και στην άλλη πλευρά, και μετά απέναντι από το κρεβάτι. Ακόμα να βρει τίποτα. Ήταν έτοιμη να τα παρατήσει.

«Αα περίμενε.»

Υπήρχε κάτι κρυμμένο κάτω από το στρώμα. Τα χέρια της ανακάλυψαν ένα αντικείμενο που σπρώχτηκε προς τα πάνω και ένιωσε σαν χάρτινη σακούλα με κάτι μέσα. Σύροντας την τσάντα και τα περιεχόμενά της, κάθισε στο κάτω μέρος του κρεβατιού, ανοίγοντας την τσάντα. Αυτό που ήταν μέσα έκανε την καρδιά της να αναπηδήσει. Ήταν ένα ημερολόγιο! Η λέξη ήταν ξεκάθαρα ανάγλυφη στο εξώφυλλο, όπως είπε ο Μαρκ. Η Ρέιτσελ έκλεισε την τσάντα και βγήκε από το διαμέρισμα, κλειδώνοντας την πόρτα. Κάλεσε τον Ντετέκτιβ φρανς μόλις επέστρεψε στο γραφείο της.

Περιμένοντας τον ντετέκτιβ να έρθει να πάρει το ημερολόγιο, μπήκε στον πειρασμό να ψάξει για ενδείξεις. Ωστόσο, δεν ήθελε να μολύνει στοιχεία που θα μπορούσαν να είναι στο ημερολόγιο. Δε χρειαζόταν να βρεθούν τα δικά της δαχτυλικά αποτυπώματα και στο ημερολόγιο.

· · ·

Η Λουάν μπήκε στο γραφείο της Ρέιτσελ, έχοντας ένα ανήσυχο βλέμμα στο πρόσωπό της.

«Καλησπέρα, Λουάν».

«Γεια!»

«Λοιπόν, τι τρέχει; Πώς πάει το τραγούδι;» Η Ρέιτσελ δεν είχε μιλήσει με τη Λουάνα μετά από εκείνο το βράδυπου την είχαν δει να τραγουδάει στο Γκρέιτ Γκοατ.

«Μια χαρά. Είμαι ευχαριστημένη.»

«Και ο Μαρκ; Έρχεται ακόμη εκεί;»

«Δυστυχώς, ναι». Η Λουάν αποφάσισε να καθίσει.

«Λυπάμαι γι' αυτό.»

«Κι εγώ. Περισσότερο λυπάμαι για τη Λόλα», είπε η Λουάν. «Γλυκιά μου, δεν λέει να καταλάβει ότι δεν ενδιαφέρομαι. Ως τώρα, η Λόλα θα αναρωτιέται πού γυρνάει τα βράδια τόσο συχνά. Ίσως να πιστεύει ότι έχει σχέση.»

«Ναι, μάλλον έτσι είναι» συμφώνησε η Ρέιτσελ. «Ίσως πρέπει να τον διώξεις εσύ».

«Το προσπάθησα, αλλά αυτός έρχεται ακόμα. Λέει ότι είμαστε φίλοι. Πάντως, οι φίλοι δεν με κοιτάζουν όπως με κοιτάζει εκείνος. Σου λέω, αυτός ο άνθρωπος έχει άλλα πράγματα στο νου του.» Η Λουάν κούνησε το κεφάλι της με απογοήτευση. «Συνεχίζει να με βοηθάει να κατέβω από την σκηνή μετά το τραγούδι. Μήπως να μιλήσω στον φρουρό του σαλούν;»

«Μμμ, ναι, να τον τρομάξει λιγάκι.»

Εκείνη την ώρα, άνοιξε την πόρτα του γραφείου η Λόλα. Η έκφρασή της άλλαξε όταν είδε την Λουάν να κάθεται στην καρέκλα.

«Γεια, Λόλα», είπε η Ρέιτσελ. Την χαιρέτησε και η Λουάν.

Η Λόλα γύρισε το κεφάλι της για να επικεντρωθεί στην Ρέιτσελ, δίνοντάς της ένα μικρό χαμόγελο.

Η Λουάν αποφάσισε πως εκείνη ήταν η στιγμή για να φύγει, έτσι σηκώθηκε. «Λοιπόν, κυρίες μου, έχω να κάνω κάποιες δουλειές.» Ανακοίνωσε η Λουάν. «Να έχετε μια υπέροχη μέρα.»

«Γεια, Λουάν», είπε η Ρέιτσελ. Η Λόλα παρέμεινε σιωπηλή.

«Λοιπόν, Λόλα, τι σε φέρνει εδώ;» ρώτησε η Ρέιτσελ με χαμόγελο.

«Ο Μαρκ», είπε αργά η Λόλα.

Η Ρέιτσελ πρόσεξε ότι τα μάτια της Λόλας ήταν κόκκινα και υγρά.

«Νομίζω πως έχει σχέση...μ’ αυτή τη γυναίκα!» Η Λόλα έδειξε προς την πόρτα που βγήκε η Λουάν. «Είναι αντροχωρίστρα. Θέλω να φύγει από δω.»

«Λόλα, δεν μπορώ να της ζητήσω να φύγει επειδή εσύ υποψιάζεσαι ότι έχει σχέση με τον άντρα σου. Δεν είναι δική μου δουλειά αυτό.» Η Ρέιτσελ έκανε σήμα στην Λόλα να καθίσει στην καρέκλα. «Εξάλλου, ξέρεις αν πράγματι έχει σχέση; Και γιατί νομίζεις ότι είναι η Λουάν;»

«Επειδή βρήκα στην τσέπη του σπίρτα από κάποιο άθλιο μπαρ.» Είπε η Λόλα. «Ξέρω ότι τραγουδάει εκεί αυτή. Μου το είπε. Και έχει να γυρίσει σπίτι πολλά βράδια. Δεν μου λέει πού ήταν. Έτσι, ξέρω πως έχει σχέση μαζί της.»

Για άλλη μια φορά, η Ρέιτσελ ένιωσε σαν τη Μητέρα Τερέζα. Τίποτα από όλα αυτά δεν ήταν δική της δουλειά, αλλά όλοι ερχόντουσαν σε εκείνη για να τους δώσει τις απαντήσεις που ζητούσαν για κάθε δυσκολία που είχαν. Αλλά αυτή ήταν μια δύσκολη κατάσταση γιατί ήξερε περισσότερα από τη Λόλα. Παρόλο που η Ρέιτσελ πίστευε ότι ο Μαρκ ήταν άθλιος, δεν ένιωθε άνετα να πει στη Λόλα τι γνώριζε. Άλλωστε, δεν είχαν σχέση, σύμφωνα με την Λουάν. Η ευθύνη ήταν όλη του Μαρκ, όχι της Λουάν. Αλλά δεν μπορούσε να το πει αυτό στη Λόλα.

«Λυπάμαι, Λόλα. Δεν ξέρω τι μπορώ να κάνω για να σε βοηθήσω.»

Η Λόλα κοίταξε λυπημένα τη Ρέιτσελ και μετά το πρόσωπό της μεταμορφώθηκε στην άσχημη κραυγή. Μεγάλα δάκρυα έπεσαν στα μάγουλά της και οι ώμοι της κουνήθηκαν.

«Αχ, κορίτσι μου...αξίζει ο Μαρκ όλη αυτή τη φασαρία;»

«Ο, ααπ, ωωωω», απάντησε η Λόλα.

«Δεν καταλαβαίνω τι λες.»

Η Λόλα πήρε μια βαθιά ανάσα και είπε δυνατά κλαίγοντας, «Τον αγαπώ.»

Αχ, Παναγία μου.

Πήρε μερικά χαρτομάντηλα και α έδωσε στην γυναίκα που έκλαιγε. Η λόλα δέχτηκε την προσφορά και χρησιμοποίησε τα χαρτομάντηλα.

«Ίσως πρέπει να πας σπίτι και να μιλήσεις με τον Μαρκ.»

«Είναι στη δουλειά. Τουλάχιστον, υποτίθεται πως είναι», είπε η Λόλα φυσώντας τη μύτη της.

«Είμαι σίγουρη πως είναι στη δουλειά. Γύρνα σπίτι. Φτιάξε του ένα όμορφο βραδινό. Μετά συζητήστε», πρότεινε η Ρέιτσελ.

Η Λόλα έγνεψε καταφατικά καθώς σκούπιζε τη

μύτη της. Έδωσε μια σιωπηλή απάντηση και σηκώθηκε να φύγει.

«Γεια, Λόλα».

Εκέινη είπε κάτι ακαταλαβίστικο και έφυγε.

Αμέσως μόλις έφυγε η Λόλα από το γραφείο, μπήκε ο Ντετέκτιβ Φρανς. Η Ρέιτσελ του έδωσε την χάρτινη σακούλα με το ημερολόγιο, και του εξήγησε πώς το βρήκε.

«Θα σε ενημερώσω αν βρούμε κάτι σημαντικό», της είπε, παίρνοντας την σακούλα με το περιεχόμενό της.

«Ναι, παρακαλώ, να το κάνεις. Θέλω να μάθω αμέσως μόλις μάθεις κάτι.»

Και μετά εκείνος έφυγε. Επιτέλους μόνη.

Ποιος θα το περίμενε πως όταν εκείνη κι ο Τζο μετακόμισαν εδώ, θα περνούσαν τέτοιο δράμα; Κι έναν φόνο; Η Ρέιτσελ χρειάζονταν διακοπές.

ΤΡΙΆΝΤΑ ΈΝΑ

ΚΑΤΆ ΤΗ ΔΙΆΡΚΕΙΑ ΑΥΤΟΎ ΤΟΥ ΒΡΑΔΙΟΎ, το ρεύμα κόπηκε ξανά. Δυστυχώς για την Λουάν, συνέβη όταν ήταν στο δωμάτιο πλυντηρίων. Καθώς έσκυψε πάνω από το στεγνωτήριο, βγάζοντας τα ρούχα της, τα φώτα σβήνουν. Αρχικά δεν ήταν μια καλά φωτισμένη περιοχή, οπότε όταν σβήστηκε η τροφοδοσία, το δωμάτιο πλυντηρίων βυθίστηκε σε απόλυτο σκοτάδι, πολύ χειρότερο από ό, τι όταν τα φώτα σβήνουν πρόσφατα στο κλαμπ. Δεν υπήρχαν φώτα κινδύνου στο δωμάτιο πλυντηρίων.

"Ωχ, όχι!»

Η Λουάν σηκώθηκε από το στεγνωτήριο, χτυπώντας το κεφάλι της στην κορυφή του ανοίγματος. Έβαλε το χέρι της ενστικτωδώς στο κεφάλι της και γύρισε. Τότε ένιωσε μια γροθιά στο στομάχι της. Δίπλωσε στη μέση, φώναζε, αναρωτιόταν τι είχε συμβεί. Τότε ένιωσε κάτι να την καλύπτει, σαν ένα σεντόνι, αν και δεν ήταν σίγουρη τι ήταν. Ωστόσο, μύριζε πρόσφατα πλυμένο. Η κίνηση της Λουάν ήταν προσεκτική και ένιωσε πόνο στα πλευρά της, σαν να την χτυπούσε κάποιος. Ακολούθησε σύγχυση καθώς ένιωθε συνεχώς χτυπήματα στο σώμα της.

«Σταμάτα!» φώναξε.

Όμως ο επιτιθέμενος δεν σταμάτησε, παρά συνέχισε να την χτυπάει σε όλο της το σώμα και το κεφάλι.

Και τότε έπεσε στο πάτωμα, χωρίς ανάσα. Η Λουάν ένιωσε μια κλωτσιά στα πλευρά της και άκουσε κάτι να πέφτει πάνω στο τσιμεντένιο πάτωμα. Η πόρτα του δωματίου πλυντηρίων άνοιξε με θόρυβο και μετά έκλεισε.

Έφυγε από το δωμάτιο.

Μετά από λίγη ώρα, η Λουάν ανέκτησε την ψυχραιμία της και σηκώθηκε από το τσιμεντένιο πάτωμα πονώντας. Έβγαλε από πάνω της το κάλυμμα, μπόρεσε να σταθεί και τελικά απελευθερώθηκε από ό, τι την κρατούσε. Τότε άναψαν τα φώτα.

Η ΛουΑν κοίταξε γρήγορα γύρω για να δει ποιος ήταν στο δωμάτιο πλυντηρίου μαζί της. Δεν έβλεπε κανέναν. Είδε ένα σεντόνι πεταμένο δίπλα της στο πάτωμα. Το σεντόνι της.

«Ποιος είναι εδώ; Βγες έξω, δειλέ!» είπε, γνωρίζοντας καλά ότι ήταν απίθανο να το κάνει.

Κανένας ήχος, καμία δράση. Η Λουάν κοίταζε συνέχεια από εκεί που στεκόταν για οποιοδήποτε σημάδι. Δεν ήταν μεγάλο δωμάτιο, οπότε μπορούσε εύκολα να δει τα πάντα. Αλλά δεν είδε κανέναν. Προφανώς, είχε φύγει. Γιατί να θέλει κανείς να της επιτεθεί; Και τότε είδε κάτι που έμοιαζε με ξύλινη σφύρα στο πάτωμα. Έσκυψε, παρά τον πόνο της, για να το ανακτήσει. Το αντικείμενο φάνηκε να είναι ένα ξύλινο εργαλείο που μαλάκωνε το κρέας, κάτι που μπορεί να βρεθεί στην κουζίνα όλων. Το όπλο της επιλογής. Η Λουάν το έχωσε σε μια μαξιλαροθήκη, ρίχνοντας τη θήκη στο καλάθι πλυντηρίων της και άρχισε να μαζεύει τα υπόλοιπα ρούχα της από το στεγνωτήριο. Η Λουάν ένιωσε έντονο πόνο στα πλευρά της όταν σήκωσε το καλάθι. Ελαφρώς μπερδεμένη, έφυγε από το δωμάτιο πλυντηρίων με κόπο. Πηγαίνοντας πίσω στο διαμέρισμά της, κοίταξε κάτω από το διάδρομο για να δει αν κάποιος ήταν εκεί γύρω. Είχε δει κάποιος αυτόν που της επιτέθηκε; Ήταν ακόμα ο επιτιθέμενος εδώ; Δεν ήξερε και συνειδητοποίησε ότι δεν έπρεπε να γνωρίζει. Σε κάποιον δεν άρεσε να ζει εδώ. Αυτό ήταν σίγουρο.

Η Λουάν ήταν το πρώτο άτομο που μπήκε στο γραφείο της Ρέιτσελ το επόμενο πρωί.

«Καλή μου, κάποιος μου επιτέθηκε χτες το απόγευμα», της ανακοίνωσε.

«Τι; Σου επιτέθηκε; Ποιος;» ρώτησε η Ρέιτσελ.

«Δεν έχω ιδέα, αλλά κάποιος χρησιμοποίησε αυτό εδώ.» Η Λουάν έβγαλε το ξύλινο εργαλείο της κουζίνας για να το δει η Ρέιτσελ.

«Περίεργο όπλο» είπε η Ρέιτσελ. «Στο Γκρέι Γκόατ συνέβη;»

«Όχι. Στο δωμάτιο πλυντηρίων, αγάπη μου, εδώ. Την ώρα που έσβησαν τα φώτα χτες βράδυ.»

«Αποκλείεται! Είναι τρομερό!» Είπε η Ρέιτσελ. «αυτομάτως σκέφτηκα ότι θα είχε συμβεί στη δουλειά σου.»

«Δεν δούλευα χτες βράδυ», είπε η Λουάν.

«Όποιος μου επιτέθηκε, μου μαύρισε τα πλευρά με αυτό το πράγμα, κι έτσι δεν πήγα για δουλειά.»

«Λυπάμαι πολύ, Λουάν», είπε η Ρέιτσελ κοιτάζοντας με οίκτο τη φίλη της. «Κάλεσες την αστυνομία;»

«Όχι ακόμα. Ήθελα πρώτα να το πω σε σένα.»

«Πήγες στον γιατρό;»

«Όχι. Ένιωσα καλύτερα σήμερα το πρωί, οπότε είμαι εντάξει, καλή μου», είπε η Λουάν. «Είμαι σίγουρη πως δεν είναι κάτι σοβαρό.»

«Καλά... αφού το λες εσύ. Όμως, θα καλέσω την αστυνομία από το γραφείο μου», είπε η Ρέιτσελ, πιάνοντας το τηλέφωνο. Η Ρέιτσελ σχημάτισε τον αριθμό της αστυνομίας. Μέσα σε λίγη ώρα, έφτασε μία αστυνομικός.

Η αρχιφύλακας Μπέητς ήταν ήταν μια διαμορφωμένη γυναίκα, ντυμένη με την τυπική πράσινη στολή. Έστρεψε το καπέλο της πίσω από το μαυρισμένο πρόσωπό της και έβγαλε ένα σημειωματάριο και στυλό, προφανώς ανυπομονούσε να ξεκινήσει.

«Δεν έχω ιδέα ποιος θα μπορούσε να μου κάνει κάτι τέτοιο» απάντησε η Λουάν, στην πρώτη ερώτηση της αστυνομικού. «Τα φώτα είχαν σβήσει και δεν είδα τίποτα. Μετά, κάποιος μου έριξε ένα σεντόνι -ήταν ένα από τα δικά μου σεντόνια- και άρχισε να με χτυπάει με το εργαλείο της κουζίνας. Το πιστεύτε;»

«Το εργαλείο που μαλακώνεις το κρέας;» ρώτησε η αρχιφύλακας.

«Ναι, καλή μου. Αυτό εδώ,» είπε η Λουάν, απλώνοντας το χέρι για να δείξει στην αρχιφύλακα το εργαλείο που κρατούσε.

«Περίεργο όπλο, δε νομίζετε;» Είπε η Ρέιτσελ.

«Ναι», συμφώνησε η αρχιφύλακας. Έβγαλε από την πίσω τσέπη της ένα σακούλι για να βάλει το στοιχείο.

«Τέλος πάντων, αυτό το άτομο με χτύπησε αρκετές φορές στα πλευρά και μου έδωσε μερικά χτυπήματα και στο κεφάλι».

«Και δεν ξέρετε ποιος σας το έκανε αυτό;» Ξαναρώτησε η αρχιφύλακας Μπέητς.

«Δεν έχω ιδέα, γλυκιά μου.»

«Έχει κάποιος διαφορές μαζί σας σε αυτό το κτήριο;» την ρώτησε, παίρνοντας γρήγορα σημειώσεις. «Έχετε κανέναν εχθρό εδώ;»

«Όχι, γλυκιά μου, δεν μένω πολύ καιρό εδώ.»

«Είστε σίγουρη;»

«Μία γειτόνισσά μου με ζηλεύει κάπως, αλλά είναι ενενήντα τριών ετών», είπε η Λουάν. «Δε νομίζω πως είναι ικανή για να μου επιτεθεί.»

«Ποτέ δεν ξέρεις. Πώς την λένε;» Ρώτησε η αρχιφύλακας.

«Ρούμπι.»

«Ρούμπι, τι;»

«Δεν γνωρίζω», είπε η Λουάν.

«Μόσκοβιτς», απάντησε η Ρέιτσελ για την Λουάν. «Ρούμπι Μόσκοβιτς. Δεν το έκανε εκείνη όμως.»

Η αρχιφύλακας σήκωσε τα μάτια της από το σημειωματάριό της, κοίταξε την Ρέιτσελ και ξαναγύρισε πάλι στις σημειώσεις της. Ήταν σαφές ότι δεν απορρίπτει πιθανότητες.

«Ο αριθμός διαμερίσματός της;» Ρώτησε η Μπέιτς.

«804», απάντησε η Ρέιτσελ. «Και με τη Λόλα;» Κοίταξε την Λουάν.

«Ω, ναι, είναι και η Λόλα», θυμήθηκε η Λούαν. «Με ζηλεύει. Πολύ ζηλιάρα. Ο σύζυγός της μου δίνει μεγάλη προσοχή. Αλλά δεν ξέρει ούτε τα μισά. Αν ήξερε, θα έλεγα να την αναζητήσετε σίγουρα. Ειλικρινά, γλυκιά μου, δεν νομίζω ότι είναι καμία από τις δύο. Η Λόλα είναι τόσο ευγενική. Και η Ρούμπι είναι απλώς γριά».

«Μπορώ να πάω επάνω, παρακαλώ; Να δω τις γυναίκες;» Ρώτησε την Ρέιτσελ η αρχιφύλακας.

«Μα φυσικά,» είπε η Ρέιτσελ, σηκώθηκε και κινήθηκε προς το ασανσέρ. «Η Λόλα είναι στο διαμέρισμα 809. Ακολουθήστε με.'

Η Ρέιτσελ οδήγησε την αξιωματικό στην γυάλινη κλειστή είσοδο του ανελκυστήρα, ξεκλείδωσε την πόρτα και πάτησε ακόμη και το σωστό κουμπί για αυτήν. Αφού ευχόταν μια καλή μέρα στην αξιωματικό, επέστρεψε στο γραφείο της. Η Λουάν καθόταν ακόμα στην καρέκλα.

«Η Ρούμπι θα θυμώσει πολύ με την ανάκριση της αξιωματικού», είπε η Ρέιτσελ.

«Χωρίς αμφιβολία, γλυκιά μου. Ίσως δεν έπρεπε να έχω πει τίποτα για την Ρούμπι », είπε η Λουάν. «Αλλά ήταν η μόνη που έδειχνε ανοιχτά ότι είχε πρόβλημα μαζί μου. Και η Λόλα. Σου μίλησε μόνο για τις υποψίες της. Ήταν πάντα πολύ καλή μαζί μου.»

«Δεν πειράζει Λουάν. Αυτό θα δώσει απλώς στη Ρούμπι κάτι έγκυρο για να διαμαρτυρηθεί.»

Και διαμαρτυρήθηκε

Μόλις η αξιωματικός έφυγε, η Ρούμπι

τηλεφώνησε στην Ρέιτσελ, ουρλιάζοντας μέσα από το τηλέφωνο.

«Πάνω που είχα ξυπνήσει από τον ύπνο μου, κάποιος μου χτυπάει την πόρτα, και όταν την ανοίγω, μία αστυνομικός στεκόταν εκεί.» Η Ρέιτσελ δεν δυσκολεύτηκε να καταλάβει πως η Ρούμπι είχε θυμώσει.

«Ααα».

«Ήθελε να μάθει αν εγώ επιτέθηκα στην Λουάν. *Εγώ;* Μπορεί να μη μου φαίνεται, αλλά είμαι ενενήντα τριών ετών, για όνομα του θεού. Δεν συνηθίζω να επιτίθεμαι στον κόσμο στην ηλικία μου. Ποιος το κάνει αυτό;»

«Ελπίζω πως όχι», είπε η Ρέιτσελ, που ίσα-ίσα μπόρεσε να πει μια κουβέντα.

«Ποιος έστειλε την αστυνόμο εδώ πάνω;»

«Δεν έχω ιδέα», είπε η Ρέιτσελ. Ένιωσε πως ήταν καλύτερα να πει ψέματα στην θυμωμένη γυναίκα και να την αφήσει να σκεφτεί πως ήταν μια τυχαία επίσκεψη.

«Καλά, αν μάθεις, πες τους αυτό που είπα. Πως εγώ δεν επιτίθεμαι στον κόσμο.»

«Λυπάμαι πολύ, Ρούμπι. Πιες ένα φλιτζάνι τσάι να ηρεμήσεις.»

«Θα πιω κάτι καλύτερο από τσάι.» Η Ρούμπι έκλεισε το τηλέφωνο.

Σοκολάτα;

Τι έπρεπε να κάνει για να διατηρήσει την ηρεμία σε αυτή την πολυκατοικία.

ΤΡΙΆΝΤΑ Δ'ΥΟ

Η Ρ'ΕΙΤΣΕΛ ΜΠΉΚΕ ΣΤΗ ΜΠΑΝΙ'ΕΡΑ ΜΕ ΖΕΣΤ'Ο ΝΕΡ'Ο. Όμορφες ροζ φυσαλίδες έλαμψαν καθώς μαζεύονταν πάνω από το σώμα της. Ένιωσε μια λιποθυμία και λιγάκι μπερδεμένη. Η υπερβολική εργασία λόγω της δολοφονίας την είχε κάνει να χρειάζεται απεγνωσμένα διακοπές. Θα έπρεπε να το αναφέρει στον Τζο. Έφτιαχναν την σχέση τους σιγά-σιγά, οπότε ίσως να ήταν θετικός σε διακοπές. Να ξεφύγουν από το άγχος που προκλήθηκε από τη δολοφονία και τις παρεξηγήσεις που είχαν βιώσει. Να κάνουν τον δεύτερο μήνα του μέλιτος. Οι τεμπέλικες σκέψεις που τρέχουν στο μυαλό της την έκαναν να νυστάξει, κι έτσι αποκοιμήθηκε...

Ο Τζο μπήκε στο διαμέρισμα, και ο Ρούφους το χαιρέτησε χαρούμενα.

«Ρέιτσελ;»

Το διαμέρισμα ήταν σκοτεινό αφού είχαν

επιστρέψει στην κανονική ώρα και δεν άναβαν τα φώτα. Κοίταξε στην κουζίνα, αλλά η γυναίκα του δεν ήταν εκεί. Δεν είχε σερβίρει δείπνο. Ο Τζο περπάτησε από το χολ στην κρεβατοκάμαρά της, αλλά δεν ήταν εκεί. Καθώς περνούσε ξανά από την τραπεζαρία, παρατήρησε τα κλειδιά του αυτοκινήτου πάνω στο τραπέζι. Ο Τζο μπήκε στην κρεβατοκάμαρα τους, αλλά και η Ρέιτσελ δεν ήταν εκεί. Τότε παρατήρησε ότι η πόρτα του μπάνιου ήταν κλειστή.

«Ρέιτσελ;» φώναξε, χτυπώντας την πόρτα. «Ρέιτσελ; Είσαι μέσα;»

Ο Τζο γύρισε το χερούλι της πόρτας και την άνοιξε. Είδε τη γυναίκα του στην μπανιέρα, η μύτη της αιωρούνταν πάνω από τη γραμμή του νερού. Φώναξε το όνομά της καθώς πήδηξε στην μπανιέρα με μια γρήγορη κίνηση, φτάνοντας στο νερό για να βγάλει το σώμα της Ρέιτσελ. Γύρισε, χαμηλώνοντας την στο χαλί στο πάτωμα. «Ρέιτσελ!»

Το κεφάλι της έπεσε προς τον Τζο, τα μάτια της ήταν κλειστά.

Ο Τζο την κούνησε ελαφρώς, δεν ήταν απόλυτα σίγουρος τι να κάνει, τότε χτύπησε τα μάγουλά της. Χαμηλώνοντας το κεφάλι του στο στήθος της Ρέιτσελ, άκουσε την καρδιά της να χτυπάει τακτικά και αισθάνεται την ανάσα της στο πίσω μέρος του λαιμού του. Ο Τζο σηκώθηκε, και έπιασε το τηλέφωνο στην πίσω τσέπη του. Κάλεσε το 911.

Καθισμένος στην αίθουσα αναμονής έκτακτης ανάγκης για ώρες, ο Τζο είχε τρελαθεί από την αγωνία του. Μία νοσοκόμα είχε βγει να του πει ότι η

Ρέιτσελ συνερχόταν. Ευχαρίστησε τον Θεό που η σύζυγός του ήταν ζωντανή και προσευχήθηκε για την πλήρη ανάρρωσή της, από τι, δεν ήξερε. Και κάθισε ξανά εκεί, μόνος. Τι είχε συμβεί; Τι έτρεχε με την γυναίκα του;

«Ο κύριος Μπαρνς;» Μια νοσοκόμα στο φώναξε το όνομά του από το γραφείο. Πήγε προς τα εκεί βιαστικά.

«η γυναίκα σας μεταφέρθηκε στο δωμάτιο 224. Μπορείτε να πάτε να την δείτε.»

«Σας ευχαριστώ», είπε, και βρήκε γρήγορα το ασανσέρ, πίεσε το κουμπί και κατέβηκε στον δεύτερο όροφο.

Ο Τζο μπήκε στο δωμάτιο της Ρέιτσελ και στάθηκε στο κάτω μέρος του κρεβατιού. Ήταν στηριγμένη σε μαξιλάρια και φορούσε ένα άσχημο νοσοκομειακό φόρεμα. Έμεινε έκπληκτος με το πόσο χλωμή φαινόταν. Ποτέ δεν είχε δει κανέναν τόσο χλωμό.

«Τζο;» του είπε, ανοίγοντας τα μάτια της.

«Ρέιτσελ, χαίρομαι τόσο που είσαι καλά.»

«Είμαι; Δεν ξέρω ακριβώς τι συνέβη.»

«Θα σας πω εγώ τι συνέβη», είπε μια φωνή πίσω από τον Τζο. Ήταν ο γιατρός.

«Είμαι ο δόκτωρ Χάσκελ», είπε, απλώνοντας το χέρι του στον Τζο. Ήταν ένας ψηλός άντρας, λεπτός, και φορούσε το υποχρεωτικό λευκό παλτό. «Γεια σου, Ρέιτσελ», είπε, γυρίζοντας το κεφάλι του προς αυτήν. «Λυπάμαι που στο λέω, αλλά έχεις διαβήτη. Ήσουν τυχερή που σε βρήκε ο σύζυγός σου.»

Το πρόσωπο του Τζο ήταν έκπληκτο, το στόμα του άνοιξε λίγο. «Διαβήτη;»

«Ναι. Πρέπει να είχε συμπτώματα πριν συμβεί αυτό» είπε εκείνος, κοιτώντας ξανά την Ρέιτσελ.

«Ναι», έγνεψε καταφατικά η Ρέιτσελ με το κεφάλι. «Ζαλάδα, λιποθυμία, δίψα και πολλή κούραση. Έτρωγα σοκολάτες και όλα τα γλυκά.»

Ο Τζο κοίταξε τη γυναίκα του με έκπληξη. «Το ήξερες;»

«Το υποψιαζόμουν.»

«Είναι τύπου ένα. Της γράψαμε ινσουλίνη και μία δίαιτα που πρέπει να ακολουθήσει», είπε ο δόκτωρ Χάσκελ. «Η Ρέιτσελ θα πρέπει να μείνει εδώ όσο την παρακολουθούμε. Μόλις το ζάχαρό της φτάσει σε κανονικά επίπεδα, μπορεί να γυρίσει στο σπίτι.»

«Καταλαβαίνω», είπε ο Τζο. «Κάντε ό,τι χρειάζεται για να γίνει καλά.»

«Καταλαβαίνετε ότι δεν θα θεραπευτεί; Θα πρέπει να παρακολουθεί τα επίπεδα του ζαχάρου της από δω και στο εξής» είπε ο γιατρός.

«Ναι, καταλαβαίνω», είπε ο Τζο. «Θα την στηρίξω, δεν υπάρχει πρόβλημα.»

«Ωραία.» Και μετά από αυτό, ο γιατρός έφυγε από το δωμάτιο.

Ο Τζο έκανε παρέα στην Ρέιτσελ στο τραπέζι της τραπεζαρίας τους τρεις ημέρες αργότερα. Ήταν νωρίς το πρωί, νωρίτερα από το συνηθισμένη ώρα που ξυπνούσε η Ρέιτσελ. Είχε κάνει καφέ, οπότε ο Τζο πήρε ένα φλιτζάνι και κάθισε. Του έριξε ένα μικρό χαμόγελο. Ήξερε ότι κάτι συνέβαινε.

«Λοιπόν, φαίνεσαι καλύτερα σήμερα. Κάπως νωρίς δεν είναι για σένα;»

«Είναι, αλλά ήξερα ότι θα είσαι σηκωμένος.»

«Τι συμβαίνει, λοιπόν;»

«Θέλω να με πας στον γιατρό σήμερα. Έχω το πρώτο μου ραντεβού με έναν ενδοκρινολόγο.»

Ο Τζο της έγνεψε. «Φυσικά. Θα το κάνω.»

«Έκανα μια έρευνα στο διαδίκτυο για τα συμπτώματά μου πριν πάω στο νοσοκομείο», είπε εκείνη.

«Ναι; Και τι βρήκες;»

«Ότι μπορεί να έχω διαβήτη.»

«Έχεις διαβήτη.»

«Τώρα το ξέρουμε, αλλά τότε, απλώς το υποπτευόμουν. Όλη αυτή η συμπεριφορά μου που νόμιζες ότι ήταν επειδή μεθούσα, δεν ήταν από το ποτό. Το ήξερα αυτό» είπε, φέρνοντας το φλιτζάνι της στο στόμα και πίνοντας μια γουλιά. «Έτσι, έκανα την έρευνά μου και έμαθα ότι είχα σημάδια διαβήτη.»

«Είναι σοβαρή αρρώστια.»

«Το ξέρω.» Η ανησυχία της ήταν ξεκάθαρα γραμμένη στο πρόσωπό της.

«Τι ώρα είναι το ραντεβού;»

«Στις δύο».

«Εντάξει, έχω να κάνω μερικές δουλειές, γι’ αυτό, θα τις τελειώσω και θα γυρίσω να σου κάνω παρέα.»

«Εντάξει», του είπε, χαμογελώντας του.

Ο Ρούφους εμφανίστηκε, και έβαλε το κεφάλι του πάνω στα γόνατα της Ρέιτσελ. Εκείνη του το χάιδεψε τρυφερά.

«Ξέρεις πως πάντα θα σε στηρίζω. Και ζητώ συγνώμη, δεν ξέρεις πόσο πολύ λυπάμαι που νόμιζα ότι έπινες ενώ δεν το έκανες.» Ο Τζο χτύπησε ελαφρά το μέτωπό του με το χέρι του. «Είμαι τόσο βλάκας!»

«Δεν το ήξερες. Δεν πειράζει, αλήθεια», του είπε. «Κι εγώ θα μπορούσα να είχα κάνει το ίδιο λάθος αν ήταν αντίθετα τα πράγματα. Σ' αγαπώ.»

«Κι εγώ σ' αγαπώ» είπε εκείνος, πλησιάζοντάς την. Ο Τζο έσκυψε και την φίλησε στο μάγουλο. Τον φίλησε κι εκείνη γρήγορα στο μάγουλο. Ήταν η πρώτη τρυφερότητα που έκαναν από τότε που κοιμόντουσαν σε ξεχωριστές κρεβατοκάμαρες. Ο Τζο έκανε ένα βήμα πίσω, και την κοίταξε. Ήταν τόσο όμορφη και τόσο τρωτή.

«Όλα θα πάνε καλά», της είπε. «Θα το ξεπεράσεις.»

Η Ρέιτσελ του χαμογέλασε καθώς εκείνος στεκόταν μπροστά της.

«Με τη βοήθειά σου, ναι, θα το ξεπεράσω.»

Η Ρέιτσελ απόμεινε μόνη της, με τις σκέψεις της, πίνοντας τον καφέ της. Είχε αποφύγει το αναπόφευκτο για πολύ καιρό όταν έπρεπε να φορέσει τα μεγάλα εσώρουχα της και να αντιμετωπίσει ό, τι συνέβαινε μέσα στο σώμα της. Η αποφυγή της να πάει σε γιατρό ήταν ανώριμη. Αλλά ήξερε ότι ο Τζο θα την βοηθούσε να ανακάμψει τώρα. Τον εμπιστευόταν. Τον αγαπούσε. Ο γλυκός σύζυγός της, Τζο. Πάντα αξιόπιστος και δίπλα της, στις λύπες και τις χαρές. Ο Τζο.

Ήταν λίγο μετά τις τρεις. Περπατούσαν προς το αυτοκίνητο που είχαν αφήσει στο χώρο στάθμευσης πριν πάνε στο πρώτο ραντεβού της Ρέιτσελ με το γιατρό. Και οι δύο ήταν σιωπηλοί. Η Ρέιτσελ χωνεύει την εμπειρία. Ο Τζο κοιτούσε με τις γωνίες των ματιών του για σημάδια αντίδρασης σε αυτό που είχε ακούσει. Η Ρέιτσελ ήξερε ότι ήταν δύσκολο για αυτόν να πει ποιες ήταν οι σκέψεις της.

Η σιωπή παρέμεινε μεταξύ τους καθώς μπήκαν στο αυτοκίνητο για να γυρίσουν στο σπίτι.

«Λοιπόν, δεν εξεπλάγην από αυτά που είπε. Όμως θα προτιμούσα να ακούσω πιο ευχάριστα νέα», είπε τελικά.

«Θα σε βοηθήσω με όποιον τρόπο μπορώ. Θα είμαι εκεί, θα μιλάμε.» Προφανώς και μπορούσε να βοηθήσει την Ρέιτσελ. Αυτό το ήξερε ήδη εκείνη.

«Το ξέρω.»

«Και μπορείς να έρχεσαι στην εκκλησία μαζί μου».

«Ααχ, ναι. Είναι καλή ιδέα. Θα χρειαστώ μια Υψηλή δύναμη για να το ξεπεράσω όλο αυτό.»

«Αχά.»

«Μάλλον, δεν θα κοιμάμαι μέχρι αργά τις Κυριακές.»

«Όχι.»

«Όμως, την λατρεύω αυτήν την εκκλησία, έτσι κι αλλιώς», του είπε. «Άρα, είναι καλό σχέδιο.»

Η Ρέιτσελ κοίταξε τον Τζο, καθώς τράβηξε για τον καθορισμένο χώρο στάθμευσης. Ήξερε ότι ήταν τυχερή που είχε τον Τζο. Ήταν καλός άνθρωπος. Στερεός. Ο Θεός σίγουρα την είχε ευλογήσει με αυτόν τον άντρα.

ΤΡΙΆΝΤΑ ΤΡΊΑ

ΔΕΝ ΉΤΑΝ ΜΥΣΤΙΚΌ ΤΙ ΏΡΑ ΈΦΥΓΕ Η ΛΟΥΆΝ ΓΙΑ ΔΟΥΛΕΙΆ ΤΟ ΒΡΆΔΥ. Όποιος έχει μάτια θα μπορούσε να παρακολουθεί τη ρουτίνα της. Δυστυχώς για την Λουάν, η Λόλα περπατούσε προς αυτήν στο διάδρομο όταν έφυγε εκείνο το συγκεκριμένο βράδυ. Ήταν σίγουρη ότι η Λόλα είχε προγραμματίσει σκόπιμα αυτήν τη συνάντηση. Ήταν πάρα πολύ συμπτωματικό μετά την επίσκεψη της αξιωματικού.

«Εσύ!», ούρλιαξε η Λόλα, απλώνοντας το χέρι της, δείχνοντάς την. «Γιατί έστειλες την αστυνομία στην πόρτα μου;»

«Γλυκιά μου, δεν ξέρω τι εννοείς».

«Ναι, ξέρεις. Εσύ έβαλες τον άντρα μου να καλέσει την αστυνομία;» ρώτησε η Λόλα.

«Λόλα, δεν έχω ιδέα για το τι μιλάς», είπε η Λουάν. «γιατί να κάνω κάτι τέτοιο; Ίσα-ίσα που γνωρίζω τον άντρα σου.»

«Άστα αυτά. Ξέρω πως θέλεις τον άντρα μου.

Όμως, καλύτερα να μείνεις μακριά του, παλιοθύληκο!» Το πρόσωπο της Λόλας είχε γίνει κόκκινο από θυμό. Η Λουάν ανησύχησε με την συμπεριφορά της.

Σε αυτό το σημείο της ζωής της, η Λουάν ήταν κουρασμένη από ζηλότυπες γυναίκες και όλη αυτή η κατάσταση επιδείνωσε την απογοήτευσή της. Τις συναντούσε συχνά στη δουλειά της. Όμως, μετά τον πρόσφατο ξυλοδαρμό της, και καθώς είχε ακόμα μώλωπες στα πλευρά της, δεν είχε τη διάθεση για τρελές γυναίκες. Ωστόσο, κατάφερε να συγκεντρώσει κάποια ψυχραιμία..

«Λόλα, ηρέμησε ...»

«Μην μου λες τι να κάνω! Ξέρω το είδος σου. Πηγαίνεις με παντρεμένους άντρες. Σου αρέσουν οι παντρεμένοι γιατί δεν υπάρχει δέσμευση και μπορείς να τους παρατήσεις ανά πάσα στιγμή», είπε η Λόλα, τώρα πιέζοντας τους αγκώνες της πάνω στο κίτρινο πουκάμισό της σε μια επιθετική στάση, γέρνοντας προς τη Λουάν. «Λοιπόν, είμαι παντρεμένη με αυτόν τον άντρα. Είμαι αφοσιωμένη σε αυτόν. Τον αγαπώ. Επομένως, μείνε μακριά από τον Μαρκ αλλιώς θα κάνω κάτι που δεν θα σου αρέσει."

«Σαν τι, θα με χτυπήσεις ξανά στο δωμάτιο των πλυντηρίων;» Η Λουάν δεν άντεξε, τα λόγια βγήκαν μόνα τους από το στόμα της.

«Δεν το έκανα εγώ», είπε η Λόλα, ισιώνοντας το σώμα της. «Δεν θα έκανα ποτέ κάτι τέτοιο. Και αυτό ακριβώς είπα σε εκείνη την αστυνομικό. Δεν ήμουν εγώ.»

«Αλήθεια, Λόλα, αυτό δεν είναι καθόλου ώριμο και καθόλου απαραίτητο. Τίποτα δεν συμβαίνει ανάμεσα σε μένα και τον άντρα σου. Απολύτως τίποτα.» Η Λουάν ήταν αρκετά απογοητευμένη για να απομακρυνθεί ήσυχα. Έμεινε σταθερή στο έδαφος μπροστά από τη Λόλα, χωρίς να κουνιέται, παρά τον πόνο στα πλευρά.

«Δεν σε πιστεύω. Γυναίκες σαν εσένα λένε συνέχεια ψέματα. Γι' αυτό, σου λέω να αφήσεις ήσυχο τον Μαρκ!» Ούρλιαξε η Λόλα. «Και μη με απειλείς ότι θα ξαναφέρεις την αστυνομία.»

Μέχρι τώρα, όλη η αναταραχή είχε φέρει δύο γείτονες στις πόρτες τους για να δουν τι ήταν η φασαρία. Η Λουάν ντρεπόταν και η Λόλα αγνοούσε την προσοχή.

«Καλό απόγευμα, Λόλα», είπε η Λουάν καθώς περπατούσε γύρω της. «Πρέπει να πάω στη δουλειά.»

Η Λόλα βρήκε την ευκαιρία να σπρώξει την Λουάν από πίσω με το χέρι της. Η Λουάν γύρισε γρήγορα, βλέποντας τη Λόλα. Κρατούσε το χέρι ψηλά στον αέρα και είπε, «Πρόσεχε». Με αυτήν την προειδοποίηση, η Λουάν έκανε προς τα πίσω δύο βήματα, στη συνέχεια γύρισε και έφυγε από τη Λόλα, προσαρμόζοντας την τιράντα της που είχε πέσει από τον ώμο της. Πήγε στο ασανσέρ χωρίς περαιτέρω συμβάν.

Η Πηνελόπη, που παρακολουθούσε ολόκληρη την σκηνή, ήξερε ότι θα ήταν ένα θορυβώδες βράδυ δίπλα στο διαμέρισμα των Ρότζερς. Η Λόλα θα άρχιζε να φωνάζει στον Μαρκ τη στιγμή που θα έμπαινε στο διαμέρισμα. Ο Μαρκ θα της φώναζε κι εκείνος και μετά θα ξεκινούσε η ρίψη αντικειμένων. Αχ, η Πηνελόπη κούνησε το κεφάλι της, στηρίζοντας τη ρακέτα. Ακόμα και χωρίς τα ακουστικά της, θα άκουγε την αναταραχή. Όλη νύχτα.

Και η Πηνελόπη δεν έκανε λάθος. Όταν κοίταξε το ρολόι δίπλα στο κρεβάτι της, ήταν περασμένες 2 π.μ., και το ζευγάρι τσακώνονταν και έριχνε και αντικείμενα για ώρες. Φαντάστηκε βάζα να αναπηδάνε, ένα τηλεχειριστήριο, πιάτα και βιβλία που την κρατούσαν ξύπνια.

Το έχουν παρακάνει με αυτή την συμπεριφορά.

Η Πηνελόπη σηκώνεται από το κρεβάτι της, παίρνοντας τα πράγματα στα χέρια της. Πριν, βασιζόταν πάντα στη Ρέιτσελ για να αντιμετωπίσει τις διαταραχές, αλλά όχι απόψε. Η Πηνελόπη δεν άντεχε άλλο. Κάλεσε το 100 αφού έβαλε ξανά τα ακουστικά της και φόρεσε μια ρόμπα πάνω και παντόφλες στα πόδια της.

Δεν άργησε να ακούσει το κουδούνι της να χτυπάει από την κύρια είσοδο. Πίεσε το κουμπί της και άκουσε έναν άντρα να λέει, «Αστυνομία. Καλέσατε;»

«Ναι, διαμέρισμα 809. Ακόμα κάνουν φασαρία». Με αυτό, άνοιξε στην αστυνομία για να μπει στο κτίριο. Σύντομα, άκουσε το ασανσέρ να ανεβαίνει καθώς στεκόταν δίπλα στην πόρτα της. Τέσσερις σωματώδεις άντρες βγήκαν από το ασανσέρ. Η Πηνελόπη έδειξε το επόμενο διαμέρισμα.

«Μπορείτε να τα ακούσετε και μόνοι σας», είπε καθώς περνούσαν.

«Αστυνομία, ανοίξτε!» ο πρώτος άντρας φώναξε, χτυπώντας την πόρτα με τη γροθιά του.

Η φασαρία σταμάτησε ξαφνικά και η πόρτα άνοιξε.

«Κύριε Αστυνόμε;» Αυτή ήταν η φωνή του Μαρκ. Η Πηνελόπη την γνώριζε καλά. Την άκουγε όλο το βράδυ, ακόμα κι όταν δεν φορούσε τα ακουστικά της.

«Πρέπει να μπούμε για να δούμε αν είναι καλά η γυναίκα σας.» είπε ο δεύτερος άντρας.

Η Πηνελόπη άκουσε το μάνταλοτης πόρτας να ανοίγει πλήρως. Μπήκαν όλοι οι άντρες. Περπάτησε και στάθηκε μπροστά στην πόρτα, για να ακούει και να βλέπει. Από αυτό που μπορούσε να δει, ήταν το διαμέρισμα σε απόλυτη αταξία. Τίποτα δεν ήταν τοποθετημένο εκεί που έπρεπε να ήταν, και διάφορα αντικείμενα, πάρα πολλά για να μετρηθούν, ήταν διασκορπισμένα σε όλο το δωμάτιο. Η Πηνελόπη δεν μπορούσε να πιστέψει αυτό που έβλεπε. Στη συνέχεια, έκπληκτη, είδε τον Μαρκ ντυμένο με σχισμένα σορτς και ένα σακάκι. Είχε μια κηλίδα αίματος στο πρόσωπό του, και κάτι που φάνηκε σαν εξάνθημα στο μηρό του κάτω από τα σκισμένα σορτς, και αίμα διαρρέει στον κορμό του. Καλύπτει την πληγή με το αριστερό του χέρι, ή ίσως προσπαθεί να σταματήσει την αιμορραγία.

«Κυρία Ρότζερς; Βγείτε αμέσως έξω» απαίτησε ένας από τους αστυνομικούς.

Όταν η Λόλα βγήκε από την κρεβατοκάμαρα, η Πηνελόπη έμεινε έκπληκτη ξανά. Το νυχτικό της γυναίκας σχίστηκε στον ώμο και είχε αίμα στο μέτωπο. Αλλά αυτό που ήταν πιο ανησυχητικό ήταν το μαχαίρι που κράτησε η Λόλα στο χέρι της - καθώς και η τρομακτική έκφραση που είχε στο πρόσωπό της. Η ηλικιωμένη γυναίκα πίστευε ότι η Λόλα ήταν διαταραγμένη προσωπικότητα.

«Αφήστε το μαχαίρι κάτω», διέταξε έναν από τους αξιωματικούς.

Η Λόλα άφησε το μαχαίρι να γλιστρήσει από το χέρι της στο πάτωμα. Ένας από τους αστυνόμους πήγε να πιάσει το χέρι της, αλλά εκείνη το πήγε πίσω. «Μην με αγγίζετε!»

«Κυρία μου, θα πρέπει να έρθετε μαζί μας στο σταθμό. Είναι προφανές ότι τραυματίσατε τον άντρα σας με αυτό το μαχαίρι.» Έβγαλε τις χειροπέδες από την τσέπη του.

«Του άξιζε. Με απατάει με κάποια χαζοβιόλα. Θα το έκανα ξανά και ξανά αν είχα την ευκαιρία», φώναξε, κοιτάζοντας από τον ένα άνδρα στον άλλο. Ενεργώντας σαν ένα στρυμωγμένο ζώο, η Λόλα συνέχισε την οργή της καθώς ένας από τους αξιωματικούς την κράτησε δυναμικά ενώ ο άλλος έβαλε τις χειροπέδες.

«Έχετε ρόμπα ή παλτό να φορέσετε;» ο μεγαλύτερος από τους τέσσερις άντρες ρώτησε τη Λόλα.

Η Λόλα έδειξε με το κεφάλι προς την κατεύθυνση του μπάνιου. Ο αξιωματικός πήγε εκεί και πήρε ένα μπλε μπουρνούζι πίσω από την πόρτα, το οποίο έβαλε πάνω από τους ώμους της.

«Κάλεσε τις Πρώτες Βοήθειες για αυτόν», είπε ένας από τους αστυνομικούς, δείχνοντας τον Μαρκ, που καθόταν σε μια μπεζ καρέκλα, κάνοντας τον ήρεμο. Κάποιος του είχε δώσει μια πετσέτα για να κρατάει το αίμα και τον έβαλε σε μια καρέκλα για να περιμένει.

Η Πηνελόπη απομακρύνθηκε από την πόρτα καθώς δύο άντρες έβγαλαν βιαστικά τη Λόλα από το διαμέρισμα. Αλλά δεν τελείωσε με τους θεατρινισμούς. Η Λόλα άρχισε να ουρλιάζει με όλη της τη δύναμη καθώς περίμεναν το ασανσέρ να φτάσει στον όγδοο όροφο.

«Δεν καταλαβαίνετε», φώναξε. «Τον αγαπώ. Είναι δικός μου άντρας, όχι δικός της. Δεν μπορεί να μου τον πάρει.»

Όταν άνοιξαν οι πόρτες, δύο αξιωματικοί βγήκαν έξω, ακολουθούμενοι από την Λουάν. Μόλις την είδε, η Λόλα άρχισε να ουρλιάζει ακόμα πιο δυνατά.

«Θα σκοτώσω κι εσένα!» Η Λόλα φώναξε. «Περιμένετε μέχρι να βγω και θα έρθω να σε βρω!»

Η Λουάν φάνηκε σοκαρισμένη από τη σκηνή που έβλεπε. Προσπάθησε να στραφεί προς το διαμέρισμά της χωρίς να πλησιάσει τη Λόλα ή την αστυνομία, ενώ οι αξιωματικοί κρατούσαν την τρελή γυναίκα καθώς αγωνιζόταν έντονα να απελευθερωθεί και να επιτεθεί στη Λουάν. Το μπουρνούζι στους ώμους της έπεσε στο πάτωμα κατά τη διάρκεια της μάχης.

«Προχωρήστε, κυρία μου, παρακαλώ», είπε ένας από τους άντρες στην Λουάν.

Μόλις η τραγουδίστρια έφυγε από το ασανσέρ, οι αξιωματικοί έσπρωξαν τη Λόλα μέσα. Κάποιος πήρε τη ρόμπα και την κρατούσε καθώς οι πόρτες έκλειναν. Την επόμενη φορά που άνοιξε το ασανσέρ, η Πηνελόπη είδε τους γιατρούς των Πρώτων Βοηθειών να φτάνουν με τα ιατρικά τους εργαλεία. Χωρίς να γνωρίζει αν θα μπορούσε να κοιμηθεί μετά από όλη την αναταραχή, αποφάσισε να παρακολουθήσει, ενώ οι δύο γιατροί, ένας άντρας και μια γυναίκα, επίδεσαν τον Μαρκ αρκετά για να τον μεταφέρουν στο δωμάτιο έκτακτης ανάγκης. Δύο ακόμη άτομα βγήκαν από το ασανσέρ αργότερα με ένα φορείο για τον Μαρκ.

Μόλις φόρτωσαν τον Μάρκ στο ασανσέρ, η Πηνελόπη μπήκε στο διαμέρισμά της, παραπατώντας. Τι νύχτα! Τώρα που όλα ήταν ήσυχα, θα προσπαθούσε να κοιμηθεί.

ΤΡΙΆΝΤΑ ΤΈΣΣΕΡΑ

ΜΈΧΡΙ ΤΗ ΣΤΙΓΜΉ ΠΟΥ Η ΡΈΙΤΣΕΛ ΈΦΤΑΣΕ ΣΤΟ ΓΡΑΦΕΊΟ ΤΟ ΕΠΌΜΕΝΟ ΠΡΩΊ, ολόκληρη η πολυκατοικία ήταν γεμάτη. Είχε να τους δει όλους να φέρονται σαν τρελοί από τη δολοφονία. Τότε είχαν λόγο να ανησυχούν, αλλά τώρα σοκαρίστηκαν από τα γεγονότα που προκλήθηκαν από έναν γείτονα.

Έξι μηνύματα ήταν στον τηλεφωνητή. Ήξερε ότι σε λίγα δευτερόλεπτα οι κάτοικοι θα κλαίνε στο γραφείο της. *Ηρέμησε, κορίτσι μου!*

Η Πηνελόπη δεν ήταν ένας από τους γείτονες που ήταν αρχικά παρόντες επειδή είχε καλέσει τη Ρέιτσελ νωρίς το πρωί για να της πει τι είχε συμβεί ενώ κοιμόταν. Η Ρέιτσελ είχε όλες τις πληροφορίες από μία αυτόπτη μάρτυρα, την οποία γνώριζε ότι ήταν αξιόπιστη. Η Πηνελόπη δεν είπε ποτέ ψέματα, ούτε υπερβολικά. Ωστόσο, η Ρέιτσελ ανυπομονούσε να ακούσει λεπτομέρειες από τον ντετέκτιβ. Θα απελευθερωθούν οι Ρότζερς για να επιστρέψουν στο διαμέρισμά τους; Θα κρατηθεί η Λόλα στη φυλακή; Τι γίνεται με τον Μαρκ; Είχε τραυματιστεί σοβαρά;

Η Ρούμπι και η Λορέτα μπήκαν, ακολουθούμενες από την Ολίβια και την Τία. Όλες μιλούσαν ταυτόχρονα, οπότε η Ρέιτσελ απογοητεύτηκε. Διάφοροι άλλοι κάτοικοι ήρθαν εκφράζοντας ανησυχία και περιέργεια. Ήταν ένα πολύ ανάστατο πρωί. Και τότε ο Τζο εμφανίστηκε. Δεν χρειάστηκε να του εξηγήσει τίποτα επειδή είχε ήδη μοιραστεί τη συνομιλία της με την Πηνελόπη νωρίτερα.

«Τζο!» Εκείνη σηκώθηκε από το γραφείο. «Θα τρελαθώ εδώ πέρα. Πάμε μαζί στο διαμέρισμα των Ρότζερς.»

«Φυσικά».

Οι δυο τους, τους έδιωξαν όλους από το γραφείο και κλείδωσαν την πόρτα γρήγορα πριν φτάσει οποιοσδήποτε άλλος θέλει να μάθει τι συνέβαινε. Άνοιξαν την πόρτα στο 809 προσεκτικά.

«Μπορούμε να είμαστε εδώ;» Ρώτησε ο Τζο.

«Δεν μου είπε κανείς να μην έρθω. Δεν ξέρω να έγινε κάποιο έγκλημα. Εγώ διαχειρίζομαι αυτά τα διαμερίσματα, κι έτσι σκέφτηκα πως πρέπει να δω την καταστροφή που έγινε. Μην αγγίξεις όμως τίποτα, Τζο. Δεν χρειαζόμαστε μια επανάληψη της τελευταίας φοράς που βρεθήκαμε σε μια σκηνή εγκλήματος», είπε η Ρέιτσλ, ενθυμούμενη με ντροπή εκείνη την κατάσταση.

«Δεν το είχα σκοπό.»

Μπήκαν μέσα και πάτησαν πάνω σε σπασμένα γυαλιά και πιάτα όσο πιο προσεχτικά μπορούσαν.

Η Ρέιτσελ έβγαλε το κινητό της και άρχισε να βγάζει φωτογραφίες.

«Οι Μόργκαν θα τρελαθούν εντελώς μόλις δουν αυτές τις φωτογραφίες», είπε εκείνη.

«Νομίζω πως είναι καιρός να διώξουμε τον Μαρκ και τη Λόλα.»

«Βεβαιότατα! Ο ντεντέκτιβ Φρανς δεν θα έχει πια πρόβλημα με την έξωση. Σκοπεύω να πω στους Μόργκαν ότι αυτό γίνεται συνέχεια και ότι πρέπει να τους κάνουν έξωση αν θέλουν να σώσουν το διαμέρισμά τους. Αυτοί οι θεότρελοι το καταστρέφουν», είπε η Ρέιτσελ, αποφεύγοντας έναν σκουπιδοτενεκέ.

Ο Τζο έγνεψε σιωπηλά ότι συμφωνούσε.

«Βλέπεις το αίμα;» τον ρώτησε, δείχνοντας στο πάτωμα. «Η Λόλα μαχαίρωσε τον Μαρκ στο στομάχι και του έδωσε και μία μαχαιριά στον μηρό. Μετά είπε στην αστυνομία ότι του άξιζε. Τι ηλίθια!»

Η μεγαλύτερη ζημιά φαίνεται να έχει γίνει στο σαλόνι και την τραπεζαρία. Τα υπόλοιπα δωμάτια φαίνονται να είναι εντάξει.

«Πάμε πάλι κάτω για να τηλεφωνήσω στους Μόργκαν. Πρέπει να ξεκινήσουν την έξωση», είπε η Ρέιτσελ. «Αμέσως.»

Η Ρέιτσελ κάθισε στην καρέκλα της για να ακούσει τα μηνύματα που είχαν έρθει από τότε που ήταν πάνω. Ένα ήταν από τον Ντετέκτιβ Φρανς. Του τηλεφώνησε αμέσως πίσω.

«Ρέιτσελ Μπαρνς, με πήρες τηλέφωνο ντεντέκτιβ. Λοιπόν, ποια είναι τα νέα;»

«Εντάξει», ξεκίνησε ο Φρανς. «Ο Μάρκ είναι στο νοσοκομείο. Θα ζήσει. Η Λόλα δεν έκανε σοβαρή ζημιά στα εσωτερικά του όργανα, αλλά σίγουρα υπέστη κάποιο τραυματισμό. Είχε μια μικρή χειρουργική επέμβαση και έβαλε ράμματα σε όλα τα σημεία που τον μαχαίρωσε. Η Λόλα τα πήγε καλύτερα. Μόνο μικρές χαρακιές και μώλωπες. Ωστόσο, βρίσκεται στη φυλακή περιμένοντας να της ρίξουν κατηγορίες.

«Ποιες είναι οι κατηγορίες εναντίον τους;» Ρώτησε η Ρέιτσελ.

«Για τον Μαρκ, οικογενειακή βία. Αφού τον αφήσουν από το νοσοκομείο και τον πάνε στη φυλακή, μπορεί να τον αφήσουν. Για την Λόλα, απόπειρα φόνου. Δεν πρόκειται να πάει πουθενά.

«Περίεργο, νόμιζα πως ο Μαρκ ήταν ο κακός της ιστορίας. Απ' ότι φαίνεται, είναι η Λόλα. Φόνος, αλήθεια;» Η Ρέιτσελ είχε ξαφνιαστεί.

«Και πολύ φοβάμαι, δεύτερου βαθμού. Και απείλησε ότι θα σκοτώσει και μία γειτόνισσα, προστέθηκε και αυτό στον φάκελό της», είπε εκείνος, καθαρίζοντας τον λαιμό του.

«Απίστευτο. Και όλα αυτά από ζήλεια. Τι ανόητο», είπε η Ρέιτσελ.

«Θα κάνω μερικές ερωτήσεις στον Μαρκ για τη ζήλεια της Λόλας», είπε ο ντεντέκτιβ. «Φαίνεται πως βγαίνει εκτός ελέγχου.»

«Σίγουρα η γειτόνισσα θα ου δώσει μια καλή περιγραφή για το πώς είναι η ζήλεια της Λόλας. Η

Λόλα είναι κορυφή. Μέχρι που ήρθε στο γραφείο μου για να παραπονεθεί για την αταξία του Μαρκ», είπε. *«Ααα, και θα ζητήσω από τους ιδιοκτήτες του διαμερίσματος να τους κάνουν έξωση. Είσαι εντάξει με αυτό; Την τελευταία φορά που στο είπα, δεν ήσουν.»*

«Η έξωση παίρνει χρόνο, οπότε, συνέχισε με τα σχέδιά σου», της απάντησε. «Ωστόσο, μόνο ο Μαρκ θα αντιμετωπίσει την έξωση. Η Λόλα πιθανόν θα είναι στην φυλακή περιμένοντας τη δίκη της.»

«Εντάξει, θα το κάνω. Ευχαριστώ που με κρατάς ενήμερη», είπε εκείνη.

Αφού έκλεισε το τηλέφωνο, η επόμενη κλήση που έκανε η Ρέιτσελ θα ήταν στους Μόργκαν.

Περίπου δέκα μέρες αργότερα, γύρω στις δύο η ώρα, ο Μαρκ έμπαινε στο γραφείο της Ρέιτσελ.

«Γεια Ρέιτσελ.»

«Γεια, Μαρκ. Βλέπω βγήκες από τη φυλακή.»

«Ναι, όσο γι' αυτό. Πρέπει αν σου μιλήσω.»

«Ωραία, επειδή θέλω κι εγώ να σου μιλήσω.»

Ο Μαρκ κάθισε στην καρέκλα και αναστέναξε. Ήταν καθαρός, φορούσε όμορφα ρούχα, αλλά φαινόταν ανήσυχος.

«Βγήκα χτες βράδυ. Δεν προσπάθησα να βγω μόνος μου, απλώς παραδέχτηκα τι έκανα και άφησα τον δικαστή να με καταδικάσει.» Ο Μαρκ φαινόταν να ηρεμεί καθώς μιλούσε.

«Λοιπόν, ποια ήταν η ποινή σου;»

«Βασικά, πρόστιμο και περίοδος δοκιμασίας. Ο δικηγόρος καταλόγισε τον ξυλοδαρμό μου στην Λόλα ως αυτοάμυνα. Δε νομίζω πως ο δικαστής έχαψε αυτή τη δικαιολογία εντελώς, αλλά υπήρχε μια δόση αλήθειας σε αυτό, αν αναλογιστούμε πως προσπάθησε να με σκοτώσει.»

«Μάλιστα», είπε η Ρέιτσελ. Μπορούσε να καταλάβει τη λογική εκεί. Όταν μια γυναίκα κρατά μαχαίρι και σε κυνηγάει, τότε πρέπει να υπερασπιστείς τον εαυτό σου. Και ίσως προσθέσεις και μερικές έξτρα γροθιές πάνω στον θυμό σου.

«Τώρα είμαι υπό δοκιμασία.»

«Πώς είναι τα τραύματά σου;»

«Μου κλείνουν, εντάξει.» Είπε ο Μαρκ, χτυπώντας απαλά το μεσαίο τμήμα του. «Δεν ήταν βαθιές οι μαχαιριές, ήμουν τυχερός.»

«Καταλαβαίνεις ότι θα πρέπει να φύγεις από το διαμέρισμα;» Η Ρέιτσελ έπρεπε να του το πει τώρα.

«Σκέφτηκα ότι θα το έλεγες αυτό.»

«Οι Μόργκαν ξεκίνησαν τις διαδικασίες έξωσης. Δεν μπορούσαν να επικοινωνήσουν μαζί σου, οπότε δεν είχαν άλλη επιλογή.» Η Ρέιτσελ έπαιζε ένα μολύβι στα δάχτυλά της καθώς μιλούσε.

«Καταλαβαίνω. Δεν πειράζει. Σκοπεύω να φύγω.»

«Ενημέρωσε τους Μόργκαν για αυτό, σε παρακαλώ».

«Εντάξει.»

«Ωραία. Με τη Λόλα τι γίνεται;» Η Ρέιτσελ ήταν περίεργη για την κατάσταση στην οποία είχε μπει.

Ο Μαρκ, έβαλε το χέρι του στα μαλλιά του και αναστέναξε. «Είναι στη φυλακή και δεν περιμένω να βγει σύντομα. Ίσως και ποτέ.»

«Αλήθεια;»

«Ναι, υπάρχουν κι άλλες κατηγορίες εναντίον της.»

«Τι θέλεις να πεις;»

«Να, ο ντεντέκτιβ μου μίλησε όταν ήμουν στη φυλακή. Κάνουν διαγνωστικά τεστ – αν το λέω σωστά – πάνω στο μαχαίρι με το οποίο με μαχαίρωσε. Και είπε και κάτι για ένα σφυρί που μαλακώνει το κρέας. Δεν καταλαβαίνω τίποτα. Όμως μου έκανε πολλές ερωτήσεις.»

Η Ρέιτσελ κατάλαβε το θέμα με το σφυρί, όμως δεν μοιράστηκε αυτό που γνώριζε με τον Μαρκ.

«Έχει δικηγόρο;»

«Δεν έχουμε χρήματα για δικηγόρους. Όμως ο Δημόσιος Κατήγορος φαίνεται να ξέρει τι κάνει.» Ο Μαρκ την ξανακοίταξε σα να της έδειχνε ότι όλα ήτα οργανωμένα.

«Καταλαβαίνω, όμως κατηγορείται για απόπειρα φόνου, συν κι άλλα, εσύ το είπες. Δε νομίζεις πως πρέπει να έχει έναν κανονικό δικηγόρο;» Σταμάτησε να παίζει το μολύβι της, και τον κοίταξε.

«Δεν υπάρχουν χρήματα!» είπε εκείνος, υψώνοντας τον τόνο της φωνής του και σηκώνοντας τους ώμους του. «Πού θα βρω τόσα χρήματα; Δεν έχουμε καν δικό μας σπίτι.»

Η Ρέιτσελ τον κοίταξε στα μάτια. «Θέλεις να την ξεφορτωθείς, Μαρκ;»

Ο Μαρκ χαμήλωσε το βλέμμα αμέσως. Ήταν εμφανές στην Ρέιτσελ πως δεν τον ένοιαζε αν η γυναίκα του δεν έβγαινε ποτέ από την φυλακή.

«Εντάξει, αυτό είναι. Δεν θέλεις να βγει από τη φυλακή. Φοβάσαι πως θα σε μαχαιρώσει στον ύπνο σου, έτσι;» Η Ρέιτσελ ήξερε πως το σκεφτόταν. Ήθελε μόνο να προστατέψει τον εαυτό του.

Ο Μαρκ έτριψε ανήσυχος στην καρέκλα. Η Ρέιτσελ κούνησε το κεφάλι της με αηδία. *Γιατί οι άνθρωποι βασανίζουν ο ένας τον άλλον; Γιατί δεν παίρνουν διαζύγιο; Σίγουρα δεν έμεινα μαζί από θρησκευτικούς λόγους.*

«Λοιπόν, πότε φεύγεις από το διαμέρισμα;»

«Αυτή τη βδομάδα.»

«Θα καθαρίσεις όλα όσα έχετε κάνει εκεί μέσα πριν φύγεις, έτσι;»

Ο Μαρκ έγνεψε με ενθουσιασμό. «Ναι, σίγουρα. Αυτό σκοπεύω να κάνω.»

Όμως απάντησε πολύ γρήγορα για να τον πιστέψει. Η Ρέιτσελ έσκυψε στο γραφείο.

«Θα αφήσεις το διαμέρισμα λαμπίκο», του είπε, με όλη την αυστηρότητα που μπορούσε να δώσει στη φωνή της. «Δε με ενδιαφέρει αν χρειαστεί να νοικιάσεις ολόκληρη ομάδα καθαρισμού για να το κάνει.»

«Μάλιστα, κυρία μου». Απάντησε ο Μαρκ στον αυστηρό τόνο της φωνής της. Προσπάθησε να χαμογελάσει, αλλά απέτυχε.

«Φύγε τώρα.»

«Μάλιστα.» Ο Μαρκ σηκώθηκε, κοιτώντας την. «Χάρηκα που σε γνώρισα.»

«Μακάρι να μπορούσα να πω κι εγώ το ίδιο.»

Εκείνος έκλεισε την πόρτα μαλακά πίσω του καθώς έβγαινε.

ΤΡΙΑΝΤΑ ΠΕΝΤΕ

Και οι τέσσερεις γυναίκες είχαν μαζευτεί για μεσημεριανό σ ένα από τα χαριτωμένα εστιατόρια που μαζεύονταν οι τουρίστες κατά την χειμερινή περίοδο. Δεν είχε έρθει ακριβώς η χειμερινή περίοδος, οπότε ήταν βρήκαν εύκολα τραπέζι αφού ήρθαν νωρίς.

«Ααα, εκείνο εκεί, κοντά στο παράθυρο» είπε η Ολίβια, δείχνοντας προς την κατεύθυνση που έλεγε.

Όλες βιάστηκαν να πάνε στο τραπέζι, και κάθισαν πριν έρθουν για μεσημεριανό οι ντόπιοι.

«Τέλεια» είπε η Ολίβια, χαμογελώντας με ικανοποίηση, παίρνοντας τον κατάλογο από το τραπέζι.

«Μπράβο σου», είπε η Ρέιτσελ, καθώς καθόταν στην καρέκλα.

«Πεινάω σαν λύκος», είπε η Λουάν. «Δεν έχω φάει πρωινό.»

«Εγώ έφαγα πρωινό, αλλά πριν πολλές ώρες», είπε η Τία. «Πεινάω.»

Η κάθε μία, κοίταξε τον κατάλογο. Η σερβιτόρα ήρθε στο τραπέζι με το σημειωματάριό της στο χέρι περιμένοντας τις παραγγελίες τους.

«Εγώ θα ήθελα να παραγγείλω ένα ποτήρι παγωμένο τσάι», είπε η Ολίβια, κοιτώντας την σερβιτόρα. «Και μία σαλάτα του Καίσαρα με κοτόπουλο.»

«Ξεχωριστούς λογαριασμούς», είπε η Τία. «Θα πάρω το ίδιο με εκείνην, σαλάτα του Καίσαρα με κοτόπουλο, αλλά χωρίς κρουτόν, παρακαλώ.»

Η Λουάν κοίταξε τη γυναίκα. «Για μένα ένα παγωμένο τσάι, παρακαλώ. Και θέλω την κοτοσαλάτα.»

«Κι εγώ», είπε η Ρέιτσελ. «Και νερό.»

Και οι τρεις γυναίκες κοίταξαν την Ρέιτσελ.

«Δεν θα πάρεις το αγαπημένο σου παγωμένο τσάι;» Ρώτησε η Ολίβια.

«Όχι. Τίποτα που να περιέχει ζάχαρη. Η Ρέιτσελ κοίταξε τις γυναίκες με μια ευχάριστη έκφραση στο πρόσωπό της. Όμως ήξερε πως δεν θα την άφηναν έτσι, χωρίς να την ρωτήσουν.

«Εντάξει, ακούστε πώς έχει», ξεκίνησε εκείνη να λέει, ακουμπώντας στην καρέκλα της, αφού έφυγε η σερβιτόρα. «Πρόσφατα έμαθα, μετά από ένα ταξίδι στο νοσοκομείο, ότι είμαι διαβητική. Δεν μπορώ να πιω τίποτα που να περιέχει ζάχαρη. Τουλάχιστον όχι, πριν ρυθμίσω το ζάχαρο.»

Σιωπή έπεσε στο τραπέζι, σαν ένα μαύρο σύννεφο που μπλοκάρει τον ήλιο. Καμιά δεν τόλμησε να πει λέξη. Είχαν ακούσει σωστά; Διαβητική;

«Είχα κάποια θεματάκια. Θυμάστε που έτρωγα σοκολάτες, μπισκότα και όλα τα γλυκά όταν πηγαίναμε στο κλαμπ; Και έβαζα πολύ ζάχαρη στο παγωμένο τσάι μου. Ζαλιζόμουν λιποθυμούσα και διψούσα όλη την ώρα. Για να μην πω για την υπερβολική κούραση που ένιωθα. Είχα τα συμπτώματα, και οι συνήθειές μου χειροτέρευαν την κατάστασή μου, όμως δεν ήθελα να πάω στον γιατρό.»

«Θυμάμαι που το έλεγες αυτό», είπε η Τία. «Γιατί δεν μου είπε κάτι;»

«Μάλλον δεν ήθελα να ακούσω άσχημα νέα», της είπε. «Όμως βρέθηκα στο νοσοκομείο, και τότε ανακάλυψα την κατάστασή μου. Πιθανόν να πήγαινε κάποια στιγμή στον γιατρό, επειδή είχα ερευνήσει για τα συμπτώματά μου και υποψιαζόμουν πως είχα διαβήτη. Ήμουν όμως πεισματάρα. Ξέρε πώς είμαι εγώ.»

Πρώτη μίλησε η Λουάν. «Νομίζω πως είναι αξιέπαινο εκ μέρους σου που αποδέχτηκες το λάθος σου, καλή μου.»

Η Ολίβια κοίταξε την Ρέιτσελ σιωπηλή. Φαινόταν να μην την πιστεύει.

«Στην πραγματικότητα, όλα λειτούργησαν για το καλύτερο, εκτός από το μέρος όπου έχω διαγνωστεί με διαβήτη. Ο Τζο πίστευε ότι μεθούσα ενώ δεν το έκανα. Αυτό προκάλεσε ένα πρόβλημα μεταξύ μας, το οποίο σας ανέφερα προηγουμένως. Θυμάστε, σας είπα ότι κοιμόμουν στο εφεδρικό υπνοδωμάτιο;»

Η σερβιτόρα επέστρεψε με τα ποτά τους και έφυγε. Όλες παρέμειναν σιωπηλές έως ότου η Ρέιτσελ συνέχισε την ιστορία της.

«Καταλήξαμε να μιλάμε σπάνια ο ένας στον

άλλο και, ας πούμε, η ζωή ήταν ψυχρή. Αλλά συνέχισα να βγαίνω μαζί σας κορίτσια και να είμαι πεισματάρα και προκλητική». Η Ρέιτσελ κοίταξε το ποτήρι της με το νερό. «Επαναστατούσα. Ήμουν αποφασισμένη να μην αφήσω τον Τζο να μου λέει τι να κάνω».

«Λοιπόν, η διάγνωση σε έκανε να αλλάξεις γνώμη», είπε η Τία.

«Ναι. Και η συζήτησή μου με τη Λορέτα. Άρχισα να βλέπω το λάθος μου και πως δεν συμπεριφερόμουν στον άντρα μου καλά. Και μετά πήγαμε στην εκκλησία.»

«Αλήθεια;» είπε η Ολίβια, ξαφνικά και σηκώθηκε.

«Ναι. Μάλιστα, ήταν δική μου πρόταση. Η Λορέτα με ενθάρρυνε να πάω. Και μου άρεσε. Μου άρεσε πολύ, και άρχισα αργά να δέχομαι το γεγονός ότι είχα πρόβλημα. Έτσι, τότε έκανα κάποια έρευνα και βρήκα ότι τα συμπτώματά μου ήταν πιθανώς ο διαβήτης. Αλλά πριν προλάβω να πάω στο γιατρό, είχα ένα περιστατικό στην μπανιέρα. Θα μπορούσα να είχα πνιγεί λόγω της ηλιθιότητάς μου, αλλά ο Τζο με έσωσε."

«Αναρωτηθήκαμε γιατί δεν ερχόσουν μαζί μας για ποτό πολλές φορές», είπε η Τία. «Αλλά είμαι πολύ χαρούμενη που βρήκες βοήθεια προτού γίνει ακόμη πιο επικίνδυνο για την υγεία σου.»

«Και εγώ», είπε η Ολίβια. «Είμαι τόσο περήφανη για σένα. Και πηγαίνεις στην εκκλησία», προφανώς ήταν ευχαριστημένη από αυτήν την αλλαγή.

«Γλύκα μου, είσαι η καλύτερη!» Είπε η Λουάν, χτυπώντας το χέρι της Ρέιτσελ.

«Ευχαριστώ», είπε η Ρέιτσελ, σκύβοντας λιγάκι το κεφάλι της από ντροπή. «Χρειάζομαι στήριξη, οπότε σας ευχαριστώ.»

«Είμαστε εδώ για σένα, γλυκιά μου», είπε η Λουάν. «Γι' αυτό δεν είναι οι φίλες;»

Όταν έφτασαν οι σαλάτες, η κάθε μία άρχισε να τρώει με όρεξη, και με εκτίμηση για την φιλενάδα τους. Η Ρέιτσελ ήξερε ότι θα την στήριζαν με τον τρόπο τους. Εξάλλου, γι' αυτό είναι οι φίλες.

Ο ντεντέκτιβ Φρανς μπήκε στο γραφείο της Ρέιτσελ, χωρίς να τον περιμένει. Η Ρέιτσελ πρόλαβε μόνο να βάλει το μηχάνημα του καφέ στην πρίζα πριν έρθει εκείνος.

«Θεέ μου, εσύ φαίνεται ότι ξυπνάς από τα χαράματα», του είπε.

Ο ντεντέκτιβ συμφώνησε. «είμαι γνωστός γι' αυτό».

«Θέλεις ένα φλιτζάνι καφέ;»

«Φυσικά.»

«Σε λίγα λεπτά θα είναι έτοιμος, μόλις έβαλα το μηχάνημα στην πρίζα» του είπε. «Πώς είναι η γυναίκα και το μωρό σου;»

«Καλά» είπε, με ένα τεράστιο χαμόγελο στο πρόσωπό του. «Κοντεύει να μπει στον μήνα της. Είμαστε κι οι δυο ενθουσιασμένοι, μια και είναι το πρώτο μας.»

«Είμαι σίγουρη.» Η Ρέιτσελ συμπαθούσε πολύ τον ντεντέκτιβ. Χαιρόταν πολύ που η οικογένειά του μεγάλωνε.

«Μερικοί φίλοι θα κάνουν πάρτι για το μωρό. Είμαστε πολύ χαρούμενοι.»

«Ωωω, πολύ γλυκό!»

«Αρκετά όμως με αυτό. Ήρθα σήμερα για να σου κάνω μια μικρή ενημέρωση.»

«Μάλιστα.»

«Πρώτα όμως, για τον συγκάτοικό σου, τον Μαρκ.»

«Τι έγινε με αυτόν;»

«Μετακόμισε όλα τα πράγματά του;»

«Υποτίθεται πως ναι. Οι Μόργκαν σταμάτησαν την έξωση επειδή είναι πρόθυμος να φύγει από μόνος του.»

Η Ρέιτσελ γύρισε για να πιάσει δυο φλιτζάνια. «Υποτίθεται ότι έπρεπε να είχε φύγει από χτες. Δεν πρόλαβα ακόμα να κοιτάξω το διαμέρισμα.»

Η Ρέιτσελ γέμισε δυο φλιτζάνια με καφέ, ένα για κείνη κι ένα για τον ντεντέκτιβ. Του έδωσε το ένα φλιτζάνι.

«Σε ευχαριστώ. Δεν χορταίνω τους καφέδες.»

«Δεν είμαι σίγουρη για το αν το καθάρισε», του είπε, πίνοντας μια γουλιά καφέ. Του είπα να το κάνει.»

«Θέλεις να πας να ελέγξεις το διαμέρισμα τώρα;» Την ρώτησε, πίνοντας μια γουλιά καφέ.

«Μαζί σου; Βεβαίως, ακούγεται καλή ιδέα.»

Σηκώθηκαν από τις καρέκλες τους, και με τις κούπες του καφέ στα χέρια, πήγαν προς την πόρτα. Ο ντεντέκτιβ την κράτησε ανοιχτή για την Ρέιτσελ, και κατευθύνθηκαν προς στο ασανσέρ. Η Ρέιτσελ ήλπιζε το μωρό τους να ήταν πανέμορφο. Του άξιζε, ήταν πολύ καλός στη δουλειά του.

Όταν έφτασαν στον όγδοο όροφο, η Πηνελόπη διέσχιζε τον διάδρομο προς το μέρος τους.

«Γεια, Πηνελόπη», είπε η Ρέιτσελ.

Η Πηνελόπη έγνεψε και στους δυο.

«Είσαι καλά;» Ρώτησε η Ρέιτσελ.

«Μια χαρά. Απολαμβάνω την ηρεμία και την γαλήνη» είπε εκείνη με χαμόγελο.

«Άρα, να υποθέσω ότι ο Μαρκ έφυγε εχτές όπως είχε προγραμματιστεί;» Την ρώτησε.

«Και βέβαια. Και χάρηκα πάρα πολύ», είπε. «Αν τον έβλεπε να φεύγει, θα του κούναγα το μαντήλι».

Οι δυο τους χαμογέλασαν με το χιούμορ της.

«Ξέρεις αν το καθάρισε;»

«Έβγαλε πολλά σκουπίδια, αυτό το είδα», είπε η Πηνελόπη, βάζοντας το χέρι κάτω από το πηγούνι της. «Όσο για το αν το καθάρισε μετά, δεν ξέρω.»

«Πάμε να δούμε τώρα» της είπε η Ρέιτσελ.

«Εν τάξει. Σε παρακαλώ, ο επόμενος ένοικος να είναι πιο ήσυχος», είπε η Πηνελόπη.

«Θα το φροντίσω, Πηνελόπη». Μετά από ολόκληρα βράδια αγρυπνίας, άξιζε στην ηλικιωμένη γυναίκα να έχει έναν ήσυχο γείτονα.

Ο ντετέκτιβ και η Ρέιτσελ μπήκαν στο διαμέρισμα και στάθηκαν στην είσοδο, κοιτάζοντας το περιβάλλον. Ενώ τα θραύσματα και τα σκουπίδια είχαν αφαιρεθεί, τα έπιπλα, τα οποία ανήκαν στους Μόργκαν, δεν ήταν σε καλή κατάσταση. Δεν είχε αναδιοργανωθεί με συνηθισμένο τρόπο γύρω από το δωμάτιο, ούτε είχε καθαριστεί ή ξεσκονιστεί. Οι χαρακιές στο ξύλο ήταν ορατές λόγω των αντικειμένων που ρίχνονταν γύρω. Η Ρέιτσελ αναστέναξε.

«Οι Μό'ργκαν δεν θα χαρούν με αυτή τη ζημιά. Και τους τοίχους!» Έδειξε έναν από τους τοίχους που είχαν υποστεί ζημιά.

Η Ρέιτσελ έτρεξε τα χέρια της κάτω από

τμήματα του τοίχου που είχαν χτυπήματα. Άλλες περιοχές είχαν ακόμη λεκέδες με αίμα. Δεν τους άγγιξε. Προφανώς, ο Μαρκ δεν είχε πλύνει τους τοίχους πριν φύγει.

Η Ρέιτσελ στράφηκε στον ντετέκτιβ. «Αυτό είναι χάος.»

"Ναι, το βλέπω. Τουλάχιστον έβγαλε τα σκουπίδια.»

«Μμμ...Σχεδόν. Το μόνο που έκανε ήταν να μαζέψει ότι δικό τους είχαν σπάσει. Όμως αυτά που ανήκαν στους Μόργκαν;» Η Ρέιτσελ κούνησε τα χέρια της στον αέρα από αγανάκτηση. «Κατέστρεψαν μερικά από τα έπιπλα. Απ' όσο ξέρω, ο καναπές έχει γυάλινα τεμάχια μέσα.»

«Ναι, κακό αυτό,.»

«Οι Μόργκαν θα θυμόσουν πολύ γι' αυτό.» Είπε η Ρέιτσελ. «Θα πρέπει να έρθουν για να ξανανοικιάσουν αυτό το διαμέρισμα. Δεν μπορούν να το νοικιάσουν έτσι, τουλάχιστον όχι χωρίς να το καθαρίσουν και να το βάψουν. Ίσως και να αντικαταστήσουν μερικά έπιπλα.»

«Νομίζω πως έχεις δίκιο», είπε ο Φρανς.

Κατευθύνθηκαν προς την εξώπορτα και μπήκαν στο ασανσέρ, συζητώντας.

«Εξετάζουμε το μαχαίρι με το οποίο μαχαίρωσε η Λόλα τον Μαρκ», είπε ο ντεντέκτιβ.

«Ναι, μου το είπε αυτό ο Μαρκ. Γιατί το κάνετε αυτό;»

«Συνηθίζουμε να το κάνουμε.»

«Αλήθεια; Μάλλον υπάρχει κάποιος παραπάνω λόγος για αυτό». Η Ρέιτσελ χαμογέλασε μετά το σχόλιό της, αλλά ο ντεντέκτιβ δεν έσκασε κανένα χαμόγελο. «Ωωω, έλα τώρα! Και τι έγινε με το ημερολόγιο που σου έδωσα;»

«Το περιεχόμενο επιβεβαιώνει πως ο Μαρκ περνούσε κάποιο χρόνο με την Ένιδα. Αυτό μπορεί να έχει κάποια σχέση με την δολοφονία της» της απάντησε. «Δεν μπορώ να πω περισσότερα».

«Κανένας δεν γνώριζε πως βλεπόντουσαν.»

«Δεν βλεπόντουσαν ακριβώς. Μάλλον εκείνος την παρακολουθούσε», ανακάλυψε στο τέλος.

«Την παρακολουθούσε; Και γιατί δεν το είπε σε κανέναν; Σε μένα; Στην αστυνομία;» Η Ρέιτσελ δεν μπορούσε να καταλάβει γιατί η φίλη της δεν την είχε εμπιστευτεί.

«Δεν ξέρω.»

«Ώστε, ο Μαρκ σκότωσε την Ένιδα, όπως υποπτεύθηκαν κάποιοι;»

«Δεν είπα αυτό. Όμως, είναι ο κύριος ύποπτος.»

Η Ρέιτσελ σταμάτησε μπροστά από το ασανσέρ πριν πατήσει το κουμπί.

«Το αποφεύγεις.»

«Ας πούμε, ότι πρέπει να περιμένουμε μέχρι να βγουν τα αποτελέσματα για το μαχαίρι – και το εργαλείο που μαλακώνει το κρέας.» Ο Ντεντέκτιβ Φρανς πάτησε το κουμπί.

Η Ρέιτσελ κοίταξε τον ντεντέκτιβ.

«Υπομονή, Ρέιτσελ. Περισσότερα από ένα άτομα είχαν πρόσβαση σε αυτό το μαχαίρι. Και δεν ξέρουμε για το εργαλείο κρέατος. Κάνε λίγη υπομονή.»

«Μα είπες ότι ο Μαρκ την παρακολουθούσε. Γιατί δεν ψάχνεις να τον βρεις;»

«Δεν είπα ότι δεν ξέρουμε πού είναι.»

«Ααα.»

Η Ρέιτσελ αναστέναξε εκνευρισμένα. Ήταν προφανές ότι ο ντετέκτιβ δεν επρόκειτο να πει οτιδήποτε. Θα έπρεπε να είναι υπομονετική, κάτι που δεν ήταν το δυνατό της σημείο. Μπήκαν στο ασανσέρ σιωπηλά.

ΤΡΙΆΝΤΑ ΈΞΙ

Η ΡΈΙΤΣΕΛ ΚΆΘΙΣΕ ΣΤΟ ΜΠΑΛΚΌΝΙ ΤΟΥ ΔΙΑΜΕΡΊΣΜΑΤΌΣ ΤΗΣ, με ένα φλιτζάνι καφέ στο πλάι της στο τραπέζι. Στην αγκαλιά της είχε μια Αγία Γραφή. Στην πραγματικότητα, ήταν η Βίβλος του Τζο. Η Ρέιτσελ δεν την είχε αγγίξει ποτέ πριν. Ο Τζο ήταν αυτός που είδε την αξία στην ανάγνωση γραφής. Μόλις πρόσφατα η Ρέιτσελ ένιωσε την ανάγκη να γυρίσει την πρώτη σελίδα σε αυτό το μεγάλο βιβλίο. Και ήταν ένα μεγάλο βιβλίο, γεμάτο με γράμματα που αναπηδούσαν μπροστά της σε μαύρο και κόκκινο. Ένιωσε ότι την καλούσε να το ανοίξει.

...Εκείνος τον ρώτησε, «Θέλεις να γίνεις καλά;»

Είχε ανοίξει τυχαία το βιβλίο σε μια οποιαδήποτε σελίδα. Και έπεσε, στον Ιωάννη 5: 6. Εδώ ο Ιησούς ρώτησε έναν άντρα που βρισκόταν δίπλα στην Πισίνα της Βησθεδά αν ήθελε να θεραπευτεί. Φυσικά, και ήθελε, ο άντρας δεν μπορούσε να μπει στην πισίνα την κατάλληλη στιγμή χωρίς βοήθεια. Έτσι, ο Ιησούς τον θεράπευσε. Ο άντρας σήκωσε το χαλί του και έφυγε.

Η Ρέιτσελ σηκώθηκε το κεφάλι της για να κοιτάξει έξω τον όμορφο μπλε ουρανό μπροστά της.

«Θέλεις να γίνεις καλά;»

Οι σκέψεις της πέρασαν από αυτή τη σύντομη πρόταση, χτενίζοντας κάθε λέξη όπως έκανε προσεκτικά όταν καλλωπίζει κάθε τρίχα στο σώμα του Ρούφους.

Οι τρίχες στο κεφάλι σου...

Η Ρέιτσελ θυμήθηκε κάτι σχετικά με τον αριθμό των τριχών στο κεφάλι, τα σπουργίτια πέφτουν, αλλά ο Θεός ήξερε τα πάντα. Δεν ήξερε από πού προήλθε αυτή η σκέψη. Παιδική ηλικία; Ίσως. Σίγουρα όχι τα τελευταία χρόνια, δεν είχε σκεφτεί ποτέ τι περιείχε αυτό το μεγάλο βιβλίο. Αλλά θυμόταν κάπως ότι ο Θεός την γνώριζε. Ο Θεός ήξερε τον αριθμό των τριχών στο κεφάλι της. Ακόμα και στο κεφάλι της, ένα κεφάλι που δεν θα μπορούσε να νοιάζεται λιγότερο για τον Θεό, την εκκλησία ή τη Βίβλο.

Ακόμη και εκείνη.

Η Ρέιτσελ κοίταξε τη Βίβλο, που ήταν στα γόνατά της, ανοιχτή. Ο Τζο της είχε πει να ξεκινήσει με το ευαγγέλιο του Ιωάννη. Γύρισε σελίδα και πήγε στην αρχή του Ιωάννη.. Και άρχισε να διαβάζει.

Μία ώρα αργότερα, η Ρέιτσελ αποφάσισε ότι ήρθε η ώρα να επαναφέρει τον εαυτό της στο Θεό. Ήξερε ότι δεν την είχε ξεχάσει όλα τα χρόνια μετά την παιδική ηλικία, αλλά για τον εαυτό της, ένιωθε ότι έπρεπε να ξεκινήσει την επαφή. Για να θεραπευτεί, στην ψυχή και το σώμα της. Η Λορέτα την είχε ενθαρρύνει να πάει στην εκκλησία, και πήγε. Ο Τζο πάντα ήθελε να πάει μαζί του, αλλά δεν είδε την ανάγκη. Λοιπόν, τώρα είδε την ανάγκη. Έπρεπε να βασιστεί σε Αυτόν ως υποστηρικτή της, οδηγό της, σύμβουλό της.

«Με θυμάσαι; Στη λειτουργία στο σχολείο της Κυριακής; Ναι, δεν έχω πάει εδώ και πολύ καιρό, έτσι; Λυπάμαι. Πραγματικά. Η ζωή με έκανε να το παραμελήσω. Μάλλον, εγώ άφησα να συμβεί αυτό, σωστά; Υπήρχαν πιο σημαντικά πράγματα που έπρεπε να κάνω, υποθέτω. Τουλάχιστον αυτό σκέφτηκα τότε.» Η Ρέιτσελ αναστέναξε και άρχισε ξανά. «Ξέρω ότι πρέπει να Σε βάλω πρώτο. Το καταλαβαίνω. Αλλά δεν το έχω κάνει. Όμως μου λένε ότι ποτέ δεν είναι πολύ αργά. Μπορώ να ξεκινήσω ξανά. Λοιπόν, εδώ είμαι, Κύριε. Ξεκινώ ξανά. Πέφτω στα πόδια Σου, ζητώντας Σου να με βοηθήσεις να γίνω καλή γυναίκα, καλή σύζυγος, καλή διαχειρίστρια της πολυκατοικίας, καλή φίλη.» Απλά, καλή."

«Ο Τζο αξίζει μια αφοσιωμένη γυναίκα. Μια γυναίκα που κατανοεί. Ναι, το ξέρω, πρέπει να το κάνω αυτό για μένα. Το καταλαβαίνω. Αλλά αξίζει μια καλύτερη συμπεριφορά γυναίκας. Παρακαλώ, βοήθησέ με να απομακρυνθώ από τις περισπασμούς που με δελεάζουν σε άλλες κατευθύνσεις. Το φτωχό μου σώμα θα σε ευχαριστήσει επίσης. Ο Τζο θα σε ευχαριστήσει για τη δύναμη βρίσκω σε Σένα. Είναι τόσο ευχαριστημένος με την αφοσίωσή μου στην εκκλησία και που διαβάζω τη Βίβλο. Είναι ενθουσιασμένος και είμαι τόσο χαρούμενη που είναι χαρούμενος με τις αλλαγές μέσα μου. Και μου αρέσει πολύ η εκκλησία. Δεν μπορώ να πιστέψω ότι το είπα, αλλά είναι αλήθεια.»

Η Ρέιτσελ χαμογέλασε καθώς έριξε πάλι τα μάτια της στην θέα των διογκωμένων σύννεφων που αιωρούνται τόσο χαλαρά στον όμορφο μπλε ουρανό. Όλα δημιουργήθηκαν από τον Θεό. Ένα σύμπαν που δεν μπορούσε να δει εντελώς, αλλά ήξερε ότι υπήρχε. Δημιουργήθηκε από τον Θεό. Ήταν παιδί του Θεού. Υπέροχο. Απλά υπέροχο.»

Ο Ρον και η Αρλήν Μόργκαν έσυραν έξω από το διαμέρισμα που νοίκιαζαν στην Λόλα και τον Μαρκ Ρότζερς, μια ξεχαρβαλωμένη, μπεζ καρέκλα. Ήρθαν στην πόλη από την άλλη κατοικία τους στη Νέα Υόρκη για να χειριστούν την καταστροφή στο διαμέρισμά τους. Σχεδίαζαν να πετάξουν τα περισσότερα έπιπλα, καθώς υπέστην ζημιές χωρίς επισκευή. Δεν ήταν καν αρκετά αξιοπρεπές για δωρεά στην Καλή Θέληση. Οι συσκευές ήταν αποδεκτές, αλλά οι τοίχοι χρειάζονταν επισκευή και βαφή. Οι κουρτίνες σκίστηκαν και καταστράφηκαν, και τα δάπεδα απαιτούσαν επίσης επισκευή. Ήταν μια αποθαρρυντική σκηνή.

Η Λουάν περνούσε από κει καθώς έβγαζαν έξω την καρέκλα.

«Ααα, εσείς θα πρέπει αν είστε οι Μόργκαν» είπε η Λουάν με ένα πλατύ χαμόγελο.

«Ναι, είμαι ο Ρον, από,δω η γυναίκα μου η Αρλήν», είπε ο άντρας, απλώνοντάς της το χέρι του.

Η Λουάν πήρε το χέρι του και μετά το άπλωσε προς την Αρλήν για να χαιρετήσει κι εκείνην.

«Χαίρομαι που σας γνωρίζω», τους είπε. «Εγώ μένω στην άλλη πλευρά του διαδρόμου.»

«Ααα, ώστε είσαι ιδιοκτήτρια ενός διαμερίσματος;» Ρώτησε η Αρλήν.

«Όχι, απλώς νοικιάζω. Θα ήθελα να είχα ένα δικό μου, είναι τόσο όμορφα – και ήσυχα τώρα που έφυγαν αυτοί από δω.»

«Λυπούμαστε που οι νοικάρηδές μας σας προκάλεσαν προβλήματα», είπε ο Ρον, πραγματικά λυπημένος.

«Ωωω,δεν φταίγατε εσείς, καλέ μου. Εκείνοι ήταν, να, λιγάκι φασαριόζηδες.»

«Θα ήθελες να αγοράσεις το διαμέρισμά μας;» Το βλέμμα της Αρλήν μαρτυρούσε πως μόλις είχε σκεφτεί την ιδέα.

«Εγώ; Μμμ...δεν ξέρω. Δεν είχα σκεφτεί αυτό το διαμέρισμα», είπε η Λουάν, ρίχνοντας το κεφάλι στο πλάι.

«Ή θα το νοικιάσουμε ή θα το πουλήσουμε. Νομίζω, καλύτερα να το πουλήσουμε για να μην έχουμε ξανά άλλα προβλήματα» είπε εκείνος, κοιτώντας τη γυναίκα του.

«Ναι, η πώληση θα ήταν τέλεια», συμφώνησε η Αρλήν.

«Θα σου κάνουμε μια καλή προσφορά, κάτω από την αξία της αγοράς. Βλέπεις, τα εγγόνια μας είναι στην Νέα Υόρκη, δεν μπορούμε να μένουμε εμείς εδώ πια», είπε ο Ρον, κινούμενος προς το διαμέρισμα.

«Λοιπόν...» είπε η Λουάν.

«Αφού θα χρειαστεί να βάψουμε όλους τους τοίχους, μπορείς να επιλέξεις εσύ τα χρώματα που προτιμάς», είπε η Αρλήν. «Να το κάνεις πραγματικά όπως σου αρέσει.»

Η Λουάν δεν ήταν γνωστή για τη βαθιά της σκέψη ή αναβλητικότητα. Ήταν μια αυθόρμητη γυναίκα με δημιουργική φύση. Η επιλογή των χρωμάτων για το διαμέρισμά της ήταν μια πολύ ελκυστική ιδέα. Το διαμέρισμα στο οποίο έμενε δεν της άρεσαν και τόσο τα χρώματα. Στην πραγματικότητα, δεν υπήρχε χρώμα. Κάθε τοίχος ήταν καφέ. Η Λουλάν δεν θεωρούσε το καφέ, χρώμα. Ήταν θαμπό και σκοτεινό. Αλλά τελικά ήταν μια ενοικίαση. Εδώ, θα της ανήκε το διαμέρισμα, θα ήταν δικό της, όχι νοικιασμένο. Την δελέαζε αυτό.

Οι Μόργκαν έβλεπαν ότι η πρότασή τους της άρεσε.

«Πόσο το πουλάτε;» ρώτησε η Λουάν.

«10.000 €;» Είπε ο Ρον.

«Μπορώ να τα δώσω.» είπε η Λουάν.

Η Αρλήν είπε μια τιμή που γνώριζε ότι ήταν χαμηλότερη από την αξία του διαμερίσματος. Προσφέρθηκε ακόμα και να κρατήσει την υποθήκη. Πέρασαν μερικά λεπτά γωνίας πριν μιλήσει η Λουάν.

«Είμαστε σύμφωνοι!» Είπε η Λουάν, απλώνοντας το χέρι της.

Ο Ρον και η Αρλήν χαμογέλασαν, και σχεδόν πανηγύρισαν.

«Θα πούμε στον δικηγόρο μας να ετοιμάσει τα χαρτιά» είπε ο Ρον.

«Τέλεια! Κι εγώ θα πάω στο χρωματοπωλείο να αγοράσω τα χρώματα. Δεν το πιστεύω! Μόλις αγόρασα ένα διαμέρισμα!»

ΤΡΙΆΝΤΑ ΕΦΤΆ

ΤΑ ΚΟΡΊΤΣΙΑ ΓΙΌΡΤΑΖΑΝ ΤΟ ΓΕΓΟΝΌΣ ΌΤΙ Η ΛΟΥΆΝ ΑΠΈΚΤΗΣΕ ΤΟ ΔΙΑΜΈΡΙΣΜΑ, στο αγαπημένο τους μέρος, το κλαμπ. Όλες έκανα πρόποση και πανηγύριζαν. Η Ρέιτσελ ήπιε παγωμένο τσάι χωρίς ζάχαρη.

«Δεν χρειάζεται καν να μετακομίσω σε άλλον όροφο», είπε η Λουάν. «Μπορώ απλώς, να μεταφέρω τα πράγματά μου στην άλλη μεριά του διαδρόμου, τόσο απλά.»

«Θα σου αφήσουν κανένα έπιπλο; Χρειάζεσαι έπιπλα;» ρώτησε η Ολίβια.

«Τα περισσότερα έπιπλα καταστράφηκαν από τους Ρότζερς, οπότε θα πάνε για πέταμα». Απάντησε η Λουάν. «Δεν χρειάζομαι βασικά, άλλα έπιπλα, αλλά αυτά που έχουν στην δεύτερη κρεβατοκάμαρα, θα τα κρατήσω. Δεν έχουν χρησιμοποιήσει σχεδόν καθόλου αυτό το δωμάτιο.»

«Καλή ιδέα», είπε η Τία.

«Χαίρομαι που γίνεις μόνιμη κάτοικος», είπε η Ολίβια.

«Κι εγώ,», είπε η Ρέιτσελ.

«Τώρα, ένας άντρας μου λείπει», πέταξε η Λουάν, χτυπώντας τα νύχια της πάνω στην κούπα.

Τα κορίτσια γέλασαν.

«Μια και μιλάμε για άντρες», είπε η Ρέιτσελ, γυρνώντας στην Ολίβια. «Δεν μας έχεις πει τίποτα για την σχέση σου με τον όμορφο γιατρό τελευταία, Τι συμβαίνει;»

Η Ολίβια, κατέβασε γρήγορα το βλέμμα, ξανασήκωσε το κεφάλι και γέλασε ευγενικά. Το είδος του χαμόγελου που ρίχνει κάποιος όταν πρόκειται να φανείς ειλικρινής, αλλά όχι να αποκαλύψει πολλά.

«Ο φίλος μου ο γιατρός είναι πολύ απασχολημένος με τα παιδιά του και τα εγγόνια του...»

«Έχει εγγόνια;» την διέκοψε η Ρέιτσελ.

«Σας το έχω πει.»

«Όχι, δεν μας το είπες.» Είπε η Τία.

«Καλά, τέλος πάντων, τώρα ξέρετε ότι έχει εγγόνια», είπε η Ολίβια, παίζοντας με το κολιέ της. «Έτσι, είναι απασχολημένος με την οικογένειά του. Κι εγώ με τη δική μου».

«Από πότε;» Ρώτησε η Ρέιτσελ.

Η Ολίβια αναστέναξε με αγανάκτιση και κοίταξε την Ρέιτσελ.

«Ο Ρόμπερτ μετακόμισε ξανά στην Φλόριντα και είναι μόλις μια ώρα μακριά». Ο Ρόμπερτ ήταν ο μεγάλος γιος της Ολίβιας.

«Πότε έγινε αυτό;» Ρώτησε η Τία.

«Δεν ξέρω, όχι πολύ καιρό.» Είπε η Ολίβια,

περισσότερο ενοχλημένη επειδή αποκαλύπτοντας την αλήθεια. «Έτσι, έρχεται συχνά στο σπίτι. Και η Νάνσι, σκοπεύει να μετακομίσει πιο κοντά στην οικογένειά της, λέει. Οπότε τώρα, θα βλέπω τα εγγόνια μου πιο συχνά.»

«Αυτό που λες, γλυκιά μου, είναι πως η οικογένεια έρχεται πρώτη», είπε η Λουάν.

«Ναι!» Η Ολίβια κοίταξε την Λουάν την Λουάν με εκτίμηση. Εκείνη κατάλαβε.

«Και πώς όλο αυτό το οικογενειακό δέσιμο, επηρεάζει τη σχέση σου;» Ρώτησε η Ρέιτσελ. «Αν αυτός είναι με τα παιδιά και τα εγγόνια του, εσύ περνάς χρόνο με τον Ρόμπερτ, έρθει και η Νάνσι ξανά στο προσκήνιο με τα εγγόνια σου, τι θα κάνετε εσύ και ο γιατρός;»

«Να, μιλήσαμε και είπαμε να ακυρώσουμε την κρουαζιέρα. Δεν έχουμε χρόνο για ταξίδι τώρα. Και από τότε, δεν τον έχω δει και πολύ», είπε η Ολίβια, βάζοντας το ποτήρι της ξανά στο τραπέζι. Κοίταξε τις φίλες της προσεκτικά μία-μία. «Αλήθεια, έχωνα τον δω τρεις βδομάδες . Και τι περίεργο, δεν με νοιάζει. Όλα καλά.»

Καμιά δεν μίλησε σε εκείνο το τραπέζι. Είχαν ξαφνιαστεί λιγάκι που η Ολίβια το αντιμετώπιζε αυτό τόσο καλά.

«Ξέρεις, καλή μου», είπε η Λουάν, σπάζοντας την σιωπή και κοιτάζοντας την Ολιβια, «Νομίζω πως αυτό σημαίνει ότι θα έχεις περισσότερο χρόνο για μας. Οπότε, μπορείς να με βοηθήσεις να μετακομίσω.»

Όλα τα κορίτσια γέλασαν και τσούγκρισαν τα ποτήρια τους.

«Α πιούμε σε αυτό!»

«Λοιπόν, τι γίνεται με την έρευνα της δολοφονίας;» Ρώτησε η Τία την Ρέιτσελ. «Δεν λες και πολλά τελευταία.»

«Αυτό που μου είπαν είναι πως εξετάσουν το μαχαίρι με το οποίο μαχαίρωσε η Λόλα τον Μαρκ. Είναι φυσιολογικό. Επίσης, εξετάσουν και το εργαλείο του κρέατος που χρησιμοποιήθηκε στην επίθεση της Λουάν. Και δεν θα το πιστέψετε», είπε η Ρέιτσελ, «αλλά στο ημερολόγιο της Ένιδας, ανακάλυψαν πως βρίσκονται μερικά ενδιαφέροντα στοιχεία. Εμπλέκεται και ο Μαρκ.»

«Πώς αυτό;» Ρώτησε η Ολίβια.

«Παρακολουθούσε την Ένιδα». Η Ρέιτσελ κοίταξε ένα-ένα τα σοκαρισμένα πρόσωπα.

«Την παρακαολουθούσε!» Είπε η Λουάν.

«Φοβάμαι πως ναι.»

«Σου είπε ποτέ η Ένιδα πως ο Μαρκ την παρακολουθούσε; Εμένα όχι», είπε η Τία.

«Όχι, δεν ήξερα τίποτα», είπε η Ρέιτσελ. «Την πρώτη φορά που το άκουσα ήταν από τον ντεντέκτιβ.

«Ήταν πάντα τόσο μυστικοπαθής», είπε η Τία.

«Δεν διάβασες κάτι από το ημερολόγιό της πριν το δώσεις στον ντεντέκτιβ Φρανς;» Ρώτησε η Ολίβια.

«Και βέβαια όχι. Δεν ήθελα να αφήσω τα αποτυπώματά μου.» Είπε η Ρέιτσελ, ανακατεύοντας τα παγάκια της με το καλάμάκι.

«Εγώ δεν σοκάρομαι που την παρακολουθούσε», είπε η Λουάν. «Κι εμένα με παρακολουθούσε κατά κάποιον τρόπο»

«?Ναι, σωστά», συμφώνησε η Ρέιτσελ.

«Ώστε ο Μαρκ το έκανε!» Είπε η Τία.

«Ο ντεντέκτιβ Φρανς δεν το επιβεβαιώνει αυτό.

Περιμένουν ακόμα τα αποτελέσματα από το μαχαίρι και το εργαλείο κρέατος.»

«Εκέινος το έκανε. Από την αρχή το λέω. Ο Μαρκ σκότωσε την Ένιδα.» Η Τία σήκωσε το ποτήρι της στον αέρα για έμφαση. «Είναι θέμα χρόνο να τον συλλάβουν.»

«Μην το πεις σε κανέναν αυτό. Κράτα αυτή την σκέψη για μας, εντάξει;» Είπε η Ρέιτσελ.

«Φυσικά. Αλλά αυτός είναι ο δολοφόνος», επέμενε η Τία.

«Εγώ πάντα υποπτευόμουν εκείνον τον περίεργο άντρα που τριγυρνούσε εκεί γύρω με το παλτό και το καπέλο», είπε η Ολίβια. «Κανείς δεν φορά μακρύ παλτό στην Φλόριντα, ακόμα και τους πιο δροσερούς μήνες. Και καπέλο!»

«Μάθατε ποτέ ποιος ήταν αυτός ο άντρας; Και γιατί τριγυρνούσε εδώ;» ρώτησε η Λουάν.

«Δεν μου είπαν ποτέ τίποτα για αυτόν», είπε η Ρέιτσελ.

«Νομίζω πως σχετίζεται με την Λορέτα μας» είπε η Ολίβια. «Ποιος ξέρει ποιος μπορεί να ψάχνει μια πρώην ντεντέκτιβ; Μάλλον κάποιος που έχει προηγούμενα. Στοίχημα πως είναι της μαφίας ή κάποιου άλλου εγκληματικού συνδικάτου.»

Η Ρέιτσελ κοίταξε την Ολίβια. «Αλήθεια; Έβγαλες το συμπέρασμα ότι αυτός ο άντρας ήταν της μαφίας; Εγώ αμφιβάλλω.»

«Αν δεν το έκανε ο Μαρκ, τότε το έκανε αυτός ο παράξενος άντρας», είπε η Τία. «Μπορεί να είχε βγει από τη φυλακή και ήρθε να βρει τη Λορέτα. Πολύ πιθανόν».

«Είναι και ο Χόρχε», πρότεινε η Λουάν. «Μπορεί να ήταν κι εκείνος».

«Δεν θα θεωρούσα τον Χόρχε, πιθανό ύποπτο», είπε η Ρέιτσελ. «Δεν είναι αυτός. Είναι πολύ καλός.»

«Και ήσυχος. «Όπως λένε, τα σιγανά ποταμάκια να φοβάσαι», είπε η Ολίβια.

«Δε με νοιάζει τι λες εσύ, δεν μπορώ να πιστέψω πως αυτός ο καλός άνθρωπος είναι δολοφόνος», επέμενε η Ρέιτσελ. «Πρέπει να κάνουμε υπομονή, όπως μου είπε ο ντεντέκτιβ, μέχρι να μας πουν ποιος σκότωσε την Ένιδα.»

«Ο Μαρκ ήταν» επέμενε η Τία.

«Εντάξει, αρκετά. Λοιπόν, θα με βοηθήσετε όλες να μετακομίσω στο νέο μου διαμέρισμα;» Διέκοψε η Λουάν.

Όλες έγνεψαν καταφατικά.

«Δεν θέλω σπάσω κανένα νύχι.» Είπε η Λουάν.

Μια εβδομάδα αργότερα, τα κορίτσια ένωσαν τις δυνάμεις τους και μετέφεραν τα πράγματα της Λουάν από το ενοικιαζόμενο διαμέρισμα στο νέο της, φρέσκο βαμμένο διαμέρισμα ακριβώς στον απέναντι διάδρομο. Η Λουηάν είχε βρει ένα μόνιμο σπίτι, το δικό της, και εξαιρετικές φίλες ως μπόνους. Δεν θα μπορούσε να ήταν πιο ευτυχισμένη.

ΤΡΙΆΝΤΑ ΟΚΤΏ

Ο ΝΤΕΝΤΈΚΤΙΒ ΦΡΑΝΣ ΜΠΉΚΕ ΣΤΟ ΓΡΑΦΕΊΟ ΤΗΣ ΡΈΙΤΣΕΛ, ακριβώς την καθορισμένη ώρα.

«Καλημέρα, Ρέιτσελ» είπε γνέφοντάς της. Έχω μερικά καλά νέα.»

«Μου το είπες στο τηλέφωνο. Θα μου πεις ποιος σκότωσε την Ένιδα;»

«Ναι, και ότι έχω καταθέσει κατηγορίες για φόνο πρώτου βαθμού», είπε και κάθισε στην καρέκλα.

Η Ρέιτσελ ήταν ανυπόμονη να μάθει. «Λοιπόν, πες μου, ποιος το έκανε;»

Ο ντεντέκτιβ απάντησε μονολεκτικά, «Η Λόλα».

Η Ρέιτσελ έπεσε στην καρέκλα της, σιωπηλή από το σοκ και με ορθάνοιχτο το στόμα.

«Ήταν από την αρχή κάτω από τη μύτη μας. Κι εγώ, θα πάρω ένα μπουκάλι νερό, αν δε σε πειράζει.»

Η Ρέιτσελ, πήγε στο μίνι ψυγείο και άνοιξε την πόρτα.

«Πώς είναι δυνατόν; Είναι μια τόσο αδύναμη,

ξυλοκοπημένη γυναίκα που κακοποιήθηκε από τον άθλιο άντρα της», είπε η Ρέιτσελ, παραδίδοντας το μπουκάλι στον ντετέκτιβ, παίρνοντας επίσης ένα για τον εαυτό της.

«Προφανώς, δεν ήταν τόσο αδύναμη όπως όλοι πίστευαν», είπε ο Ντετέκτιβ Φρανς, ξεβιδώνοντας το καπάκι στο μπουκάλι. «Την τροφοδοτούσε η ζήλεια που ένιωθε μέσα της».

«Η ζήλεια; Εντάξει, καταλαβαίνω αυτό το θέμα, αλλά πώς θα μπορούσε να ζηλεύει

την Ένιδα;» Η Ρέιτσελ φαινόταν μπερδεμένη.

«Όταν μίλησα με τον Μαρκ, είπε ότι η Λόλα ήταν μια πολύ ζηλόφθονη γυναίκα. Ο Μαρκ δεν μπορούσε να κοιτάξει καμιά γυναίκα, οποιαδήποτε γυναίκαι», είπε, πίνοντας από το μπουκάλι. Ζήλευε και το παραμικρό, περίμενε έως ότου επέστρεφαν στο σπίτι για να του φωνάξει.»

«Και να του πετάει πράγματα.»

«Και αυτό. Ο Μαρκ είπε ότι του πετούσε πράγματα πάνω στη ζήλεια της. Μόνο εκείνη του πετούσε τα πράγματα, όχι εκείνος», είπε ο ντεντέκτιβ. «Είπε ακόμα ότι του ριχνόταν κρυφά στον ύπνο του και τον τραυμάτιζε. Μερικά χτυπήματα και μαχαιριές ήταν από τις νυχτερινές επιθέσεις που του έκανε.»

«Και μερικές φορές την χτυπούσε κι εκείνος για να αμυνθεί;»

«Πιθανόν, τις περισσότερες φορές. Εκτός από τότε που του επιτέθηκε όταν εκείνος κοιμόταν», είπε ο Φρανς.

«Δεν καταλαβαίνω γιατί ζήλευε ειδικά την Ένιδα, και μάλιστα τόσο πολύ ώστε να την σκοτώσει. Δεν ήταν φίλη με το ζευγάρι και δεν συμπαθούσε τον Μαρκ», είπε η Ρέιτσελ.

«Μιλώντας με τον Μαρκ, ανακάλυψα πως γινόντουσαν περισσότερα, πράγματα που δεν γνώριζε κανείς», της απάντησε. «Ο Μαρκ παραδέχτηκε πως επισκέφτηκε την Ένιδα, απρόσκλητος, πολλές φορές. Αυτό επιβεβαιώνεται και από το ημερολόγιο. Είπε ότι του φέρονταν πάντα ευγενικά, αλλά αφού τελείωνε η συζήτησή τους, τον έβγαζε βιαστικά από την πόρτα. Η Ένιδα του έδειχνε ξεκάθαρα, ότι δεν την ενδιέφερε η προσοχή του.»

«Δεν ανέφερε ποτέ τις επισκέψεις του σε κανέναν, ούτε καν σε μένα, τη φίλη της» είπε η Ρέιτσελ.

«Η Ένιδα προφανώς δεν τον έπαιρνε και πολύ στα σοβαρά, όμως ήξερε ότι την παρακολουθούσε», είπε ο ντεντέκτιβ. «Το ξεκαθάριζε στο ημερολόγιο πως ένιωθε να την κοιτάζει όταν περνούσε από τον διάδρομο, κι αυτό την έκανε να νιώθει άβολα. Ο Μαρκ δεν ήθελα να μάθει αυτή την πληροφορία η Λόλα. Θα τον χτυπούσε άσχημα σίγουρα. Η Ένιδα έγραψε επίσης ότι κατά την διάρκεια των επισκέψεών του, ήταν αρκετά ευχάριστος, οπότε, δεν το ανέφερε ποτέ σε κανέναν. Ένιωθε ότι δεν θα της έκανε κακό.»

«Είχε δίκιο γι' αυτό. Ώστε ο Μαρκ ήταν ο επισκέπτης που έλεγε η κόρη της;»

«Έτσι φαίνεται».

«Όμως η Λόλα θα πρέπει να γνώριζε ότι της έκανε επισκέψεις», είπε εκείνη.

«Ο Μαρκ είπε, πως με κάποιον τρόπο το υποπτεύθηκε, γιατί μετά από κάθε επίσκεψή του, εκείνη του έκανε κι άλλες χαρακιές και μώλωπες.» Ο Φρανς σταύρωσε τα πόδια του, καθισμένος στην άκρη της καρέκλας.

«Τον ανόητο! Έπρεπε να συμμορφωθεί για να μην συμβούν όλα αυτά.» Είπε.

«Σύμφωνα με τον Μαρκ, είχε πάντα ανήσυχο πνεύμα. Θα έλεγα πως αυτό που λέει εκείνος «ανήσυχο πνεύμα» μάλλον εννοούσε ότι έπαιζε το μάτι του. Η Λόλα είχε λόγους να ζηλεύει», είπε ο Φρανς.

«Πώς ανακάλυψες πως η Λόλα σκότωσε την Ένιδα;» Τον ρώτησε πίνοντας μια γουλιά νερό.

«Συνδύασα την κατάθεση του Μαρκ με αυτά που έγραφε το ημερολόγιο, και μετά τα αποτελέσματα των εξετάσεων από το μαχαίρι, όλα ξεκαθάρισαν. Το μαχαίρι που χρησιμοποίησε για να μαχαιρώσει τον Μαρκ στον τελευταίο τους καυγά είναι το ίδιο με αυτό που χρησιμοποιήθηκε στον φόνο της Ένιδας. Έχουμε αποδείξεις Ντι-Εν-Ει. Επίσης, μπορέσαμε να συνδέσουμε και το εργαλείο του κρέατος με την δολοφονία της Ένιδας.»

«Δεν το πιστεύω!»

«Δεν βρήκαμε ποτέ το αντικείμενο που χρησιμοποιήθηκε από τον δολοφόνο για να χτυπήσει την Ένιδα πριν την σκοτώσει. Όταν όμως η εγκληματολογική ομάδα εξέτασε το εργαλείο κρέατος που χρησιμοποιήθηκε στην επίθεση της Λουάν, βρέθηκαν αποδείξεις που συνέδεαν αυτό το αντικείμενο με τον φόνο της Ένιδας», είπε εκείνος, πίνοντας πολλές γουλιές νερό. «Τα αποτυπώματα είχαν σβηστεί από πάνω του – εκτός από του μεγάλου δαχτύλου.» Είπε.

«Της Λόλας;»

«Ναι, το αποτύπωμα ταίριαζε απόλυτα με αυτό της Λόλας», είπε ο ντεντέκτιβ. «Επίσης, βρήκαμε ξύλινες ακίδες στο σώμα της Ένιδας, που ταίριαζαν απόλυτα στο εργαλείο. Αυτό ήταν σημαντικό στοιχείο και απέδειξε την σχέση της Λόλας.»

«Ωραία, και τώρα ερώτηση: Ήξερε ο Μαρκ πως η Λόλα σκότωσε την Ένιδα;» Ρώτησε η Ρέιτσελ σκύβοντας προς τα εμπρός.

«Δεν έχω κάποια τέτοια ένδειξη. Ο Μαρκ είπε ότι το υποπτευόταν όταν βρήκαμε το σώμα της Ένιδας, αλλά ποτέ δεν ρώτησε τη Λόλα ξεκάθαρα αν το έκανε εκείνη. Βασικά, δεν ήθελε να ξέρει», είπε ο ντεντέκτιβ. «Αν ήξερε και δεν είπε τίποτα, θα ήταν συνεργός και τότε θα πήγαιναν και οι δυο φυλακή. Έτσι, δεν έκανε ποτέ αυτή την σημαντική ερώτηση.»

«Λοιπόν, ανακουφίστηκα», είπε η Ρέιτσελ. «Τι σημαίνει αυτό για την Λόλα;»

«Θα δικαστεί για τη δολοφονία εκ προμελέτης της Ένιδας, για απόπειρα φόνου του άντρα της, και για απειλές κατά της ζωής της Λουάν, συν για επίθεση στην Λουάν με το εργαλείο κρέατος.»

«Ωωω.»

«Σίγουρα θα μείνει πολύ καιρό στη φυλακή, αν το δικαστήριο την κρίνει ένοχη», είπε. ΄Και είμαι σίγουρος πως το δικαστήριο θα πάρει τη σωστή απόφαση.»

«Κι άλλη χαζή. Αποφασίζει να κάνει φόνο και κρατάει το μαχαίρι με το οποίο έκανε τη δολοφονία, στο συρτάρι της κουζίνας της; Γιατί; Για να κόβει κρέας; Δεν είναι και τόσο έξυπνο αυτό. Ακόμα και τα σκυλιά είναι πιο έξυπνα.»

Ο ντεντέκτιβ χαμογέλασε Ελαφρά στο τελευταίο σχόλιο. «Ο δικός μου είναι σίγουρα.»

«Ακόμα και ο χαζός ο Ρούφους είναι πιο έξυπνος από εκείνη. Είμαι πολύ ευχαριστημένη, ντεντέκτιβ Φρανς», είπε η Ρέιτσελ με ένα χαμόγελο ικανοποίησης. «Έκανες θαυμάσια δουλειά.»

«Η υπόθεση της δολοφονίας έκλεισε τώρα, οπότε μπορείς να ηρεμήσεις», της είπε. «Ο δολοφόνος δεν ήταν της Μαφίας, ούτε εραστής ούτε κάποιος άλλος φανταστικός χαρακτήρας. Ήταν μια ζηλιάρα γυναίκα.

«Περίμενε να το πω αυτό στον Τζο!»

ΤΡΙΆΝΤΑ ΕΝΝΈΑ

ΤΟ ΕΠΌΜΕΝΟ ΠΡΩΊ, η Ρέιτσελ έστειλε ένα γράμμα σε όλους τους κατοίκους που τους ενημέρωνε για την ολοκλήρωση της υπόθεσης δολοφονίας. Ήξερε ότι αυτό θα έκανε όλους να μουρμουράνε ξανά για την κατάσταση. Αλλά τουλάχιστον δεν θα φανταζόντουσαν πια μανιακούς δολοφόνους που προσπαθούσαν να εισέλθουν στο κτίριο. Όλοι θα μπορούσαν να επιστρέψουν στην κανονική τους ζωή, όποια κι αν ήταν.

Καθώς η Ρέιτσελ στράφηκε σε άλλη δουλειά, κάποιες γυναίκες έμπαιναν στο γραφείο της, αγκαλιά.

«Καλημέρα, Ρέιτσελ», είπε η Λορέτα. Ως συνήθως, φαινόταν κομψή, ντυμένη με μαύρο παντελόνι με άσπρες σωληνώσεις γύρω από το κολάρο. Η Ρέιτσελ πιθανώς δεν θα την αναγνώριζε αν ήταν ντυμένη διαφορετικά.

Δίπλα στην Λορέτα στεκόταν η Ρούμπι.

Δεν θα σταματούσαν ποτέ τα θαύματα;

«Κυρίες μου! Πόσο χαίρομαι που σας βλέπω και τις δυο.» Είπε. «Και τόσο φιλικές, να προσθέσω.»

Και οι δυο γυναίκες γέλασαν μαλακά.

«Σκεφτήκαμε ότι ήρθε η ώρα να θάψουμε το τσεκούρι του πολέμου και να γίνουμε φίλες», είπε η Ρούμπι με ένα μεγάλο χαμόγελο στο πρόσωπό της. «Γνωρίζουμε η μία την άλλην εξήντα χρόνια, για όνομα του θεού. Τι περιμένουμε;» Είπε η Ρούμπι, κρύβοντας την αλαζονεία της κάτω από ένα λευκό μαγιό, την οποία φαινόταν να υιοθετεί τελευταία όταν βρισκόταν κάπου δημόσια.

Η Λορέτα ήταν όλα χαμόγελα.

«Το παρελθόν και των δυο μας ανήκει στο παρελθόν», είπε η Λορέτα. «Δεν έχουμε δεκαετίες ζωής ακόμα, οπότε γιατί να μην γίνουμε επιτέλους αδελφές;»

Η Ρέιτσελ καθόταν ακίνητη, χαμογελώντας, καθώς άκουγε με προσοχή τις γυναίκες. Αυτή η είδηση έκανε την καρδιά της ευτυχισμένη.

«Είμαστε και οι δύο μόνες χωρίς οικογένεια, οπότε αποφασίσαμε να γίνουμε η οικογένεια η μία της άλλης», είπε η Ρούμπι, χτυπώντας το χέρι της Λορέτας που στηριζόταν στον αγκώνα της.

«Λοιπόν, κυρίες μου, με εκπλήσσετε, αλλά ευχάριστα,» είπε η Ρέιτσελ. «Νόμιζα ότι ήσασταν δύο ορκισμένες εχθροί ή κάτι τέτοιο. Είμαι πολύ περήφανη και για τις δύο».

Ευχαρίστησαν από κοινού τη Ρέιτσελ.

«Λοιπόν, αυτός είναι ο λόγος που ήρθατε σήμερα, για να μου πείτε ότι γίνατε φίλες;» Ρώτησε η Ρέιτσελ.

«Ναι, και για να σου πούμε ότι θα κάνουμε ένα

ταξίδι μαζί, οπότε πρέπει να γνωρίζεις ότι τα διαμερίσματά μας θα είναι κενά για ένα χρονικό διάστημα», είπε η Λορέτα.

«Δεν θέλουμε να γίνουν τίποτα τρελές δολοφονίες στα διαμερίσματά μας όσο λείπουμε», είπε η Ρούμπι.

«Δεν χρειάζεται να ανησυχούμε για αυτά, πια», είπε η Ρέιτσελ. «Δεν υπήρχε ποτέ κάποιος τρελός δολοφόνος που να τριγυρνάει εδώ γύρω. Το άτομο που σκότωσε την Ένιδα ήταν η Λόλα. Μόλις χτες το έμαθα.»

Οι γυναίκες έμεινα με το στόμα ανοιχτό από την έκπληξη, κοιτάζοντας την Ρέιτσελ με έκπληκτα μάτια..

«Η Λόλα!» είπαν ταυτόχρονα.

«Ναι, κυρίες μου, ήταν η Λόλα!»

Η Λορέτα και η Ρούμπι κοιτάχτηκαν και μετά γύρισαν ξανά στην Ρέιτσελ.

«Πώς; Γιατί;» Ρώτησε η Ρούμπι.

«Βασικά, η Λόλα ήταν πολύ ζηλότυπη γυναίκα και ο Μάρκ, έπαιζε το ματάκι του», απάντησε η Ρέιτσελ. «Επισκέφτηκε την Ένιδα, αλλά εκείνη απέρριψε την προσοχή του. Δυστυχώς, η Λόλα ήξερε ότι ο Μαρκ είχε επισκεφθεί την Ένιδα, οπότε σκότωσε εκείνη που είδε ως ανταγωνίστρια. Τέλος της ιστορίας».

«Η Λόλα. Είσαι βέβαιη ότι δεν χρησιμοποιείς λανθασμένα το όνομά της και εννοείς πραγματικά κάποιον άλλο;» Ρώτησε η Λορέτα.

«Ξέρω τι σκέφτεσαι.» Η Ρέιτσελ χαμογέλασε. «Αλλά ήταν πραγματικά η Λόλα. Προφανώς, είχε μια κακή, ζηλότυπη ιδιοσυγκρασία. Και η ζήλια της πυροδότησε μια δολοφονική οργή. Έτσι, χτύπησε την Ένιδα με ένα εργαλείο κρέατος και στη συνέχεια την μαχαίρωσε.»

Η Λορέτα και η Ρούμπι έμειναν ξανά σιωπηλές, κοιτάζοντας την Ρέιτσελ.

«Απίστευτο», είπε τελικά η Λορέτα.

«Συμφωνώ», είπε ο Ρούμπι. «Αλλά γιατί να χρησιμοποιήσει ένα εργαλείο κρέατος; Δεν ήταν αρκετό το μαχαίρι;»

«Η Λόλα πιθανότατα ήθελε να την υποτάξει για να την σκοτώσει εύκολα. Αφού την χτύπησε, αμφιβάλλω ότι η Ένιδα είχε αρκετή δύναμη για να πολεμήσει τη Λόλα.»

«Αυτό έχει λογική», είπε η Ρούμπι.

«Τώρα εσείς κυρίες μου, μπορείτε να πάτε στο ταξίδι σας και να μην ανησυχείτε για κανένα τυχαίο μανιακό που μπορεί να μπει στο διαμέρισμά σας όσο θα λείπετε. Εντάξει; Νιώθετε καλύτερα τώρα;»

Η Λορέτα άρχισε να χαμογελά. «Στην πραγματικότητα, ναι, νιώθω καλύτερα».

«Κι εγώ», είπε η Ρούμπι.

«Λοιπόν, πού θα πάτε ταξιδάκι;» Ρώτησε η Ρέιτσελ.

Ρούμπι μίλησε ανυπόμονα πρώτη. «Λοιπόν, έχουμε προγραμματίσει το ταξίδι! Πρώτα, πετάμε προς Καλιφόρνια. Θα δούμε κάποια αξιοθέατα στο Χόλιγουντ.»

«Το Κινέζικο Θέατρο του Γκράουμαν, όπου όλοι οι αστέρες της ταινίας έχουν τα αποτυπώματά τους», διέκοψε η Λορέτα.

«Στη συνέχεια, κάνουμε μια κρουαζιέρα στη

Χαβάη όπου θα μείνουμε για μια εβδομάδα στη Χονολουλού σε ένα πολυτελές ξενοδοχείο», συνέχισε η Ρούμπι.

«Σκοπεύουμε να τρώμε ασταμάτητα στην κρουαζιέρα», είπε η Λορέτα «Έχουμε εισιτήρια για κάποια διασκέδαση μόλις βρεθούμε στη Χονολουλού και θα περιηγηθούμε σε οτιδήποτε έχει σημασία εκεί».

«Ουάου, κυρίες μου, ακούγεται πραγματικά καταπληκτικό!» Η Ρέιτσελ είπε. «Ακούγεται σαν το ταξίδι μιας ζωής».

«Πιστεύουμε ότι δεν θα γίνουμε νεότερες, οπότε ας πάμε να ξοδέψουμε το παραδάκι», είπε η Ρούμπι, χαμογελώντας ευρέως και σπρώχνοντας τούς αγκώνες της στη Λορέτα.

« Μου ακούγεται υπέροχη ιδέα, κυρίες μου», είπε η Ρέιτσελ. «Και θα κρατήσω τα πάντα ασφαλή εδώ για την επιστροφή σας.»

«Σε ευχαριστώ πολύ για όσα κάνεις, αγαπητή μου», είπε η Λορέτα. «Πιστεύω τα πράγματα να πάνε καλά στη ζωή σου;»

«Ναι, πάρα πολύ. Όλα είναι καλά μεταξύ του Τζο κι εμένα σε όλους τους τομείς».

«Σε βλέπω τακτικά στην εκκλησία τις Κυριακές», είπε η Λορέτα. «Λοιπόν, υποθέτω ότι έχει γίνει μια αλλαγή στη ζωή σου».

«Ναί. Η συζήτησή μας με βοήθησε πολύ», είπε. «Ανακάλυψα αργότερα ότι έχω διαβήτη, αλλά είναι τώρα υπό έλεγχο.»

«Χαίρομαι που το ακούω, αγαπητή μου.» Η Λορέτα φαινόταν πολύ ευχαριστημένη. «Θα σε δούμε όταν επιστρέψουμε. Θα πούμε περισσότερα τότε.»

«Αντίο, Ρέιτσελ», είπε η Ρούμπι. «Φεύγουμε την Τετάρτη, οπότε δεν θα μας δεις για μερικές εβδομάδες.»

«Θα το σημειώσω στο ημερολόγιό μου», είπε η Ρέιτσελ, παίρνοντας το μολύβι της. «Να είστε φρόνιμες στο ταξίδι, κυρίες μου».

«Χα, χα, σίγουρα δεν θα είμαστε», είπε η Ρούμπι, γελώντας και τραβώντας τη Λορέτα προς την πόρτα.

«Τα λέμε σε λίγες εβδομάδες, αγαπητή μου», είπε η Λορέτα πάνω από τον ώμο της.

«Αντίο, κυρίες μου».

«Είμαι τόσο ευχαριστημένη με τη ζωή, Τζο. Τουλάχιστον αυτή τη στιγμή», είπε η Ρέιτσελ καθώς ξαπλώνει στο κρεβάτι, με το κεφάλι της στηριγμένο σε ένα μαξιλάρι πίσω της.

«Κι εγώ», είπε ο Τζο. Ξάπλωσε δίπλα της στο κρεβάτι τους. Παρόλο που η τηλεόραση ήταν ανοιχτή, δεν την παρακολουθούσαν.

«Το συγκρότημα έχει φτάσει στον κανονικό του καρδιακό παλμό, ο φόνος λύθηκε και η προσωπική μου ζωή δεν είναι πλέον δραματική», είπε η Ρέιτσελ, διπλώνοντας τα χέρια της στο στομάχι της με ικανοποίηση.

«Έχεις διανύσει πολύ δρόμο, μωρό μου!» Ο Τζο αστειεύτηκε. «Ελέγχεις το σάκχαρο στο αίμα σου, έρχεσαι τακτικά την εκκλησία, διαβάζεις τη Βίβλο, παρακολουθείς μελέτες της Βίβλου - με εντυπωσιάζεις.»

. . .

«Υπήρξαν κάποιες δύσκολες μέρες, Τζο. Το ξέρεις. Δεν ήταν εύκολα τα πράγματα.» Είπε εκείνη, προσαρμόζοντας την τιράντα του αγαπημένου της μπλε νυχτικού. «Αλλά ξεπέρασα εκείνες τις δύσκολες μέρες. Και εκείνες τις ανόητες σοκολάτες! Χα...νόμιζα ότι θα πέθαινα αν εν έτρωγα μία. Όμως δεν έφαγα. Αντιστάθηκα στον πειρασμό»

Ο Τζο την κοίταξε επιδοκιμαστικά. «Μπράβο σου».

«Με βοήθησες πολύ, καλέ μου.»

«Εγώ δεν έκανα τίποτα. Εσύ τα έκανες όλα.»

«Με τη βοήθεια του Θεού. Εκείνος μου έδωσε δύναμη να αντισταθώ στον πειρασμό, στην μανία, ήμουν σαν τον Ρούφους όταν μασάει το κόκαλό του. Αδυσώπητη, ασταμάτητη στο φαγητό, έφθειρα το θεμέλιο. Προσπαθώ τόσο σκληρά να τρώω σωστά.»

«Και τα καταφέρνεις.»

«Ναι. Όταν με χτυπάει αυτή η αδυσώπητη μανία, λέω, Θεέ μου, βοήθα με να είμαι δυνατή. Κι Εκείνος το κάνει.»

«Αμήν.»

Η Ρέιτσελ γύρισε στο πλάι, ώστε να μπορεί να κοιτάζει πλήρως τον Τζο.

«Είμαι η πιο τυχερή γυναίκα στη Φλόριντα», είπε καθώς χαμογέλασε. «Έχω εσένα, τον καλύτερο, τον πιο διακριτικό σύζυγο. Τον πιο κατανοητό, ανεκτικό άντρα ...»

«Ουάου, αυτό δεν μου το έχεις ξαναπεί», την διέκοψε καθώς γυρνούσε προς το κέντρο του κρεβατιού για να αντιμετωπίσει τη γυναίκα του. «Ας μην ξεχνάμε τι ισχυρή γυναίκα είσαι κι εσύ. Πιστή, ευγενική, στοργική, λίγο σαρκαστική μερικές φορές...»

Η Ρέιτσελ έδειξε τη γροθιά της, και τον χτύπησε παιχνιδιάρικα με μια μαλακή κίνηση. Άρχισαν να γελάνε, πράγμα που έπιασε την προσοχή του Ρούφους. Ήταν ξαπλωμένος ήσυχα στο πάτωμα, αλλά όταν άρχισαν τα παιχνίδια, μπήκε κι εκείνος στην δράση. Ο Ρούφους μπήκε ανάμεσα στο ζευγάρι, με το κάθε πόδι πάνω στον καθένα.

«Αχ, Ρούφους» φώναξε η Ρέιτσελ.

«Αχ! Κακ᾽λο σκυλί!» Φώναξε και ο Τζο.

Φυσικά, ο Ρούφους πίστευε ότι έπαιζαν καθώς προσπαθούσαν να τον απομακρύνουν από πάνω τους. Χτυπούσε τον καθένα με τα πόδια του, καθώς συνέχισε να αναπηδά στο κρεβάτι. Ο Τζο και η Ρέιτσελ γελούσαν, κάτι που υποκίνησε το μεγάλο σκυλί να είναι πιο αλαζονικό.

Εν τω μεταξύ, ο Μπένι παρακολουθούσε την αναταραχή από την πέρκα του στο κομμό. Ξαφνικά, το κρεβάτι κατέρρευσε με δύναμη στο πάτωμα. Η γάτα ουρλιάζει με απογοήτευση και πήδησε από το κομμό. Ο Ρούφους είδε τη γάτα που έφυγε και έφυγε μετά από αυτήν ψάχνοντάς την, σχίζοντας τα μισά καλύμματα από το κρεβάτι και σύροντάς τα πίσω του. Η Ρέιτσελ και ο Τζο έμειναν να κοιτάζουν ο ένας τον άλλον χωρίς να πιστεύουν στα μάτια τους.

«Το κρεβάτι!» Φώναξε η Ρέιτσελ.

«Το ξέρω!»

«Τι θα σκεφτούν οι γείτονες;»

«Δεν είναι η πρώτη φορά που συμβαίνει αυτό, και δεν θα είναι και η τελευταία.»

Ο Τζο κοίταξε τη γυναίκα του που ήταν πάνω στο γκρεμισμένο κρεβάτι, με τα μισά σκεπάσματα να λείπουν και τα υπόλοιπα να κυλιούνται στο πάτωμα.

Και γέλασαν.

Αγαπητέ αναγνώστη,

Ελπίζουμε να σας άρεσε που διαβάσατε το Φόνο. Αφιερώστε λίγο χρόνο για να αφήσετε μια κριτική, ακόμη και αν είναι σύντομη. Η γνώμη σας είναι σημαντική για εμάς.

Μετά τιμής,

Janie Owens και η Ομάδα του Next Chapter

Ο Φόνος
ISBN: 978-4-86751-002-5

Εκδόσεις
Next Chapter
1-60-20 Minami-Otsuka
170-0005 Toshima-Ku, Tokyo
+818035793528

26 Ιούνιος 2021